ILHA CARNAGE

GARRAS SELVAGENS E MORDIDAS PROIBIDAS

TRADUÇÃO:
ANDRÉIA BARBOZA

AUTORA BESTSELLER DO USA TODAY
LEXI C. FOSS

Ilha Carnage - Carnage Island (English)

Lexi C. Foss

Tradução: Andreia Barboza

Copidesque da tradução: Luizyana Poletto

Designer de capa: Paradise Cover Design

Foto de capa por: Wander Aguiar

Modelos da capa: Zack, Ive, Wayne, and Daniel

eBook ISBN: 978-1-68530-093-7

Capa Comum ISBN: 978-1-68530-094-4

— Nem pense nisso — Tieran me diz. — Se você correr, vou te perseguir. E não ficarei feliz quando te pegar.

Isso parece um desafio.

Um desafio que quero muito fazer.

Essa parte estranha de mim quer que ele ganhe o direito de me tocar, de acasalar comigo.

De repente me sinto possuída pela necessidade de correr, de fazê-lo provar seu valor. Desafiá-lo.

Não. Não apenas ele. *Eles*.

Um estrondo soa na sala de estar, a janela quebrando e provocando um rosnado feroz de Tieran. Inspiro bruscamente. Seu estrondo provoca um tremor pelos meus membros.

Mas há algo mais.

Um cheiro que paira no ar.

Como chuva em uma noite escura, penso, momentaneamente distraída pelo aroma familiar. *Já senti esse cheiro em um lobo antes.*

Quando?

Onde?

Ah, mas eu me machuquei...

Estremeço. Outro tremor dispara em minhas veias, desviando meu foco mais uma vez.

Caius grita algo que não entendo. Os rosnados que chegam reverberam ao meu redor e provocam arrepios profundos.

Corra, minha loba exige enquanto Tieran me solta para lidar com um dos metamorfos que acaba de entrar na cozinha. *Corra!*

Sempre fui capaz de domá-la, de mantê-la sob meu domínio.

Não mais.

Não desde que ela assumiu durante nossa transformação inicial.

Sou um escravo das suas necessidades agora, e faço exatamente o que ela diz.

Corro para a janela quebrada, pulo a beirada e corro a toda velocidade para a floresta. Minhas pernas humanas são muito mais poderosas e rápidas do que as da minha loba porque passei duas décadas aprendendo a me mover com dois pés em vez de quatro patas.

É por *isso* que ganhei as provas.

Sou rápida.

Sou forte.

E sei quando escolher minhas batalhas.

Eu escolho esta batalha agora.

Eu escolho lutar hoje.

À Matt, esse sonho não poderia ser possível sem você.
Obrigada por ser meu companheiro predestinado.

ILHA CARNAGE

UM ROMANCE DA ILHA REJEITADA

ILHA CARNAGE

UM ROMANCE DA ILHA REJEITADA

Bem-vinda à Ilha Carnage.
Casa do caos brutal.
Sangue e lágrimas.
E esquemas nefastos.

Uma mestiça.
Rejeitada.
Uma loba sem companheiro.

Minha família não me quer.
Meu Alfa me deserdou.
E meu companheiro me rejeitou.

Então acabei de receber uma nova atribuição de alcateia.
Ilha Carnage.
Lar dos piores lobos.
Garras cruéis. Bestas cruéis. Atos perversos.

Não sou uma deles.
Mas também não sou loba Nantahala.
Sou algo distintamente diferente: uma Ômega presa na
pele de uma Alfa.

Um passo em direção ao meu destino, e todos os machos
viram suas cabeças.
Eu sou carne fresca.
Propriedade a ser reivindicada.

O esconde-esconde agora é um jogo de vida e morte.
Com garras e dentes.
Malícia e dor.

Só os mais fortes sobreviverão.
Entre por sua conta e risco.

Nota da autora: Esta é uma história sombria de
metamorfos com tons de Ômegaverso. Três machos Alfa,
uma fêmea Ômega. Haverá mordidas e violência, porque
esses Alfas não vão parar por nada para proteger sua
companheira. E ela os reivindicará de volta com a mesma
força.

NOTA DA LEXI

Ah, lobos. Eles fazem meu coração feliz. Eu amo sua brutalidade, ferocidade e aquela paixão animalesca subjacente que queima as páginas.

Ilha Carnage tem tudo isso.

Há também vibrações do Ômegaverso neste romance, o que significa que pode haver algumas cenas de consentimento duvidoso e que podem deixar o leitor desconfortável. Há violência também. No entanto, esses Alfas são verdadeiros adoradores. Uma vez que eles afundam seus dentes em Clove, não soltam mais. E honestamente, ela também não está tão interessada em deixá-los ir.

Portanto, embora existam nuances do Ômegaverso, este livro pode parecer um pouco "doce" para aqueles que amam Alfas brutais que dobram suas Ômegas sem remorso. Há indícios disso aqui, mas não é tão sombrio quanto alguns dos meus outros mundos. Se você deseja um pouco mais de mordida e temas mais fortes de consentimento duvidoso, eu daria uma olhada na Série Andorra Sector.

Mas se você estiver com disposição para algo que misture a escuridão com a luz, vire a página.

Haverá nó.

Haverá ninho.

Haverá caos.

Esses Alfas são letais e farão qualquer coisa para vingar e proteger sua pequena Ômega.

E, ah, querida lua, eles adoram morder...

INTRODUÇÃO

TIERAN

Aviso do Alto Bando: Todos os rejeitados devem se reportar à Ilha Wolfe para processamento imediato e atribuição da ilha.

Aqui está o que não contam sobre essa tarefa de "rejeição": nem todos os rejeitados precisam se reportar à Ilha Wolfe para atribuição.

Alfas, por exemplo, estão no topo da hierarquia e, portanto, são imunes. Eles podem escolher se querem acasalar ou não. Assim como podem escolher se vão para a respectiva Ilha Rejeitada ou permanecem com seus bandos.

No entanto, seus rejeitados sempre vão para a Ilha Wolfe para reatribuição de alcateia.

Enquanto os Alfas normalmente optam por permanecer com seus bandos originais.

Não é assim para todos os lobos, mas certamente é um padrão para a maioria deles.

Isso é horrível. Cruel. E absolutamente corrupto.

Claro, os Anciões não admitem. Eles se sentam em seus lindos tronos na Ilha Wolfe, fazendo todas as regras.

Mas vou te contar um segredo: Ilhas Carnage? Sim, não está sob o controle deles. Eles apenas acham que obedecemos porque estamos muito longe e não temos outra escolha. Eles também assumem que dependemos deles para os recursos mínimos que eles fornecem, garantindo assim que nos comportemos.

E acreditam que me enviaram como uma espécie de punição pelos meus crimes.

Como se eu fosse deixar alguém me dizer o que fazer.

Esses Anciões idiotas não percebem que sua percepção falha de nossa localização nos permite prosperar sem que eles percebam. Metade dos meus lobos não são rejeitados, mas soldados se preparando para a vingança final.

Não dos Anciões − honestamente, não dou a mínima para sua propensão a regulamentação e atribuição de matilha.

Não. O que me importa é como fui injustiçado. Como meu bando foi pintado como o inimigo em uma batalha que nunca quisemos participar.

Mas estamos todos dentro.

A Alcateia Santeetlah e a Alcateia Nantahala pagarão por seus crimes.

Com sangue.

Porque o Bando Black Mountain está vindo atrás deles.

E nossos inimigos me deram a arma perfeita para usar em nossa luta.

Uma mulher de origens mistas.

Minha linda e pequena loba.

Minha rainha pretendida.

Nosso futuro.

Assim que eu ensiná-la a andar de salto alto...

Bem-vinda à Ilha Carnage, pequena.
Você está pronta para jogar um jogo?
Chama-se esconde-esconde.
Você esconde.
Nós buscamos.
E então... nós mordemos.

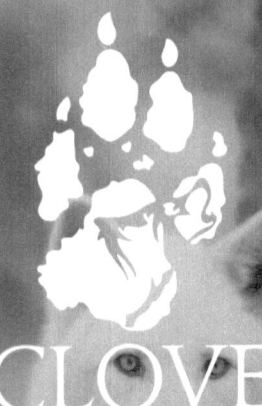

CLOVE

Uma energia vibra no ar, fazendo com que os pelos dos meus braços se arrepiem.

Respire fundo, Clove, digo a mim mesma. *E não olhe para cima.*

A história está acontecendo ao meu redor enquanto os lobos entram na clareira de ambos os lados.

Nantahala e Santeetlah.

Duas alcateias de origens semelhantes que lutaram durante séculos por esta terra.

Mas hoje, vamos nos juntar.

Por causa do meu acordo de acasalar com o filho do Bando Alfa Santeetlah.

As outras fêmeas do meu bando estão com inveja. Nossos acasalamentos estão todos organizados, e eu ganhei o principal candidato deste ano: um futuro Alfa.

E não qualquer Alfa, mas o que vai liderar a união entre nossas alcateias, comigo ao seu lado.

Respiro fundo mais uma vez, tentando acalmar minha loba interior. Me ajoelhar agita o animal à espreita sob minha pele. Não costumo me submeter. Mas esta cerimônia exige isso.

Assim como exigia que eu não conhecesse verdadeiramente meu animal interior até hoje.

Daí sua crescente excitação.

Eu nunca tive permissão para me transformar.

Fazia parte da tradição entre as duas alcateias que as fêmeas não se transformassem até que seu companheiro escolhido chame sua loba. O processo nos permite desenvolver as outras forças antes de nossas lobas, fazendo com que nos concentremos em aperfeiçoar nossa forma humana em primeiro lugar.

As fêmeas criam a vida.

Os machos a protegem.

Assim, as fêmeas se concentram em preparar seus corpos mortais para a procriação.

Enquanto os machos aprendem a lutar em sua forma mais forte – como lobos.

Meu estômago revira com a ideia de finalmente conhecer meu animal. Nós nos unimos por tanto tempo, e depois desta noite, poderei finalmente abraçá-la ao máximo.

Ela é mais suave do que a minha mente, mas ainda feroz à sua maneira. Posso sentir sua necessidade de se transformar, seu desejo de correr livre na floresta usando as quatro patas em vez de dois pés.

Mas eu a neguei por vinte longos anos.

Esta noite, digo a ela. *Esta noite, vamos correr com nosso companheiro ao nosso lado.*

Será seu trabalho me mostrar como agir em quatro patas. Abraçar minha metade animal. Florescer nas árvores sob seu olhar protetor.

Minha loba bufa com a noção de alguém protegendo-a. Ela tem garras e dentes por uma razão. Mas é assim que os machos em nossas alcateias prosperam.

2

— Deixe-os pensar que estão no comando — minha mãe sempre disse. — Nossos animais sabem a verdade.

As fêmeas dão à luz aos filhos. Isso nos dá uma certa quantidade de poder que nenhum homem pode tirar de nós. Mesmo que eles tentem nos controlar de certas maneiras.

Minha mãe garantiu que eu entendesse como os jogos são jogados neste mundo.

Eu sei quando me curvar – como agora – e quando lutar. Tudo porque minha mãe queria que eu soubesse a verdade sobre este mundo e como sobreviver a ele.

Posso sentir seus olhos em mim, observando cada movimento meu. Ela está ansiosa. É uma irritação que sinto contra a minha pele, os nervos da minha alcateia tornando muito mais difícil permanecer imóvel.

Porque o Alfa Santeetlah e o filho estão se aproximando.

Nos encontramos algumas vezes para estabelecer a química necessária. Esta noite é o teste final: uma dança entre nossos lobos.

Seu pai, o Alfa Crane, limpou a garganta.

Não me movo. Apenas respiro, mantendo meus ombros relaxados e olhos no chão.

Meu companheiro pretendido para diante de mim, com seus pés descalços, assim como os meus. No entanto, posso ver a borda de seu jeans flertando com seus tornozelos.

Ao contrário dele, estou sem roupa.

Porque estou pronta para que ele chame minha loba, para libertar meu animal. Algumas alcateias são abençoadas com magia que lhes permite se transformar enquanto vestem roupas. Meu tipo de lobo não possui esse encantamento. E nem o dele. O que significa que ele pretende se despir depois de forçar minha transformação.

3

Eu não me importo.

Tudo o que eu realmente quero é sentir meu pelo e esticar minhas pernas.

E correr, penso com melancolia.

— Hoje marca uma ocasião importante — o Alfa Crane, sua voz profunda reverberando pela clareira como um trovão.

Arrepios descem pelos meus braços em resposta, seu poder evidente apenas naquele tom vibrante. Alfa Bryson carrega uma presença semelhante, mas não tão esmagadora. Talvez porque cresci perto dele.

Meu pai é seu Beta, também conhecido como o segundo em comando. Essa é uma das razões pelas quais me foi dada a honra de acasalar com o filho de Alfa Crane. A responsabilidade teria ido para a filha de Alfa Bryson, e foi, quando ele tentou fazer uma trégua com a Alcateia Black Mountain.

E, bem, isso não saiu como planejado.

O filho do Alfa Black Mountain a rejeitou.

Não.

Ele fez pior do que rejeitá-la.

Ele a *massacrou*.

E o Alfa da Black Mountain respondeu rindo.

— O Bando Santeetlah e o Bando Nantahala estarão sob uma união de acasalamento — Alfa Crane continua. — Um que tanto Alfa Bryson quanto eu abençoamos: o acasalamento entre meu filho, Canton, e a fêmea elegível mais bem classificada de Nantahala, a filha de Beta Gafton, Aspen Clover Donough.

Não reajo a ele usando meu nome completo. Canton sabe que prefiro usar Clove. É isso que importa.

—Juntos, construiremos um território mais poderoso e forneceremos uma frente unida contra aqueles que se intrometerem em nossa terra. — Alfa Crane solta um rosnado baixo, o som fazendo meu estômago revirar. — Os selvagens da Black Mountain pensam em atacar nossa terra e nosso povo. Não mais. Vamos nos unir como o Bando Santeetlah-Nantahala e mostrar a eles que nossos lobos são superiores aos seus modos bestiais!

Uivos tomam conta da noite, provocando outro arrepio na minha espinha.

Nossas alcateias estão se unindo como uma só, os lobos se unindo em harmonia quando nossa cerimônia começa oficialmente.

Não tenho permissão para participar dos uivos. Nenhuma das fêmeas tem. Não que haja muitas presentes esta noite. A maioria está em casa, protegendo seus filhos com alguns executores que ficam para trás.

Minha mãe está aqui por minha causa.

Assim como a companheira de Alfa Bryson está aqui para mostrar seu apoio a essa união.

O resto são machos, sua agressão animalesca como uma onda quente no ar frio do inverno.

Minha loba geme por dentro, implorando para ser liberada. Resisto a ela, como sempre fiz, a dor no meu coração espiralando em minhas veias e enviando choques elétricos para as pontas dos meus dedos. Nunca foi natural reprimi-la. Mas faço o que tenho que fazer pelo meu bando.

Faço o que preciso fazer... para sobreviver.

Canton coloca a mão na minha cabeça, passando os dedos pelo meu cabelo. Ele está satisfeito por eu estar obedecendo e permanecendo imóvel enquanto todos uivam, inclusive ele. É uma demonstração de minha lealdade a ele como meu companheiro pretendido. É uma demonstração de compreensão do meu lugar em nossas alcateias.

Posso possuir o coração de Alfa, mas nunca serei uma.

Os homens são mais fortes. Eu aceito isso. Aceito meu lugar. Eu o aceito.

Na maioria dos dias, penso, lembrando das advertências de minha mãe sobre escolher minhas batalhas.

Engolindo em seco, espero que os homens se acalmem e a próxima fase desta cerimônia comece.

Canton me circula, percorrendo minha pele exposta com os olhos. Posso sentir sua aprovação e interesse. Ele sabe que finalmente terá permissão para me provar esta noite. Meu próprio interesse está alisando minhas coxas. Ele é um Alfa em seu auge, um belo espécime de macho com um maxilar que eu quis lamber desde o momento em que o conheci.

Canton se inclina para dar um beijo na minha têmpora e sinto sua respiração quente enquanto ele sussurra:

— Posso sentir o cheiro de sua excitação, Clove. Você já está pronta para mim, não está, linda?

Não respondo. Não porque não quero, mas porque não posso.

Ele ri e seus lábios encontram minha têmpora novamente enquanto acrescenta:

— Boa menina.

Outro teste – um que eu passo. Porque sei que não devo me mover ou responder. Nem aperto minhas pernas, apesar do desejo se acumulando entre elas.

Me concentro na minha loba e na minha excitação por finalmente senti-la fora do meu coração.

A necessidade de me transformar está consumindo tudo, com a lua uma sedução adicional contra minha pele.

Mas tenho que esperar. Canton vai me chamar quando estiver pronto, quando finalmente me escolher publicamente.

— Eu aprovo — eu o ouço grunhir enquanto alguns dos lobos riem da clara intenção em seu tom.

Nunca participei de uma cerimônia de acasalamento, mas já ouvi histórias. Às vezes, os machos reivindicam suas fêmeas para a alcateia ver, não apenas a mordida, mas também seus corpos. Espero que Canton não siga esse caminho. Quero a liberdade de correr uma vez que ele me permita me transformar.

Mas não poderei lutar sempre que ele me forçar a voltar à forma humana.

Então ele poderia tecnicamente me fazer me transformar rapidamente entre as formas, me reivindicar e depois me deixar correr.

Ou ele poderia nunca me deixar correr.

É um medo que escondi durante toda a minha vida. Conheci fêmeas cujos companheiros as preferem na forma humana. No entanto, acho que Canton aprovará minha loba e me deixará brincar. Nossas reuniões foram todas positivas, e o fato de ele me chamar de Clove diz que respeita minhas escolhas.

Um zumbido baixo de rosnados vibra no ar, os lobos antecipando o vínculo final.

Perdi o que Alfa Crane disse, minha mente muito focada no que vem a seguir.

A palma da mão de Canton circunda a parte de trás do meu pescoço enquanto ele entra no meu espaço, colocando minha cabeça perto de sua coxa. Ele é alto e mais largo que eu, assim como a maioria dos metamorfos masculinos. Eu sempre fui pequena pelo meu status, minhas tendências alfa mais dentro do que fora.

— Feche os olhos — Canton diz baixinho, levando a mão oposta ao meu rosto em uma carícia terna. — Isto vai doer.

Faço o que ele pede, sentindo meu corpo aceso com energia nervosa. Ela vibra em minhas veias, enviando sensações de formigamento para meus dedos.

O teste final.

Canton solta um grunhido baixo, um que faz minha loba gemer dentro de mim. Ela não quer ser forçada a sair. Ela quer *escolher*.

Mas não é assim que funciona.

Ela não manda aqui. Canton é quem manda, e ela tem que respeitar isso, ou nós duas pagaremos o preço final: a *rejeição*.

Ele rosna novamente, desta vez com um pouco mais de força, enviando vibrações pelos meus membros. Me obrigo a respirar, a manter a calma, a deixá-lo controlar minha transformação. Mas seu terceiro rosnado é mais duro, exigindo que meu animal cumpra sua ordem e fazendo meus ossos quebrarem sob seu poder.

No quinto rosnado, as lágrimas estão rolando dos meus olhos fechados enquanto minha loba luta contra o chamado de nosso companheiro.

— É natural lutar — minha mãe me avisou antes da cerimônia. — Apenas deixe a natureza seguir seu curso. Os Alfas querem uma companheira forte. E você é a mais forte de todas nós.

O aperto de Canton na minha nuca aumenta, seu rosnado se tornando ainda mais agressivo.

Perco a conta de quantas vezes ele rosna.

Estou muito perdida com a sensação de meus ossos estalando e se transformando, os movimentos estranhos e dolorosos.

Como as fêmeas se submetem à mudança de volta para a reivindicação? Eu me pergunto, minhas entranhas se transformando em fogo líquido enquanto um gemido escapa dos meus lábios. *Como elas gostam da reivindicação?*

Ouvi dizer que a reivindicação é uma linda cerimônia, cheia de paixão e prazer.

Mas não consigo imaginar sentir isso agora.

Mordo a língua para não gritar quando minhas pernas finalmente cedem debaixo de mim. Canton me mantém na minha posição com a mão na minha nuca e na minha bochecha.

Isso dói.

Parece que ele vai quebrar meu pescoço.

É antinatural.

Preciso que ele me liberte para me deixar terminar a transformação. Ele está me punindo por demorar muito? Ele está me segurando assim para provar que está no comando?

Lamento que meu corpo seja dele para controlar inteiramente. O que mais ele quer? Eu não posso... não posso lutar com ele. Ele é muito poderoso. Muito masculino. Muito *Alfa*.

Ele finalmente me libera e solta um rosnado que vibra em cada centímetro do meu ser, o lobo dentro dele exigindo que meu animal ganhe vida.

Ela rosna em resposta, mas nenhum de nós pode lutar contra seu chamado.

Eu me enrolo em uma bola quando a transformação assume inteiramente, meu corpo se contorcendo de uma maneira que nunca foi feita antes.

Deve ser por isso que não nos permitem conhecer nossos animais internos até o acasalamento. *Isso* dói.

Por mais que eu queira ver meu animal, não aprecio a dor que exige conhecê-la. Eu me sinto fraca. Indigna. *Mole*.

Um gemido deixa meus lábios espontaneamente, meus membros tremendo enquanto as fases finais da minha transição atingem meu núcleo.

E então tudo para.

A agonia. O medo. A antecipação. Ela simplesmente se derrete enquanto o silêncio desce.

Paz.

Minha loba boceja e se espreguiça, satisfeita por finalmente estar livre.

Exceto que a súbita entrada de ar ao meu redor fez com que as orelhas da minha loba fiquem achatadas de preocupação. Ela não gosta desse som, e nem eu.

Eu fungo, tentando extrair a causa da preocupação. Arrepia meu pelo, o mau-cheiro crescendo a cada segundo.

— Que merda é essa? — Alfa Crane exige. — Algum tipo de piada de mau gosto?

Eu pisco, confusa.

Canton não está mais ao meu lado, ele está a mais de três metros de distância e me encara com um olhar de desgosto que vai direto ao meu coração.

Levanto a cabeça, a sensação um pouco estranha, já que os músculos do meu pescoço são novos nessa forma.

Ainda não consigo ficar de pé, meus membros ainda estão desajeitados embaixo de mim.

Olho para baixo para tentar descobrir onde colocar minhas patas e como...

Pelo branco.

Eu o encaro.

Por que tenho pelo branco?

Devia ser preto. Todos os Lobos Nantahala têm pelo preto. Os lobos Santeetlah têm pelo marrom.

O bando Black Mountain é o lar dos Lobos Carnage.

E os Lobos Carnage têm pelo branco.

Pelo branco como a neve.

Pelo branco como...

Como *minhas patas.*

Ah, lua... estou encrencada.

CLOVE

— Explique-se! — Alfa Bryson grita.

Eu tremo, meu foco instantaneamente indo para o homem que reverenciei toda a minha vida. Mas ele não está olhando para mim. Está olhando para o meu pai.

E meu pai... está encarando minha mãe encolhida.

— Eu... eu... — ela gagueja, sua pele tão pálida quanto meu pelo. — Eu não sabia... eu...

— Você não sabia? — meu pai repete, seu tom contendo uma ponta de fúria que nunca ouvi antes. — Como podia *não* saber? — Ele aponta na minha direção. — Ela é a porra de uma vira-lata!

— Eu pensei que ela era sua — minha mãe sussurra.

— Eu... Você tem que acreditar em mim. Ele... Ele me encontrou... Eu tentei lutar... Mas eu...

Suas declarações são todas distorcidas. Talvez porque não consigo ouvir além do latejar em meus ouvidos. Talvez porque ela não consegue se explicar.

— Eu juro, eu não tinha ideia — meu pai diz para Alfa Bryson. — Aceitarei qualquer punição que você desejar. Esta não é uma reflexão sobre o nosso bando. É uma reflexão sobre mim e minha esposa prostituta.

— Ele me estuprou! — minha mãe grita. — Tentei lutar com ele! Eu... eu pensei... eu rezei e esperei que ela fosse sua. Eu...

— Eles são conhecidos por sua selvageria — Canton murmura. — É possível.

Alfa Crane bufa.

— Você é ingênuo, jovem e tem muito a aprender.

— Tenho trinta anos — Canton aponta. — E enfrentei essas feras em batalha, pai.

— Isso não explica ela não ter relatado. — Alfa Crane pronuncia as palavras com autoridade e uma pontada de desgosto. — Queríamos sua melhor fêmea, e é isso que você nos dá? Uma vira-lata de origem desconhecida? — Alfa Crane cospe no chão perto dos pés de Alfa Bryson. — Eu nunca fui mais insultado do que agora.

Alfa Bryson não diz nada, seus olhos vagando para mim antes de se fixarem em minha mãe trêmula.

— O que pode consertar a situação? — ele pergunta. — Posso oferecê-las como escravas.

Meu coração quase para de bater. *O quê?*

— Você pode matá-las — meu pai acrescenta. — Faça o que quiser. Eu rejeito as duas.

— Gafton...

A mão do meu pai parece um chicote ao vento, batendo na bochecha da minha mãe e mandando-a para o chão.

— Você nunca mais vai falar meu nome, sua puta de merda. — Ele segue com um chute no estômago dela, depois outro na cabeça, nocauteando-a no campo.

Minha loba reage com um rosnado, furiosa com o tratamento que ele dá a sua companheira.

As companheiras devem ser reverenciadas, estimadas e protegidas.

Seus olhos encontram os meus, a fúria naquelas pupilas escuras são diferente de tudo que já vi. Ele dá um passo em minha direção, mas Alfa Bryson o segura com a palma da mão no peito.

— Não é você quem deve dar esse castigo, Gaf.

— Não, é o meu filho quem deve dar. Ele é o mais insultado aqui. Ele é quem foi enganado com uma companheira não qualificada. Ele escolherá seus destinos. — Alfa Crane olha para Canton. — A decisão é sua.

Tento ficar de pé, mas minhas pernas estão desajeitadas e se recusam a aguentar meu peso.

Isso... isso deve ser um pesadelo.

Como posso ter pelo branco?

Minha mãe foi estuprada?

Por... por um lobo da Black Mountain?

Meu coração está batendo tão forte no peito que não ouço a aproximação de Canton. Mas sinto seu cheiro, o cheiro de cedro e homem chamando minha loba em um nível básico.

Companheiro, ela sussurra para mim, ronronando em aprovação.

Mas o sentimento não é correspondido.

Posso ver o ódio em seus olhos, a fúria por ter todo esse arranjo arruinado pelo meu pelo branco.

Mas ainda sou a mesma.

Ainda sou a loba que meus pais me criaram para ser.

Eu... eu só tenho pelo branco.

Não preto.

Talvez ele exija que eu nunca mais me transforme?

Uma sugestão risível. Porque nossos filhos ainda serão contaminados por minha herança mista.

Ele se agacha diante de mim, seus impressionantes olhos azuis brilhando sob o luar. Tento inclinar a cabeça, mas minha loba se recusa. Ela quer desafiá-lo, desafiar a todos.

Ela se recusa a aceitar qualquer destino que ele escolha. Ela é forte demais para se curvar.

No entanto, ela não pode nem ficar de pé.

Grito para ela abaixar os olhos.

Ela não baixa.

E Canton começa a brilhar.

— Você se atreve a me desafiar, lobinha?

Não!, quero gritar, mas não posso falar. Não consigo me mexer. Minha loba está no controle agora. Eu a neguei por tantos anos que ela está se recusando a me deixar comandar o show.

Ele rosna.

E para meu absoluto horror, minha loba rosna de volta.

— Você está apenas provando para mim e todos os meus homens que você não pode ser domada — ele me diz, sua voz quase triste enquanto balança a cabeça. — Que pena. Eu poderia ter adicionado você ao meu harém. — Ele fica totalmente de pé, seus ombros retos de uma forma que faz minha loba rosnar.

Ela quer rasgá-lo em pedaços.

Porque ela o está rejeitando.

A compreensão me atinge bem no peito, me chocando.

E permitindo que minha loba ganhe muito mais controle.

Estou apoiada em minhas patas agora, minhas pernas se esticando enquanto ela observa o campo de machos agressivos. Eles cheiram errado. Feral. Inaceitável.

Ela quer destruir a todos, deixá-los em pedaços.

Especialmente aquele que chamei de pai a vida toda.

Ela está furiosa com ele por machucar nossa mãe. Vendo seu cabelo escuro esparramado pelo chão, seus olhos fechados, seus lábios sangrando do tapa de meu pai, minha loba dá um passo ousado para frente.

Canton rosna, desta vez de forma ameaçadora.

— Não se mova — ele diz a minha loba, sua voz emanando um poder semelhante ao de seu pai.

Meu animal rosna em resposta, não se curvando à sua vontade.

— *Isto* — Alfa Crane aponta para mim — é por *isso* que lutamos contra o Bando Black Mountain. Eles não entendem hierarquia porque seus lobos são criaturas selvagens e sem regras. Eles trepam, matam e não obedecem.

Minha loba bufa como se pudesse entender suas palavras.

Ela discorda de todo o coração, seu desrespeito não tem nada a ver com a falta de compreensão e tudo a ver com sua recusa em se curvar a ele como seu Alfa.

Não entendo a inclinação ou de onde vem, mas não posso negar a sensação de retidão pulsando em minhas veias.

Eu não pertenço a esse lugar, percebo. *Nunca pertenci.*

É por isso que minha mãe sempre me ensinava quando mostrar minha espinha dorsal. Outras garotas não precisavam dessa lição, mas eu, sim. Porque eu sempre fui mais forte. Sempre questionei nossos métodos.

Enquanto todas as outras mulheres simplesmente as aceitavam como lei.

Achei que era isso que me tornava uma fêmea Alfa.

Mas minha loba me diz agora que nunca foi o meu espírito curioso. Eu questionei tudo durante toda a minha vida porque eu não pertenço a esse lugar.

Os lobos começam a cantar, fazendo com que os pelos das minhas costas se arrepiem.

Eles querem a decisão de Canton.

Querem vingança.

Desejam *sangue*.

Porque eles me culpam por existir. E a expressão do meu pai me diz que ele me culpa também.

Ele não é meu pai, penso.

No entanto, ele me criou. Me amou. Me preparou para esta posição hoje. E agora está me deserdando diante do bando.

Não ouço as palavras, meu coração bate muito rápido em meus ouvidos para que eu ouça o que quer que ele está dizendo. Mas desaprovação e ódio irradiam de sua forma rígida.

Ele chuta minha mãe novamente.

Ela nem está acordada ou se movendo, e o idiota se aproveita disso.

Ele a pega e a joga aos pés de Alfa Crane.

Minha loba rosna novamente, furiosa com a visão de um macho tratando sua companheira com tanto desrespeito.

Alfa Crane acena para dois de seus homens. Eles rondam com olhos famintos, pegando a forma sem vida de minha mãe e arrastando-a em direção às árvores.

Minha loba dá um passo à frente, com o pelo eriçado.

Mas um rosnado de Alfa Crane me mantém cativa, confundindo meus sentidos.

Não é meu Alfa, minha loba pensa.

No entanto, minhas patas estão paralisadas na terra.

Eu não entendo esse poder. Não parece certo. Minha loba quer lutar contra isso, abrir seu caminho e destruir a todos.

Alfa Bryson adiciona seu próprio rosnado, forçando minhas pernas a dobrarem debaixo de mim, me levando ao chão.

— Ela está ficando selvagem — ouço um deles dizer. — É inútil para nós.

Segue-se uma conversa, algo sobre minha mãe estar pagando por seus pecados.

— Mande-a para a Ilha Carnage — alguém sugere, as palavras provocando uma lâmina de gelo pela minha espinha. — Deixe aqueles animais destruí-la.

Não, quero dizer. *Não, por favor, não.*

Mas minha loba não me deixa voltar à forma humana.

Talvez porque eu realmente não saiba como fazer isso.

Meu *companheiro* deveria me ensinar. No entanto, ele está ao lado de seu pai, de costas para mim, me tratando como se eu não fosse nada. Como se eu não tivesse passado os últimos seis meses pelos testes de acasalamento com ele.

Nada disso faz sentido algum.

Eu deveria estar brincando nas árvores agora, aproveitando os aromas da terra e...

Um grito agonizante chega aos meus ouvidos, fazendo minha loba se eriçar.

Mãe...

Risadas seguem.

Rosnados famintos também.

Meu pai não faz nada, seu rosto inexpressivo enquanto minha mãe implora para que parem. Não posso vê-los, mas posso ouvi-los. Posso *sentir o cheiro* do que estão fazendo.

Eles a chamam de vadia.

Eles a chamam de inútil.

Dizem que ela vai morrer de costas.

Minha loba rosna baixo e o desejo de me mover desperta meus instintos e desfaz o aperto em torno de minhas patas.

No momento seguinte, estou correndo pela terra em direção aos gritos de minha mãe.

Ela está chorando.

Estou indo.

Ela está com dor.

Vou te salvar.

Ela está apavorada.

Estou quase...

Um lobo maior me joga no chão, o feroz rosnado que reconheço. Canton. Ele me prende à terra sob seu corpo muito maior, com as mandíbulas na minha garganta.

Minha loba não aceita seu domínio, lutando embaixo dele com toda a fúria e terror dentro de mim, tentando se libertar de seu peso.

É inútil.

Mal posso respirar embaixo dele quando sinto seus caninos na minha garganta e perfurando a pele.

Ele vai arrancar minha cabeça, percebo, em pânico. *Ele vai me matar!*

Meu espírito renova minha luta, passando da raiva para uma necessidade absoluta de sobreviver.

Mas ele nem se mexe.

Ele é muito grande.

Ele é muito forte.

E acabei de conhecer minha loba. Não consigo controlá-la.

Um gemido me escapa, meus olhos travando naqueles azuis vibrantes, tão familiares em suas feições lupinas.

Os gritos da minha mãe começam a desaparecer.

O mundo está escurecendo.

Minha vida acabou.

Tento uma última vez bater a pata em Canton, mas é tarde demais. Meus membros não funcionam mais, meu corpo totalmente subjugado sob sua forma rosnando.

Este é o meu fim.
Uma pesadelo real.
Um destino cruel.

O último som que ouço é minha mãe chamando meu nome.

— *Aspen...*

E o mundo escurece.

VOLT

O deio usar ternos. São claustrofóbicos e sufocam meu lobo. E as porcarias das gravatas me fazem querer apertar alguma coisa.

Não meu próprio pescoço.

O pescoço de outra pessoa.

Como o humano sentado à minha frente.

Felizmente, ele é útil.

Infelizmente, ele é a razão de eu estar de terno.

Espero pacientemente enquanto ele conta o dinheiro na minha frente, mostrando o bônus que está me dando por um trabalho bem-feito.

Ele me deu um alvo. Realizei a tarefa sem quaisquer perguntas ou assistência necessária. E agora estou sendo pago por isso.

— Vocês, militares, chegam a ser irritantes de tão silenciosos — ele fala.

Não respondo. Ele assume que sou militar porque sou bom no que faço. Não me incomodo em corrigi-lo porque não preciso me explicar. Sou um assassino de aluguel. O fato é apenas a minha versão de uma máscara.

Se ele visse as garras abaixo, haveria perguntas.

E eu realmente odeio perguntas.

Esse cara tem várias em mente. Posso vê-las em seus olhos escuros. Mas ele é inteligente o suficiente para manter a boca fechada, em vez de me agradecer com dinheiro.

Ele empurra o pagamento pela mesa de carvalho.

— Envie meus cumprimentos ao seu irmão.

Quase bufo enquanto coloco o envelope grosso no bolso do paletó. Tieran não é meu irmão. Ele é loiro com olhos azuis e cerca de cinco centímetros mais baixo do que os meu 1,90m. Mas claro, somos exatamente iguais, com meu cabelo escuro, olhos combinando e braços tatuados.

De pé, eu me afasto sem dizer uma palavra.

Se esse idiota precisar de mais um golpe, ele sabe quem chamar.

Meu irmão.

Desta vez eu bufo.

Tieran vai adorar isso.

Caius se parece mais comigo do que Tieran.

Não que o humano conheça Caius. Sua especialidade neste mundo é fazer negócios e colocar as pessoas em dívida. Especificamente, em dívida *conosco*.

Eu sou o assassino.

Tieran é o chefe.

Merda de irmão, repito, balançando a cabeça enquanto saio da casa do cara rico. Sua segurança privada fica longe de mim, totalmente ciente da minha reputação de morte.

Ou talvez eles possam apenas sentir o cheiro dele na minha pele.

Qualquer que seja.

Há reputações piores na vida do que ser visto literalmente como o Ceifador.

Saio e respiro profundamente o ar fresco. Acalma minha alma, me permitindo existir na serenidade do momento. Mais dois guardas imediatamente saem do meu caminho, desviando os olhos.

Eles não têm ideia do que eu realmente sou e ainda estão se submetendo.

Mortais patéticos.

Pego as chaves com o manobrista que me espera e entro no meu brinquedo favorito. É uma das vantagens da vida fora da ilha.

Os Anciões acham que são muito inteligentes, enviando todos os lobos rejeitados para suas "Ilhas Rejeitadas".

É a maneira deles de controlar o caos associado à quebra de laços predestinados.

Alguns lobos podem lidar com a rejeição. Outros, não. São os que não podem que criaram essa nova ordem que obriga todos os rejeitados a se reportarem à Ilha Wolfe. É aí que eles fazem atribuições, enviando os lobos para suas novas alcateias.

Os Anciões policiam algumas das ilhas com mais força do que as outras.

Mas não a Ilha Carnage.

Não, eles nos deixaram nos policiar.

Porque são muito covardes para lidar com nosso nível de selvageria.

Passo com cuidado ao redor da fonte gigante no meio da calçada do Idiota Rico. É uma peça central pomposa que duvido que alguém realmente goste. Mas isso me impede com sucesso de correr – deixo isso para o momento em que estou atravessando o portão e saio do bairro em alta velocidade.

A gravata é a primeira a ser tirada, a porcaria da seda parecendo uma corda que quero incendiar.

Em seguida, abro o botão de cima da camisa.

Então aperto o ícone de discagem na tela.

Tieran atende no primeiro toque.

— Você está voltando?

— Sim — digo a ele. — Dinheiro no bolso.

— Ele contou de novo?

— Sim.

— Me poupa o trabalho — Tieran fala devagar, e posso imaginá-lo recostado na cadeira do escritório e apoiando os pés sobre a mesa. Ele provavelmente está de jeans e sem camisa. Cretino sortudo. — Um dia desses, vamos ter que matá-lo.

— Sim — repito, totalmente ciente dessa tarefa. — Ele acha que somos irmãos.

Tieran grunhe.

— Ele é um velho tolo, cego por seu dinheiro.

— Enquanto continuar nos pagando, ele é útil.

— Até que comece a fazer perguntas — Tieran responde. — As quais já estou ouvindo alguns estrondos pelo círculo.

— Humm — murmuro, já preparado para me virar para lidar com o problema.

— Agora não — Tieran diz, me lendo facilmente, mesmo pelo telefone. — Vamos ver como vai ser. E nesse ínterim, vamos nos entregar à remessa recebida.

— Remessa recebida? — repito.

— Dos Anciões — ele esclarece. — Carne fresca.

— Fêmea? — pergunto esperançoso.

Tieran não perderia meu tempo com isso a menos que a carne fresca fosse feminina ou alguém do nosso passado.

— Fêmea — ele confirma. — Ao menos, foi isso o que me disseram. Uma coisinha selvagem também. Aparentemente, matou a própria mãe.

Eu assobio, intrigado.

— Parece meu tipo de mulher.

Aprendi há muito tempo que família não tem relação

com sangue. Mas sim, fidelidade. Se eu pudesse matar minha mãe, com certeza o faria. Mas meu pai já havia feito isso por mim. Logo antes de tirar a própria vida.

Malditos lobos inúteis.

— Ela é mestiça — Tieran continua, ignorando minha interjeição. — Acho que sua mãe se envolveu com um Lobo Carnage e criou uma vira-latas. Então seu companheiro a rejeitou ao se transformar.

Eu franzo a testa.

— O quê? Qual a idade dela? Cinco? — Essa é a idade da maioria dos filhotes quando se transformam pela primeira vez.

— Não — ele zomba. — Vinte.

— E ela acabou de descobrir sobre sua linhagem? — pergunto, confuso pra caramba. — Isso não teria sido óbvio com a primeira transformação dela?

— Ela é do Bando Nantahala — ele responde, e essas palavras explicam tudo.

— Puta merda.

— Sim — ele concorda. — Em vez de mandá-la para a ilha deles, ela está vindo para a nossa por causa de sua explosão violenta e herança mista.

— Entendo. — Viro para uma estrada principal que me levará à rodovia, as rodas cantando em protesto contra minha velocidade crescente. — Vamos dar uma festa de boas-vindas?

— Caius está trabalhando nisso.

— Apostando em quem transa com ela primeiro? — pergunto, sorrindo.

Os Lobos Carnage adoram sexo. É uma parte carnal nossa, enraizada em nosso espírito animal. Não só para os homens, mas também para as mulheres. E a Ilha Carnage é severamente carente no departamento feminino, dando a nova loba a escolha de companheiros de cama.

24

— Entre outras coisas — Tieran responde.

— Alfa ou Beta? — pergunto. A resposta influenciará minha aposta. E não me incomodo em chutar Ômega, já que isso é muito improvável para ser verdade. Também causaria um motim na ilha.

— Reese afirma que ela foi rejeitada pelo filho de um Alfa, então acho que ela é Alfa — ele diz. — O filho do Alfa Crane, para ser mais preciso.

Quase congelo no lugar.

— Merda.

— Sim. Dizem que as duas alcateias estão tentando se fundir e essa lobinha atrapalhou os planos quando descobriram que era mestiça.

— Puta merda — murmuro, impressionado e um pouco encantado. — Você confirmou isso com seu pai?

— Ainda não — ele responde. — Mas deixei uma mensagem. E o Reese está tentando descobrir mais para nós.

Concordo. Reese é um dos nossos informantes no Conselho dos Anciões. Se alguém pode descobrir a verdade, é ele. Mas seria bom saber o que o pai de Tieran tem a dizer sobre isso.

Afinal, ele é o Alfa da Black Mountain.

— Parece que teremos uma noite intrigante — murmuro.

— Bastante — Tieran concorda, seu sotaque inglês aparecendo – uma característica que ele pegou de sua mãe Ômega. E talvez de seu companheiro inglês também. Ser uma

Ômega rara permite que ela tenha vários companheiros, sendo o Alfa de seu círculo o pai de Tieran. Mas os outros dois machos em seu ninho são ambos Alfas por direito próprio. Eles simplesmente escolhem se curvar ao pai de Tieran.

Semelhante a como Caius e eu permitimos que Tieran lidere.

Nós três somos todos Lobos Carnage Alfas.

Mas Tieran é o estrategista.

Eu sou a força.

E Caius é o cérebro.

— Estarei aí em mais ou menos quinze minutos — digo a Tieran.

— Vou preparar o iate e esperar — ele responde, encerrando a ligação.

Bem, este dia melhorou drasticamente. Assim que eu me livrar desse terno abafado, serei todo lobo.

E talvez eu tenha um brinquedo Alfa esta noite.

Faz muito tempo que não entretenho uma mulher capaz de tirar minha força. As duas Betas e a única Alfa da ilha reivindicaram seus machos antes mesmo que eu tivesse a chance de me oferecer. Então, fui forçado a satisfazer minhas necessidades com humanas. O que é muito parecido com a porra do vidro.

Não é divertido para mim.

Não é divertido para elas.

Não é divertido para ninguém.

Mas uma loba bem nova? Sim, por favor.

Talvez eu me envolva no jogo de Caius.

Depende de como vai ser a festa de boas-vindas.

Bem-vinda à Ilha Carnage, lobinha, penso com um sorriso. *Espero que goste de morder.*

CLOVE

Não consigo me transformar. Tentei por quatro dias, e minha loba não me permite voltar à forma humana.

Os guardas acham que estou sendo desafiadora. O juiz de admissão me chamou de *selvagem*. E a assistente social responsável pelo meu caso disse que não podia me ajudar porque eu não queria ser ajudada.

Se isso fosse verdade.

Minha loba se recusa a me deixar me defender em forma humana. Todo mundo acha que matei minha mãe porque foi o que o Alfa Bryson disse.

Ele alegou que me tornei selvagem quando descobri minha verdadeira linhagem.

Ele agiu como se se sentisse mal por mim.

Chamou de "caso triste e desamparado". E então começou um discurso sobre como ele não conseguia me deixar de lado, que não era minha culpa por ter nascido assim.

No entanto, ele não teve um único problema com o fato de os lobos de Alfa Crane matarem a minha mãe.

E não se importou em colocar a culpa pelo assassinato dela na minha conta.

Minha loba está furiosa. *Eu* estou furiosa.

Mas também estou apavorada.

Eles estão me levando para a Ilha Carnage, lar dos lobos mais cruéis que existem.

Porque eles acham que matei minha mãe.

Quero chorar. Quero gritar. Quero morder.

Colocaram uma focinheira em mim, meus rosnados apenas aumentando os rumores do meu estado selvagem. Minha loba está chateada e quer matar o guarda que fechou minha boca com força.

Ele continua olhando para a minha loba com um olhar faminto, seu nariz se contorcendo enquanto ele me cheira.

Eu rosno em resposta, meu animal permitindo o som.

Ele sorri, claramente divertido pela minha demonstração de desafio.

Sou uma loba morta, penso, suspirando.

O barco desliza pela água, deixando a terra para trás enquanto nos dirigimos para minha nova casa. De qualquer maneira, por quanto tempo eu sobreviver.

Algo que sei que meu ex-Alfa está contando.

— Ela não vai conseguir falar — Alfa Bryson disse ao meu pai antes que os oficiais chegassem na outra noite.

Eu mal estava lúcida, minha cabeça latejando por Canton ter me nocauteado.

Parte de mim achava que era tudo um sonho.

Mas um olhar para minhas patas me disse que era muito real.

Perdi a consciência novamente logo depois disso. Então acordei em uma cela, onde a assistente social leu as acusações para mim.

Minha mãe está morta.

Minha alcateia me deserdou.

E os Anciões acham que matei minha mãe em um acesso de raiva.

Pânico e fúria me sufocaram no momento seguinte, fazendo minha loba reagir com agressividade.

Foi quando os guardas me nocautearam com um tranquilizante.

Isso aconteceu três vezes nos últimos dias.

Eu realmente não quero passar por isso novamente enquanto estamos a caminho da ilha mais perigosa do mundo. Então estou focando na minha respiração e tentando não surtar.

Mas os gritos de minha mãe continuam a reverberar em minha mente.

Ela implorou para que parassem.

Eles riram.

Meu próprio pai permitiu que isso acontecesse.

Ele não é meu pai, eu me lembro.

Mas ainda era seu companheiro.

Como ele pôde ser tão cruel?

Por que ela não contou a verdade? uma pequena parte de mim sussurra. Ela deveria ter contado a ele sobre o Lobo Carnage e o que ele fez com ela.

Mas então ela teria me perdido.

Meu pai a teria feito abortar a criança.

Eu não existiria.

Por isso ela não contou.

Por causa de seu amor por mim.

E agora ela pagou o preço com sua vida.

Uma lágrima tenta escapar do meu olho, mas minha loba a recusa. Ela ainda está no comando e apresenta um ar confiante que me faz encolher por dentro.

É uma bravata que não sinto.

Ela está em modo de sobrevivência, não me permitindo comandar o show. Se eu pudesse falar durante o julgamento, poderia negociar para onde os Anciões me enviaram.

Mas, não.

Minha loba cimentou nosso destino rosnando para o juiz de admissão.

Tento fechar os olhos, apenas relaxar ao ar livre do oceano. Infelizmente, o guarda se move para a direita, mantendo minha loba em alerta máximo.

Pelo menos, não consigo sentir o ar invernal. Meu pelo me mantém aquecida enquanto seguimos ao longo das águas até as ilhas na costa do Canadá.

Só a Ilha Wolfe pode ser alcançada por uma ponte para o continente. Todas as Ilhas Rejeitadas além dela são acessíveis apenas por balsa ou helicóptero.

Ou, no meu caso, via lancha.

Provavelmente porque esses guardas querem me deixar na beira da água e escapar antes que os Lobos Carnage possam sentir sua presença.

Nunca vi um de perto, o Bando Black Mountain nunca tendo cruzado em nossa aldeia em casa. Os executores da alcateia garantiam nossa segurança lá.

Mas ninguém está garantindo a minha aqui.

Estou em uma porcaria de uma gaiola.

Uma que suspeito que esses idiotas não vão me deixar sair.

Tremo com o pensamento. Se minha loba me permitir me transformar, posso usar os dedos para nos libertar.

Supondo que eu possa até me transformar com um focinho preso à minha cabeça.

Franzo a testa por dentro, incerta. Esse é o tipo de coisa que nunca me ensinaram.

O barco começa a desacelerar, o guarda à frente gritando:

— Preparem-na!

O Sr. Focinho se levanta, com os lábios se curvando de uma forma que faz minha pele se arrepiar.

— Com todo o prazer.

Minha loba se senta na caixa, olhando para ele. O completo oposto do que eu quero fazer agora. Ela está agindo como um cachorro obediente, com as orelhas em pé, o rabo ligeiramente abanando.

— Sabia que você se aproximaria — ele diz, se agachando. — Por que você não se transforma para que eu possa vê-la melhor?

Minha loba inclina a cabeça como se não pudesse entendê-lo.

É desorientador me sentir tão distante dela e fora de controle. Imagino que é como ela se sentiu todos esses anos enquanto eu a reprimi – algo que estou percebendo agora que não é natural.

Porque vi alguns filhotes correndo pela Ilha Wolfe.

Filhotes fêmeas.

— Não vou deixar você sair até que você se transforme — ele diz.

Bem, isso não vai acontecer, quero dizer a ele.

Em vez disso, minha loba se deita com um bufo triste.

Eu não tenho ideia do que ela está fazendo, e desisti de tentar entender. Então eu apenas sigo com isso. Se ela quer se lamentar, então vamos nos lamentar.

O guarda franze a testa.

— Não posso deixar você sair em forma de lobo, pequena.

O que significa que ele planeja despejar minha caixa na ilha. Impressionante.

O barco desacelera até parar, e o guarda contorce os lábios.

— Ei! Empurre-a e vamos embora! — o guarda da frente nos chama.

Sr. Focinho suspira e balança a cabeça.

— Tudo bem. — Ele estende a mão e coloca os dedos no trinco. — Tente me atacar, e eu vou jogar você na água para se afogar nesta jaula. Seja uma boa loba, e eu vou deixar você nadar até a praia.

Uau, essas são opções incríveis, penso, revirando os olhos.

Mas minha loba não se move, apenas continua a observá-lo.

Ele abre a porta e ela se senta, abanando o rabo alegremente.

— Bem, então continue — ele diz, apontando para a margem que agora posso ver a cerca de trinta metros de distância. Ele não estava brincando sobre nadar.

Minha loba geme um pouco e coloca as patas em seu focinho.

Ele semicerra os olhos.

— Eu não vou cair nessa.

Ela suspira, deitando-se novamente.

— Que merda, Jack? Empurre-a ao mar já! — o guarda impaciente exige.

Jack não se move, mantendo seus olhos em mim.

— Tudo bem. Venha aqui e eu vou removê-la. Mas se você me morder, vai se arrepender.

Minha loba se senta novamente, abanando o rabo como um animal de estimação obediente.

Eu me pergunto se ele percebe que não estou no controle, que ela está comandando o show.

Seu sorriso sugere que ele pensa que sou eu.

E deveria ser, já que sou a humana aqui.

Mas me sinto trancada, semelhante a como costumava empurrá-la para o fundo da minha mente.

Posso sentir, ouvir e ver tudo. Eu podia até sentir o gosto da comida podre que me deram na minha cela. No entanto, não pude deixar de comê-la.

32

Assim como eu não posso parar com esse ridículo balançar de rabo agora.

— Venha aqui como uma boa menina, e eu vou soltá-la antes de você pular — Jack fala.

Minha loba se levanta e se espreguiça, obviamente o entendendo. Embora, eu não ache que são as palavras dele que ela processa tanto quanto seu tom e movimentos. Há uma animalidade nela que não avalia frases como um humano faria.

É por isso que eu deveria ser capaz de controlá-la.

Ele alcança meu rosto e eu tento recuar, mas minha loba fica absolutamente imóvel, permitindo que ele solte a focinheira. Ele é cauteloso, puxando-a cuidadosamente da minha cabeça.

E minha loba ataca sua garganta.

Ele xinga, me jogando ao mar com sua força robusta e me mandando para a água pelo barco.

— Filha da puta! — ele grita.

— E você é um idiota do cacete — o outro guarda retruca.

O barco começa a espirrar água quando eles decolam, as lâminas na parte de trás quase pegando minha cauda enquanto eles se afastam.

Minha loba afunda sob as ondas, sem saber como nadar.

E a água é *fria*.

Como gelo.

Estou frenética, tentando assumir o controle, dizer a ela como remar, ensinar a ela uma maneira de subir. Mas ela não me deixa livre. Ela não quer me ouvir!

Estamos afundando.

A água está girando ao nosso redor enquanto nos agarramos às profundezas escuras, tentando descobrir como flutuar ou alcançar a superfície.

Minha loba está ganindo.

Eu estou gritando.

Então braços musculosos estão ao redor do meu torso e me puxando para cima.

— Que porra você está fazendo? — um homem questiona e sua voz me faz estremecer por dentro e por fora.

Bem, não por fora.

Minha loba está rosnando para ele, furiosa com seu toque.

— Ah, quieta — ele retruca, sua energia Alfa brilhando em minha pele de uma maneira muito mais potente do que Alfa Bryson já fez.

Este macho é a personificação do poder.

E instantaneamente acalma minha loba.

Ela se submete com facilidade, permitindo que ele nos arraste para a praia.

Eu me pergunto, só por um momento, se ela está fingindo como fez no barco.

Mas, não. Posso sentir a falta de tensão em meu corpo, a verdadeira vontade de se submeter a alguém que ela acredita ser um ser mais forte.

Ele não me solta imediatamente, em vez disso me rola para o meu lado e olha para os meus olhos de loba com um olhar clínico.

Olho para ele, hipnotizada por suas íris cor de ébano. Tão escura e sedutora. Pelo menos até ele semicerrar os olhos em confusão.

— Você não é Alfa — ele me diz.

Minha loba resmunga em resposta, claramente não aprovando seu tom.

Ou talvez ela realmente o entenda.

Eu nem sei mais.

— Se transforme — ele ordena.

Não posso, porque não sei como. Porque minha loba não me deixa. Porque, aparentemente, eu enlouqueci e permiti que meu animal assumisse o controle.

— Ela não pode — outra voz responde, essa com um leve sotaque e irradiando ainda mais poder do que o Alfa ao meu lado.

Como isso é possível?

Espere... Olho bruscamente para o recém-chegado, minha loba finalmente me permitindo assumir o controle por apenas um segundo. *Como você sabe que não posso me transformar?* Ele é o primeiro a sentir isso. O primeiro a perceber que não consigo controlar minha loba.

Mas qualquer euforia que sinto morre quando ele dá um passo à frente, sua aura zumbindo com superioridade elétrica.

Ele é um Alfa.

Bem, assim como o cara ao meu lado.

Os dois são Alfas.

Lobos Alfas Carnage.

Ah, lua...

Engulo em seco, sentindo minhas entranhas se transformarem em gelo quando de repente me lembro onde estou.

— Shhh — o macho ao meu lado murmura, se deitando como se parecesse menos agressivo.

Não funciona.

Ele é muito grande e muito Alfa para parecer menos intimidador.

— Você está bem — ele murmura com a voz enganosamente calma.

Com certeza não estou, quero dizer a ele. Estou o completo oposto de bem. Estou terrível. Estou presa na minha forma de lobo, acusada de um assassinato que não cometi, e atualmente sendo encurralado por dois *Lobos Alfas Carnage.*

— Bem, ela está um pouco mais molhada do que eu esperava — uma terceira voz fala, fazendo minhas veias gelarem. — Não que eu esteja reclamando. Uma mulher molhada é sempre bem-vinda na minha presença.

Os três são *Lobos Alfas Carnage*.

Eu claramente irritei uma divindade da lua na minha vida passada.

Porque meu mundo foi oficialmente virado de cabeça para baixo nos últimos dias. E agora vou morrer nas mãos dessas feras selvagens.

Exceto que o que está ao meu lado está acariciando meu pelo com uma reverência que não entendo. E ele está... ele está cantarolando?

Por que ele está cantarolando?

Minha loba está completamente relaxada, deitado ao lado dele como um pedaço de pelo molhado. Ela não se preocupa por estar cercada por esses Alfas. Na verdade, ela está... contente.

O que está acontecendo?

— Por que ela não pode se transformar? — o macho ao meu lado pergunta.

Eu me animo com isso. *Sim, por que não posso me transformar?*

— Eu tenho alguns palpites — aquele com o leve sotaque responde. Ele está agachado ao nosso lado agora, seu intenso olhar azul absorvendo cada centímetro da minha forma. Quando ele se inclina para me cheirar, eu enrijeço. Pelo menos por dentro. No entanto, minha loba apenas se estica como se quisesse mostrar as pernas para ele.

Então, para meu absoluto horror, ela começa a rolar de costas e mostra a barriga para ele.

O que há de errado com você? questiono, lívida. *Você estava toda feroz e raivosa, e agora quer se submeter a esses três machos Alfa?*

— Humm, vejo que você assumiu o controle — o alfa de olhos azuis murmura, se inclinando para acariciar com a palma da mão ao longo do meu abdômen exposto. — Você está protegendo sua humana, pequena? Escondendo-a de algum tipo de trauma?

Considero isso por um momento. *É isso que você está fazendo?* pergunto ao meu animal errante. *Você está me permitindo curar antes de me devolver o controle?*

— Ou talvez seu companheiro Alfa não tenha lhe dado permissão para voltar? — ele continua, com a testa franzida com a sugestão.

Minha mente cambaleia com a possibilidade.

Canton inspirou minha loba a sair. Mas ele nunca me forçou a me transformar de volta.

É por isso que não consigo me transformar? me pergunto, sentindo meu coração acelerado. *O que isso significa? Ficarei presa assim até que ele me traga de volta?*

Ah, lua... Canton nunca vai me ajudar. Não depois de tudo o que aconteceu.

Vou ficar presa para sempre...

— Ela não pode ir à sua festa neste estado, Caius — o Alfa forte fala em um tom suave, mas suas palavras são cheias de autoridade.

— Não me diga — o terceiro Alfa fala lentamente, se aproximando. — Ela será montada por todos os lobos neste estado.

Minha loba reage a isso, um gemido baixo deixando sua garganta enquanto ela começa a esconder sua barriga novamente. O Alfa de olhos azuis permite, dando-lhe espaço para ela se enrolar em uma bola protetora. Mas ele continua a passar os dedos pelo meu pelo, assim como o que está atrás de mim agora. Ele ainda está cantarolando, o som estranhamente calmante.

— Ela não é Alfa — ele repete, desta vez falando sobre mim e não para mim. — Uma Beta?

O de olhos azuis traça os dedos ao longo do meu pescoço e depois até o meu focinho para desenhar uma linha no meu nariz.

— Ela é pequena — ele diz. — E se submetendo como Ômega. — Ele se inclina para me cheirar novamente, então balança a cabeça. — Sua genética mestiça está confundindo meu lobo.

Caius se junta a ele se agachando diante de mim, seus olhos comoventes encontrando os meus. Ele me estuda por um momento, suas íris acinzentadas parecendo girar com conhecimento.

— Ela não é selvagem.

— Não, de jeito nenhum — o de olhos azuis concorda. — Apenas está com muito medo.

Caius assente como se estivesse respondendo a algum tipo de pergunta não dita.

— Vou cancelar a festa de boas-vindas.

— Diga que ela está exausta e precisa de algumas noites antes de conhecer o bando — o Alfa de olhos azuis orienta, com o olhar ainda em mim.

— Onde ela vai ficar até então? — Caius pergunta.

— Na nossa toca — o que está atrás de mim fala. — Onde podemos mantê-la segura.

— E determinar se ela é Beta ou... — O de olhos azuis para, mas os outros parecem entender o resto de sua declaração, porque eles resmungam.

Ou o quê? quero perguntar. *Ômega?*

Isso é impossível.

Minha mãe sempre me chamou de fêmea Alfa. Todos os meus testes sugeriram o mesmo. Foi o que me tornou adequada para Canton.

Mas esses homens continuam dizendo que não sou Alfa.

E depois de sentir suas fortes auras, eu entendo muito bem o porquê. Porque, comparada a eles? Sim, com certeza *não* sou Alfa.

Mas Ômega?

Eu quase bufo.

Claro que não sou *isso* também.

O macho de olhos azuis se agacha por um momento, passando os dedos pelos cabelos loiros espessos.

— Vou com você, Caius — ele afirma. — O cheiro dela já está no ar. Eles terão perguntas.

Os dois ficam de pé ao mesmo tempo.

Caius sorri, mas não é um tipo de sorriso amigável, mais desafiador enquanto ele olha para o homem atrás de mim.

— Sugiro que você se mova rapidamente, V.

— Eu sempre o faço, C — o Alfa fala lentamente, seu peito vibrando nas minhas costas e fazendo minha loba suspirar em resposta. Ela realmente gosta de seu zumbido retumbante. É quase como um ronronar. — Você quer correr comigo, doçura? — ele pergunta baixinho. — Ou prefere que eu te carregue?

O que está acontecendo agora? me pergunto, um pouco atordoada por esse tratamento inesperado.

Os três machos estão olhando para a minha loba com expectativa – o que imaginei quando soube que seria enviada para a Ilha Carnage, exceto que não é o tipo de brilho de expectativa que eu me preocupava em ver em seus olhos selvagens.

Em vez disso, eles parecem inteligentes.

Não carnais.

Carinhosos.

Não selvagens.

Pacientes.

Não exigentes.

Engulo em seco, incerta do que quero fazer. Depende da minha loba, mas ela não está se movendo. Ela só parece querer se enrolar no Alfa atrás de mim e se banhar naquele ronronar retumbante que emana de seu peito.

— Carregar — ele diz então, se movendo para ficar de pé.

Minha loba se eriça, irritada com a perda de seu calor.

Mas aquele som retumbante do peito dele a acalma em um estado apaziguador enquanto ela se inclina para se encostar nas pernas dele.

Ele está usando calças de terno e nada mais.

Sigo meu nariz e encontro sua camisa, jaqueta e sapatos empilhados ao acaso na praia a apenas alguns metros de distância. Ele não estava usando isso quando me puxou da água, o que significa que ele as tirou antes de mergulhar.

— Você cuida disso, V? — o de olhos azuis pergunta, ele usa calça jeans e está com o peito nu, semelhante ao que eu cresci vendo na aldeia.

— Sim, pode deixar, T. — Aquele ronronar viciante sublinha suas palavras, me fazendo estremecer novamente.

O chamado T assente, fazendo com que seu cabelo loiro caia em seu rosto. Ele empurra os fios errantes para trás com a mão antes de olhar para Caius.

— Vamos partir alguns corações.

— E talvez algumas mandíbulas — Caius completa.

V olha para mim, com a expressão de repente cansada.

— Sim, acho que isso é certo.

TIERAN

O cheiro da fêmea emana ao meu redor, perfumando o ar e enchendo meus pulmões a cada respiração. Há algo doce de um jeito inebriante.

Algo que eu quero *provar*.

— Ela tentou matar o Jack — Caius comenta em tom casual enquanto caminhamos na direção geral das docas principais. É o local onde os guardas deveriam ter levado a garota. Mas, em vez disso, eles foram para o lado oposto da ilha, onde não conseguiram ancorar o barco.

Covardes, penso.

— Eles iam jogar a gaiola na água e deixá-la se afogar. Acho que sua tentativa de assassinato é justificada.

— Ele estava tecnicamente ajudando-a, deixando-a sair da gaiola e removendo a focinheira.

— Porque queria transar com ela — respondo.

Os olhos prateados de Caius brilham enquanto ele olha para mim.

— E você não?

Eu grunho.

— Esse não é o ponto. Eu não tentei afogá-la.

— Justo — ele responde. — Bem, é uma coisa boa que

você tenha antecipado a sacanagem deles de sempre. Ela teria se afogado se o Volt não a tivesse puxado para fora.

Grunhi novamente, desta vez em concordância. Volt e eu estávamos desembarcando do iate quando vimos a lancha indo na direção errada. Os guardas idiotas nem nos viram, muito presos em sua própria falta de noção para nos notar.

Ou talvez eles simplesmente não se importassem.

A Ilha Carnage é vista de fora como um pesadelo distópico.

É a frente que fornecemos para assustá-los.

E funciona.

Mas neste caso, quase custou a vida de uma loba inocente.

— Eu odeio os métodos arcaicos que alguns desses bandos seguem — murmuro. — Ela não sabia nadar porque ninguém a ensinou a ser a porcaria de uma loba.

Isso me enfurece.

O Bando Black Mountain tem o costume de abraçar nosso animal em uma idade jovem. Claro, temos nossas nuances hierárquicas com as dinâmicas Alfa, Beta e Ômega, mas nunca reprimimos nossos lobos. É proibido até mesmo tentar.

— Ela teria morrido — continuo, com os punhos cerrados com o desejo de bater em alguma coisa.

— Você acha que ela pode nadar em forma humana? — ele pergunta.

Dou de ombros.

— Com a Alcateia Nantahala encarregada de sua educação? Quem pode saber? Ficarei surpreso se ela souber ler.

Caius suspira, passando os dedos pelos cabelos castanhos espessos. Está mais longo do que o normal, as pontas tocando suas orelhas e caindo em seu rosto quando ele solta os fios.

— Não posso acreditar que ela é parte Nantahala. Ela parece toda Carnage para mim.

Ele não está errado. Esse pelo branco é impecável nela.

— Ela não cheira como um Lobo Carnage.

Bem, isso não é totalmente verdade.

Ela cheira como um Lobo Carnage até certo ponto. Mas há algo por trás de sua fragrância que é distintamente *diferente*, e está tirando a capacidade do meu lobo de entendê-la.

— Humm — Caius murmura quando chegamos ao topo da colina que desce para as docas principais. — Eles não vão ficar satisfeitos com este desenvolvimento.

— Eles vão viver — respondo, liderando o caminho.

Tornou-se uma tradição jogar um jogo com as recém-chegadas do sexo feminino. Mas como há apenas três na ilha, acho que os machos nos darão um pouco de flexibilidade para esta rodada.

Particularmente, porque ela não está em condições de nos satisfazer agora.

Sua loba está no controle, não a humana por dentro. O consentimento é um assunto delicado entre nossa espécie. Os alfas tendem a levar o que querem até certo ponto. Somos mais fortes e rápidos. Mas nossas mulheres estão sempre dispostas.

E ainda que seu animal possa querer brincar, a humana interior está claramente sofrendo. Pude ver em seus olhos, a luta no fundo.

— Teremos que ajudá-la a se transformar mais tarde — digo a Caius quando nos aproximamos das docas. — Suspeito que seu companheiro nunca a liberou de seu domínio.

— Uma coisa estranha de se fazer, já que ele claramente a rejeitou.

— É uma viagem de poder. Ele não abriu mão de seu controle, porque ele quer que ela sofra. — O que significa que seu antigo pretendente é um idiota absoluto. Não é de se surpreender, dado seus laços com o Bando de Santeetlah. — Ou é o resultado dela não saber como lidar com sua loba.

Igualmente provável, considerando sua educação.

— Ou a loba está protegendo-a — Caius diz, ecoando meu comentário anterior.

Eu concordo.

— Não saberemos até passarmos mais tempo com ela.

— Algo que obviamente será uma dificuldade para todos nós — meu melhor amigo fala lentamente. — Só esse cheiro vai me deixar selvagem da melhor maneira.

Ele não está errado. Esse delicioso aroma se apega à minha pele até agora, fazendo com que meu lobo queira correr de volta para a toca para cumprimentá-la. Para recebê-la em casa.

Um desejo insano.

Mas meu animal sempre guiou minhas ações.

Não vou culpá-lo por declarar seu desejo sem nem mesmo saber o nome da fêmea. Ele tem a capacidade de não pensar demais nas coisas. Se ele quer algo, ele afirma categoricamente.

E agora, ele a quer.

Não a longo prazo. Apenas uma prova.

Algo que eu posso satisfazer, supondo que eu possa trazer a fêmea de volta à forma humana.

No entanto, há questões mais urgentes a serem abordadas primeiro, como o grupo de lobos machos esperando nas docas. Estão todos de pé ao redor, sorrindo em antecipação, seus olhos brilhando com intriga.

A maioria deles são Alfas.

Alguns são Betas.

Nada de Ômegas. Porque não permitimos Ômegas nesta ilha. Não que fossem enviados para cá. Ômegas são valorizados entre minha espécie. Eles nunca seriam rejeitados. Seriam reverenciados e adorados.

E a maioria dos lobos aqui não foram rejeitados.

Apenas artificialmente rejeitados com o propósito de falsificar registros e permitir que mais Lobos Carnage venham.

Embora existam alguns que são absolutamente insanos como resultado de sua rejeição muito real. Eles não são Lobos Carnage, apenas bestas desonestas que criaram a necessidade dessas Ilhas Rejeitadas.

Esses machos não estão autorizados a jogar nossos jogos. Eles ficam ocupados com outras tarefas domésticas que mantêm a ilha viva. E fornecem uma fachada decente para nos escondermos.

— Cavalheiros — saúdo quando entro no cais. — Vocês devem ter notado a falta de uma remessa chegando.

Alguns deles riem, enquanto os outros assentem.

— Os guardas a jogaram na água do lado oposto da ilha — Caius explica, infundindo uma pontada de aborrecimento em seu tom. — Ela está... descontente.

Eu concordo.

— Mais do que descontente. Ela está um pouco destruída, para dizer o mínimo.

Vários deles franzem a testa, olhando um para o outro antes de olhar para mim.

— Ela não é um presente do seu pai?

As outras três fêmeas foram presentes, também conhecidas como voluntárias, para os machos da ilha. Eles estavam entediados e queriam jogar. Então meu pai falsificou suas rejeições para mandá-las para satisfazer seus próprios desejos, assim como o de nossos homens.

Essa mulher definitivamente não se qualificava para isso.

Mas pedi a Caius que preparasse os jogos como uma introdução à nossa vida, achando que ela poderia gostar de brincar.

Claramente, eu estava errado.

— Ela é de outro bando — digo de forma vaga, ainda não querendo revelar sua origem. Caso contrário, os homens vão odiá-la à primeira vista. E até eu decidir o que fazer com ela, não quero causar mais problemas. — Precisamos adiar os jogos.

— Quem é ela? — Alfa Kin questiona e vejo seus músculos salientes enquanto ele cruza os braços. — De onde ela é?

— Essa história deve ser contada por ela, não por mim — me desviei. — O que é difícil para ela fazer, já que está atualmente em forma de lobo e se recusando a se transformar.

Alfa Dirk resmunga:

— Então faça-a mudar de posição.

— Eu farei — prometo. — Mas eu vim aqui com Caius para dar a notícia primeiro. Assim que ela estiver pronta, vamos reagendar as apresentações.

Alfa Dirk e Alfa Kin trocam um olhar com as sobrancelhas franzidas.

— Nós queremos vê-la — Alfa Kin diz, olhando para mim. — Queremos avaliá-la por nós mesmos.

Porque você pode sentir o cheiro dela, traduzo, suspirando para mim mesmo.

Esses dois sempre foram um problema. E é precisamente por isso que meu pai os enviou para cá: ele quer que eu os domine para provar meu valor como Alfa da alcateia.

O que, infelizmente, significa que tenho que usar meus punhos mais do que gostaria.

Mas a liderança tem seus requisitos, bons e ruins.

— Eu a avaliei — digo a eles. — E ela precisa de tempo antes de conhecer o resto de nós.

— Então você está mantendo-a para você — Alfa Dirk conclui.

— Eu não disse isso — respondo, já entediado com sua postura. — No entanto, estou decidindo como o Alfa da Ilha Carnage, dar a ela tempo para se transformar antes de jogarmos nossos jogos.

— Acho que isso precisa ser discutido — Alfa Kin rebate, olhando ao redor para os outros Alfas e Betas na multidão. — Ela não é do seu pai. Ela é dos Anciões. Isso a deixa aberta ao debate.

— Eu concordo — Alfa Dirk declara. — Ela cheira diferente também. Doce. Como uma Ômega.

Isso faz com que vários grunhidos de concordância soem pela multidão.

Não importa que ela estivesse molhada e tivesse caído a mais de trinta metros daqui. Somos lobos com sentidos aprimorados.

Eles também podem sentir o cheiro dela em mim e em Caius, apesar do fato de que eu mal a toquei.

— Você está escondendo-a porque ela é Ômega? — Alfa Duncan pergunta, seus olhos castanhos brilhando com irritação. — Isso tudo é um ardil?

— Quero vê-la pessoalmente — Alfa Pan acrescenta. — Prove para nós que ela é incapaz de se transformar e discutiremos isso.

Arqueio as sobrancelhas.

— Discutiremos isso? — repito as palavras com uma risada sem humor.

Foi exatamente por isso que acompanhei Caius. Não porque ele não conseguia se controlar, mas porque eu suspeitava que o cheiro dessa fêmea iria atrapalhar algumas células cerebrais.

— Digamos que ela seja Ômega — digo, com uma boa dose de sarcasmo em meu tom. — O que me impediria de reivindicá-la? Não, espere, deixe-me reformular. Quem me impediria de reivindicá-la?

Minha pergunta é recebida com uma série de grunhidos, principalmente de Alfa Kin e Alfa Dirk.

— Vocês precisam de uma lição sobre o porquê eu sou o Alfa mais adequado para ela escolher? — pergunto, e meu sotaque inglês engrossa meu tom sombrio. — Porque eu vou atender com prazer.

Já se passaram algumas semanas desde o meu último desafio. Certamente estou devendo outro. É assim que mantenho meu status e me preparo para o futuro.

Alfa Dirk murmura algo sobre meu pau pequeno. Ou talvez ele me chame de arrogante.

Ele não está errado.

Não estou aqui por engano.

Estou aqui como resultado da minha herança e trabalho duro.

Alfa Kin e Alfa Dirk podem ser mais fortes e altos, mas sou mais rápido e elegante. Também sou mais inteligente.

— Ela é Ômega? — Alfa Duncan pergunta, seu tom com um toque de admiração.

— Se fosse, você acha que eu estaria aqui apaziguando todos vocês? — É uma pergunta cuidadosamente formulada para disfarçar a resposta.

Porque não sei.

Ela não cheira bem.

Mas sua loba certamente agiu como Ômega, me mostrando sua barriga e se acalmando com o cantarolar de Volt. Ela parecia perfeitamente satisfeita em nos deixar protegê-la, algo que apenas uma loba Ômega poderia fazer.

No entanto, até conhecer a mulher sob a pele, não terei certeza.

— Isso não é resposta — Alfa Pan aponta, de forma inteligente. — Quero conhecê-la, Tieran.

— E você vai quando eu decidir que é hora — digo a ele, descontente com a falta de respeito em sua fala e seu tom.

Esses homens podem me respeitar no campo de batalha, mas tem sido difícil ganhar seu favor como líder.

Outra razão pela qual meu pai me mandou aqui.

Bem, isso e os Anciões o ordenaram.

Mas isso é outra história.

— Estou protegendo-a como faria com um de nosso bando — continuo. — Se vocês não podem respeitar isso, então temos outras questões para discutir.

— Como saberemos que você não está apenas mantendo-a para si? — Alfa Dirk questiona.

— Porque estou aqui, falando com vocês em vez de transar com ela — retruco, imitando sua posição cruzando os braços. — Se eu a quiser, vou ficar com ela. Independentemente da sua entrada ou envolvimento na situação. Então é um ponto discutível, e você está só desperdiçando meu tempo com essa besteira.

Ele rosna.

Eu rosno de volta.

E alguns dos Alfas dão alguns passos para longe de nós.

Aromas podem fazer os lobos fazerem merdas estúpidas.

Como atacar o Alfa superior na ilha.

O que Alfa Dirk faz agora dando o primeiro soco.

A única razão pela qual não o mato é porque eu entendo que ele está sendo movido pela luxúria mais do que pelo pensamento inteligente.

Se ele realmente quisesse me desafiar, não faria isso aqui ou agora.

Eu me esquivo de seu soco e o contraponho batendo em sua virilha. Ele é muito grande e lento para ver meus movimentos e meus reflexos ultrapassam os seus quando giro atrás dele e sigo meu golpe com um chute na parte de trás de seus joelhos, mandando-o para o chão.

Então pulo e pouso meu calcanhar na parte de trás de seu pescoço, forçando-o a completar a queda e aterrissar contra o velho cais enferrujado. É o que mantemos para os propósitos dos Anciões: ajudar a aumentar o estilo geral da ilha.

A doca mais bonita está escondida do outro lado em uma alcova protegida por uma cobertura de árvores.

É onde guardo o iate e outros barcos para meus homens.

Alfa Dirk grunhe na madeira em decomposição, gemendo quando dou uma joelhada em suas costas.

— Eu poderia te matar — digo a ele, com a voz entediada enquanto me inclino para continuar falando em seu ouvido. — Poderia tirar a lâmina de prata do meu bolso e cortar sua garganta patética. Mas não vou fazer isso. E quer saber por quê?

Sua resposta é ininteligível porque sua boca está beijando a doca.

— Você é um baita guerreiro quando não está pensando com o pau — continuo, respondendo à pergunta sem me preocupar em esperar por seu claro interesse na resposta. — Então respire. Vá embora. E vai perceber que o que estou fazendo é a coisa certa para o nosso bando.

Eu me afasto dele e encontro o olhar de Alfa Kin.

Ele o encara por um instante antes de desviar o olhar.

Alfa Pan e Alfa Duncan são os próximos.

Eles não me encaram, desviando os olhos em respeitosa submissão.

— Ótimo. — Passo as mãos em meu jeans, dando um passo para trás em direção a Caius. Ele é o único atrás de mim porque é em quem confio. — Me deem alguns dias para resolver isso com nossa recém-chegada. Uma apresentação adequada ocorrerá quando ela estiver pronta.

Eles não respondem verbalmente, apenas concordam com a cabeça.

Há cerca de vinte deles.

Se eles quisessem realmente pressionar e me desafiar, eles poderiam, como um grupo.

Mas muitos deles já respeitam meu papel como Alfa da Alcateia.

São esses encrenqueiros que me trazem problema. Principalmente o idiota no chão e seu amigo, Kin. Mas em algum momento, eles vão se curvar. Eles sempre se curvam.

VOLT

A lobinha segue logo atrás de mim enquanto eu a conduzo colina acima até nossa toca. Quando me abaixei para carregá-la mais cedo, ela se levantou e sacudiu o pelo, então me deu um sorriso torto. Parecia ser um desafio de seu animal, ou talvez um convite.

Dando de ombros, tirei as calças e me mexi.

Então ela trotou ao meu lado pelo caminho.

Tieran estava certo: seu animal está definitivamente no controle.

Posso ver o conflito em seus olhos toda vez que olho para ela, a confusão geral sobre por que sua loba confia tão facilmente no meu.

É perigoso.

Eu sou perigoso.

Mas a lobinha parece bastante tomada pelo meu ronronar, então continuo emanando o som para acalmá-la.

É uma reação natural depois de observar seu terror nas ondas. Meu animal está determinado a proteger o dela.

A palavra Ômega ecoa em minha mente. Ela não cheira bem, mas algo nela está chamando todos os meus instintos.

Alguns lobos têm companheiros predestinados.

Os Lobos Carnage têm uma forma diferente de destino: Alfas são inerentemente atraídos por Ômegas porque elas podem segurar nosso nó. Aquele ponto após o ato sexual em que o pênis incha a ponto de prender a parceira, algo natural para garantir a fecundação. Elas também são excelentes com crianças e muito determinadas.

Tecnicamente, podemos optar por acasalar Betas ou outros Alfas, mas a maioria de nós anseia por Ômegas.

É natural. Somos movidos pela necessidade de procriar, algo que os Ômegas são feitos para fazer com um Alfa.

Tem tudo a ver com o nó.

E o ciclo de calor sedutor que Ômegas passam a cada poucos meses.

Eu mesmo nunca experimentei essa felicidade maravilhosa. Mas ouvi sobre isso de outros Alfas, e testemunhei a rotina que inspira em Alfas não acasalados também.

Se essa fêmea for Ômega, teremos uma ilha cheia de problemas.

Chego ao topo de uma colina, uma que tem vista para várias outras, e conduzo a lobinha em direção à nossa toca.

Nos instalamos neste local por causa de suas propriedades protetoras. Ninguém pode nos esgueirar por aqui. E podemos ver quilômetros em todas as direções, dando-nos a oportunidade de explorar potenciais aeronaves ou barcos.

Também temos tecnologia de ponta que fornece alertas.

Mudo de volta para a forma humana para verificar o monitor externo perto da porta da cabine quando chegamos, querendo garantir que não haja ameaças nas proximidades. O único alarme residual na tela é do carregamento anterior dos guardas, que está sentado ao meu lado e olhando para uma árvore próxima com interesse.

Outra confirmação de que a fêmea interior não está no controle. Caso contrário, estaria de olho no equipamento de vigilância.

Ou no meu equipamento, já que atualmente está no nível dos olhos da sua loba.

Mas seu animal é mais tomado pelas árvores.

— Está com fome? — pergunto em voz alta.

Ela inclina a cabeça para mim daquele jeito curioso que fez na praia. Não é da mesma forma com que ela enganou o guarda. Isso é genuíno. Relaxado. Feliz.

Definitivamente sua loba, penso, lutando contra um sorriso. Porque a fêmea interior não estaria tão satisfeita com sua situação atual.

É por isso que Tieran quis adiar a festa de boas-vindas.

Precisamos persuadir a humana primeiro.

O que exigirá um pouco de sutileza e alguns rosnados Alfas.

Cantarolo para ela em vez disso, querendo mantê-la feliz enquanto abro a porta e entro. Ela me segue como uma lobinha obediente, seu nariz absorvendo os aromas da nossa sala de estar e sala de jantar.

Espero que ela vá em direção à cozinha, mas ela se senta para rolar em um tapete na sala.

Encostado na parede com painéis de madeira, observo enquanto ela cheira o tapete, com a barriga totalmente exposta.

A humana interior deve estar se encolhendo.

Ou talvez ela esteja muito destruída para perceber o que está acontecendo.

Com um latido, a loba salta de pé novamente, sua agilidade impressionante, considerando que ela quase se afogou há trinta minutos, e sai pelo corredor.

Eu a sigo com um aceno de cabeça.

É como ter um cachorrinho.

Exceto que esta fêmea está definitivamente crescida.

Ela entra primeiro no quarto de hóspedes, porque é o mais próximo da sala de estar.

— Aqui é onde você vai dormir, se estiver bem para você — digo a ela.

Ela bufa como se pudesse me entender e zomba da cama antes de se virar para marchar de volta para o corredor em direção às escadas dos fundos.

— É rude fazer seu próprio tour — digo em tom casual enquanto ela desce as escadas de madeira para o nível subterrâneo. — Tieran não apreciaria isso.

Não que eu me importe.

Ele vai viver.

Ela passa direto pelos dois escritórios na parte inferior das escadas e em direção aos quartos perto dos fundos. O meu é o primeiro, a porta está entreaberta.

Ela entra, seu nariz liderando o caminho.

Aproveito seu tour autocontrolado para pegar uma calça de flanelas e vesti-las.

Ela nem percebe, muito ocupada cheirando cada centímetro do meu quarto. Quando espia minha cama, semicerra os olhos.

— Não...

Ela pula direto nela e começa a rolar, cheirando meus lençóis e cobertores.

Suspirando, eu apenas balanço a cabeça.

Essa coisinha vai causar todo tipo de problema.

Ela vai para o quarto de Caius, percebendo sua

propensão para seda azul e rola alegremente em sua cama antes arrumada. Eu não me incomodo em corrigi-la. Ele saberá que ela estava aqui só pelo cheiro. Pode também garantir que ele saiba exatamente o que ela estava fazendo.

A última porta está fechada.

Ela empurra e resmunga.

— Você não quer bagunçar a cama do Tieran, doçura — digo a ela. — Ele não vai ficar satisfeito com isso.

Ela se senta em desafio, olhando diretamente para a porta.

— Que tal subirmos para comer alguma coisa? — ofereço, sugerindo uma refeição novamente.

A loba ousada apenas bufa e se deita, claramente querendo entrar no quarto de Tieran.

— Você é meio mimada, não é? — digo isso com carinho, porque me divirto com suas travessuras. — Tudo bem. Se você quer irritar o Alfa da Ilha Carnage, eu vou permitir. Mas não diga que não avisei.

Ela se anima quando abro a porta.

Então ela corre para dentro para começar a cheirar tudo de novo.

O quarto de Tieran é o mais escuro em termos de tons e aura geral. Mas sua cama é feita com a mesma precisão que a de Caius, o que a lobinha desarruma prontamente.

Ela enfia o focinho entre os travesseiros dele, a seda preta em desacordo com seu pelo branco. Um bufo alto segue e seu rabo abana alegremente.

Eu me inclino contra o batente da porta, sorrindo enquanto ela usa suas pequenas garras para cavar os cobertores.

Tieran vai enlouquecer quando voltar.

Farei o meu melhor para ficar em seu caminho, mas a lobinha realmente precisa aprender boas maneiras. E vou ter que entregá-la a ele em algum momento.

Ela suspira feliz quando o edredom e o lençol de cima saem de seu caminho, permitindo que ela cheire adequadamente a cama. Só que ela não rola tanto aqui. Em vez disso, ela se enrola em uma bola no centro.

Reivindicando seu lugar.

Arqueio uma sobrancelha.

— Tem certeza de que quer fazer isso, doçura?

Ela fecha os olhos em resposta.

— Tudo bem — digo, rindo enquanto me afasto do batente da porta. — Espero que você goste de surras, querida. Você ganhou mais do que uma.

Claro, sou parcialmente culpado já que abri a porta, algo que irei confessar quando Tieran retornar.

Até então, me ocupo na cozinha, fazendo o jantar para quatro em vez de três.

A lua está nascendo quando Tieran e Caius finalmente retornam, com os braços cheios de merdas do iate. Deixamos tudo lá mais cedo quando vimos os guardas indo na direção errada ao redor da ilha.

Tieran coloca minhas roupas dobradas sobre a mesa, o terno em condições relativamente boas, considerando como o deixei na praia.

Caius está com o envelope de dinheiro, junto com uma bolsa de laptop e vários outros itens de nossa viagem ao continente.

— Onde está a garota? — ele pergunta, franzindo a testa ao me encontrar sozinho na cozinha.

— Tirando uma soneca. — Ela não fez um único som desde que a deixei lá embaixo.

— No quarto de hóspedes? — O tom e a expressão de Tieran me dizem que ele sabe que ela não está lá porque o cheiro dela está muito sutil neste andar.

— Não. — Sorrio, já antecipando sua reação. — Ela

encontrou um lugar mais confortável para dormir no andar de baixo.

Ele franze o cenho.

— Onde?

Dou de ombros.

— Siga seu nariz. Você vai encontrá-la.

Mas a forma como seus olhos semicerram me diz que ele já sabe.

— Puta merda. Me diga que você não deixou aquela vira-latas entrar no meu quarto.

Franzo a testa para ele, mas é forçado e zombeteiro.

— Você está me pedindo para mentir? Achei que nossa irmandade havia sido construída sobre a verdade.

— Seu idiota.

Meus lábios se curvam.

— Desculpe. Ela é fofa quando implora.

Ele rosna.

— Eu jogaria seu terno de volta na praia, mas sei que você não se importaria.

— Nem um pouco — concordo. — Mas sinta-se à vontade para fazê-lo de qualquer maneira.

Caius distrai o Alfa resmungando com uma cerveja.

— Ela está com medo e escolheu sua cama porque a faz se sentir segura. Tome isso como um elogio.

— Sim, porque eu amo pelo úmido e salgado na minha cama — ele murmura para si, pegando a cerveja e quase quebrando o gargalo.

Volto ao fogão, viro o filé de salmão mais uma vez para dourar o lado oposto.

— Se isso te faz se sentir melhor, ela se enrolou nos lençóis de todos nós.

— Isso não me faz sentir melhor — ele responde.

Dou de ombros.

— Pelo menos, seu pelo salgado vem com um perfume doce.

— Excelente. Então vou me sentir sujo e querer me masturbar. — Ele bate a cerveja no balcão. — Vou ver se consigo convencer a humana a sair de sua concha peluda para que possamos ter uma conversa adulta sobre limites.

— Tente não ser muito duro com ela — peço a ele. — Ela é fofa.

Ele resmunga, desaparecendo de vista quando entra na sala de estar.

— Alguém está de mau humor — digo, olhando para Caius. — A festa na praia não foi boa?

— Dirk o desafiou. — Caius pega a cerveja de Tieran para tomar um gole. — T o colocou em seu lugar rapidamente, mas ele está preocupado.

— Sobre a garota? — pergunto.

Caius assente.

— O cheiro dela é como uma droga.

— Como o de uma Ômega, você quer dizer. — Já cheirei algumas antes, e todos eram doentiamente doces, assim como a fofinha lá embaixo.

— Sim. Vai destruir esta ilha.

Apago o fogo antes de colocar o salmão em uma bandeja e no forno. Só selo a parte externa antes de assar para ajudar na textura e no tempero.

— Também pode ser exatamente o que precisamos — digo, pensando em voz alta. — Um Alfa não está completo sem seu círculo.

Caius toma outro gole da cerveja, seus olhos hoje estão mais prateados do que cinzas. Eles muitas vezes mudam com seu humor. Quando mudam para verde, significa que ele está com raiva. Prata e cinza tendem a sugerir que ele está se sentindo mais relaxado ou contente.

Verde é um olhar raro nele.

Prata é a mais comum.

— Talvez o destino a tenha trazido aqui — ele sugere depois de um instante. — Ele precisa de uma Ômega. Talvez ela seja nossa.

Um rosnado ecoa lá de baixo, nos fazendo paralisar.

— Bem — Caius fala lentamente, limpando a garganta. — Supondo que ele não a mate primeiro.

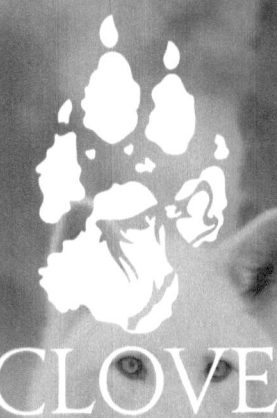

CLOVE

Minha loba tem um desejo de morte.

  Ela é a porcaria de uma psicopata.

E vai nos matar.

Porque ela decidiu tirar uma soneca na cama do Alfa da Ilha Carnage.

Seu grunhido baixo vindo da porta é um aviso que sinto em meu âmago. Mas tudo o que faz é arrancar um gemido de irritação da minha loba suicida.

Ela levanta a cabeça, boceja para ele e começa a se virar para o outro lado.

E fecha os olhos.

Grito para ela se mover. Curve-se. Corra. Qualquer coisa, menos relaxar na cama do Alfa como se pertencesse a aquele lugar.

— Entendo — ele fala, seu tom é tão letal que me faz estremecer por dentro.

Isso não vai acabar bem.

— Acho que precisamos ter uma conversa sobre etiqueta e decência comum, pequena. — Ele parece calmo. Muito calmo. E como os olhos da minha loba estão fechados, não consigo ver seu rosto. Mas eu o ouço rondando em minha direção, sua presença uma escuridão ameaçando me sufocar de dentro para fora.

Tieran, V o chamou.

Um nome que conheço muito bem.

Um nome que eu temo há anos.

Tieran não é apenas o Alfa da Ilha Carnage.

Ele é o filho do Alfa da Black Mountain.

O mesmo que matou a filha de Alfa Bryson. É por isso que ele está aqui – não por ser rejeitado, mas por matar sua companheira.

E minha loba decidiu cochilar em sua cama.

Agora ela o está ignorando, contente em relaxar em sua presença, totalmente inconsciente da crescente tensão no quarto.

Estou acabada. É a única explicação para seu estado relaxado e minha incapacidade de acordá-la.

Sua mão desce pela parte de trás do meu pescoço, fazendo minha loba ganir de surpresa.

— Fora — ele exige.

Ela rosna em resposta.

E ele rosna de volta, o som de raiva reverbera em meus ouvidos.

Meu coração realmente para. Eu o sinto parar. Assim como sinto a incapacidade da minha loba de respirar.

Ela está apavorada.

Puta merda, até que enfim.

Mas em vez de lutar ou correr, ela paralisa, como se tivesse se esquecido de como se mover.

— Fora — ele repete com um tom que me deixaria de joelhos se eu estivesse em forma humana. Sua energia Alfa é inebriante, avassaladora e tão densa que não consigo enxergar direito.

Ou talvez seja minha loba perdendo a visão. Ela não respira há muito tempo. Nossos pulmões estão doendo. No entanto, ela permanece paralisada, seu rosnado a tornou incapaz de funcionar.

Ele chega até nós e eu imploro para ela correr, imploro para ela fazer qualquer coisa além de ficar sentada aqui como um animal de estimação desobediente em sua cama. Mas ela se recusa.

Ela apenas estremece quando as mãos dele seguram sua nuca para nos guiar para fora da cama.

Ele não é rude, mas também não é gentil.

E ele xinga o que vê em seus lençóis.

— Tudo bem, pirralha — ele diz, me pegando no colo. — Acho que sei o que você precisa.

Minha visão está começando a embaçar com manchas pretas.

Minha loba está se sentindo desequilibrada.

Meus pulmões estão queimando.

Ela perdeu todo o controle de suas funções motoras e obviamente se esqueceu de nossa vontade de sobreviver. Porque ela ainda está paralisada em seus braços.

Pelo menos inspire, imploro, sentindo meu coração se estilhaçando com essa sensação de impotência. Me sinto muito despedaçada. Completamente inútil. Tão... tão... *perdida*.

Não sou esse tipo de garota.

Não sou mansa ou ignorante.

Eu deveria ter o controle desta situação.

Mas eu... eu simplesmente não tenho. E não tenho ideia do que fazer.

O quarto está tão escuro agora que está preto.

E a porcaria da minha loba se recusa a...

A água bate na minha cabeça inesperadamente, puxando uma forte entrada de ar da minha loba que ela solta com um gemido baixo de desaprovação.

— Se você quer dormir na minha cama, então pelo

menos vai estar limpa — Tieran diz enquanto me coloca em um espaço maior do que meu quarto em casa.

Um chuveiro, percebo, observando o mármore. *Quem precisa de um banheiro tão grande?*

— Sente-se — ele exige, falando comigo como um cachorro.

Com o qual eu normalmente ficaria chateada, mas minha loba está se comportando como um canino indomável, então seu tratamento provavelmente é merecido.

Ela bufa, ignorando seu comando.

E tenta sair do chuveiro.

Ele me agarra pela nuca para me puxar de volta.

— Ah, não, você não vai sair. Você está imunda daquela jaula e do oceano. E já que você se recusa a deixar sua humana assumir o controle, vou te dar um banho. — Ele usa seu aperto para forçar meus olhos aos dele. — E se você for uma boa menina, eu posso até te escovar.

Eu tremo por dentro.

Algo nessa promessa parece muito... *íntimo.*

Ele libera minha nuca para acariciar meu pescoço até minha garganta.

— Estou te vendo aí, pequena — ele sussurra, seus intensos olhos azuis encarando os meus. — Sei que sua loba assumiu. Nós vamos ajudá-la a recuperar o controle.

Sua voz suave acalma uma dor dentro de mim.

Até me lembrar do nome dele.

Tieran Black.

O monstro que matou sua companheira.

Seus olhos semicerram como se ele pudesse ler minha mente.

Ou talvez ele possa sentir o cheiro do meu medo.

Em vez de comentar, ele guia minha loba para baixo da água novamente e começa a banhá-la. Ela grita e rosna algumas vezes, mas ele não rosna de volta como antes. Apenas passa os dedos pelo meu pelo, massageando um cheiro amadeirado no meu pelo.

Isso me lembra pinheiros.

Quero inalar, me banhar nele, mas minha loba está muito ocupada cuspindo quando a água toca seu focinho. Ela não é fã dessa experiência, não entendendo a intimidade de ter um Alfa cuidando dela ou respeitando sua paciência enquanto lava a espuma.

Ela só continua latindo para ele.

O que lhe rende um tapa no nariz.

— Silêncio, incontrolável.

Eu quase bufo. Porque já a chamei assim uma ou duas vezes.

— Nunca vou entender por que os Lobos Nantahala escolhem suprimir suas fêmeas por tanto tempo — ele murmura, me fazendo paralisar por dentro.

Você sabe o que sou?

— Se tivesse sido criada no meu bando, você teria começado a se transformar por volta dos cinco anos. Consideramos nossas formas animais sagradas e as abraçamos ainda jovens para evitar a possibilidade de dissociação. — Ele desliga a água para pegar uma toalha. — Mas suspeito que seus machos fazem isso como uma forma de controlar vocês. Para ter certeza de que vocês têm que confiar neles para abraçar sua fera.

Minha loba rosna um pouco quando ele começa a acariciá-la, claramente não apreciando o maltrato.

Ele suspira e estende a toalha no chão.

— Quer se secar, então? — ele pergunta, de pé.

Ela olha para a oferta, me permitindo ver o algodão branco contra o piso de mármore obsidiana. Então ela mergulha nele como se esperasse que fosse uma grande nuvem fofa e começa a rolar, sentindo o cheiro da toalha dele alegremente.

O Alfa ri, claramente se divertindo.

— Bem, por mais triste que me deixe ver um metamorfo tão separado de seu animal, admito que você é meio fofa.

Minha loba bufa.

— Muito fofa — ele corrige, se agachando para esfregar minha barriga agora exposta. — Vai me deixar te escovar, lobinha?

Meu coração acelera.

Ou parece acelerar, de qualquer maneira.

Porque a maneira como ele disse isso esquenta cada centímetro do meu ser. Se eu estivesse no controle, meu corpo estaria em chamas agora.

Minha loba se senta e inclina a cabeça, claramente interessada em seu tom.

Ele se senta no chão, com o jeans ainda encharcado, e se recosta no armário da pia atrás de si. Então encontra meu olhar novamente enquanto levanta a mão em direção ao meu pescoço.

Não consigo ver o que ele está fazendo porque minha loba está olhando para ele, mas sinto o pente deslizar pelo meu pelo. Quase ronrono de prazer, a sensação me fazendo querer deitar e deixá-lo fazer o que quiser comigo.

Sua reputação assombrou minha adolescência, me seguindo até a idade adulta.

No entanto, não posso deixar de ceder à sensação que ele está evocando agora.

Nunca experimentei nada parecido, e é... celestial.

Suspiro, assim como minha loba, me inclinando em seu toque enquanto ele ri novamente.

— Você só precisa de um pouco de amor — ele diz. —

Será que isso pode ajudá-la a se acalmar o suficiente para que sua humana assuma o controle?

Meu animal parece não ouvi-lo ou se importar com o que ele está dizendo. Ela está muito perdida em seu toque.

Mas eu o ouço.

E entendo muito bem.

Ele quer encorajar minha loba a recuar para me permitir me transformar. Porque ele sabe que ela está no comando.

Por quê?, me pergunto. *Por que você está me ajudando? E como você sabe?*

Isso é normal?

As fêmeas muitas vezes se encontram dissociadas de seus lobos?

Nunca ouvi falar sobre isso na minha alcateia, mas explicaria por que tantas fêmeas não tinham permissão para se transformar, mesmo após o acasalamento.

Ou talvez... talvez elas não quisessem se transformar por esse motivo.

Por que meu bando projetaria essa falha? Entendo o ponto de focar na procriação e garantir a saúde dos filhos, mas isso parece debilitante.

Controlador, penso, me lembrando do que Tieran disse sobre como os machos provavelmente fazem isso para controlar suas companheiras.

Minhas entranhas queimam por uma razão totalmente diferente agora.

Minha mãe sempre disse que era para deixar os machos pensarem que estão no comando.

Mas eles suprimem nossas lobas de propósito.

Eles nos dizem que é natural, que todas as alcateias fazem isso.

Tieran disse que a sua começa a se transformar aos cinco anos, algo que eu não estaria inclinado a acreditar, dada sua reputação. Exceto que vi filhotes correndo pela Ilha Wolfe.

Filhotes fêmeas.

O que significa que, mesmo que Tieran esteja mentindo para mim, Alfa Bryson também estava. Assim como minha mãe, meu pai e toda a minha alcateia.

E embora eu conheça a reputação de Tieran, estou quase inclinada a acreditar que ele não está mentindo, porque ele não tem motivos para isso. Ele está me ajudando. Ele é o único que foi capaz de sentir minha dissociação e me dar possíveis causas para isso.

— Esse fogo em seu olhar é lindo — ele murmura, chamando minha atenção para si. — Quase posso sentir sua raiva, lobinha. Você quer que eu te ajude a se transformar de volta? Porque eu posso. Mas vai doer. Forçar uma transformação sempre funciona, e é por isso que os Alfas tendem a evitar.

Pisco para ele.

Ou minha loba o faz, de qualquer maneira.

Ou talvez seja eu.

É difícil dizer. Me sinto tão desconectada e perdida que não tenho certeza de nada.

Mas suas palavras... sua declaração... seu comentário sobre Alfas se esquivando de ordenar os outros a se transformar.

Isso é... isso não é verdade. Alfas na minha alcateia fazem isso o tempo todo com suas fêmeas. Faz parte do ritual de acasalamento. Deve ser sagrado e especial, algo que o macho faz por sua companheira escolhida.

Ou isso é apenas outra maneira de controlar as fêmeas?

Eu aperto a mandíbula.

Aperto mesmo.

Momentaneamente me confundindo, porque fiz minha loba ranger os dentes.

E o olhar conhecedor de Tieran sugere que ele também viu.

— Você é uma lutadora — ele diz, com o tom de aprovação em suas palavras. — Quer tentar se controlar ou gostaria da minha ajuda?

Ele já está ajudando, suas palavras por si só parecem me dar o poder de substituir minha loba. Pelo menos, sutilmente.

Ou talvez seja minha raiva.

Raiva que ele despertou com suas verdades e sua perspectiva externa.

Fui reprimida minha vida inteira? Viver em um mundo destinado a manter as mulheres quietas, controladas, tudo para, o que, engravidá-las?

Qual era o objetivo de todos os testes? As provações? Eu provando meu valor como candidata a acasalamento?

Eles testaram minha velocidade, minha agilidade e minha força. Para fazer o quê, garantir que eu fosse capaz de produzir um filhote que valesse a pena?

Eu... eu não entendo.

Parece muito errado. Muito estranho. Muito louco para ser verdade.

No entanto, não posso negar a veracidade retumbante em minha alma de que Tieran está me dizendo a verdade.

Ele continua a escovar meu pelo, esperando que eu dê a ele minha decisão. Ou talvez esperando por um sinal.

Não posso falar.

Mas posso piscar.

E minhas mandíbulas parecem estar cerradas como resultado da minha própria frustração.

O que mais posso controlar? me pergunto, tentando mover a cabeça para olhar para Tieran novamente.

Minha loba obedece.

Seus olhos travam com os meus mais uma vez.

— Bom — ele murmura com um sorriso no olhar. — Tente se deitar.

Eu o faço.

E minha loba permite.

— Sente-se — ele diz.

Me levanto e encontro seu olhar novamente.

Ele concorda.

— É isso. Você quebrou algum tipo de muro entre vocês, ajudando a misturar seus desejos e necessidades. Para se tornar humana, você precisará assumir o controle total e dizer a ela para seguir. O que, dado o que observei de seu animal, não será fácil.

— Nós poderíamos tentar alimentá-la — uma voz profunda sugere atrás de mim, me fazendo girar para inspecionar o recém-chegado. *Caius.* Reconheço o cheiro dele. Hortelã-pimenta e especiarias. Não tenho certeza de quando cataloguei essa informação em minha mente, mas está lá, me dando sua identidade junto com a voz familiar.

Ele tem cabelos castanhos grossos, um físico atlético, lindos olhos prateados e um sorriso gentil com covinhas nas bochechas.

— Bem, olá, linda — ele fala, se agachando na porta. — Você não parece toda bonita e limpa?

Tieran grunhe atrás de mim.

— Ela não é um cachorro.

— Diz o macho que estava aqui embaixo lhe dando ordens para se sentar, se deitar e *sair* — Caius responde sem perder o ritmo, com o olhar ainda preso no meu. — Que tal um pouco de salmão, humm? Talvez isso ajude a aplacar sua loba o suficiente para se submeter aos seus desejos e vontades.

A sensualidade em sua voz provoca calor dentro de mim, assim como o pedido de escovação de Tieran.

Algo nesses machos, talvez seu poder e auras Alfa, está chamando uma parte estranha do meu ser. Posso sentir isso fervendo sob seus olhares conhecedores, ameaçando assumir o controle e me deixar me contorcendo no chão.

Essa parte de mim não se importa que minha loba ainda esteja no comando. Quer acordar e roubar as rédeas.

Os sentimentos concorrentes fazem um gemido baixo escapar dos meus lábios. Exceto que soa estranhamente carente, como se eu estivesse implorando por algo que não entendo.

— Bem, isso não estava no menu, mas podemos organizar quando você estiver de volta à forma humana — Caius fala e suas covinhas aparecem novamente enquanto ele se endireita com uma ondulação de músculos que me faz babar.

Literalmente.

Minha loba está babando.

Uau, penso, irritada de novo. *Feche a boca.*

Ela fecha.

O que me faz parar novamente e semicerro os olhos. Levante-se, penso.

Ela se levanta.

Ande.

Mais uma vez ela ouve, mas faz uma pausa para se esfregar no macho na porta, ganhando um rápido coçar atrás da orelha.

— Gosto dela — ele murmura. — Vamos mantê-la.

— Mais uma vez, ela não é um cachorro — Tieran diz a ele.

— Oh, eu estou muito ciente do que ela é, T — ele fala lentamente. — Volt também está.

Volt? penso, parando do lado de fora da porta do banheiro no quarto. V deve ser Volt.

E ele está parado na entrada que leva ao corredor, com os braços cruzados enquanto se apoia no batente da porta.

— Como foi seu banho, doçura? — ele pergunta.

Sacudo meu pelo em resposta, feliz que minha loba me escute novamente. *Foi a minha raiva que chamou sua atenção?* me pergunto. Porque ainda estou brava. Posso sentir o fogo em meu interior, buscando uma saída.

Minha alcateia me criou para ser fraca, para me desassociar da minha loba.

Eles me rejeitaram por ser branca.

Em seguida, estupraram e assassinaram a minha mãe na minha frente.

E colocaram a culpa em mim.

Sim, tenho muito com o que ficar furiosa. Vou continuar canalizando até que minha loba me deixe converter novamente em humana.

Nesse ponto, avaliarei meu próximo movimento.

O que provavelmente será correr.

Talvez

Dependendo de como esses Alfas irão reagir.

— Admito que é uma punição bastante branda — Volt acrescenta enquanto Tieran me segue para o quarto. — Eu esperava algo um pouco mais intenso.

— É? E quem a deixou entrar no meu quarto mesmo? — Tieran para ao meu lado para passar os dedos pela minha nuca.

— Era isso ou deixá-la implorando na sua porta. Escolhi satisfazer a bela fera. — Volt soa completamente sem remorso.

— Hum. — O toque de Tieran deixa meu pelo enquanto ele se aproxima para começar a tirar a roupa de sua cama. — Já que você a deixou entrar aqui sabendo que ela estava imunda, acho que você deveria ter que limpar isso. — Ele começa a puxar a roupa de cama para criar uma bola gigante.

Minha loba abana o rabo, animada com esse novo jogo.

Digo a ela para parar.

Desta vez, ela não ouve.

No segundo em que a roupa de cama voa no ar, pulo para pegá-la com boca, depois a levo para o canto para colocá-la no chão e começo a espalhá-la com as patas. Não tenho ideia do motivo por que estou fazendo isso, mas é estranhamente reconfortante, então deixo acontecer.

É semelhante a como minha loba quis rolar em suas camas e cheirar seus lençóis.

Mas diferente, porque estou criando isso sozinha. Bom, mais ou menos. É como se estivéssemos trabalhando juntas em direção a um objetivo que só minha loba entende.

Eu me perco na tarefa, esticando os lençóis, arrancando a sujeira salgada, depois alisando de uma maneira que parece certa. O edredom é o próximo, o tecido macio e escuro é divino para meus dentes e unhas. Afofo um pouco, depois acaricio com o nariz até que esteja na posição certa, criando uma cama no chão.

Satisfeita com o formato, me sento no centro e me viro para encarar os três Alfas.

Eles estão todos olhando boquiabertos para mim.

— Ela fez...? — Caius para, engolindo em seco.

— Começou a fazer um ninho? — Tieran termina por ele, sua voz soando rouca. — Sim. Sim, foi exatamente o que ela acabou de fazer.

Eu pisco. *Um ninho?* Olho para a cama que fiz e inclino a cabeça. Nunca ouvi alguém chamar a cama de ninho antes. Mas acho que meio que se assemelha a um.

De pé, afasto a necessidade de me retirar para o *meu ninho* e me concentro em Caius.

Ele mencionou comida.

Isso soa muito bem agora. Talvez depois, eu possa tentar a *coisa de assumir o comando* que Tieran mencionou e ver se minha loba vai me deixar andar sobre duas pernas novamente.

Os machos não dizem nada e seus olhares ainda estão presos em mim.

Dou um pequeno latido, tentando dizer *comida*, depois vou até a mão de Caius.

É ousado, mas estou morrendo de fome. Algo em fazer aquela cama despertou meu apetite.

Nem me lembro da última vez que comi.

E os aromas vindos do andar de cima estão praticamente gritando para eu correr e prová-los.

Caius passa os dedos por meu pelo, seu toque reverente.

— Acho que ela quer comer — ele sussurra.

— Ela vai querer fazer muito mais do que isso — Volt fala, dando um passo para trás no corredor. — Mas, sim. Devemos... devemos comer.

— Sim — Tieran concorda. — Devemos mesmo.

Caius ri, ainda passando seus dedos pelo meu pelo de um jeito que faz minha loba querer ronronar.

— Vamos, linda. Vamos alimentá-la e ver se você pode voltar depois.

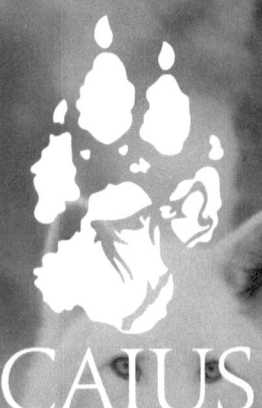

CAIUS

Uma *Ômega*.

Ela tem que ser uma.

Ela é pequena, tem um cheiro divino e acabou de começar a fazer a porcaria de ninho no quarto de Tieran com seus lençóis sujos.

Isso também explicaria a confiança inerente da sua loba em nós para protegê-la.

Ômegas são atraídas por Alfas, assim como nós somos atraídos por elas.

E estou absolutamente atraído por essa pequena fera com seu lindo pelo branco e olhos castanhos inteligentes.

O cheiro dela é como um farol também, praticamente irradiando *me coma* por toda a nossa toca.

Eu a levo para a sala de jantar para encontrar a mesa posta para quatro.

O que obviamente não vai dar certo, já que ela ainda está em forma de lobo.

Franzo a testa, procurando um lugar melhor para colocar a comida dela.

Volt já cortou a refeição em pedaços pequenos, provavelmente antecipando seu estado lupino. Isso também explica porque ele escolheu esses pratos. São quase como tigelas, mas planas no fundo com bordas.

Pegando seu prato, olho para o chão ao lado da mesa e decido que não vai funcionar. Ela não pode comer aos nossos pés.

Volt e Tieran parecem se sentir da mesma forma, pois os dois estão procurando um lugar melhor para comer enquanto a lobinha se inclina contra minhas pernas e me olha de forma melancólica.

Duvido que ela tenha comido muito, se é que comeu alguma coisa, desde que foi enviada para a Ilha Wolfe.

— Vamos comer na sala de estar — Tieran sugere, pegando seu prato e garfo. Ele trocou o jeans molhado por um par de moletom antes de subir e parece estar bastante confortável com nossa pequena visitante agora, como evidenciado pelo sorrisinho que dá a ela. — Podemos nos acomodar ao redor da mesa de centro.

Volt assente, pegando seu prato também e levando-o para a sala antes de voltar para pegar o meu.

Tieran volta para pegar nossas bebidas, o que me leva a perguntar:

— Temos uma caneca grande? — Porque a nossa lobinha vai precisar de água com esta refeição.

— Vou pegar — Tieran diz, já voltando da sala de estar.

A fêmea ainda está pressionada contra minha perna, provavelmente porque prometi alimentá-la.

Eu a levo para a sala de estar onde Tieran está colocando almofadas para servir de cadeiras. Então ele se senta no chão, o que lhe dá a melhor visão da sala e da porta, e gesticula para que eu me sente ao lado dele. Volt se instala na minha frente, e a fêmea se senta ao meu lado.

Coloco sua tigela na mesa. Em seguida, adiciono a

caneca à borda. Ainda é um pouco alto para ela, então acabo colocando no chão.

Ela bufa um pouco, mas se deita para comer.

Ou tenta.

Ela continua bufando, o nariz batendo na borda do prato enquanto tenta delicadamente dar uma mordida.

— Não há necessidade de ser educada ou elegante aqui — digo a ela. — É só escavar e usar a língua.

— Ou deixe sua loba guiá-la — Tieran sugere. — É tudo uma questão de encontrar o equilíbrio entre você e ela. Quando vocês começarem a trabalhar verdadeiramente juntas, se sentirão melhor.

Ela olha para ele, então mergulha o focinho na caneca de água e espirra.

— Língua, linda — digo novamente. — Use a língua.

— E sua loba — ecoa Tieran, dando uma garfada no filé de salmão.

Ela continua tentando comer, mas sua agitação é palpável. Esses são os tipos de habilidades que deveriam vir naturalmente para um lobo, mas ela nunca foi ensinada a nenhuma delas – uma percepção que me irrita sem fim.

Mas ela não desiste. Tenta várias maneiras de comer, incluindo lamber um pouco do salmão.

E depois de mais ou menos dez minutos, ela finalmente encontra um ritmo que lhe permite desfrutar de sua refeição.

Poderíamos tê-la espalhado no chão ou alimentado-a com as mãos, mas essas são habilidades de vida que ela precisa para sobreviver.

Desta vez, ela bebe a água em vez de enfiar o focinho no copo.

Volt o enche quando ela termina.

E ela bebe um segundo copo inteiro.

Quando ele começa a se levantar de novo, bufa e balança a cabeça.

Tieran sorri.

— Muito bem, pequena. Você acha que pode tentar se transformar agora?

Ela o encara por um momento, seu olhar endurecendo. Depois de vários minutos, ela bufa e se joga no chão.

Tieran a observa, murmurando pensativo. Então, depois de um momento, ele assente.

— Vamos tentar novamente amanhã.

Ela suspira em resposta, e seu desânimo machuca meu coração. A transformação deve vir naturalmente para todos os lobos. Mas sua alcateia atrapalhou seu crescimento de forma proposital.

É uma das muitas razões pelas quais odeio o Bando Nantahala.

E o Santeetlah não é muito melhor.

Eles prosperam na superioridade masculina.

Sim, os machos alfa são superiores aos outros de nossa espécie. No entanto, isso não significa que devemos menosprezar aqueles que nasceram mais fracos do que nós. Devemos protegê-los, não prejudicá-los. O que requer hierarquia dentro de um bando e obediência devota.

Mas também significa saber quando nutrir, algo que todos estamos tentando fazer com ela agora.

— Qual é o seu nome? — pergunto, decidindo que uma distração é necessária para ajudar a afastá-la de seu fracasso. Como Tieran mencionou anteriormente, é muito provável que seu ex-companheiro seja a razão pela qual ela não pode se transformar.

O que significa que um de nós vai ter que forçá-la a voltar à forma humana.

Mas isso seria demais para esta noite.

Algo que Tieran claramente já percebeu quando disse que ela poderia tentar novamente amanhã.

A lobinha me espia, piscando seus olhos castanhos escuros.

Ainda que Tieran tenha recebido um relatório de sua chegada, não foi informado do nome dela. Apenas os detalhes sobre a origem da alcateia, o filho do Alfa que a rejeitou e como ela supostamente matou a mãe.

Estou lutando com essa última parte.

Ela não me parece assassina.

Embora, ela tenha tentado maltratar Jack.

Então talvez ela seja uma fera.

Ela se levanta, com os olhos em mim, e me cutuca no peito com o focinho.

— Sim, eu gostaria de saber o seu nome — confirmo, sem saber por que isso me rendeu uma cutucada.

A lobinha balança a cabeça.

— Você não vai nos dizer? — Não tenho certeza se gosto dessa resposta.

— Talvez ela queira que confirmemos nossos nomes primeiro? — Volt sugere.

Um pedido justo. Deixamos de lado as apresentações na praia, por estarmos preocupados com a vida dela e tudo mais.

Mas ela bufa antes que eu possa me apresentar adequadamente.

— Bem, isso seria mais fácil se você se transformasse de volta para a forma humana — digo em tom de conversa.

Ela me cutuca novamente, desta vez com um pouco mais de força.

Então se deita antes que eu possa reagir e enrola seu corpo como uma lua crescente.

— Ah, entendo. — Minha irritação com seu desafio

percebido derrete em um instante. — Seu nome é Caius ou começa com *C*. Acho que é o último.

Ela se levanta novamente e balança o rabo.

— Começa com *C* — confirmo.

Ela me dá sua versão de um sorriso de lobo. Em seguida, deita-se novamente de bruços com as pernas esticadas atrás e na frente dela.

— Um *I*? — pergunto.

Ela não se move.

— Um *L*? — Volt pergunta.

Ela se levanta novamente com outro abanar de rabo.

— *C-L*. Qual é a próxima? — pergunto.

Ela pisca para mim, batendo o traseiro no chão. Depois de um instante, ela começa a uivar. Ela imediatamente para quando todos nós estremecemos. Então ela tenta novamente, só que mais suave desta vez.

Volt e eu trocamos um olhar.

Mas é Tieran quem sorri e diz:

— Coisinha inteligente.

— Que letra é? — pergunto, completamente perdido.

— Bem, como *W* soa estranho depois de *C-L*, acho que ela está tentando dizer O — ele fala lentamente enquanto estica os braços sobre a cabeça. Comer em uma almofada no chão não é exatamente confortável.

A fêmea para de uivar e ofega com alegria mais uma vez.

— *C-L-O*. — Não tenho certeza se esse é um nome completo ou não.

Ela confirma que não está completo quando se levanta novamente, desta vez batendo em Volt com o focinho.

— Clovolt? — ele brinca, roçando os dedos na pele perto de sua orelha. — Um nome estranho, doçura.

Ela resmunga, me fazendo rir.

— C-L-O-V.

— Clov — Tieran murmura. — Clover, talvez?

Ela se afasta de Volt para se sentar ao lado de Tieran, com a cabeça inclinada.

O que deve significar que ele está perto ou disse algo certo.

— É Clov ou Clover? — pergunto a ela.

Tieran ergue as mãos.

— Esquerda é Clov. Direita é Clover.

Ela coloca a cabeça entre as mãos dele.

— Clov... com *E*?— pergunto.

A lobinha se anima, ofegante.

— Clove — repito. — Com E.

— Abreviação de Clover? — Tieran pergunta.

Ela lambe a bochecha dele com animação. Então paralisa ao perceber que basicamente o beijou.

Meus lábios se curvam, curiosos para ver o que ele vai fazer.

Esse tipo de franqueza fácil não é exatamente normal para o nosso trio. Mas esta é definitivamente uma situação única. Não é todo dia que uma Ômega acaba em nosso covil. Elas são excepcionalmente raras, um diamante entre nossa espécie, e merecem nossa adoração e devoção.

É por isso que não me surpreendo quando Tieran simplesmente passa os dedos no pelo dela enquanto diz:

— Clove é um nome lindo. — Ele acrescenta um pequeno ronronar à declaração, fazendo-a praticamente derreter ao seu lado. — Sou Alfa Tieran, como imagino que você já tenha percebido. Esses são Caius e Volt. — Sua voz tem um tom de admiração, meu melhor amigo está claramente apaixonado pela garota.

Sim, ela é definitivamente uma Ômega.

Volt salvá-la não foi exatamente surpreendente. Ele teria ficado apaixonado por ela no momento em que soube que ela matou a própria mãe. Aquela dança com Jack no barco só teria cimentado seu desejo.

No entanto, a suavidade inata que todos parecemos exibir para ela é absolutamente incomum para nós.

Sentados no chão e tentando ensiná-la a comer como um lobo? Sim, isso não é algo que normalmente faríamos.

É mais provável que Tieran a trancasse em uma gaiola com sua tigela e dissesse a ela para ficar ali.

Volt teria sugerido deixá-la sair e se defender sozinha – algo que Tieran teria vetado em princípio porque é sua responsabilidade proteger todos os membros do bando.

E eu teria levado meu prato para o quarto para ignorar a todos.

No entanto, aqui estamos, sentados ao redor desta mesa, cativados por essa linda lobinha quando ainda nem sabemos como ela se parece em forma humana.

Seu cheiro é uma grande parte do fascínio.

Mas também é a doçura inata à sua aura e a lutadora que todos podemos ver à espreita em seus olhos.

Esta fêmea vai ser divertida quando voltar ao seu eu humano.

— Você está cansada, pequena? — Tieran pergunta quando Clove boceja.

Ela se inclina para ele um pouco mais, buscando o conforto de seu toque Alfa – outra coisa que apenas uma Ômega realmente faria.

É possível que este seja o resultado de qualquer trauma que a levou a matar sua mãe, ou talvez o trauma desse evento específico.

Mas desconfio que seja muito mais.

Porque o aroma dela é inebriante e uma droga para os nossos sentidos.

A menos que ela tenha sido enviada aqui como algum

tipo de armadilha glorificada. Afinal, feromônios podem ser alterados.

E se for esse o caso, ela vai morrer. De forma dolorosa.

— Humm, estou interpretando isso como um sim — Tieran reflete enquanto ela boceja novamente. — Imagino que você não quer dormir no quarto de hóspedes?

Ela parece considerar isso, mas o arrepio em seu pelo nos diz tudo o que precisamos saber: ela não se sentirá segura lá.

— Deixe-a em seu ninho — digo, tomando as decisões por ela. Não estou tentando ser cruel ou insistente. Só quero tornar as coisas mais fáceis para ela. De alguma forma, sei que ela vai optar pelo quarto de hóspedes e não vai dar um cochilo.

A expressão de Tieran diz que ele suspeita do mesmo.

É a lutadora sob sua pele, e agora que ela tem o controle de sua loba, ela vai tentar ser independente. Mas sua loba sabe o que ela precisa: Alfas capazes de protegê-la dos predadores do lado de fora.

Além disso, será mais fácil tê-la isolada nos fundos da toca. Esse cheiro dela é um farol, e alguém pode ser estúpido o suficiente para tentar segui-lo aqui.

Eu preferiria ser o único a receber adequadamente qualquer idiota suicida o suficiente para entrar, e não deixar Clove no andar de cima para se defender. Embora aquele pulo na garganta de Jack tivesse sido impressionante, não seria suficiente para derrubar um Lobo Carnage determinado.

E especialmente não um Lobo Alfa Carnage.

Clove não protesta, preferindo seguir Tieran enquanto ele a leva para as escadas.

— Acho que você sabe o resto do caminho — ele diz a ela. — Vou ficar com o quarto de hóspedes esta noite para que você possa ter seu espaço.

Ela parece fazer uma pausa ao ouvir isso, a fêmea dentro pensando.

Mas um pequeno empurrão em suas costas com a palma da mão a faz correr escada abaixo.

Ele espera um instante, provavelmente ouvindo-a fazer o que lhe foi dito, então volta para a sala de estar para começar a pegar os pratos.

— Ela tem que ser uma Ômega — digo em tom casual enquanto ajudo a levar vários pratos vazios para a pia.

— Com certeza — Volt concorda, ajudando também. — T acabou de ceder seu quarto para ela. Apenas uma Ômega poderia fazer isso.

Tieran bufa.

— Ela é frágil, e não quero arriscar que sua loba assuma o controle total novamente.

— Você realmente acha que é por isso que ela não pode se transformar? — pergunto em voz alta. — Ou é a merda do alfa que fez isso com ela?

— Saberemos pela manhã. — Ele começa a lavar os pratos, me dizendo que está ainda mais distraído do que gostaria de admitir. Porque Tieran só lava a louça quando está pensando seriamente em alguma coisa.

Volt e eu trocamos um olhar, então limpamos o resto da sala enquanto Tieran se encarrega das tarefas domésticas na cozinha.

Quando ele termina, sei que ele tem um plano porque há um brilho estratégico em seus olhos azuis.

— Vamos testá-la pela manhã, ver se ela está pronta para retomar o controle total. Se não estiver, daremos a ela mais um ou dois dias sob nossa proteção para ver se ajuda.

— E se não ajudar? — pergunto.

— Então vou fazer o que precisa ser feito. — Ele não parece feliz com isso. Eu não o culpo. Comandar uma transformação machuca o outro lobo, e essa é a última coisa que qualquer um de nós gostaria de fazer com uma Ômega.

Mas parte de ser Alfa é saber quando assumir o comando e forçar as situações para melhorar a outra parte.

E, neste caso, será benéfico para Clove aprender como voltar.

Ela vai odiá-lo por isso no começo.

No entanto, acabará por perdoá-lo.

Provavelmente no momento em que ele fizer o nó com ela.

Nenhuma Ômega pode resistir ao pênis de um Alfa.

Talvez esse seja o teste final para ver se esses feromônios são reais ou não. Se morrer, ela mentiu. Se sobreviver, ela é nossa.

O pulso de Tieran começa a vibrar, seu relógio o avisando de uma chamada recebida.

— É o meu pai — ele fala, desligando a água. — Aviso a vocês o que ele me disser sobre a garota.

Ele desaparece de vista, indo para seu escritório.

Volt e eu compartilhamos mais um olhar – algo que parece que estamos fazendo com frequência esta noite.

— Quer apostar em qual idiota vai tentar encontrá-la primeiro? — pergunto a ele, me referindo aos Lobos Carnage.

— Uma aposta contra você? — Ele bufa. — É melhor que seja boa.

— O vencedor faz o nó com a Ômega primeiro? — sugiro. Não precisa se aplicar a Clove, apenas a quem quer que seja nossa futura Ômega. Acontece que é a presença dela aqui hoje que me dá a ideia da aposta.

— Acho que ela vai escolher T para isso — Volt responde, confirmando que ele concorda que Clove não é apenas uma Ômega, mas nossa Ômega pretendida. — Afinal, a loba dela escolheu a cama dele.

— Isso é certo. Quis dizer que o vencedor entre nós faz o nó com ela primeiro, depois de T. Porque somos um círculo Alfa. Se T acasalar, todos nós acasalamos. E dado o quanto ela pareceu confortável conosco esta noite, duvido que isso seja um grande problema para ela. No entanto, mais uma vez, essa aposta se aplica a quem quer que seja a Ômega do nosso futuro – que espero muito que seja a doce e pequena Clove.

Volt considera isso.

— Tudo bem. — Ele faz sua escolha.

Eu faço a minha.

E a aposta está valendo.

CLOVE

Depois de dois dias em um covil com três Lobos Alfa Carnage, tudo o que sei sobre sua espécie virou de cabeça para baixo.

Tieran tem uma reputação de ser cruel por causa de como ele matou sua companheira.

No entanto, ele me tratou com respeito, permitindo que eu dormisse em seu quarto, na pilha de lençóis no canto, garantindo que eu não apenas coma, mas saiba como comer. Ele continua dando pequenas dicas sobre como me conectar a minha loba também.

É confuso.

Posso sentir sua aura selvagem e sua necessidade de dominar. Sua energia Alfa é uma presença forte contra minha pele que exige que eu me submeta.

Mas ele tem sido quase gentil comigo desde que cheguei.

Até a punição do banho foi bastante gentil.

No entanto, há uma energia nele esta manhã que me faz pensar se tudo está prestes a mudar. Posso sentir isso vindo do andar de cima, seu domínio uma onda sufocante que envolve meu próprio espírito.

Ele está vindo para mim.

Não entendo como sei disso, mas sei. É um aviso no ar. Um cuidado que minha loba percebe tão bem quanto eu.

Estou exagerando?, me pergunto.

Os três homens foram gentis, uma afirmação que eu realmente não posso fazer sobre nenhum dos Alfas da Alcateia Nantahala.

Volt, Caius e Tieran são diferentes. Eles são Alfas, mas carinhosos. Dominantes, mas ternos.

Dormi bem a primeira noite em sua toca, então Tieran e eu passamos o dia de ontem conversando sobre como os metamorfos controlam seus lobos. Ele tentou me mostrar como me transformar fazendo demonstrações, mas eu estava muito fascinada pela majestosa exibição para realmente seguir seu conselho.

No momento em que ele tirou as calças, fui cativada.

Algo que me confundiu porque cresci próxima de homens que andavam nus e que frequentemente se transformavam em lobos.

Mas Tieran é uma espécie nova de macho. Ele é alto, magro e elegante. No entanto, com pelo branco em vez de preto: uma característica que só o torna mais bonito.

Volt tentou ajudar também se transformando em seu lobo. Ele também manteve aquele ar magnético de dominação, afiado com uma pitada de letalidade que fez meu animal se sentar e prestar atenção.

Caius não participou.

Em vez disso, ele se concentrou em fazer comida para todos nós. A minha veio cortado em pedaços, tornando mais fácil de comer – algo que tornou esses Alfas ainda mais queridos para mim.

Não consigo entender por que minha alcateia os teme tanto.

Mas a energia que emana de Tieran agora me dá uma

ideia. Não posso dizer se ele está com raiva, cansado ou talvez irritado por eu ter passado outra noite em seu quarto enquanto ele ficava na cama de hóspedes.

Eu não deveria ter concordado com esses arranjos de dormir.

Só fiz isso porque minha loba se sentiu mais confortável no "ninho" que ela fez. E Tieran continua dizendo como é importante para mim me unir a minha loba, não nos separar. Então achei que era a decisão certa.

No entanto, quando ele entra no quarto esta manhã, não posso deixar de sentir que foi uma escolha muito ruim.

Ele vai direto para o chuveiro sem olhar para mim.

Me levanto e saio do quarto na ponta dos pés, tentando evitar seu humor.

Caius me encontra no corredor, sua expressão não revelando nada.

— Como você dormiu, linda?

Na verdade, não posso responder a ele, então apenas me esfrego em sua perna em resposta, porque ele parece gostar desse estilo de cumprimento. É um sinal de afeto entre lobos, algo que realmente não tenho o direito de dar, mas esses machos me acolheram em sua casa. Não tenho ideia de por que eles estão sendo tão legais comigo. No entanto, sou grata por isso.

Eles transformaram meu pesadelo em algo semelhante a um sonho.

Minha raiva não diminuiu.

Minha tristeza ainda está lá também.

Mas de alguma forma, eles introduziram uma leveza no meu coração que desejo abraçar. Pode ser tudo um truque ou alguma maneira cruel de me acalmar para um estado de conforto. Mas minha loba parece confiar neles, o que me faz querer confiar também.

Caius passa os dedos em meu pelo, me dizendo o

quanto sou macia e bonita. É a mesma coisa que ele disse ontem.

E assim como ontem, ele se agacha na minha frente e pergunta se estou com fome.

Arquejo em resposta – meu equivalente a "sim" que ele parece traduzir com facilidade.

Ele pisca para mim e se levanta novamente.

— Me siga.

Eu realmente não tenho escolha, já que a direção dele é o único caminho a seguir. Mas eu provavelmente o seguiria de qualquer maneira. Ele possui um ar de felicidade que acho atraente.

Caius é definitivamente o brincalhão do trio. Volt é o protetor, sua aura letal que faz minha loba querer rolar de costas em submissão imediata. E Tieran é o líder.

É por isso que não consigo afastar essa sensação de desconforto contra meu pelo. O descontentamento de Tieran não pode ser bom. O fato de ele nem me reconhecer diz que sou a causa desse descontentamento, ou algo em mim o deixa nervoso.

Talvez eu fique no quarto de hóspedes esta noite.

Supondo que eles me deixem continuar aqui.

Não passou despercebido que essa experiência é uma dádiva, não uma ocorrência natural.

Volt nos encontra na cozinha, com uma tigela na mão.

— Bom dia, doçura — ele murmura, colocando a tigela no chão. — Melhor comer. O Tieran tem planos para você hoje.

Meu estômago revira com suas palavras. *Planos? Que tipo de planos?*

Não tenho certeza se quero passar um tempo com ele em seu humor atual. Ainda posso sentir seu domínio envolvendo meu pescoço como um laço.

Ele está contendo isso, para me ajudar a me sentir à vontade, ou está particularmente forte hoje.

Dados os últimos dois dias de tratamento, suspeito que seja o primeiro. E por alguma razão, ele cansou de esconder sua persona Alfa de mim.

Ele vai me fazer ir embora? É algo que eu deveria querer – liberdade. Mas esses Alfas não me deram motivos para querer fugir. Na verdade, eles me deram boas razões para ficar.

Nunca fui de confiar nos outros para minha sobrevivência. Minha mãe me treinou bem por uma razão. No entanto, esta ilha não é nada parecida com a casa em que cresci. Não recebi um tour adequado pelas terras, mas posso sentir os perigos à espreita aqui.

Os lobos perigosos.

Seus espíritos Alfa.

Os tons violentos de sua necessidade de sobreviver.

Estremeço, e Caius passa os dedos pela minha cabeça novamente.

— Você está segura, Clove — ele sussurra. — Não vamos deixar ninguém te machucar.

Palavras que desejo acreditar, mas como posso confiar em três homens que acabei de conhecer? *Porque eles literalmente provaram através de ações que não vão te machucar*, diz uma parte de mim. Talvez as palavras sejam dirigidas pela minha loba. Ou talvez seja meu lado inteligente tentando colocar algum sentido em mim.

Me concentro na tigela e nas frutas frescas misturadas com aveia. Não é algo que eu esperava comer na Ilha Carnage, mas até agora, nada neste lugar é o que eu poderia ter antecipado.

Além de eu realmente estar aqui.

Como uma Loba Carnage.

Como a refeição enquanto Caius e Volt se sentam no

chão comigo. Eles não comeram à mesa em nenhuma de nossas refeições, e acho o gesto reconfortante.

Outro conflito direto com tudo o que eu achava que sabia sobre Lobos Carnage.

Tieran se junta a nós vários minutos depois, com o cabelo ainda úmido do banho e uma calça jeans pendurada nos quadris.

Ele não olha para mim, se concentrando no café da manhã e se sentando na mesa em vez de no chão.

Considero tentar sair da cozinha sem ser notada, mas a maneira como ele está sentado me coloca no centro de sua visão.

— Quer tentar se transformar de novo, Clove? — Volt pergunta enquanto pega minha tigela vazia e a coloca na pia.

Eu quase resmungo.

Estou tentando me transformar desde que fui levada para a Ilha Wolfe. Não é como se eu quisesse estar nesta forma. Eu adoraria poder andar sobre duas pernas e usar minha voz.

Mas mesmo sendo capaz de controlar meus movimentos agora, não consigo ne transformar. Tentei procurar a dor que senti quando Canton me fez me transformar durante a cerimônia. Tentei dizer a minha loba para seguir em frente. Tentei fantasiar em ser humana novamente. Tentei chamar minha metade mortal. Fiz tudo que Tieran e Volt sugeriram, e nada.

— Ela não pode — Tieran responde, aquela pontada de raiva aparecendo em seu tom. — Aquele Alfa filho da mãe tem poder sobre seu espírito. Vou ter que quebrá-lo.

Estremeço com a promessa sombria nessas palavras.

Caius e Volt olham um para o outro e depois para Tieran.

— Onde? — Volt pergunta.

— Ainda estou pensando — Tieran resmunga. — Seu choro vai chamar os lobos para ela, independentemente de onde eu faça. Mas precisamos de um lugar onde possamos protegê-la de forma adequada.

Meu choro?, repito. *Ele espera que eu chore?*

Ele acha que sou fraca porque não posso me transformar? Porque Canton tem domínio sobre meu espírito?

Como isso pode ser culpa minha?

Minha alcateia nunca me ensinou a lutar, e o objetivo da cerimônia é deixar seu lobo se unir a minha. Como eu poderia saber que isso iria acontecer?

Passei para a cerimônia porque eu era a mulher elegível mais forte do meu bando. Doeu pra caramba, mas não chorei, não é?

Sinceramente, não consigo me lembrar muito além da dor.

E a agonia de perder minha mãe logo depois.

Meu coração dói só de pensar nisso.

Seus gritos vão me assombrar pelo resto dos meus dias.

— Ela é forte — Volt fala, interrompendo meus pensamentos. — Vai aceitar.

— Estou mais preocupado sobre como ela vai reagir depois e o que ela pode fazer com qualquer um dos lobos que vierem investigar. — Tieran abaixa o garfo em tom sério.

Caius se levanta para se juntar a Volt na pia, mantendo o olhar em Tieran.

— São eles que vão sofrer se aparecerem sem ser convidados, T. Deixe-os pagar o preço por desobedecer à sua ordem.

— Quero dizer, vê-la atacá-los seria divertido — Volt coloca. — Uma puta diversão.

— Não estou preocupado com ela atacar ou matar

alguém — Tieran responde. — A mãe dela era uma presa fácil. Estou mais preocupado com os outros assustando-a ou fazendo algo pior.

Minha mãe... paro, piscando para ele. *Minha mãe era uma presa fácil?*

Ele realmente acabou de dizer isso?

A conversa deles continua, mas não consigo ouvir por causa das batidas em meus ouvidos.

O que ele sabe sobre minha mãe?

Por que ele a considera uma presa fácil?

Ele sabe quem a estuprou? Quem... *quem me gerou?*

Ou está falando sobre como ela morreu?

Uma mão pousa na minha nuca, os dedos se apertam quando Tieran de repente se agacha diante de mim.

— Não rosne para nós, pequena. Você não vai gostar das consequências.

Eu pisco. *Rosnar?* Quando eu rosnei?

— Melhor — ele fala, com o olhar duro. — Não tenho escolha. Ou eu forço sua transformação ou você continua sendo loba. E a última opção não é aceitável.

Ele acha que estou rosnando porque quer me ajudar a voltar ao meu estado humano?

Eu bufo.

O que faz seus olhos semicerrarem e as íris de repente parecem de gelo.

Ah, lua, essa não é a resposta que ele queria ouvir... Mas não foi em resposta à sua declaração. Bem, foi, mas não pelas razões que ele provavelmente pensa.

Se eu fosse humana, explicaria.

Mas como loba, tudo o que posso fazer é resmungar – o que eu faço – e isso só piora a situação completamente.

— Tudo bem. — Ele me solta e se levanta de forma abrupta. — Acho que vamos fazer isso aqui.

— Ah, T, talvez...

— Não, Caius. Estou farto do ato de desobediência. Quero uma pessoa para repreender, não uma loba.

Mas o quê? quero resmungar. *Não estou sendo desobediente!*

O que, é claro, sai como outro resmungo.

E me rende um olhar gélido do Alfa.

Certo, sim, e sou uma loba morta novamente. Maravilha.

CLOVE

Tieran rosna e o som ameaçador me envolve em uma vibração estrondosa que perfura meu coração e atira lava em minhas veias.

Queima.

Eu imediatamente me encolho, tentando me esconder do veneno em sua aura. Ele flui ao meu redor, me prendendo em sua teia Alfa e exigindo meu foco total.

Lua...

Eu estava certa sobre ele estar amortecendo sua energia Alfa nos últimos dias. Porque isso parece uma chicotada em meus sentidos. Seu poder é como uma avalanche ameaçando sufocar todo o meu ser.

Ele rosna novamente, este ainda mais intimidante que o anterior.

Posso sentir minha loba choramingando e minha alma gritando por misericórdia.

Mas ele simplesmente se agacha novamente, bloqueando qualquer tentativa de fuga que eu possa fazer.

Este é o monstro sobre o qual fui avisada. A besta selvagem que matou sua companheira.

Ele provavelmente fez isso com ela antes de rasgá-la com os dentes.

Vou morrer aqui.

Meu animal rosna, recusando-se a cair sem lutar.

O que só faz o Alfa rosnar mais, exigindo obediência.

Não consigo respirar.

É tudo demais.

Meu corpo está quebrando sob o poder de sua ira, e ele nem está me tocando.

Meu pelo está se derretendo, se transformando, me deixando para trás como uma casca de nada além de pele e ossos se estilhaçando.

Ele só rosnou três vezes. Talvez quatro.

Mas meu corpo está respondendo à sua ordem, se transformando de volta para a forma humana na mais excruciante demonstração de submissão.

Eu o odeio.

Desprezo seu rosnado.

Detesto seus poderes Alfa.

Quero matar todos eles. Quero destruí-los por me fazer sentir tão pequena, sozinha e indefesa.

Este é o pior castigo de todos, a degradação do meu espírito e tirar todo o controle da minha mente. Me forçando a me transformar a um estado sem minha permissão.

Parte de mim sabe que é o que preciso.

Parte de mim entende que ele tem que fazer isso para quebrar o domínio de Canton.

Mas essa parte de mim não é páreo para a ira viva que cresce dentro de mim. A necessidade de atacar. De fazê-lo se ajoelhar. De fazê-lo sangrar.

Eu me atiro nele, com as mãos parecendo dedos e unhas em vez de patas e garras. Mas isso não importa.

Bato a mão contra seu rosto, a outra indo para seu

peito para arranhar sulcos irregulares naquela pele impecável.

Ele não luta comigo.

Ele nem sequer retalia.

Ele me deixa esbofeteá-lo novamente.

Me deixa arrastar as unhas pelo seu peito uma segunda vez.

E não se mexe quando tento empurrá-lo.

Seus olhos não estão mais gelados. Estão cheios de calor, as pupilas azuis lembrando um oceano profundo de necessidade que faz meus joelhos ficarem fracos.

De repente, quero atacá-lo por um motivo totalmente novo.

Ele é quase trinta centímetros mais alto que eu e tem músculos sólidos. Todo macho alfa puro. Ele chama uma parte estranha de mim que só despertou nos últimos dias. Uma parte de mim que confia inerentemente neste macho e o considera seu.

Não entendo isso.

Companheiros predestinados não existem para a minha espécie. É por isso que organizamos os acasalamentos.

No entanto, sinto uma atração inegável por ele. Uma que sou incapaz de ignorar.

Ele rosna, desta vez o som mais sensual do que agressivo. Isso faz meu estômago se apertar, minhas coxas ficam úmidas com a necessidade.

Isso é muito mais intenso do que a excitação que senti em campo com Canton.

Isso é visceral. Consumidor. *Carnal.*

A palma de sua mão envolve minha nuca, me puxando para si. Não há palavras. Apenas calor selvagem.

Ele está sangrando por minha causa.

E eu gosto.

Quero lamber as marcas, reivindicá-lo.

Então eu o faço.

É natural. É necessário. É *glorioso*.

Ele rosna novamente enquanto eu lambo a ferida em seu peitoral, seu aperto mais forte em minha nuca. Não tenho ideia do que estou fazendo ou por que, mas estou seguindo os impulsos do meu animal interior, permitindo que funcionemos como uma.

Ela o quer.

Portanto, eu o quero.

Não, é mais do que isso. Preciso dele. Há uma dor dentro de mim que só ele pode aliviar. Sinto isso agora, pulsando entre minhas pernas e exigindo que eu pegue esse Alfa e o faça meu.

Ele é um espécime perfeito. O tipo certo de macho. Aquele que eu deveria ter conhecido o tempo todo.

Meu espírito me guia nessa descoberta, me obrigando a não pensar em nada além desse belo homem e do poder que emana ao seu redor.

Exceto que não estamos sozinhos.

Posso sentir seus olhos em nós, sua fome uma onda palpável que marca minha pele e me deixa muito mais quente.

Não estão marcados.

Eles não estão sangrando.

Quero arranhá-los também. Afundar minhas unhas em sua carne e rasgar, então beber de suas feridas.

O que há de errado comigo? Eu me maravilho com minha mente nublada com desejos estranhos e sentimentos intensos.

Eu me sinto renascida. Como uma metamorfo novinha em folha. Como se eu finalmente fosse a loba que sempre quis ser.

É libertador e sufocante ao mesmo tempo.

Vigoroso e ensurdecedor.

Imponente e certo.

Um dedo percorre minha espinha, o toque se derretendo contra minha pele. Lábios acariciam meu ombro, o hálito quente de Caius contra meu ouvido enquanto ele diz:

— Você é deslumbrante, Clove.

O elogio vai direto ao meu coração, fazendo-o acelerar.

Eu mal consigo respirar.

E, no entanto, quando inspiro, é uma nuvem de almíscar e masculino. Hortelã-pimenta. Pinheiros. E cinzas acobreadas.

Minhas coxas se apertam. Esses aromas estão me desfazendo, me fazendo querer me ajoelhar por razões que só posso começar a entender.

Isto é o que minha afirmação deveria ter sentido.

O dia em que abracei meu companheiro.

Não toda a dor e morte.

Mas este lindo calor cheio de vida e significado renovados.

Eu me inclino para lamber o peito de Tieran novamente. Ele rosna em resposta, o som parte rosnado, parte ronronar. Suspiro, totalmente cativada por essa vibração. Quero me derreter nele. Fazer o que ele precisar, desde ele que acalme essa tempestade que se forma dentro de mim.

Sua mão permanece na minha nuca, me segurando perto de si.

Ele está excitado.

Sinto a marca de seu calor contra meu ventre através de seu jeans. É preciso moderação para não removê-los. De alguma forma, sei que é a coisa errada a se fazer.

Ele está no comando agora.

Caramba, ele sempre esteve no comando.

E enquanto parte de mim quer desafiar isso, *desafiá-lo*, outra parte de mim deseja se banhar nessa superioridade e permitir que ele seja meu guia.

É um enigma que não entendo.

Uma mistura de destinos que não combinam bem entre si.

Como posso querer submetê-lo e desafiá-lo no mesmo pensamento?

A boca de Volt encontra meu ombro oposto, sua identidade facilmente conhecida por causa de seu cheiro. Ele é a fonte de cobre e cinzas.

Morte, penso. *Ele me lembra a morte.*

Mas viciante e certo.

Caius é o apimentado, a menta refrescante que desejo provar.

E Tieran é a fonte de masculinidade e graça, aquela que enche meus pulmões com um cheiro de pinho. Ele é o mestre da floresta. O Líder Alfa. O líder que exige minha submissão ainda anseia pelo meu fogo.

É tudo incrivelmente inebriante, esse conhecimento, poder e união íntima.

Não consigo me lembrar por que estava com raiva antes.

Nem consigo me lembrar dos acontecimentos de ontem.

Tudo que quero é me entregar a esses machos e me banhar em sua força.

Minhas entranhas se apertam de forma dolorosa agora, aquela tempestade atingindo um ponto violento na parte inferior do meu abdômen e chovendo paixão pelas minhas coxas.

Tieran rosna.

Caius assovia.

E Volt ronrona em aprovação.

— Lisa — ele diz.

— Ela está entrando no cio — Tieran responde com a voz rouca e pupilas dilatadas.

— Quanto tempo temos? — Caius pergunta.

— Não muito — Tieran diz a ele. — Precisamos fortificar o covil. Eles já estão vindo para cá. Posso senti-los subindo a colina.

Ele solta meu pescoço, provocando um gemido com a perda de contato. Sinto como se estivéssemos aqui por horas, colados por esse calor que se acumula dentro de mim.

Mas foram só alguns minutos.

Talvez até segundos.

É tudo muito surreal e sem foco.

Um espasmo pulsando na parte inferior do abdômen faz meus joelhos se dobrarem. Tieran me pega instantaneamente, suas mãos marcando meus quadris nus.

Eu gemo, me inclinando para ele, precisando de mais.

— Segure-a — Caius fala. — Nós vamos lidar com o perímetro.

Tieran rosna, o som me faz gemer enquanto outra pontada vibra na minha barriga. Isso dói. Eu preciso. Mas não entendo o que é ou por que está acontecendo.

Em algum nível, eu... meio que gosto.

Ele disse que estou entrando no cio.

Testemunhei isso entre as mulheres da minha alcateia, mas não me lembro de ser doloroso ou desgastante assim.

É algo que só acontece com lobos acasalados.

Normalmente, seus machos cuidam delas durante todo o ciclo, mantendo-as satisfeitas e alimentadas. Dura apenas alguns dias.

E geralmente termina em gravidez.

É por isso que os ciclos de cio são tão escassos e raros

para a minha espécie, acontecendo a cada poucos anos. Nunca experimentei o meu. Eu não deveria estar entrando no cio agora.

Não estou devidamente acasalada.

Mas ohhh, é... é *intenso*.

Engulo em seco, minha visão falhando enquanto eu me movo.

As palmas das mãos de Tieran ainda estão em meus quadris, seu peito é como um cobertor de calor diante de mim.

Eu me inclino para ele, saboreando sua pele com a língua e descendo para os sulcos que deixei em seu peito. Ele vai se curar em breve. Não, já está se curando. Ele não está mais sangrando, e algo nisso perturba minha loba.

Quero agarrá-lo novamente, marcá-lo novamente, *reivindicá-lo*.

— Tieran — gemo. Seu nome é um som áspero na minha boca.

— Shhh — ele me silencia. — Estou com você, pequena.

Há tanto que preciso dizer. Tanta coisa que quero fazer. Mas não consigo me lembrar de nada agora. Meu corpo está me implorando para buscar alívio deste Alfa, para aquietar a agitação de sensações no fundo.

Eu gemo.

Ele me silencia novamente.

E uivos ecoam lá fora.

Uivos de *raiva* que excitam meu animal interior.

Uma perseguição, ela está pensando. *Estamos prestes a ir em uma perseguição.*

Não tenho certeza se gosto dessa ideia. Também não entendo muito bem de onde vem a inclinação e o conhecimento.

Mas ela está antecipando isso. Sua adrenalina inunda minhas veias e me permite ficar de pé mais uma vez.

— Nem pense nisso — Tieran me diz. — Se você correr, vou te perseguir. E não ficarei feliz quando te pegar.

Isso parece um desafio.

Um desafio que quero muito fazer.

Essa parte estranha de mim quer que ele ganhe o direito de me tocar, de acasalar comigo.

De repente me sinto possuída pela necessidade de correr, de fazê-lo provar seu valor. Desafiá-lo.

Não. Não apenas ele. *Eles.*

Um estrondo soa na sala de estar, a janela quebrando e provocando um rosnado feroz de Tieran. Inspiro bruscamente. Seu estrondo provoca um tremor pelos meus membros.

Mas há algo mais.

Um cheiro que paira no ar.

Como chuva em uma noite escura, penso, momentaneamente distraída pelo aroma familiar. *Já senti esse cheiro em um lobo antes.*

Quando?

Onde?

Ah, mas eu me machuquei...

Estremeço. Outro tremor dispara em minhas veias, desviando meu foco mais uma vez.

Caius grita algo que não entendo. Os rosnados que chegam reverberam ao meu redor e provocam arrepios profundos.

Corra, minha loba exige enquanto Tieran me solta para lidar com um dos metamorfos que acaba de entrar na cozinha. *Corra!*

Sempre fui capaz de domá-la, de mantê-la sob meu domínio.

Não mais.

Não desde que ela assumiu durante nossa transformação inicial.

Sou um escravo das suas necessidades agora, e faço exatamente o que ela diz.

Corro para a janela quebrada, pulo a beirada e corro a toda velocidade para a floresta. Minhas pernas humanas são muito mais poderosas e rápidas do que as da minha loba porque passei duas décadas aprendendo a me mover com dois pés em vez de quatro patas.

É por *isso* que ganhei as provas.

Sou rápida.

Sou forte.

E sei quando escolher minhas batalhas.

Eu escolho esta batalha agora.

Eu escolho lutar hoje.

TIERAN

—**P** *uta merda!*

Essa pirralha vai se machucar. Ou coisa pior.

Rosno quando quebro o pescoço de Alfa Kin. Ele vai se curar. Vai levar um dia, mas ele vai sobreviver e é isso que importa.

Os Alfas estão sendo movidos pela luxúria no cio.

Em um nível profundo, eu entendo isso.

Mas não me deixa menos chateado.

Seria tão fácil tirar a lâmina de prata do bolso e enfiá-la no coração de Alfa Kin. Isso o mataria, um ato que uma parte sombria de mim sente que ele merece. Mas ignoro a escuridão e me junto a Caius na sala.

Alfa Dirk está inconsciente com um caco de vidro enfiado no peito.

Volt está parado do lado de fora da porta lidando com mais dois Alfas bêbados de luxúria.

Caius pula pela janela comigo atrás dele. O vento me diz em que direção Clove foi.

— Vai! — Caius exige. — Estaremos logo atrás de você.

Não fico para debater as opções ou criar estratégias

melhores para nosso plano. Não há tempo. Em vez disso, vou atrás da Ômega em fuga.

Ela simplesmente inspirou o caos na ilha.

Seus feromônios – que são absolutamente reais – vão enlouquecer todos os Alfas. Talvez até os Betas.

Ela é uma Ômega não reclamada entrando no cio.

E está *correndo*.

Essa é a porra de um pesadelo.

Se alguém quisesse inviabilizar toda a nossa operação na ilha, *esta* seria a maneira de fazê-lo.

Uma possibilidade que analisarei depois de pegá-la.

Salto sobre um tronco caído, aterrissando com os pés descalços na grama. Então eu paro para inalar, procurando a pequena Ômega com meu nariz.

Rosnados soam à minha direita quando dois lobos vêm correndo em minha direção.

Volt salta entre nós, ainda em forma humana, e os derruba com um conjunto de lâminas.

— Tente não matá-los! — grito para ele. Essas facas são de prata. Posso sentir o calor delas daqui. O que significa que os lobos não poderão se curar a menos que as lâminas sejam removidas.

Ele responde com um grunhido, puxando as facas enquanto passa pelos dois Alfas nocauteados. Então ele parte em direção à floresta para atacar um terceiro lobo com as próprias mãos.

Ele vai ficar furioso ou eufórico quando isso estiver terminado. O cretino psicótico adora o gosto do sangue. Mas a causa de toda essa insanidade é problemática.

E ainda correndo, penso, sentindo o cheiro dela no vento.

Saio em direção a ela, meu coração batendo forte no meu peito.

Se outro lobo a encontrar primeiro...

Corto essa linha de pensamento.

Isso não vai acontecer.

Salto sobre a terra. Meus pés descalços estão acostumados ao terreno acidentado.

Ela está nua, sozinha e não tem ideia para onde está indo.

Mas o cheiro dela parece estar... diminuindo.

Franzo a testa, parando novamente para cheirar o ar. *Onde está você, pequena?*, eu me pergunto, tentando procurá-la acima das outras fragrâncias da ilha.

É início do inverno e já tivemos a primeira neve, mas ela se derreteu recentemente, engrossando os riachos que levam ao oceano abaixo.

Eles são feitos de água doce até o fundo, o que não carrega um cheiro forte, mas pode lavar o perfume natural dos outros.

Ronronando, eu me curvo para tocar um riacho próximo, com foco na lama abaixo da superfície, procurando por pegadas.

Clove é pequena por causa de sua herança Ômega, tornando-a leve.

Mas ela é inteligente.

Porque ela está descendo o riacho na tentativa de mascarar seu cheiro.

Quase funciona.

Exceto que passei os últimos dois dias inalando aquele perfume doce e, embora a água possa diluí-lo, ele ainda está lá, pairando no vento como um beijo.

Vou atrás dela, com meus sentidos em alerta máximo para possíveis intrusos. Esta é a minha perseguição. Não deles. Destruirei tudo e todos no meu caminho. Então vou ensinar a pirralha uma lição de posse que ela não vai se esquecer tão cedo.

A única razão pela qual vou considerar pegar leve é porque sei que ela é nova nisso. Ela não tem ideia do que ela realmente é. Puta merda, eu não sei o que ela é.

Uma Loba Carnage Ômega com certeza.

Mas ela também é uma Loba Nantahala.

O que isso fará com a genética dela? Ela será capaz de receber o nó de um Alfa da maneira que uma Ômega deveria? Ou seu ciclo de cio será pura agonia sem o benefício do prazer?

Estou começando a entender por que ela matou a mãe. Estou furioso em nome de Clove. Sua herança nunca deveria ter sido escondida dela.

Embora, eu suspeite fortemente que sua mãe fez isso para protegê-la.

O que torna toda a situação totalmente fodida.

E sua corrida não está ajudando.

No entanto, meu lobo está bastante satisfeito com a perseguição. Ele gosta que essa mulher o esteja desafiando. Ele está com fome de capturá-la, montá-la, reivindicá-la.

Puta merda.

Eu me movo mais rápido, meu animal me empurra com força.

Minha capacidade de manter o controle é o motivo pelo qual sou o Alfa da Ilha Carnage. É o que me torna adequado para liderar. Porque não cedo à luxúria no cio – uma consequência de uma Ômega não reclamado entrando no cio. Todos os Alfas disponíveis reagirão à sua necessidade de acasalar, seu anseio *pelo sexo.*

Posso sentir seu desejo no vento, sua agressão animalesca aumentando a cada segundo que passa.

Volt e Caius são os únicos dois em quem confio nesta ilha para não se perderem na loucura do cio. Eles são lobos fortes, e é por isso que somos um clã tríade. Não é sobre intimidade. É sobre poder. Nós nos alimentamos uns dos outros e fornecemos o equilíbrio necessário.

109

Como agora.

Posso sentir seu poder ofuscando os outros, seu controle infalível permitindo que sejam minhas armas enquanto caço nossa presa.

Lobinha, lobinha, eu ecoo, perseguindo-a rio abaixo. Estamos quase no oceano, um fato que mais do que impressionou meu animal interior.

Ela é rápida.

Inteligente.

Valiosa.

Como essa pequena Ômega acabou aqui é a única coisa que pode me impedir de reivindicá-la no momento em que a encontrar.

Porque não sei como ela vai reagir.

Ela não é uma puro-sangue.

O que isso fará com nosso potencial vínculo de acasalamento?

Chego à beira da água, semicerrando o olhar.

— Brincar de esconde-esconde não vai diminuir sua punição, pequena — murmuro, ciente de que ela está perto.

Minha fera está rosnando de excitação, amando que ela não apenas nos perseguiu, mas também se escondeu. Ele quer cheirá-la e puxá-la para baixo dele, então morder sua garganta. Não com força. Apenas o suficiente para reivindicar para o mundo ver.

Mas três Alfas se juntam a nós em forma de lobo, nenhum deles Caius ou Volt. Posso senti-los na colina, lutando contra os outros.

A ousada pequena Ômega enviou toda a ilha para uma batalha movida pela luxúria.

Haverá um inferno a pagar quando isso for resolvido, e não apenas porque terei que punir meus homens, mas porque eles ficarão furiosos por eu a manter longe deles.

Nosso bando é construído com base na confiança.

Desafiei essa confiança quando não permiti que ela conhecesse os homens. Era do interesse dela, não deles. É quase uma sorte que ela tenha corrido, porque posso dizer que todos tiveram a mesma oportunidade de reivindicá-la.

Assumindo que eu sobreviva a esta batalha.

Porque mais dois lobos entraram na praia, com o foco em mim como o principal predador nesta ilha.

Sou a principal competição deles quando se trata de reivindicar essa Ômega.

Portanto, eles querem me rasgar em pedaços.

— Vocês todos vão se arrepender disso quando seus sentidos voltarem — digo em tom casual enquanto desabotoo a calça.

Eu poderia vencê-los em forma humana.

Mas serei mais rápido na forma de lobo.

Claro, a transformação vai dar ao meu animal a vantagem nesta batalha de vontades entre nós. Clove pode sofrer as consequências.

No entanto, é melhor do que deixar esses cinco lobos a encontrarem e levá-la. Eles não vão dar a ela a chance de escolher.

E eu não tenho que fazê-la escolher.

Sua loba me escolheu quando ela selecionou minha cama.

O resto foi apenas uma prova de paciência e de não querer machucá-la forçando sua transição.

Se eu soubesse que ela entraria no cio, poderia ter escolhido um lugar diferente para trazê-la de volta à forma humana.

Ou poderia ter feito exatamente assim.

Porque é assim que vou conquistá-la.

Ela está por perto.

Ela está assistindo.

Posso sentir seus olhos em mim, sua loba esperando para ver seu companheiro escolhido em ação.

Ela queria me desafiar por uma razão.

Não só aceito esse desafio, como pretendo vencê-lo também.

— Vocês não podem dizer que não avisei — digo, as palavras não apenas para os cinco machos que me cercam, mas também para a pequena Ômega errante que correu quando eu disse a ela para não fazer isso. — Vamos jogar.

CLOVE

E stou ofegante.
   Molhada.

Congelando.

E totalmente cativada por Tieran, que está tirando seu jeans casualmente.

Ele os chuta de seus tornozelos, seu corpo já se transformando em um lobo branco gigante. Ele leva milissegundos. Sua transformação é como respirar.

Os cinco lobos rosnam em resposta, atacando-o como um só.

Prendo a respiração, sentindo meu coração bater de forma caótica em minhas costelas.

Mas o rosnado de Tieran soa acima do resto e seu corpo se move com uma força que deixa meus joelhos fracos.

Ele sabe que estou aqui. Porque essas palavras foram para mim, não para os outros lobos.

Você não pode dizer que não avisei.

Ele avisou.

Ele me disse para não correr.

Que ele não ficaria feliz quando me pegasse.

E por alguma razão doentia e distorcida, isso provoca um arrepio de excitação pela minha espinha.

Tentei tirá-lo do meu caminho me movendo pelo riacho para distorcer meu cheiro. Até rolei na lama. Mas ele me encontrou muito mais rápido do que eu jamais poderia ter previsto.

Um fato que agrada a minha loba. Ela está praticamente dando cambalhotas dentro de mim, me dizendo para cair desta árvore e se deitar de bruços no chão para ele nos tomar. Ela não está nem um pouco preocupada com ele, mesmo com os sons furiosos vindos da luta abaixo.

Dois dos lobos já estão inconscientes, suas gargantas arrancadas pelos dentes de Tieran.

É uma visão sangrenta, que devia me deixar enjoada.

No entanto, minhas pernas se apertam com necessidade desobstruída.

Estou pegando fogo, apesar da pele congelada. Cada parte de mim queima por ele.

Não, não só por ele.

Eles.

Porque posso ouvir Volt e Caius também, seus uivos perfurando meus sentidos e chamando minha loba interior. Ela *os conhece*. Eu não entendo como, e estou além de questionar o porquê.

Meus instintos estão me guiando agora, assim como fizeram desde o momento em que me transformei.

Estou abraçando meu animal e permitindo que suas necessidades se tornem minhas.

Não há mais repressão. Chega de lutar contra o desejo de me transformar, correr ou ceder às minhas inclinações mais selvagens.

Minha alcateia tirou tudo isso de mim.

E eu estou pegando tudo de volta agora.

Eu me agarro ao galho enquanto Tieran ruge. Um dos lobos segura sua nuca, com os olhos negros enlouquecidos com uma pitada de selvageria desequilibrada.

Meu coração se aperta.

É outro Alfa.

Não, *todos* são Alfas.

E estão lutando para me reivindicar.

É uma compreensão inerente do processo que não compreendo completamente. É a minha loba que compreende a cena mais do que eu. Ela é quem queria testar Tieran, Volt e Caius. É ela quem espera que eles ganhem.

Ver o lobo louco nas costas de Tieran me faz – a mulher – torcer para que Tieran vença também.

Porque não quero estar perto daquele animal enlouquecido.

Tieran o ignora e vai direto para seu pescoço, arrancando-o em uma demonstração de violência que parece apropriada aqui na *Ilha Carnage*.

Ele não celebra a vitória ou domina sua matança.

Em vez disso, se concentra nos dois Alfas restantes. Seu rosnado é repleto de um poder furioso que faz os outros machos recuarem.

Tieran uiva, e o som quase me faz perder o controle do galho.

Me sinto compelida a me ajoelhar. Me submeter. A fazer o que ele deseja, desde que eu ganhe seu favor.

Dói me segurar.

Mas se eu cair...

Não. Lute, me ordeno. *Não. Solte*.

Meus dedos se esforçam para me segurar e meus membros tremem com o esforço enquanto ele solta outro uivo, este ainda mais poderoso do que antes.

Um Alfa liderando seu bando..

Um Alfa dizendo aos outros que basta.

Um Alfa lembrando aos seus lobos quem manda aqui.

O fato de eu querer me curvar diz muito sobre minhas lealdades inconstantes. Diz que me considero um membro do mundo dele. E não apenas isso, mas uma parte de mim já está sob seu comando.

Choramingo enquanto meu aperto começa a escorregar.

Um terceiro uivo corta o ar, e não consigo mais me manter firme. Meus dedos se recusam a ouvir a razão, minhas mãos soltam o galho e fazem com que eu caia do meu poleiro.

De mais de seis metros de altura.

Luas.

O vento corre pelos meus ouvidos enquanto meu corpo cai do céu para a terra abaixo.

Mas sou pega em um par de braços me esperando.

Eu grito, os braços fortes machucando minha pele com a força da minha queda. O ar sai dos meus pulmões e um gemido ecoa dentro de mim que não pode ser ouvido por causa da falta de oxigênio.

Um ronronar suave ressoa no meu ouvido e minha cabeça é imediatamente embalada contra um peito musculoso.

— Você é como um anjinho doce caindo do céu — uma voz familiar murmura.

Volt.

— Pena que eu tenho que te entregar ao diabo — ele continua, me colocando no chão com gentileza.

Respiro fundo bruscamente, sentindo meus pulmões queimando com a perda de ar.

É um erro.

Sou imediatamente inundada por uma mistura de aromas sedutores.

Pinheiros.

Cinza e cobre.

Hortelã-pimenta e especiarias.

Tudo composto uma mistura de delícias masculinas selvagens.

Um gemido baixo escapa da minha garganta e minhas entranhas se apertam com uma necessidade estranha que parece muito mais intensa do que antes. Isso... *dói.*

Me enrolo em uma bola enquanto um focinho pressiona meu pescoço. A pressão me faz paralisar em minha forma de bruços.

O enorme lobo rosna, fazendo meu animal se animar com interesse imediato. *Tieran.* Reconheço sua presença, sua energia Alfa a fonte da minha queda.

Fico mole sob seu toque, ciente de que ele é o predador superior nesta ilha.

Parece que todos os outros também cederam. Seu uivo deixa todos de joelhos.

Ou talvez ele tenha matado todos eles.

Eu realmente não tenho certeza e estou muito focada em seu focinho para perguntar.

Ele inspira profundamente, o som reverberando no meu pescoço enquanto ele passa o focinho pela minha garganta. Engulo em seco, fazendo-o rosnar novamente.

Posso sentir o homem sob a pele, controlando o desejo que irradia de sua besta.

Sua contenção é viciante. Faz minha loba querer pressioná-lo. Não sei por que ou o que ela espera realizar, então ignoro o desejo e permaneço imóvel enquanto ele leva o nariz para os meus seios.

Meus mamilos gemem por ele, implorando por sua boca, seus dentes, suas mãos.

Mas tudo o que ele faz é sentir meu cheiro, seu

resmungo baixo me dizendo que ele não aprecia a lama cobrindo minha pele.

Ele me cutuca de costas, sua boca letal descendo até o ápice entre minhas coxas.

Minhas pernas se abrem para ele, a pele úmida da água e lama e o desejo que parece estar saindo de mim. Ouvi falar sobre o processo de acasalamento, como ele pode fazer as fêmeas reagirem de maneira devassada e animalesca. Mas ninguém me avisou sobre essa dor agonizante ou a abundância de *fluidos*.

Um gemido escapa dos meus lábios enquanto minhas entranhas pulsam, me deixando ainda mais úmida no meu centro aquecido.

O que está acontecendo comigo?, me pergunto.

Tieran resmunga, fazendo meus músculos ficarem tensos.

Então sua língua desliza em minha intimidade.

Não como lobo, mas como homem.

Ele se transformou sem que eu percebesse, muito perdida nas sensações que sua presença evoca em mim. Muito perdida para o que quer que isso é. Perdida demais para...

Ahhhh...

Sua língua é a divindade encarnada.

Perdi completamente a cabeça.

Ele está me lambendo, a poucos metros das ondas. Está me lambendo lá. Ele está me saboreando. Ele está me tomando. Ele está...

Seus dentes roçam meu clitóris, provocando um grito.

— Humm — ele geme, rastejando para cima e sobre o meu corpo. — Precisa de alguma coisa, pequena? — Seus olhos azuis estão ardendo com fogo líquido, sua aura borbulhando com uma mistura complicada de fúria e excitação. Posso sentir isso consumindo minha pele, ameaçando me queimar de dentro para fora.— Eu disse para você não correr — ele sussurra, com os lábios a menos de um centímetro dos meus.

Minha loba me diz para arquear em sua direção, para sentir o poder de seu corpo contra o meu.

Eu o faço.

Porque sou impotente aos seus instintos.

Desamparada para o que quer que esteja acontecendo comigo.

— Acho que você precisa de outro banho. Talvez eu faça você tomar um sozinha, para prolongar essa agonia até que esteja pronta para realmente implorar. — Essas palavras sombrias fazem minha loba gemer em protesto.

Eu envolvo minhas pernas ao redor de sua cintura, o movimento ousado puramente instintivo, e me aperto contra ele.

Puta merda, nunca me senti tão excitada antes. Como se eu estivesse a segundos de explodir. Exceto que não consigo encontrar o fósforo para terminar de acender meu fogo.

— *Tieran* — eu gemo, agarrando seus ombros e cravando minhas unhas em sua carne.

Ele semicerra os olhos.

— Tentando dominar. — Sua palma encontra minha garganta, dando-lhe um aperto brutal. — Não é assim que eu ajo, pequena. Eu sou o Alfa. Eu domino. Você é uma Ômega. Você se submete.

Começo a balançar a cabeça, pois suas palavras não fazem sentido. Não sou Ômega, eu quero dizer, mas seu aperto é muito forte na minha garganta para permitir palavras.

— Você correu — ele continua. — Você correu e me fez persegui-la. Eu lutei por você, Clove. Ainda estou com o sangue deles também. Está na minha língua. Assim como sua doce boceta. — Sua boca cobre a minha, me fazendo provar suas palavras, o sabor decadente de cobre e almíscar deslizando facilmente pela minha garganta.

Eu gemo em resposta, ansiosa por mais.

Ele ri enquanto eu sugo sua língua, minha besta tomando conta da minha forma humana. Ela está morrendo de fome e ele é sua salvação.

Sou apenas uma observadora agora, doendo por dentro enquanto meu corpo implora por um alívio que não entendo.

Sua excitação é dura entre minhas pernas e *muito* quente. Eu gemo, pressionando-o novamente, então sugo sua língua ainda mais fundo na minha boca.

Eu quero tudo. Eu o quero. Quero... me sentir *completa*.

— Por favor — sussurro. — Por favor, Tieran. — Eu nem sei o que estou pedindo. Mas em algum nível básico, eu quero. Eu o quero dentro de mim. Para me preencher. Para me agradar.

Afundo minhas unhas ainda mais em sua pele, tirando sangue enquanto desloco meu corpo para baixo, me esfregando contra seu comprimento maciço.

Ah, lua.

Vi aquilo quando ele se trocou no outro dia.

Vi de novo quando ele se trocou hoje.

E agora... agora o estou sentindo contra meu corpo muito menor.

É o suficiente para me deixar quieta, perceber o quanto essa ideia é terrível.

Minha loba pode querer aquele monstro dentro de mim, mas nunca vai caber.

E o que é essa protuberância perto da base?

Eu corajosamente alcanço entre nós para tocá-lo, com a mente fragmentada entre razão e necessidade.

— Por que...? — consigo perguntar, meus dedos

roçando a área perto de sua virilha. Não são as bolas dele. Está no topo de seu pau. E está *pulsando*.

— Por que o quê? — Ele estende a mão entre nós para envolver minha palma em torno de seu pau grosso, permitindo que eu realmente sinta esse comprimento.

E sim, ele não vai caber dentro de mim.

Ele é muito grande.

Um pensamento que me faz choramingar porque minha loba está exigindo que eu tente.

— Você está perguntando por que não vou te comer ainda, Clove? — Seus olhos brilham com crueldade enquanto ele olha para mim. — Porque não tenho certeza se quero reivindicar você. Talvez eu deva lançar meu próprio desafio, o que acha?

Minha loba rosna na minha cabeça, furiosa com suas palavras.

E para meu horror, um pouco sai pela minha boca.

O que o faz rir e passar o nariz na minha bochecha enquanto seus lábios encontram meu ouvido.

— Não se preocupe, linda. Meu lobo está tão apaixonado por você quanto você por ele.

Meu animal imediatamente se acalma.

Mas eu, não.

— Não entendo — finalmente consigo murmurar enquanto aperto sua base novamente. — Me ajude a entender. — É um apelo que traz lágrimas aos meus olhos. Porque tudo isso é estranho. Estou tentando ceder ao meu animal, fazer o que ela está exigindo que eu faça.

No entanto, sentir sua ereção na palma da minha mão estranhamente me consolidou na realidade.

Ele é muito maior que Canton.

Deve ser impossível.

É impossível.

Ele não vai caber.

E algo sobre isso me faz querer chorar.

Ou talvez seja o medo de saber que ele vai forçar isso que faz meus olhos lacrimejarem.

Eu me sinto muito fraca. Muito perdida. Muito... muito *quente*.

Eu gemo. *Estou enlouquecendo*.

— Você está entrando no ciclo estral — Tieran diz, a palma de sua mão de repente alcança minha bochecha e seu polegar enxugando a lágrima da minha pele. — É o ciclo de cio para Ômegas, provavelmente causado por você finalmente encontrar seu lobo e permitir que seus traços Carnage apareçam.

Balanço a cabeça.

— Não sou Ômega. — Isso sai como um fragmento, já que meu cérebro é incapaz de pensar plenamente. Estou dividida entre entender e exigir que ele me coma.

É um enigma que me faz chorar de novo.

E eu odeio isso.

Odeio me sentir fraca.

— Não sou esse tipo de loba — digo em voz alta. — Não sou. Sou forte. Sou... sou... — Um espasmo na parte inferior da minha barriga me faz gritar, a agonia rasgando minhas veias e provocando novamente um ataque de luxúria e necessidade.

O mundo começa a se mover ao meu redor.

Minhas coxas estão molhadas e frias.

Meu coração bate alto no peito, ecoando em meus ouvidos.

Outro grito sai da minha boca, aquela dor interior se estilhaçando em pulsações de vibrações torturantes.

Estou morrendo, penso. *Isso é a morte.*

Porque está me matando.

Essas vibrações tornam impossível respirar.

Não posso nem gritar ou implorar por ajuda.

É uma causa perdida.

Porque tudo o que sou agora é dor.

Dor. Dor. Dor.

Até que o nada toma conta.

E então... eu começo a flutuar.

Eu respiro.

Me acomodo.

Me afogo.

Água. Leve. Água. Leve.

Onde estou?

Quem eu sou?

O que é esse novo lugar?

Pisco e o sol brilhante escurece acima da minha cabeça.

Eles me jogaram no oceano? Meu coração se estilhaça com o pensamento. *Estou de volta onde comecei?*

Ou foi tudo um sonho? Eu realmente me afoguei? Os Alfas eram um produto da minha imaginação?

A água espirra na minha boca, e eu acordo ofegante.

Cercada por mármore.

Em uma banheira cheia de aromas masculinos.

CLOVE

— Shh — alguém silencia, me lembrando do meu sonho na praia. — Você está bem.

Essas são as palavras que Volt disse também. Exatamente as mesmas. Mas sua voz está rouca agora, como se ele estivesse se esforçando por algum motivo.

— Abra — outra voz diz, algo tocando meus lábios.

Eu nem penso.

Obedeço.

Algo salgado toca minha língua, e o gosto me faz gemer. Engulo por puro instinto e minha boca imediatamente procura mais.

Mas o sabor acabou.

Abro os olhos e encontro um par de lindos olhos azuis olhando para mim.

— Melhor? — Tieran pergunta com a voz baixa.

— Mais — digo em vez de responder.

Ele sorri, desenhando uma linha em meu lábio inferior com o dedo e deixando mais daquela substância deliciosa para trás.

— Você está entrando no cio, Clove — ele diz enquanto alguém passa os dedos pelo meu cabelo.

É então que percebo que estou flutuando na água. Não no oceano, mas em uma banheira enorme. E há um homem embaixo de mim. Nu. Sua excitação é uma marca contra meu traseiro enquanto ele me mantém firme na água.

Volt, penso, seu calor estranhamente familiar. Seu cheiro acobreado está ao meu redor também.

Pisco para Tieran, inalando sua colônia amadeirada e gemendo enquanto atiça aquela agonia pulsante no meu estômago mais uma vez.

— Você precisa de um nó — ele diz, seu dedo desaparecendo. — Era isso o que você estava sentindo antes, pequena. Meu nó.

Me lembro vagamente de acariciar seu pau e aquele bulbo latejante perto da base.

Seu dedo está em minha boca novamente, e mais daquela substância salgada encontra minha língua. Eu o lambo com avidez. Esse sabor é como um vício que não entendo.

— Isso é o líquido pré-ejaculatório — ele me diz, lendo a pergunta em meus olhos. — Do meu pau.

Quero ficar envergonhada. Quero fugir e me esconder. Mas não faço isso. Então, apenas repito:

— Mais. — É como se eu precisasse da essência para sobreviver. Preciso de sua marca do que quer que seja para respirar.

Volt me silencia novamente, passando os dedos pelo meu cabelo e acariciando meu pescoço com os lábios.

Então Tieran me alimenta com mais de seu sabor viciante, provocando um ruído lascivo em meu peito.

— Você está mostrando todos os sinais de uma Loba Ômega Carnage entrando nos estágios iniciais do estro — ele fala baixinho. — Você precisa de um Alfa para te ver passar por isso. É por isso que seu animal nos testou. Ela queria garantir que somos dignos desse presente.

Presente? repito para mim mesma, já que meus lábios estão ocupados demais por seu dedo para falar.

— Nós vamos ajudá-la. Vamos te proteger. E vamos te reivindicar — ele diz tudo isso com naturalidade. — Você é nossa agora, Clove.

Volt beija meu ombro.

— Bem-vinda à vida como Loba Carnage, doçura.

— E bem-vinda ao nosso esconderijo subterrâneo — Caius fala ao entrar no cômodo com uma toalha. — O primeiro lugar em nossa tour é o quarto, onde pretendemos apresentá-la de forma íntima aos lençóis de seda. — Ele estende a toalha.

Tieran coloca mais daquela deliciosa substância em minha boca, então me levanta da banheira e permite que Caius me envolva em uma toalha.

É então que percebo que estamos todos nus.

E úmidos.

O banho foi uma atividade em grupo, algo que me faz olhar para a banheira enorme. É definitivamente construída para um grupo de cinco ou seis pessoas, e não o chuveiro que Tieran usou para banhar minha loba.

Caius deve ter saído enquanto eu estava temporariamente perdida.

Ainda me sinto um pouco confusa, como se pudesse ser puxada de volta para aquela névoa a qualquer segundo.

— Tente respirar — Tieran diz enquanto me carrega para o quarto. — Quero você lúcida durante a primeira vez.

Pisco para ele.

— Lúcida?

Ele está esperando que eu desmaie durante o ato?

O que ele vai fazer comigo?

Me estuprar como aqueles lobos estupraram minha mãe?

— Clove — ele me chama, seu tom exigindo meu foco completo, o Alfa nele olhando para mim. — Acalme-se. — Ele adiciona um pequeno ronronar às palavras, fazendo com que meu corpo relaxe.

Eu nem percebi que fiquei tensa até meus músculos começarem a afrouxar.

Só então noto minhas unhas em seu ombro.

— D-desculpe — sussurro. — Eu não quero... — Eu paro.

— Você não quer o quê?

— O que aconteceu com minha mãe — termino, baixando os olhos.

Ele me deita na cama e seus dedos encontram meu queixo enquanto leva meu olhar de volta para o seu.

— O que aconteceu com a sua mãe, pequena? — Algo em sua voz me acalma, quase como uma droga me embalando para dormir.

Só que é mais do que isso.

É mais pesado.

É aquele estrondo em seu peito, penso de forma sonhadora. *Eu realmente gosto desse som.*

— Clove — ele me chama, seu tom mais suave agora. — O que aconteceu com a sua mãe?

Eu o encaro, temporariamente de castigo mais uma vez.

— Eles a estupraram. — Minha voz é quase inaudível. — Eles... eles a mataram.— Fecho os olhos, mas abro-os novamente quando agarro seus ombros. Não consegui falar a semana toda. Alguém tem que saber! — Eu não a matei, Tieran. Eu juro que não a matei.

Lágrimas nublam minha visão. É muito bom finalmente dizer isso.

Mas é rapidamente seguida pela raiva.

Raiva por muitas pessoas se recusarem a me dar uma chance de falar.

— Eles me chamaram de selvagem — continuo, minha visão embaçada em um mar de vermelho. — Nunca me deram a chance de me defender. Porque eu não podia me transformar. Eu...

Um espasmo agudo em minha barriga corta meus pensamentos, me arrastando sob aquele tormento nebuloso mais uma vez.

O dedo de Tieran encontra minha língua, mas o sabor de sua essência não é mais suficiente. Não é mais o antídoto que eu preciso. É... é...

— *Fogo* — murmuro, me contorcendo na cama e me enrolando em uma bola de necessidade.

As palmas das mãos de Tieran pousam em meus quadris, seu corpo maior que o meu e me forçando a me desfazer no colchão embaixo dele.

Começo a chorar, apavorada com o que está prestes a acontecer, mas ansiando por isso ao mesmo tempo. Não tenho certeza se estou triste ou feliz.

Não consigo decidir.

Não consigo pensar.

A pressão encontra meu núcleo, e a sensação disso dispara picos em minhas veias.

Eu grito.

Grito mais quando a pressão aumenta, girando, lambendo, extraindo puro êxtase entre minhas coxas.

Meus dedos encontram os cabelos de Tieran enquanto eu o encorajo, montando seu rosto em uma demonstração furiosa de necessidade com uma pontada de insanidade.

Eu não sou assim.

A minha loba é.

Não, somos *nós*.

Ah, foda-se.

Não me importo. Só quero *sentir*.

E *ahhh*, ele está me ajudando a sentir mil coisas ao mesmo tempo.

Seus dedos entram em minha umidade, se enrolando para encontrar um ponto no fundo que me leva para as estrelas enquanto sua língua continua a me enlouquecer.

Sou uma confusão de sensações e gemidos. Estou exigindo mais. Estou implorando para ele me comer. Estou perdendo a cabeça, e simplesmente não me importo.

A primeira onda de prazer me atinge de forma inesperada, me enviando para a lua e me trazendo de volta em um piscar de olhos.

É imediatamente seguido por um segundo e um terceiro clímax estrondoso, o prazer todo estranho e novo para o meu espírito.

Brinquei um pouco sozinha.

Mas nunca com outra pessoa.

É proibido brincar com um macho que não seja meu companheiro.

O que suponho que agora isso faz de Tieran meu companheiro. *Isso significa que ele vai me matar quando terminar?*, me pergunto, sentindo uma pontada de medo lá no fundo. Mas aparece e desaparece em um segundo quando ele me faz cair no esquecimento pela quarta vez.

Ou talvez seja tudo o mesmo orgasmo.

Estou perdendo a noção do tempo e do espaço.

Tudo o que sei é que desejo seu calor. Preciso dele para acalmar meu coração batendo. Preciso da essência dele.

— Tieran — sussurro.

— Eu sei — ele diz, rastejando sobre mim novamente. — Eu sei, Clove.

Sabe? Ele percebe o quanto eu queimo? Quanto isso dói?

Seu pau desliza pela minha umidade, tirando outro daqueles sons estranhos da minha garganta. Parece que estou morrendo. Puta merda, sinto que estou morrendo.

A cabeça grossa de Tieran cutuca minha entrada, me empurrando para trás apenas o tempo suficiente para inspirar.

Apenas para gritar no instante seguinte enquanto ele me penetra.

O cretino acabou de me abrir.

Me empalou com seu pau!

Foi assim que sua companheira anterior morreu? Foi assim que ele a destruiu?

Lágrimas inundam minha visão, mas seus lábios de repente estão nos meus, seu ronronar é um estrondo em seu peito que faz minha loba suspirar por dentro.

É tão confuso.

É... é...

Começo a ofegar.

Porque ele está... ele está se movendo.

E agora...

Ah, luas.

É um movimento lento de seus quadris que deve disparar agonia em meus membros, mas tudo o que sinto é calor. Um *calor* bem-aventurado e incrível.

Arqueio para ele, levando-o incrivelmente mais fundo.

Não é o suficiente.

Quero mais.

Quero o poder dele.

Quero que o Alfa me coma.

Mas ele está me beijando. Sua língua é como uma bênção contra a minha, seu corpo é uma marca queimando meu próprio ser. Mordo sua língua, exigindo seu foco.

— *Mais* — grunho.

Ele ri.

— Você vai ter o que eu te der, pequena.

Isso não é bom o suficiente.

E digo isso a ele com minhas unhas, arrastando-as pelas suas costas enquanto remexo os quadris para encontrar os seus.

Ele rosna um pouco, mas seu olhar tem uma nota de diversão.

— Ainda tentando me superar, hein? — Ele captura meu lábio entre os dentes e morde com força, tirando sangue. — Eu sou Alfa, querida. — Ele move os quadris para frente para marcar seu ponto. — Sou o único com o nó que você precisa. — Ele lambe o sangue do meu lábio, um suave estrondo seguindo de sua boca. — Você vai se submeter.

Eu me apresso contra ele em vez disso, cravando as unhas em suas costas.

Se ele quer que eu submeta, vai precisar trabalhar para isso.

Seus lábios se curvam e seus olhos brilham com seu lobo.

— Continue lutando comigo — ele diz, envolvendo a palma da mão em minha garganta enquanto ele estoca duramente em meu calor dolorido.

Envolvo as pernas ao seu redor, demonstrando minha demanda já que não posso mais falar.

Ele rosna em aprovação, seu lobo tão perto da superfície que quase posso saborear sua natureza selvagem.

Isso é perigoso.

Ele é perigoso.

Mas perdi a capacidade de me preocupar com o que ele pode fazer comigo.

Tudo o que posso fazer é me segurar e desafiá-lo a me

comer com mais força, o que faço me contorcendo embaixo dele.

Ele sorri, mas não é um olhar gentil. É sombrio. Predatório. É sexy pra caramba.

Este macho é o epítome dos Alfas em todos os lugares.

Ele é quem faz os outros Alfas se curvarem.

Exceto, talvez, Caius e Volt, que estão por perto, observando, com seus olhares queimando minha carne.

Posso sentir a necessidade deles, sentir o inferno crescendo no quarto entre nós quatro.

É avassalador e inebriante, e estou absolutamente cansada de lutar contra isso. Qual é o ponto? Eu vou morrer se esse Alfa não gozar dentro de mim. Preciso de sua essência como eu preciso de ar.

— Por favor, Tieran — ofego, sua mão afrouxando o suficiente para me permitir respirar, mas o domínio está lá, a ameaça permanece, e sua selvageria está logo abaixo da superfície, ameaçando minha própria existência.

Mas há um brilho em seu olhar que eu confio.

Uma pontada de conhecimento e coerência que me diz que ele não se perdeu nessa nuvem de necessidade. Ele ainda está muito no controle. Sou eu que me perdi nesse esquecimento apaixonado.

Ele é minha âncora.

Aquela que vai me aterrar para sempre.

O Alfa que minha loba deseja marcar como seu.

Seu sorriso feroz se torna mais gentil agora, o brilho em seus olhos azuis se transformando em um de prazer.

— Aí está você — ele sussurra. — Minha doce lobinha. Minha destinada.

Estou completamente perdida para ele agora.

Este Alfa.

Este ser poderoso.

O escolhido da minha loba.

Ela quer todos eles. Todo o círculo. E não há nada que eu possa fazer para impedi-la agora.

Estou finalmente começando a entender o que ele está me dizendo sobre entrar no cio. É uma alucinação perigosa que ameaça minha própria sanidade.

Isso me transforma em um ser de luxúria.

Um animal perdido em seus instintos.

E embora uma parte de mim saiba que realmente deveria me preocupar, não posso deixar de ceder.

Beijo Tieran.

Afundo meus dentes em seu lábio para fazê-lo sangrar.

E engulo as consequências de nossas essências misturadas.

Ele rosna.

Eu rosno de volta.

E nosso frenesi se transforma em insanidade animalesca.

Ele é brutal.

Sou feroz.

Nossas feras estão acasalando através de nossa pele, os lobos nos conduzindo a um êxtase que provavelmente vai me matar.

Eu não me importo.

Corro atrás disso.

E ele me persegue.

Ele me empurra para a frente.

Ele me destrói.

Ele é meu *dono*.

A palma da sua mão aperta minha garganta, cortando minhas vias aéreas, exigindo que eu olhe para ele e implore com os olhos para ele me soltar.

Mas ele não me solta.

Em vez disso, ele me come com mais força.

Então ele ruge quando chega ao precipício de seu clímax, e uma agonia requintada dispara em meu núcleo.

Eu grito, a penetração intensa inesperada me manda em espiral em uma escuridão que não posso navegar sem luz.

É assustador.

É incrível.

Está me derretendo de dentro para fora.

O ar enche meus pulmões, quando Tieran me força a respirar. A sensação me atinge na barriga e se espalha para os meus membros, me deixando chorando e me contorcendo debaixo dele.

Mas é uma sensação boa.

Como se eu tivesse sido despedaçada e reconstruída.

Como se eu finalmente tivesse me tornado uma com minha loba.

Ele ainda está estremecendo em cima de mim, sussurrando de forma reverente com os lábios sobre os meus.

Continua por horas.

Talvez seja apenas alguns minutos.

Aquele nó pulsante dentro de mim quente me enche até o fim por várias vezes.

Até que finalmente começa a se retirar, me deixando vazia e dolorida, ansiando por muito mais.

Encontro seu olhar, vejo a preocupação muito real em suas profundezas e o cuidado lá no fundo.

Ele realmente não quer me machucar. Ele quer me testar. Quer acasalar comigo. Quer ver o quanto minha loba pode levar para me tornar uma companheira digna.

Eu entendo, porque meu animal sente o mesmo.

E é exatamente por isso que agarro suas costas novamente.

Porque levanto meus quadris nos dele.

Porque eu rosno e grunho para ele fazer isso de novo.

Ele sorri, roçando os lábios nos meus.

— Desafio aceito, Clove. — As palavras são ditas de forma suave e com uma pontada de necessidade hedonista.

Ele me toma mais forte desta vez, me empurrando para os meus limites antes de nós dois explodirmos em ondas quentes de êxtase.

Seus dentes roçam meu ombro e pescoço. O Alfa decidindo onde ele quer me reivindicar.

Mas ele ainda não me morde. É uma provocação. Uma promessa. Há mais testes por vir. Um julgamento que ele quer que minha loba passe.

E é quando ele finalmente me solta e me rola na direção de Volt e Caius, que estão esperando na cama com expressões famintas.

Quase choro, com o corpo exausto.

Mas aquela sensação de aperto dentro de mim me diz que preciso deles.

E preciso deles agora.

Nem penso. Apenas rastejo, tomando Volt dentro de mim enquanto monto em sua cintura. Ele geme e suas mãos encontram meus seios enquanto eu me movo.

Caius se senta ao meu lado, seus dedos tecendo em meu cabelo enquanto ele me puxa para um beijo que é todo calor, paixão e sexo.

Ele não se contém. Sua língua domina a minha de uma maneira semelhante à de Tieran, mas diferente também.

Volt aperta meus mamilos enquanto um rosnado baixo vindo dele exige meu foco total.

Deixo a boca de Caius e continuo me contorcendo, apenas para me encontrar de costas no instante seguinte, com Volt roubando minha visão.

Ele quer que eu o veja, que o conheça, que esteja aqui com ele.

Posso sentir esse desejo irradiando através de sua energia Alfa, e eu o aceito pressionando meus lábios nos seus.

Ele ronrona satisfeito.

E eu rosno, exigindo mais.

Ouço a risada de Tieran, mas rapidamente se perde para os sons vindos do peito de Volt.

Ele é mais grosso que Tieran, me alongando mais, mas não é tão longo. Sua força também é diferente. Ele é todo destreza muscular e impulsos confiantes.

Um ritmo diferente.

Um estilo mais duro.

E seus olhos têm uma pontada que me diz que ele está pegando leve comigo. Que um dia ele vai ser mais duro. Talvez até sádico.

Minha loba geme em resposta, aprovando sua besta interior e os impulsos sombrios brilhando em suas íris cor de ébano.

— É isso, doçura — ele sussurra. — Me tome. Me abrace. *Acasale* comigo.

Mordo seu lábio, assim como eu fiz com Tieran, o impulso vindo de dentro.

E ele geme em resposta, quase imediatamente me mordendo de volta, e nosso beijo se torna uma troca apaixonada de sangue e loucura sensual.

Eu perco a noção do tempo.

Tudo o que sinto é ele.

Tudo que sei é ele.

Tudo o que sinto é este momento e a necessidade pulsando dentro de mim, implorando por seu nó.

Vou morrer nesta cama, e vai ser a morte mais feliz na existência do tipo lobo.

Eu o recebo com as pernas em volta de sua cintura e

meus dedos entrelaçados em seu cabelo grosso e escuro. Ele me beija como se eu fosse sua razão de ser.

E juntos nos perdemos na loucura feliz do momento, seu nó finalmente explodindo dentro de mim e me levando para aquela terra sombria de intensidade.

Desta vez, não me mexo.

Porque não consigo abrir os olhos.

Eu apenas me afogo no esquecimento apaixonado.

E permito que minha alma voe. Voe. Voe.

CAIUS

— **E**la é linda — sussurro, passando a mão para cima e para baixo em sua coxa, oferecendo-lhe conforto enquanto ela começa sua descida para a verdadeira loucura.

O estro é uma sequência de vários dias, e estamos apenas nas primeiras horas de seu ciclo de cio. Ela estava lindamente ciente desde o início, algo que sei que deixou Tieran satisfeito. O Alfa queria que ela estivesse ciente o suficiente para consentir e participar da união.

Mas ele não a mordeu. Não de verdade.

Entendo o porquê.

Ele quer ter certeza de que ela irá aceitar a nós três primeiro.

Não tenho dúvidas de que ela vai. Ela respondeu ao meu beijo com uma paixão que senti até em minha alma.

Ela quer a todos nós.

E assim que acordar, será a minha vez de dar o nó a ela.

Nossa doce e linda Ômega.

Um diamante que nunca previmos encontrar nesta ilha.

Os Alfas vão ficar furiosos quando acordarem, mas nós a ganhamos de forma justa. E agora ela está isolada em nosso esconderijo subterrâneo. Não o que ela esteve nos últimos dias. Essa casa é para que os outros possam nos alcançar quando necessário.

Não, esse esconderijo é subterrâneo com um túnel que só nós sabemos atravessar.

Construímos com a ideia de que precisávamos nos esconder dos Anciões ou de um bando atacante.

É grande o suficiente para abrigar todos os lobos da ilha, mas somos nós três que sabemos como alcançá-la. Nunca compartilhamos os detalhes com os outros porque não era necessário. Um de nós está sempre na ilha, mesmo quando os outros estão fazendo negócios no continente.

Como no outro dia – Volt e Tieran saíram enquanto eu permaneci para guardar o bando.

Sempre foi assim desde que chegamos, há sete anos.

— Ela é uma lutadora — Tieran comenta enquanto termina de limpar os fluidos de sua doce boceta. Ela era virgem, algo que não surpreendeu a nenhum de nós. Mas ela não percebeu, muito perdida nos estágios iniciais de seu ciclo de cio para sentir qualquer coisa além de prazer.

Bem, e talvez um pouco de dor.

Mas ela abraçou.

Ela pegou o nó de Tieran de forma gloriosa, seu corpo construído para o nosso tipo de transa. Em seguida, ela permitiu que Volt tivesse uma breve prova.

Beijo a parte interna de sua coxa, cantarolando contra seu pulso.

— Sou o próximo, linda — digo baixinho.

Ela não se mexe.

Não espero que ela faça isso por pelo menos mais uma hora.

E quando ela o fizer, vai se tornar uma maratona de sexo.

Volt já está preparando suprimentos na cozinha, garantindo que tenhamos água e alimentos não perecíveis suficientes para mantê-la saudável.

Já juntei todos os lençóis que encontrei aqui embaixo e montei uma pilha ao lado da cama.

Este é o nosso quarto comum, aquele que só pretendíamos usar se este bunker subterrâneo ficasse cheio de outros lobos.

Temos nossos próprios aposentos que mantemos, que iriam para o bando conforme necessário. Mas tirei as roupas das camas para adicionar os lençóis à pilha. Ômegas gostam dos aromas de seus companheiros. Elas preferem isso a roupas de cama limpas.

Algumas de nossas roupas sujas também estão na pilha.

A Ômega vai escolher o que ela quer.

E vamos ajudar no que ela precisar.

— Precisamos descobrir o que aconteceu com a mãe dela — Tieran fala baixinho, mas sinto sua fúria subjacente. Ela rivaliza coma minha, fazendo com que eu me sinta instantaneamente sóbrio.

Levanto o olhar para o dele.

— Sim. — Não preciso dizer mais nada. nem precisei confirmar.

— E precisamos matar aquele Alfa idiota que suprimiu sua habilidade de se transformar e se defender — Volt acrescenta da porta. Ele está usando moletom cinza, com o peito nu.

Há pequenas marcas em seus ombros de onde Clove se agarrou a ele, assim como nos de Tieran, que também tem marcas de arranhões nas costas.

Nossa pequena Ômega é uma megera violenta na cama.

O que a torna muito mais perfeita para nós.

Ela também é uma ótima lutadora, não apenas na maneira como desafiou Tieran, mas também em sua sobrevivência geral.

Depois de tudo que passou, ela conseguiu abraçar seu espírito lobo e Ômega. Isso por si só é absolutamente inspirador. Todo o resto só a torna muito mais extraordinária.

Passo a mão pela sua perna novamente, acariciando-a e oferecendo minha adoração através do toque.

— Meu pai confirmou seu acasalamento com Canton, filho do Alfa Crane. — O tom sombrio de Tieran indica o quanto ele gosta do Alfa Santeetlah e seu filho.

Ele rivaliza com meu próprio nível de afeição – que é em torno de cem negativo em uma escala de zero a dez.

— Matá-lo será um ato de guerra — Tieran continua. — Uma guerra para a qual ainda não estamos prontos, já que mais da metade da ilha acabou de nos desafiar por causa da Clove.

— Eles estavam perdidos na rotina — digo. — E o fato de vencê-los sem matá-los permanentemente deve nos render algum favor.

— E quase metade dos Alfas provou ser forte o suficiente para controlar seus impulsos — Volt acrescenta. — Eles são guerreiros dignos, T.

— Dignos, mas não totalmente prontos. Preciso de sua devoção e respeito. É a única maneira de vencermos essa luta. — Ele passa os dedos pelo cabelo castanho macio de Clove. A cor me lembra chocolate amargo. Combina com seus olhos, que se destacam lindamente contra sua pele cor de alabastro.

Linda, penso, momentaneamente distraído por sua beleza.

Nós três deveríamos estar perdidos na rotina agora, aqui embaixo cercados por seu perfume Ômega.

Mas estamos estranhamente no controle.

Talvez porque seu cio ainda não tenha começado de verdade. Aquela brincadeira foi apenas um prelúdio para o evento que está por vir.

Os nós de Volt e Tieran saciaram temporariamente sua luxúria inicial. Mas quando ela acordar, este quarto se tornará uma bela demonstração de carnalidade.

E eu mal posso esperar.

— Ganhar essa Ômega lhe dará sua devoção — Volt comenta, seu olhar em nossa doce Clove. — É o estágio final do seu legado Alfa.

É para isso que trabalhamos há uma década. Ser enviado para cá há sete anos foi um pequeno contratempo que rapidamente usamos a nosso favor. Esse evento é a fonte que esculpiu o caminho do nosso futuro conjunto.

O dia em que Tieran foi acusado de assassinato.

— Você não acha irônico que Clove também tenha sido acusada de assassinato? — pergunto em voz alta, mudando de assunto com meus pensamentos. — Ou é coincidência demais? — Afinal, ela veio do bando que o enquadrou.

— Você acha que ela está aqui para foder com a gente? — Tieran pergunta.

— Você acha? — questiono. Ele não a reivindicou. Sei que é porque ele não terminou de testá-la. Mas as coincidências de sua chegada também o impediram?

Seus dedos ainda estão nos cabelos delas, seus olhos deslizando para baixo para observar suas feições delicadas. Ela está totalmente exposta, só com as panturrilhas enroladas nos lençóis. É comum que uma Ômega no cio fique muito quente, então não a cobrimos.

Mas também é para nosso benefício, pois podemos ver

suas coxas tonificadas, quadris bem torneados projetados para levar o nó de um alfa, a barriga lisa e os seios empinados.

Ela é deslumbrante.

Uma loba mal-humorada, embrulhada em um pequeno pacote Ômega.

Subo a mão até sua coxa, amando a forma como os arrepios ficam na esteira do meu toque. Ela ainda está perdida para o sono, mas seu corpo conhece seu companheiro destinado.

Seus mamilos se contraem como se ela pudesse sentir nossos olhos nela.

E o aroma doce da umidade fresca enfeita o ar, fazendo nós três ronronarmos em aprovação faminta.

— Se ela foi mandada aqui para foder conosco, é sem o conhecimento dela — Tieran diz. A autoridade em seu tom sugere que ele não está disposto a debater sua decisão.

Como concordo com ele, não me incomodo em tentar.

E Volt apenas sorri.

— Mandada ou não, ela é nossa agora. E estou ansioso para matar seu ex-noivo idiota.

Eu sorrio.

— Lâminas ou balas?

— Lâminas — ele responde sem perder o ritmo. — Ele vai sofrer. — A promessa não está apenas em suas palavras, mas em seus olhos também. Volt gosta de matar. Ele vive para derramar o sangue dos outros. É por isso que ele é tão bom no que faz.

Eu concordo.

— Ótimo. — Vou reivindicar um lugar na primeira fila para esse evento. Ver o Volt matar nunca me cansa.

— Você não pode acabar com ele ainda — Tieran o lembra, com uma pontada de autoridade na voz.

Volt apenas olha para ele.

— Estou falando sério, Volt — Tieran diz. — Sei que você quer entregar a cabeça dele para ela como um presente, mas pense em como esse presente será muito mais poderoso se você puder vingar a mãe dela também.

Volt considera por um momento.

— Uma caixa cheia de paus de estupradores com a cabeça decepada de um Alfa.

Ele diz isso de forma literal.

Algo que me faz querer vomitar, mas não posso deixar de concordar com o sentimento.

— Ela vai adorar — digo a ele. Ou pode aterrorizá-la. Mas ela terá que aceitar a propensão de Volt para a morte e tortura eventualmente.

Ele nunca vai machucá-la.

Ele só irá matar *por* ela.

Que é exatamente o que ele faz comigo e Tieran.

É também como ele contribui financeiramente para nosso crescente império.

Ele leva o termo matador de aluguel a um nível totalmente novo de significado.

— Vamos tentar não assustá-la cedo demais — Tieran adverte.

Volt bufa.

— Ela é uma lutadora, T. Ela até desafiou você.

Os lábios de Tieran se curvam.

— Sim. Ela o fez. — E o calor em seu olhar diz o quanto ele gostou daquela pequena demonstração de desobediência.

— Ela precisa saber quem somos — Volt continua, empurrando a porta para passear em direção à cama. — E quero dizer mais do que apenas em como é o sexo conosco.

— Bem, acho que ela vai aprender esses traços primeiro — respondo, sorrindo para nossa bela adormecida. Ela já deveria ter sido apresentada ao meu nó, mas Volt ganhou nossa aposta mais cedo, dando-lhe acesso ao seu doce calor antes de mim.

Logo, linda, penso, aproximando a mão de seu delicioso montículo. Eu realmente não a toco, apenas aprecio o calor vindo de seu centro antes de levar meu toque de volta para o meio de sua coxa. *Em breve.*

Tieran a está estudando, passando os dedos do cabelo para o rosto. Ele se inclina para traçar seu nariz ao longo de sua bochecha, o lobo dele retumbando no peito.

— O cheiro dela não está tão forte agora — ele fala, franzindo a testa. — Deveria estar nos drogando, mas minha fera está calma.

— Talvez por já ter dado um nó a ela? — pergunto. Nenhum de nós já esteve com uma Ômega antes. Ouvimos histórias, testemunhamos o chamado de volta para casa e sentimos os efeitos das Ômegas no cio. Mas Tieran está certo, deveríamos estar quase loucos de luxúria agora. — Você acha que algo está errado?

— Acho que nossa Ômega tem genética mista e pode não fazer o que esperamos — ele responde, se sentando novamente com o olhar ainda sobre ela. — Vamos continuar nos preparando, mas quero aproveitar esse momento prolongado de lucidez para conversar com meu pai.

Volt se acomoda na cama, se estendendo ao lado da nossa Ômega.

— Não se preocupe, T. Nós vamos fazer companhia a ela nesse meio tempo.

Tieran dá um beijo em sua têmpora antes de sair da cama.

Tomo seu lugar ao lado dela, imprensando a fêmea entre mim e Volt.

— Sim, vamos cuidar dela, T — eu ecoo.

Ele sorri novamente.

— Tente não acabar com ela, sim?

— Não demore muito — respondo, sem fazer nenhuma promessa.

Porque elas não são necessárias.

Essa belezinha é um tesouro e, quando acordar, verá o quanto pretendemos adorá-la.

CLOVE

Acordo com uma pontada na parte inferior da barriga, as coxas tremendo com uma dor que provoca um gemido baixo do meu peito.

Argh. Parece que uma árvore caiu na minha cabeça.

Cada parte de mim dói, mas especialmente minhas entranhas.

Eu gemo, tentando me enrolar, mas me deparo com uma parede dura de carne. Paraliso, sentindo o coração pular na minha garganta.

O calor toma conta de mim, me tocando até os dedos dos pés.

— Bom dia, linda — uma voz profunda retumba e sinto dedos penteando meu cabelo. — Bem, noite, tecnicamente. Você dormiu o dia todo.

Eu engulo em seco. *Onde estou?*

Tudo parece tão nebuloso.

Tão claro.

Tão... tão... *irreal.*

Porque a fantasia que se desenrola em minha mente não pode ser precisa.

Tieran me forçando a me transformar. Seguida de uma

perseguição. Volt me pegando. Os dois... estremeço, a memória vívida de tê-los dentro de mim fazendo minhas coxas se apertarem, o que provoca outro gemido de dentro.

Porque, *ai*.

— Shh,— a parede masculina sussurra.

Caius, reconheço, seu cheiro de menta me cercando. Mas também há indícios de pinho e cinzas acobreadas.

Forço meus olhos a se abrirem e observo a pele lisa na minha frente.

O peito de Caius é uma obra de arte. Todas as linhas afiladas e massa muscular magra. Seus ombros são tão firmes quanto seus braços e seu abdômen.

Ele não é tão grande quanto Volt. Ele também não tem a tatuagem em seus braços e peito.

Volt é todo força e músculo intimidante.

Caius é elegante, quase como uma pantera.

E Tieran é todo poder.

Os três juntos são uma situação inebriante e perigosa. Eles representam uma droga sombria que eu não deveria desejar. No entanto, vejo meu olhar deslizar lentamente pelas veias fortes do pescoço de Caius para observar a sombra da barba escura por fazer que cobre sua mandíbula esculpida, até seus olhos verde-acinzentados.

— Oi, linda — ele sussurra. Seus lábios cheios se curvam em um sorriso de boas-vindas. — Como você está se sentindo?

Engulo novamente, tentando desalojar as pedras que parecem ter se instalado na minha garganta.

— Dolorida — consigo murmurar. — Confusa.

Esta última é uma admissão que odeio fazer, mas necessária. Porque eu realmente estou confusa. Não tenho certeza do que é real e o que não é, ou como vim parar aqui.

Ou por que sinto esse desejo repentino de esfregar todo o seu corpo e morder seu pescoço como se ele fosse meu macho para reivindicar.

Mas eu *realmente* quero lambê-lo.

Não, minha loba quer lambê-lo.

Talvez nós duas queiramos.

É difícil distinguir as necessidades dela das minhas, algo que me faz franzir a testa. Não posso suprimi-la, percebo. Aquele lugar que eu costumava colocá-la em minha mente para bloquear a tentação de me transformar não existe mais.

Desapareceu.

Como se nunca tivesse existido.

O que isso significa?

— O que está acontecendo comigo? — pergunto, tremendo enquanto um calafrio afugenta meu calor.

Caius se mexe para puxar um cobertor sobre nós dois, então estende a mão em volta de mim para pegar alguma coisa.

— Aqui — ele diz, retornando à sua posição ao meu lado. — Beba. — Ele pressiona uma garrafa de água nos meus lábios, derrubando o conteúdo na minha boca.

Aceito a bebida com gratidão, o líquido fresco acalmando a dor na minha garganta. Ele me ajuda a terminar metade da garrafa antes de colocá-la na mesa de cabeceira atrás dele.

Ele se deita novamente. Suas íris cinza-esverdeadas procuram minhas feições enquanto uma mecha de cabelo escuro cai sobre sua testa. Eu me estico para afastá-la de seus olhos, querendo ver seu rosto, então paraliso enquanto ele sorri. Porque esse foi um ato decididamente íntimo da minha parte.

Mas estamos deitados em uma cama.

Eu, nua.

Ele – olho para baixo – usando moletom cinza.

Ele segue meu olhar, seus lábios se curvando ainda mais.

— Humm, você quer meu nó, linda? Ou está apenas admirando a vista?

— Seu nó? — repito em um sussurro.

— Meu pau — ele reformula, segurando minha bochecha para atrair meu olhar de volta para o seu. — Ômegas anseiam pelos nós de seus Alfas. E como você está à beira de algum tipo de ciclo de calor único, eu entenderia sua necessidade.

— Isso é o... — paro, me lembrando de como Tieran praticamente me abriu antes de me dar o prazer mais incrível da minha vida.

Volt logo em seguida.

E então...

Eu voei.

Minhas coxas formigam com a memória agora e sinto minhas entranhas aquecendo com a sensação de gozar.

— Foi real. Não é um sonho. — As palavras saem suaves, a afirmação mais para mim do que para Caius. Mas ele a ouve claramente.

— Depende do sonho — ele responde, enquanto seu polegar traça meu lábio inferior. — Se você quer dizer aquela exibição espetacular de sexo e paixão mais cedo entre você, Tieran e Volt, então sim, muito real. Mas se você está falando sobre o meu nó, então essa parte é um sonho. Um que ajudarei com prazer a tornar realidade.

Encontro seu olhar intenso, enquanto meu coração bate em um ritmo caótico no meu peito.

— Não entendo o que está acontecendo comigo. — Eu já disse isso uma vez, mas vale a pena repetir. — Alfas Nantahala não... — Não sei como dizer isso. — Eles não são assim.

Eles não compartilham suas mulheres.

Eles não têm nós.

E pelo que sei da experiência de acasalamento, não é nada parecido com o que acabei de passar.

O que me faz franzir a testa.

Pressiono a mão em meu pescoço e ombro, notando a pele lisa.

— Eu... eu não fui reivindicada — digo, ainda mais confusa agora.

— Não — ele confirma. — Tieran tem que iniciar, abençoando a reivindicação.

— Mas não foi isso...? Tieran não disse...? — Não sei como terminar minha frase. Me sinto sobrecarregado. Destruída. *Incompleta.*

— Respire comigo — Caius fala, levando a mão para minha nuca enquanto ele me guia para que eu apoie as costas na cama. — Inspire, Clove.

A ordem em sua voz me envolve, me obrigando a obedecer. Minha loba não quer desafiá-lo. Ela quer se submeter. E minha mente está muito cheia de perguntas para lutar contra o desejo.

— Continue respirando por mim, e tentarei ajudá-la a entender — ele diz. — Imagino que você não saiba muito sobre Lobos Carnage, além de sermos selvagens e cruéis, certo?

Confirmo com um leve aceno de cabeça.

— Lobos Nantahala temem sua espécie — admito baixinho.

— Nossa espécie — ele me corrige, com uma pontada de castigo em seu tom.

— Sim. — É estranho considerar, já que parte disso ainda não parece real. E há uma semana, eu era uma Loba Nantahala que temia muito os Lobos Carnage.

— Voltaremos a isso — ele diz. — Vou te dar uma pequena lição de dinâmica primeiro.

Dinâmica? repito, baixando o olhar para onde seus quadris descansam contra os meus.

Seus lábios se curvam.

— Ah, chegaremos a essa dinâmica em alguns minutos, linda. Vou até fazer uma demonstração prática.

Eu tremo, gostando do som disso.

— Os Lobos Nantahala não tem, hum, isso.

— Paus grandes? — ele pergunta.

— Um nó — sussurro, sentindo minhas bochechas esquentarem.

O brilho em seu olhar me diz que ele já sabia o que eu queria dizer e queria me provocar.

— Apenas os Alfas Carnage os têm. E apenas as Ômegas Carnage podem aceitá-los.

— Aceitá-los? — repito.

— Quando transamos com lobas ou humanas normais, nossos nós ficam na base — ele explica. — Mas quando estamos com uma Ômega, o nó se conecta a ela, criando uma felicidade diferente de qualquer outra. Ou é o que ouvi dizer e agora observei, de qualquer maneira. Ainda não tive a experiência.

Seu olhar aquece com as palavras e seu foco cai em minha boca antes de lentamente retornar seus olhos aos meus.

— Você nunca transou com uma Ômega? — Sai como uma pergunta, mas eu já sei a resposta porque foi o que ele disse. Só não sei mais o que dizer, e quero que ele continue falando, que me explique tudo isso.

— Ômegas são excepcionalmente raras. A maioria das alcateias de Lobo Carnage tem apenas cinco ou seis, em comparação com talvez cinquenta Alfas e cem Betas. É por isso que desenvolvemos clãs dentro dos bandos.

Eu franzo o cenho.

— Clãs?

— Agrupamentos de companheiros compatíveis com base em poder e força — ele explica. — Tieran e Volt são meu clã. Compartilhamos o poder e protegemos uns aos outros.

— Como um círculo de companheiros — traduzo, impressionada com esse conceito. — Os machos Nantahala costumam ter haréns para saciar sua fome, mas apenas uma companheira.

Que é o propósito dos testes em meu bando. Apenas as fêmeas mais elegíveis ganham um companheiro. E as totalmente rejeitadas do processo de harém e companheiro vão para as Ilhas Rejeitadas.

Caius bufa.

— O Alfa Nantahala criou uma sociedade que favorece os homens e escraviza as mulheres. Os lobos machos têm haréns porque gostam de transar, não por causa de alguma necessidade animalesca de se saciarem. Eles não entendem a dinâmica da alcateia como nós.

O desprezo em seu tom provoca um calafrio na minha espinha. Ele claramente não gosta do meu antigo bando. Dado tudo o que passei, estou inclinada a concordar.

— Eles suprimiram minha loba — digo a ele, semicerrando os olhos. — Achei que era para me manter pura, para ser a companheira perfeita. Mas sinto o erro disso agora. Minha loba não quer nunca mais ser enjaulada.

— Lobos Carnage não suprimem nossos animais — ele responde. — Nós os abraçamos. E abraçamos nossas necessidades também. Esse é o propósito de nossos clãs – Alfas precisam de Ômegas para procriar e se sentirem vivos. Mas há muito poucos delas disponíveis. É por isso que formamos um círculo. Não se trata apenas de proteção. É para compartilhar nossa companheira destinada também.

Meus olhos se arregalam.

— Seu clã só aceita uma companheira?

Ele concorda.

— E também um harém? — presumo em voz alta, já que os lobos machos têm necessidades, e só ser capaz de tomar uma companheira por clã significaria que eles precisam de mais fêmeas ao lado para saciar sua fome.

— Você está pensando como Lobo Nantahala, não Lobo Carnage, então vou perdoar esse insulto — ele responde, me fazendo franzir a testa. — Ômegas Carnage são o centro de nossos clãs, Clove. Elas são a joia que todos ansiamos e desejamos. Nenhum outro ser jamais poderia comparar. Então não, não aceitamos outras mulheres. Uma vez que temos nossa Ômega, ela é tudo o que desejamos. Ela é tudo. — Seu olhar se torna intenso novamente. — Você será nosso *tudo*.

Eu fico boquiaberta para ele.

— E-eu?

— Sim, Clove. *Você*. — Ele pressiona os lábios nos meus em um beijo suave, mas mantendo um ar de domínio ao mesmo tempo. — Você é a nossa joia perdida, a Ômega que estávamos esperando. Nunca esperávamos encontrá-la aqui, mas isso só faz com que isso signifique mais.

— Vocês estavam procurando por uma Ômega?

Ele concorda.

— Tieran visitou algumas alcateias de Lobo Carnage para conhecer Ômegas elegíveis. Realmente só houve duas que ele conheceu, mas elas foram claramente levadas por outros clãs Alfa e, embora Tieran tivesse o poder de reivindicar quem ele quisesse, ele não se sentiu bem com elas.

Eu pisco.

— Eu... achei que ele estava noivo da filha de Alfa Bryson? Ele visitou esses bandos antes ou depois...? — Quase terminei com as palavras *que ele a massacrou*, mas o brilho sombrio no olhar de Caius me fez parar de falar.

— Ele nunca foi *prometido* a Loba Nantahala. Nossa espécie não pode ter outros lobos como companheiros. Um Alfa Carnage precisa de uma Ômega Carnage, algo que *Bryson* sabe muito bem. — Ele pronuncia o nome com fúria, fazendo minha loba estremecer.

Ela não gosta da raiva dele.

Nem eu.

Mas também sei que não é dirigido a mim.

— É Tieran quem tem que contar essa história — ele continua —, então vou deixá-lo fazer as honras. Mas você precisa entender que Lobos Carnage e Lobos Nantahala não são a mesma coisa.

Tento abaixar meu queixo para dizer a ele que entendo, mas sua mão na minha bochecha me impede, seu olhar fixamente o meu.

— Valorizamos nossos relacionamentos e isso inclui valorizar nossas companheiras. — Ele belisca minha boca, o gesto mais brincalhão do que cruel, seu humor mudando de raiva para relaxado enquanto ele se afasta para olhar para mim.

— A maioria dos bandos tem um Alfa e um Beta, e alguns outros papéis oficiais, mas não é assim que operamos — ele continua. — Temos um clã Alfa no topo, o que significa que normalmente temos pelo menos três Alfas no comando de um bando. Sempre há um que é mais forte que o resto, mas esse Alfa escolhe o mais forte entre nós para apoiá-lo.

— Então é semelhante à dinâmica Alfa-Beta, onde o Beta assume se o Alfa estiver ausente — concluo.

— Semelhante, exceto que nossos clãs Alfa são ainda

mais unidos. Podemos realmente desenvolver a capacidade de falar entre nossas mentes uma vez que encontramos nossa companheira Ômega. Ela é o coração e a chave para tudo. É por isso que você é tão importante, Clove. Você é nosso coração, ou será quando entrar em um ciclo de calor adequado.

Eu franzo a testa.

— Isso não foi, hum, adequado?

Ele ri.

— Não, linda. O estro geralmente dura pelo menos cinco dias, às vezes até oito ou nove. Você só tocou no limite do seu potencial. Achamos que foi causado por finalmente se conectar a sua loba, mas não sabemos por que parou. Uma vez que você adormeceu, meio que... se dissipou.

— E isso não é normal — digo, lendo nas entrelinhas.

— Não, não é. Mas sua situação também não é exatamente normal.

— Porque eu sou mestiça.

— Uma mestiça que suprimiu sua loba por... — Ele para, semicerrando o olhar. — Quantos anos você tem, Clove?

— Vinte.

Ele arqueia as sobrancelhas.

— Você suprimiu sua loba por vinte anos?

Engulo em seco, tentando mover meu queixo para confirmar, mas sua mão ainda está segurando minha bochecha.

— *Puta merda* — ele murmura. — Quero dizer, tecnicamente, é mais como quinze, eu acho, mas Jesus, Clove. Isso deve ter doído muito.

— É o que somos ensinadas a fazer. — Não digo isso na defensiva. É mais uma declaração triste quando sai porque percebi o quanto isso é errado nos últimos dias.

Como é usado para controlar as fêmeas Nantahala, não para ajudá-las a prosperar.

De repente, me sinto grata pelo meu destino.

O que provoca uma pontada de culpa no meu peito.

Porque meu destino está diretamente ligado à morte de minha mãe.

— Isso explica sua breve introdução ao estro — Caius diz enquanto seu polegar traçando abaixo do meu olho. — Você provavelmente entrará em um verdadeiro calor em breve. Talvez nos próximos dias.

— Lobas Nantahala não entram em ciclos de calor de vários dias — digo. — Quero dizer, elas têm seus períodos de fertilidade em que acasalam, mas não é... não é por oito dias. Talvez um ou dois dias inteiros, e uma vez a cada poucos anos. — Então é provavelmente por isso que meu estro durou apenas algumas horas. Isso é mais típico do meu tipo.

O que me faz pensar o quanto eu sou realmente compatível com esses Alfas.

— Eu não sou Ômega — continuo, expressando meus pensamentos em voz alta. — Meu bando me considerou uma candidata Alfa por causa dos meus testes.

— Testes? — ele repete.

— São testes projetados para determinar as fêmeas Nantahala mais elegíveis para o acasalamento — explico. — Como exercícios de agilidade e força, bem como etiqueta e capacidade de ensinar. Eles nos preparam para a maternidade, mas também testam nossos traços para encontrar aquelas que eles querem replicar por meio da procriação. — Tudo soa muito clínico, e é até certo ponto. — O objetivo é garantir a continuidade do melhor das linhas.

Ele resmunga.

— E eu estou supondo que a beleza desempenha um papel nisso?

— Isso acontece porque eles querem as fêmeas mais atraentes para o processo de acasalamento.

— Para apaziguar os machos — ele resmunga.

Não comento porque não há muito que eu possa dizer, então apenas dou de ombros. Atratividade sempre foi a chave entre minha antiga alcateia. Eles te elogiam e te abraçam. Parte do que me fez uma das mulheres mais elegíveis foi o meu apelo físico. Os Alfas gostavam que eu fosse pequena e cheia de curvas.

Canton especialmente.

Ele elogiou minha aparência com frequência durante os testes de acasalamento.

— Os Lobos Carnage favorecem o poder e a prosperidade acima de tudo. Nós acasalamos com base na compatibilidade de força, e é por isso que o lobo de Tieran gosta do seu animal – você o desafiou. — Ele sorri. — É por isso que todos nós gostamos de você.

— Eu o desafiei quando corri. — Me lembro vagamente disso. Minha loba foi a responsável pela ideia de fugir. — Meu animal queria ser perseguido.

— Essa é a Ômega Carnage em você — ele diz. — Está superando seus instintos Nantahala, assumindo sua psique e ajudando você a se tornar a loba que você sempre quis ser.

— A menos que eu devesse ser uma mistura dos dois — digo, franzindo a testa. — E se eu não puder entrar no cio como uma Ômega?

Ele me considera, com uma ruga profunda marcando sua testa.

— Você *é* uma Ômega, Clove. Posso sentir o cheiro em sua pele, provar em minha língua. Você vai entrar no calor como uma. Hoje, foi apenas um aperitivo para a refeição que está por vir. — Ele me beija novamente, silenciando tudo o que eu teria dito de volta para ele.

Mas minha mente está cambaleando.

Embora eu queira acreditar, não tenho certeza se confio em minha própria genética para funcionar do jeito que ele diz que acontecerá.

Eu sou mestiça.

E esses Alfas querem uma Ômega adequada para seu círculo. Eles as valorizam como joias. No entanto, como posso brilhar quando estou contaminada com minha herança Nantahala?

— Você quer sua demonstração prática agora, anjo? — ele pergunta baixinho, pressionando a virilha contra a minha. — Ou prefere entrar nessa discussão íntima depois do jantar?

CAIUS

Posso sentir sua hesitação. Sua preocupação é um gosto amargo, um que me faz querer distrai-la com meu pau para provar que ela é uma Ômega Carnage.

Entendo que ela tenha a genética Nantahala também, mas a única maneira que ela poderia ter sido criada é se um Alfa deu um nó em sua mãe.

O que significa que sua mãe também tinha ascendência de Lobo Carnage ou era de uma raça muito única de lobo.

Independentemente disso, a parte Carnage dela vai dominar o lado Nantahala. O processo começou quando ela se transformou pela primeira vez.

Ela está se tornando uma unidade com sua loba.

E quando essa fusão se completar, ela provavelmente entrará em um ciclo estral completo.

Que é quando vamos reivindicá-la.

Tieran já conversou com o pai sobre isso, perguntando se ele sabia de outros mestiços que se tornaram Ômega no passado. Só havia um caso que Alfa Umber conhecia, e essa fêmea se tornou uma Ômega completa uma vez tomada por seu clã Alfa.

Ele disse a Tieran que este é o teste final: reivindicar a Ômega. Assim que nosso clã estiver pronto, ganharemos o favor necessário do bando, e Tieran poderá retornar como o Alfa da Black Mountain.

É quase uma circunstância do destino que não pudemos completar o processo de acasalamento com Clove. Porque isso significa que temos que protegê-la em uma ilha cheia de clãs Alfa elegíveis agora. E não apenas isso, mas também precisamos garantir que eles respeitem nossa reivindicação sem os vínculos oficiais em vigor.

Será uma prova de honra, uma que precisamos desesperadamente passar para que nossos sonhos de vingança se concretizem.

Mas não estou preocupado.

Nem Tieran ou Volt.

Mas nossa pequena Ômega precisa entender que ela é nossa, que vamos reivindicá-la mesmo que sua herança mista seja um problema.

O que eu suspeito fortemente que não será.

— Volt está na cozinha fazendo algo picante — digo quando ela não responde à minha pergunta sobre o jantar. — Ele começou a cozinhar quando sentimos você acordar, e Tieran está trabalhando em seu plano de controle de danos. Então, estou encarregado de cuidar de você. Agora, você quer brincar com o meu nó? Ou prefere comer primeiro?

Ela pisca para mim e suas bochechas florescem com cor. É uma expressão adorável e inocente, considerando o que aconteceu hoje cedo.

Mas esse rubor me diz sua preferência.

— O nó então — murmuro, sorrindo.

Ela não precisa apenas de uma distração. Ela precisa de um voto tácito.

Às vezes, não se trata de palavras, mas de ações. Ela

pode questionar sua linhagem o quanto quiser. Sua loba vai provar que ela está errada.

Pressiono os lábios nos dela, persuadindo-a a se abrir para mim com um toque suave da minha língua.

Ela o faz.

Porque ela é uma Ômega desejando o toque de seu Alfa.

Clove quer minha força e segurança. A doce lobinha está lutando sozinha a semana toda, e estou dizendo a ela com minha boca que ela não está mais só.

Ela me tem. Ela tem a Tieran. Ela tem a Volt.

Não vamos decepcioná-la.

Não vamos desistir dela.

Vamos protegê-la até o fim.

Você é nossa agora, estou dizendo a ela com a minha boca. *E vamos esperar o tempo que for necessário para você entender o que isso significa.*

Um estremecimento suave a toma, me fazendo ronronar. Eu amo as reações dela. Elas são muito potentes e viciantes. Quero prová-la, lamber cada centímetro de seu corpo e senti-la gozar contra minha língua.

Mas também quero que ela esteja confiante.

Quero que ela reconheça que seu lugar é aqui conosco.

O tempo não importa.

Nossos lobos conhecem seus companheiros, e sua alma chama a minha. Chama a todos nós. Senti isso durante seu cio inicial, aquela demanda para tomá-la e torná-la nossa. Não foi apenas pelo desejo do meu animal pelo cio; era um anseio que vinha do espírito do meu lobo.

Esta fêmea incendeia todo o meu sangue.

E eu seria um tolo em ignorar essa reação.

Suas palmas encontram meus ombros, não para me afastar, mas para explorar.

Sorrio novamente, permitindo que ela me acaricie o

quanto quiser enquanto eu continuo a beijá-la suavemente com apenas um pouco de língua.

Ela está dolorida. Ainda está cansada. Está confusa.

Então não vou pressionar.

Mas vou deixá-la me usar para saciar sua curiosidade, o que ela faz enquanto suas pequenas mãos percorrem meus braços. Ela está deixando sua loba liderar. Posso sentir o lindo animal pulsando embaixo de mim, chamando minha fera e incitando-a a brincar.

É disso que tratam os Lobos Carnage: nós prosperamos na sensação e na vida. Seguimos nossos instintos. Não bloqueamos os desejos animalescos dentro de nós mesmos e nem permitimos que nossos lados humanos governem nossas decisões.

É por isso que Volt pode matar sem um pensamento questionador.

Como Tieran lidera sem remorso.

E é isso que realmente amo em ser um Lobo Carnage.

Não sou tímido. Pego o que quero quando quero. Porque eu posso.

Levo a mão a sua nuca, afirmando meu domínio enquanto continuo a beijá-la de leve. Suas mãos estão perto dos meus lados agora, correndo pelas minhas costelas e de volta aos meus ombros.

Eu não a apresso.

Eu a deixo liderar.

Ela pode sentir minha excitação. Está pulsando contra seu calor escorregadio, pulsando com um desejo que ela pode sentir através da fina camada de calças entre nós.

Eu me afasto um pouco para observar seus sedutores olhos castanhos. Sua loba me encara, escurecendo as íris para um tom quase preto.

— Você pode tocar meu nó — digo a ela. — Não vou fazer você aceitá-lo. Nem vou pedir para você acariciá-lo.

Quero que você fique confortável, Clove. Quero que você entenda quem somos e por que você é uma de nós.

Lentamente, rolo para fora dela e coloco as mãos sob minha cabeça, me apoiando nos travesseiros enquanto assumo uma posição não ameaçadora.

Estou essencialmente mostrando a ela minha barriga, apenas em forma humana.

Uma reação inédita de um Alfa, mas confio nessa Ômega. Quero que ela confie em mim.

Isso tem tudo a ver com intimidade, aprender e entender o vínculo entre nossas almas.

Também tem a ver com sexo.

Com acasalamento.

Com *reivindicar*.

Meu pau está tão duro que sinto que posso explodir a qualquer segundo. Já faz um tempo desde a minha última transa. Eu nem me lembro da fêmea; a experiência medíocre não era nada comparada a isso.

E Clove mal me tocou.

Seus olhos percorrem meu torso com interesse, suas narinas estão dilatadas enquanto ela umedece os lábios inchados de beijo.

Eu espero.

Gratificação atrasada sempre foi um dos meus jogos favoritos. É por isso que não me importei de perder a aposta para Volt. Ele também sabe disso.

Clove rola em minha direção e se apoia em seu cotovelo. Seu cabelo macio escorrega sobre seu ombro esbelto para formar ondas de seda marrom. Meus dedos coçam para tocá-la, mas não me movo.

Ela solta uma respiração suave e coloca a palma da mão no meu abdômen. O toque é leve e hesitante, seus olhos piscando entre meu olhar e meu torso. Então ela se inclina para lamber meu pescoço.

Ronrono em resposta, feliz por ela estar deixando seu animal guiá-la. Porque esse movimento foi puro lobo.

— Por favor, continue fazendo isso. — Sua voz é suave como um sussurro, sugerindo que não foi fácil para ela dizer.

Não pergunto o que ela quer dizer.

Eu já sei.

Respondo, ronronando mais alto para ela. Ela estremece, com o nariz pressionando meu pescoço enquanto sua mão desliza para descansar sobre meu coração.

Alfas normalmente só fazem esse som para seus companheiros, ou em raras ocasiões quando um membro problemático da alcateia precisa de calma.

No entanto, existem diferentes níveis para as vibrações.

A que estou usando agora é a reverberação íntima destinada à minha Ômega. É um zumbido natural que vem do meu peito, um que eu abraço totalmente porque claramente agrada minha linda Clove.

Sua coxa nua desliza sobre a minha enquanto ela tenta se aproximar, se perder no meu ronronar.

Quase me movo para envolver os braços ao seu redor. Mas não quero perturbar o momento. Deixei que ela encontrasse paz na minha força e na minha presença. É para isso que servem os companheiros.

Seus lábios traçam do meu pescoço até minha clavícula, pressionando o nariz meu peito enquanto inala.

— Hortelã — ela murmura.

— Humm, você cheira a mel e creme doce para mim. — A sobremesa perfeita. — E sua umidade é pura ambrosia, tão decadente e inebriante que estive duro por você por horas.

Pode ter havido alguns períodos de alívio enquanto ela

dormia, mas não duraram muito. Um olhar para a beleza na cama me fez saudá-la novamente.

Seus olhos castanhos encontram os meus, suas pupilas dilatadas com uma mistura de desejo e contentamento. Aumento meu ronronar novamente e sorrio enquanto ela pressiona seu rosto contra meu peitoral.

— Alfas Nantahala não ronronam — ela diz e as palavras azedam meu humor. Ela precisa parar de nos comparar com seu antigo bando.

Mas não posso culpá-la inteiramente por isso.

Tudo isso é novo e confuso.

Então, por ela, serei paciente.

E vou continuar ronronando também.

— Seus Alfas não fazem muitas coisas que nós fazemos — digo. Minha voz parece um rosnado baixo como resultado das vibrações no meu peito. — Eles não valorizam suas fêmeas. Não se concentram em títulos de alcateia. Usam o medo para manter a ordem. E... — Paro e espero que ela encontre meu olhar.

Ela o faz, com a expressão suavemente inquisitiva.

— E eles não têm um nó — eu termino. — Eles também provavelmente não poderiam lidar com o estro de uma Ômega. Dá muito trabalho manter uma pessoa satisfeita por uma semana ou mais.

Mas é um desafio pelo qual estou muito ansioso.

— Dado o quanto os Lobos Nantahala são misóginos, acho que eles nem tentariam agradar uma companheira Ômega — Volt acrescenta da porta. — Eles não gostariam de arriscar sua reputação falhando e não se importariam o suficiente para tentar.

Levanto minha cabeça para encontrar seu olhar sobre Clove. Ela ainda está grudada em meu peito, com uma orelha contra a minha pele e seu rosto virado na direção de Volt.

— Comida pronta? — pergunto.

— Coloquei o fogo baixo para mantê-la aquecida. Achei que Clove queria você como aperitivo primeiro. — Ele empurra o batente da porta para vir em nossa direção. — Quando um Alfa se oferece para deixar você brincar com o nó dele, você o satisfaz, doçura. Especialmente quando ele é o único que ainda não te provou.

— Não estrague minha diversão, V. — O cretino quer pressioná-la para matar meu jogo de gratificação atrasada.

— Sua versão de diversão vai durar a noite toda — ele fala, se juntando a nós na cama.

Eu dou de ombros.

— Não é minha culpa que alguns de nós tenham resistência melhor do que outros.

Ele bufa. — Não há nada de errado com a minha resistência, idiota. Só não quero esperar até amanhã para estar com a Clove novamente.

— Ela está dolorida — eu o advirto enquanto ele passa o dedo pela espinha dela. Ela se move um pouco, com a bochecha ainda apoiada no meu peito, mas seus olhos estão em mim novamente enquanto Volt se acomoda atrás dela. Era o mesmo espaço em que ele estava antes de ela começar a acordar.

— Sei como cuidar adequadamente de uma fêmea — ele fala, seu olhar escuro cheio de segredos maliciosos.

— Me diga que você não trouxe uma faca para cá — respondo, tenso. Estou muito ciente de suas inclinações sádicas. E Clove ainda não está pronta para esse lado, como evidenciado pela forma como ela agora está paralisada contra mim.

Ou talvez seja porque parei de ronronar.

Volt assume a vibração retumbante, ainda traçando sua espinha com o dedo.

— Deixei as facas na cozinha.

Eu relaxo um pouco.

— Que bom.

— Mas quero vê-la brincar com o seu nó. Talvez até teste seu reflexo de vômito também. — Ele balança as sobrancelhas.

Quase reviro os olhos. Sua malícia empurra uma infinidade de limites, algo que Clove terá que aprender a acomodar.

Porque não haverá outras mulheres agora.

Somente ela.

A mera noção de dormir com alguém que não seja a nossa destinada é abominável. Simplesmente não há mais ninguém neste mundo que se compare a ela. Nem mesmo outra Ômega.

É incrível como passei de considerar o potencial de Clove para saber que ela nos pertence. Aconteceu no momento em que ela voltou à forma humana.

Uma inspiração, e eu estava tomado.

Seu cheiro me reivindicou instantaneamente.

Meu lobo a reconheceu. Minha alma exigia que eu a tomasse. E meu coração começou a bater em um novo ritmo que só existe para ela.

— Vá em frente, doçura — Volt insiste. — O moletom dele nem está amarrado. É só se aproximar e apreciar.

CAIUS

— V... — Eu nem tenho certeza do que quero dizer.

Ele não vai ouvir de qualquer maneira. Então, em vez disso, me concentro em Clove e começo a ronronar novamente enquanto cedo ao desejo de tocá-la. Seguro sua bochecha. — Você está indo muito bem. Ignore-o.

— Sim, me ignore — ele concorda. — E se concentre naquele pau latejante em suas calças. Posso sentir o cheiro da sua necessidade, doçura. Assim como do seu interesse. Se entregue e brinque. Não nos importamos.

Clove engole em seco enquanto eu suspiro. Ele não vai parar. É algo que aprendi a suportar.

— Nós nos conhecemos a vida toda — confio a Clove enquanto solto sua bochecha. — Volt nunca mente. Ele nunca exagera. E sempre cumpre sua palavra.

— Ameaças — Volt corrige. — Sempre cumpro minhas *ameaças*.

— Isso também — admito.

Ele sorri.

— Caius é o prolixo do clã. E, aparentemente, ele também é um romântico.

— Vá se foder — retruco.

— Não, estou tentando convencê-la a foder com você — ele diz. — Com a boca.

Apenas balanço a cabeça e coloco as mãos atrás da cabeça novamente. Clove me observa com uma expressão acalorada, sua loba olha para mim novamente através de seus olhos. Permito que ela veja os meus em troca, o que faz com que seus lábios se abram de surpresa.

— Ele está com fome — digo, sem remorso. — Ele quer provar sua companheira destinada.

— Sim, e Caius está torturando o pobre animal, forçando-o a esperar — Volt acrescenta. — Mas esse é o truque dele. É o que o torna duro.

— Minha versão de lâmina. — Uma que usarei em mim mesmo e em Clove. Porque eu adoro um bom jogo de negação do orgasmo. — Controle e autocontrole são minhas armas na cama.

Clove arregala os olhos.

— Pensando que você prefere a comida agora? — provoco, ronronando com as palavras. — Podemos guardar este jogo para a sobremesa, se preferir. Ou até mesmo o café da manhã amanhã. — Eu realmente não vou me importar. Ela já passou por muita coisa. Posso esperar que ela esteja pronta.

Sua expressão endurece um pouco enquanto ela me observa e algum tipo de determinação se ilumina.

Lá está a minha sobrevivente, penso, intrigado com a mudança de mansa e inocente para feroz e determinada.

Isso deve estar relacionado às provações sobre as quais ela me contou, como ela provou ser forte o suficiente para um Alfa em sua alcateia.

Os requisitos de acasalamento são diferentes.

Alfas Nantahala acasalam com outros Alfas porque é assim que eles produzem os descendentes mais fortes. No entanto, os machos querem controlar as fêmeas, daí a dinâmica deturpada da alcateia.

Enquanto isso, Alfas Carnage precisa de uma Ômega para poder procriar, o que impulsiona toda a estrutura de nossa hierarquia.

No entanto, isso não significa que nossas Ômegas sejam fracas.

Elas são delicadas em tamanho, mas poderosas em espírito.

E Clove está provando que não é diferente.

Ela sustenta meu olhar com uma ousadia que faz meu abdômen se apertar de excitação.

Ronrono para ela, demonstrando minha aprovação.

E então gemo quando ela coloca a palma da mão diretamente na minha virilha.

Sem hesitação.

Sem retenção.

Apenas um aperto de conhecimento que deixa meus músculos tensos com a necessidade de tomá-la. De arrancar minhas calças e *comê-la*.

Engulo em seco, com as mãos ainda presas atrás da cabeça.

Ela se inclina para beijar meu peito, e minha pele vibra sob sua boca enquanto me esforço para continuar liberando essas vibrações para ela.

Mas é duro.

Duro. Demais.

Especialmente com ela apertando meu pau através do moletom.

Ela desce até a base, com seu corpo parado acima do meu enquanto encontra meu nó latejante.

Prendo a respiração, sem saber o que ela vai fazer.

E quase rosno quando ela começa a deixar uma trilha de beijos pelo meu abdômen.

— Você é totalmente natural nisso, doçura — Volt murmura, ainda subindo e descendo os dedos por sua coluna.

Ele a solta quando ela se aproxima do cós da minha calça, com o olhar fixo em sua nuca.

Sigo o exemplo e meu peito se aperta enquanto me força a inalar para manter aquele ronronar retumbante.

Isso é muito mais intenso do que eu esperava. Vou gozar antes que ela realmente me toque.

Ela tenta tocar a pele debaixo da minha calça com a língua enquanto fixa a boca no músculo perto do meu quadril.

Então ela começa a puxar minhas calças para baixo.

É uma puta tortura.

Vou explodir.

Vou jogá-la de costas e estocar nela.

Não.

Vou me deitar aqui e deixá-la aproveitar.

Puta merda. Nem sei mais o que eu quero. Este jogo subiu para um nível totalmente novo, e estou aqui para isso.

Minhas calças ficam enroladas nos joelhos enquanto Clove parece se esquecer de que elas existem. Seu foco está na minha virilha, observando meu pau dolorido com os olhos arregalados.

— Lamba-o — Volt sugere. — Veja o que ele faz.

Eu vou te matar, porra, digo a ele com os olhos.

Ele sorri em resposta, o cretino louco aparecendo nessa sádica reviravolta do destino.

Clove passa a ponta dos dedos ao longo da parte inferior do meu eixo até o nó na base. É um toque leve que faz minhas bolas se apertarem em antecipação.

Estou hipnotizado por ela.

Cativado por cada movimento.

Ela umedece os lábios, e suas narinas dilatam enquanto sente o meu cheiro.

— É isso — Volt murmura. — Ceda ao seu próprio desejo. Você sabe que quer prová-lo.

Engulo a saliva, não mais capaz de encará-lo por seu comentário indesejado.

Porque sua insistência parece estar funcionando.

As bochechas de Clove estão tingidas de rosa e suas pupilas estão cheias de luxúria.

Ela olha para mim, buscando aprovação.

Concordo com a cabeça, sem ter certeza do que ela está pedindo para fazer. Eu realmente não me importo. Meu corpo pertence a ela agora. Para atormentar. Para lamber. Para tocar. Para foder. O que ela quiser.

Ela se curva e seu cabelo sedoso faz cócegas em meu abdômen.

Uma exalação afiada deixa meus pulmões enquanto seus lábios provam meu quadril novamente. Mas então ela começa a se mover, arrastando beijos molhados ao longo do meu osso pélvico até o nó pulsante. Ela o traça com a língua, a ação tão erótica que quase me desfaço.

Ainda estou com as mãos cerradas atrás da cabeça, e o desejo de agarrá-la e estocar nela se apodera de meu espírito.

Quero reivindicá-la. Marcá-la. Declarar meus votos com sangue.

O desejo aumenta quando ela desliza a língua pelo meu eixo até a ponta.

— Humm, muito bom, doçura — Volt elogia. — Prove-o corretamente agora.

Ela lambe a cabeça com um gemido suave vindo de seu peito.

— Lindo. Agora lamba-o novamente. Esse pré-sêmen é

todo para você, Clove. Não desperdice. — As palavras de Volt estão me matando.

Porque ela faz exatamente o que ele diz.

E então ela leva meu pau em sua boca.

Não de leve.

Mas por completo.

Me chupa até onde pode ir antes de se afastar.

— Você pode fazer melhor que isso, doçura — Volt diz, levando a mão para a parte de trás do pescoço dela. — Relaxe a garganta.

Meu abdômen se aperta quando ele começa a empurrá-la de volta para o meu pau, e seus lábios roçam meu nó antes que ela comece a engasgar.

Ele a deixa se afastar, mas novamente diz a ela para relaxar enquanto inicia o processo novamente.

O fogo lambe minhas veias, tornando difícil não explodir. Mas quero que ela goste disso, entenda, aceite.

Sua loba está em seus olhos novamente, sua determinação é palpável quando Volt diz a ela como ela é boa nisso, como ela é perfeita para nós, como ele mal pode esperar para sentir sua boca nele e como ela precisa terminar essa tarefa para ganhar seu prêmio.

Meu *gozo*.

É o que as Ômegas desejam de seus companheiros. É como Tieran a manteve focada mais cedo, alimentando-a com gotas de sua essência.

Eu gemo quando Clove encontra seu ritmo e sua loba a conduz enquanto Volt continua a empurrá-la, testando seus limites.

Ela é muito pequena.

No entanto, me suga como uma campeã.

— Puta merda, Clove — murmuro, ofegante com necessidade. Não consigo mais segurar as mãos. Eu tenho que tocá-la. Acariciá-la. Mostrar o meu apreço por esta experiência intensa.

Volt solta sua cabeça, me permitindo enfiar os dedos em seu cabelo e ajudar a guiar seu ritmo.

Não que ela precise da minha ajuda.

Ela se transformou em uma chupadora de pau profissional.

Porque ela se rendeu à sua loba.

Ela finalmente está abraçando seu animal, chegando a um acordo com quem ela é, aprendendo a prosperar como uma unidade – tanto animal, quanto humana.

É glorioso. De tirar o fôlego. Muito sedutor.

— Ele está perto — Volt diz a ela, movendo as palmas das mãos por suas costas, oferecendo-lhe conforto e seu ronronar enquanto ela me devora com a boca.

É uma exibição hedonista, vê-lo ajoelhado atrás dela enquanto ela me chupa. Eu quase posso imaginá-lo entrando em sua boceta doce, dando um nó nela enquanto ela me suga.

Puta merda, sim.

Volt e eu nunca compartilhamos uma mulher.

Nenhum de nós, sempre escolhendo jogar por conta própria.

Mas tudo isso está mudando.

— Mais profundo — Volt diz a ela. — Enrole sua mão em torno de seu nó e aperte.

— *Clove* — eu resmungo, reagindo a ela seguir o comando de Volt.

Eu poderia dizer a ela o que fazer.

Mas estou muito perdido nas sensações para me concentrar.

Seus dedos estão massageando meu nó, exigindo que eu goze.

Sou um escravo das necessidades da minha Ômega.

— Engole para mim, linda — murmuro, sentindo meus membros tremendo com a insanidade iminente. — Pegue o máximo que puder.

Empurro profundamente em sua boca com um rosnado que vibra pelo quarto enquanto libero meu prazer em sua garganta quente.

Ela ofega, a pobre Ômega desacostumada a esse ato.

Mas ela tenta engolir, mesmo com os olhos lacrimejando com a intensidade.

Seus dedos continuam acariciando meu nó, sua garganta trabalhando em torno do meu pau e sua língua lambendo a cabeça para persuadir cada gota.

Puxo o suficiente para deixá-la respirar antes de ir fundo novamente, meu orgasmo rolando sobre nós em ondas monstruosas.

É interminável.

É excruciante.

É o prazer mais incrível da minha vida.

E eu ainda nem dei um nó nela.

Essa parte sensual permanece trancada por dentro, mas reage ao seu toque, disparando outro jato de esperma em sua boca.

Ela engole.

Mas a força total do meu clímax foi demais para ela aguentar.

Está em todo o rosto, escorrendo pelo queixo.

Ela nunca pareceu mais linda.

Eu a puxo para mim enquanto continuo a liberar alguns tremores secundários de prazer, minha necessidade de beijá-la muito mais urgente do que o êxtase derramando do meu pau.

Seus lábios se abrem em um suspiro e minha língua serpenteia para dentro para duelar com a dela enquanto eu a rolo embaixo de mim.

Ela é perfeita demais. Quero que ela saiba disso. Que ela sinta. Que entenda o que nosso futuro juntos realmente significa.

Eu a beijo profundamente, então lambo o esperma de seu rosto, não me incomodando com o meu próprio sabor.

Especialmente quando ela me agarra e me puxa de volta para sugar a essência da minha língua.

Sorrio, amando essa exibição selvagem.

Encontro um pouco do fluido residual perto da minha virilha e levo aos lábios dela. Ela suga meus dedos para limpar.

— Muito bom, lobinha — Volt diz, nos lembrando que ainda está aqui. Ele tomou seu lugar ao nosso lado, sem calças, com a mão em seu pau, se acariciando vagarosamente. — Você quer mais, doçura?

— Ainda não — digo a ele. — Quero meu aperitivo primeiro.

E pretendo aproveitar.

Agora mesmo.

Bem entre suas coxas lisas.

— Bom apetite — Volt murmura.

Sim. Bom apetite mesmo.

Começo a descer, com os olhos presos aos de Clove.

— Respire fundo, linda. Estou prestes a fazer você gritar.

TIERAN

Os gemidos de Clove chegam aos meus ouvidos, fazendo meus lábios se curvarem. Eu disse a Caius e Volt para cuidarem dela, e parece que estão fazendo exatamente isso.

Ótimo.

Encerro meu e-mail para um de meus clientes – ele quer um desconto para sua solicitação de projeto, o que não vou dar – e clico em *Enviar*. As habilidades de Volt são impressionantes demais para ganhar um desconto, algo que meu cliente agora entenderá. Ele pode pagar integralmente, mais uma porcentagem pelo insulto percebido, ou ir para outro lugar com suas besteiras.

Fazemos isso principalmente para ajudar a financiar projetos na ilha. O que o torna desnecessário no grande esquema da nossa dinâmica de alcateia. Mas como Volt gosta de brincar com facas e revólveres, é um esforço que vale a pena de nossa parte.

A parte do negócio de Caius é onde ganhamos a maior parte do nosso dinheiro. Ele é um chantagista mestre, sempre encontrando as pessoas ricas certas para explorar e usando isso em nosso benefício. E o fato de que Volt mate para alguns deles ajuda – adiciona substância aos arquivos.

Caius também é especialista em lavagem de fundos por meio de corporações legítimas e em garantir que outros estejam sempre em dívida conosco. É uma habilidade que ele aprendeu com o pai, que por acaso é um dos melhores amigos do meu pai e também o gerente financeiro do Bando Black Mountain.

A educação de Volt foi um pouco diferente. Ele veio para Black Mountain quando filhote. Seu pai havia enlouquecido e matou sua mãe antes de tirar a própria vida. Seu pai Alfa se recusou a se juntar a um clã e tomou uma Beta como companheira, mas engravidou uma Ômega para ter um filho – Volt.

Não acabou bem.

E Volt tem lidado com os resultados desde então.

Meu pai não o aprovava para o meu clã, mas não era escolha dele. Meu lobo dirige minhas necessidades, e ele escolheu Caius e Volt.

E agora, meu lobo quer Clove.

No entanto, a queda de seu estro é... problemática.

Não posso acasalar com uma Ômega incapaz de fornecer um herdeiro. Esse é o meu dever como Alfa da Alcateia. E me recuso a acasalar com uma Ômega e ter que transar com outra para cumprir um requisito. Isso destruiria meu clã.

O que me deixa com a difícil decisão de ter que esperar.

Preciso saber que Clove pode nos dar o que precisamos antes de acasalar com ela.

Até lá, Caius e Volt podem aproveitar. Eles não podem realmente reivindicá-la – não sem minha bênção primeiro.

Meu lobo está chateado, mas esta é uma situação em que minha mente humana anula seus instintos animalescos. É minha responsabilidade como líder é fazer as escolhas certas na vida – não apenas para mim, mas para todo o meu bando.

Infelizmente, esta é uma delas.

Suspirando, fecho o computador e me levanto para esticar os braços sobre a cabeça. Enviei uma mensagem para Alfa Duncan – um dos poucos que não tentou me desafiar hoje cedo sobre Clove – para convocar uma reunião à meia-noite na praia.

Vou me dirigir à alcateia e contar a eles o que está acontecendo com Clove.

Em seguida, abordarei os desafiantes, a maioria dos quais já deve estar acordada e curada.

Vou perdoá-los por suas ações, porque senti a força do cio ameaçando ultrapassar meu lobo e entender por que eles cederam a isso. Mas espero uma demonstração de respeito deles.

Que começará com eles participando da reunião desta noite.

Quem não o fizer será tratado com severidade e, dependendo de sua resposta, removido permanentemente da ilha.

Eu não vou matá-los.

Mas vou exilá-los, algo que só fiz uma vez.

Como a maioria dos lobos aqui não são verdadeiros rejeitados, eles não são relegados à ilha. A maior parte da documentação também é falsificada, me dando jurisdição para fazer o que quiser.

Eu particularmente não gosto da autoridade. No entanto, é uma habilidade natural.

Clove grita o nome de Caius, me tirando de meus pensamentos e fazendo meus lábios se curvarem. Vou em direção a eles, querendo pegar uma calça limpa e um par de botas do armário no quarto.

A exibição erótica na cama me prende momentaneamente, me fazendo arrepender de ter uma reunião para comparecer em dez minutos.

O delicioso cabelo castanho de Clove está espalhado pelos travesseiros sedosos, seus lábios carnudos inchados e entreabertos em um gemido que vai direto para minha virilha.

Volt está descansando ao lado dela, nu, e acariciando seu membro devagar enquanto Caius devora a doçura entre suas pernas. Engulo em seco. Seu perfume erótico é um fascínio que faz meu lobo se remexer com a necessidade. Dei um nó nela duas vezes esta manhã, mas parece que eu poderia fazer isso mais uma dúzia de vezes e ainda não estar satisfeito.

Ela é linda.

E a maneira como está seguindo seus instintos animalescos agora é uma visão divina que faz meu lobo rugir em aprovação.

Seu olhar da cor da meia-noite encontra o meu e suas bochechas estão em um tom avermelhado deslumbrante. Vou em direção a ela como se fosse atraído por um fio invisível e me inclino para beijá-la como se já a possuísse.

Minha, meu lobo diz.

Mas não deixo que ele a morda.

Ainda não.

Não até que tenhamos certeza de que ela é a Ômega que devemos reivindicar.

No entanto, ronrono para ela, um som que vem do meu lobo, exigindo ser ouvido. Ele já a escolheu. Ele quer adorá-la. Quer lhe dar conforto e provar que é digno.

Infelizmente, me afasto, o ronronar no meu peito se intensificando enquanto luto contra minha besta interior.

Volt encontra meu olhar e sua expressão é conhecedora.

Balanço a cabeça, dizendo a ele para não comentar.

Felizmente, ele fica quieto.

Troco meu jeans, pego um par de meias com as botas assim que Clove se desfaz novamente na cama.

Seu grito está mais rouco agora. Seu corpo está tenso de uma forma que sugere que esse orgasmo foi um pouco mais doloroso. Caius percebe e lentamente interrompe sua tortura sensual, deixando uma trilha de beijos de seu abdômen até seus seios antes de alcançar seus lábios.

Ela ainda está tremendo do orgasmo. Seu corpo está coberto de arrepios e tons de rosa.

— Dê-lhe um banho — sugiro da porta. — Ajude-a a relaxar.

Volt já parou de se acariciar, claramente colocando as necessidades dela acima das dele – uma ação que eu nunca o vi fazer por ninguém além de seu clã.

Esse gesto me diz muito sobre como ele tem certeza de que Clove pertence a nós. Ele controla seu lobo quase tão bem quanto eu, mas nisso, está cedendo ao desejo de reivindicar.

Eu o invejo por isso.

O que só prova que preciso ser aquele com a cabeça no lugar aqui, aquele que pensa sobre nosso futuro e o que tomar Clove pode significar para nosso clã e nossa alcateia.

Com um último olhar melancólico para a cama, saio e faço uma longa corrida pela nossa caverna subterrânea até a superfície. Há uma série de armadilhas aqui, todas que conheço de cor, tornando a subida fácil. Mas qualquer um que tentasse nos seguir até aqui estaria em um mundo de dor.

Felizmente, ninguém tentou.

Chego à superfície e continuo minha corrida em direção à praia, com a lua iluminando meu caminho entre as árvores. A maioria dos galhos perdeu as folhas, deixando apenas os abetos para fornecer cobertura suficiente do solo.

O cheiro do meu bando me dá as boas-vindas quando entro na praia alguns minutos depois, os metamorfos todos de pé em forma humana. Faço uma breve contagem, surpreso e satisfeito por encontrar todos aqui. Até as três fêmeas estão presentes, seus parceiros de pé por perto.

Alfa Ebony é uma rara Alfa feminina. Ela se juntou ao clã de Alfa Duncan logo após sua chegada à ilha. A maioria dos clãs Alfas não são íntimos um do outro, esperando que sua Ômega se junte a eles, semelhante ao que meu próprio clã fez. Já vi Caius e Volt em ação várias vezes, mas nunca compartilhamos. Não até hoje.

No entanto, Alfa Ebony é íntima de Alfa Duncan e Alfa Pan, criando uma dinâmica única em seu clã. Uma que suspeito que uma Ômega vai gostar muito no futuro.

Só não Ômega Clove.

Ela é minha.

Assumindo que ela pode entrar em um verdadeiro estro, eu me lembro.

Limpando a garganta, me concentro na tarefa em mãos.

— Obrigado por se juntarem a mim esta noite — digo, me dirigindo ao meu bando. — Tenho certeza de que é uma surpresa, considerando os eventos desta manhã. No entanto, minha Ômega não está mais no cio.

Ômega Clove, não minha Ômega, corrijo com um pensamento. Mas não consigo dizer isso em voz alta, então, em vez disso, continuo dizendo:

— Clove é de herança mista. Ela veio até nós do Bando Nantahala. Sua mãe era uma Loba Nantahala, provavelmente de origem mista. — Não há outra maneira de explicar a existência de Clove.

Alguns dos lobos se irritam com a menção da Alcateia

Nantahala, mas eu os ignoro. Se posso perdoar Clove por sua origem, eles também podem.

Não é culpa dela ter nascido em um bando misógino com propensão a incriminar inocentes por seus próprios assassinatos.

Limpo a garganta novamente, chamando a ordem entre os lobos que ainda estão reagindo à minha declaração.

— Ela tem um pai Lobo Carnage, cuja identidade permanece um mistério para nós no momento. Sua mãe foi estuprada ou foi o que ela disse quando Clove finalmente conheceu sua loba na outra noite.

Alguns grunhidos ecoam com essa afirmação.

Eles não apreciam a insinuação de que um Lobo Carnage estupraria alguém.

Meu pai também não gostou de ouvir essa parte, mas prometeu que iria investigar. Ele precisará conhecer Clove adequadamente para fazer um teste de cheiro. Não reconheço nenhum aroma do bando nela, sugerindo que o culpado pode não ser alguém que eu conheça.

No entanto, meu pai acha que é provável que seja um Alfa Black Mountain, considerando a proximidade com o Bando Nantahala. A mãe de Clove nunca teria permissão para ir muito longe, então, com base nisso, eu concordo.

Mas ainda poderia ter sido um patife.

Independentemente disso, é principalmente o meu desafio. Meu pai pode ajudar um pouco, mas deixou claro que essa é minha tarefa Alfa.

— Pode até ser aquela que finalmente vai te trazer para casa — ele disse mais cedo. — Boa sorte, filho.

Esse é o jeito dos Lobos Carnage: ganhar nossas posições, mesmo quando nascemos nelas pelo sangue.

E pretendo ganhar meu status de Alfa do Bando.

O que inclui conquistar os lobos diante de mim.

Continuo contando a eles o que sei sobre Clove: como ela foi prometida ao filho de Alfa Crane. Como ele a rejeitou. E como o Alfa alegou que ela era selvagem, a culpou por matar sua mãe e a enviou para a Ilha Carnage.

Meus lobos estão rosnando, furiosos com o tratamento.

Ômegas são preciosas, até as mestiças. No entanto, suspeito que eles a teriam recebido mesmo se ela fosse uma Beta ou Alfa. Minha alcateia valoriza a tolerância e o respeito, algo que eles estão provando agora, me dando toda a sua atenção.

Até os Alfas que venci anteriormente estão fazendo o possível para mostrar seu apoio.

— Quero dar uma festa de boas-vindas para nossa mais nova adição — digo a todos. — Sei que criamos um jogo tradicional, mas Clove é nova em nossos costumes e nos costumes de nossa alcateia. Como tal, acho que esta seria a melhor maneira de apresentá-la ao nosso bando, a menos que um de vocês tenha uma sugestão melhor.

Faço uma pausa, esperando para ver se alguém tem alguma ideia melhor.

— Acho que uma festa de boas-vindas seria adequada — Alfa Duncan responde.

— Eu também acho — Beta Clieve acrescenta com a voz suave, mas com um tom de confiança. Ele é um dos poucos Betas da ilha, um guerreiro que passei a respeitar nos últimos anos.

— Você a reivindicou? — Alfa Dirk pergunta, indo direto ao ponto. Ela é uma Ômega, e ele quer saber se ela é elegível.

— Ainda não — admito, permitindo sua interrupção e dando uma resposta verdadeira. Este bando tem tudo a ver com confiança. Não vou começar a mentir para eles. — Seu ciclo estral não estava completo. Vou esperar até o próximo para reivindicá-la adequadamente.

Uma declaração que queria dizer: *Ela é minha, tire as mãos.*

Mas há uma implicação em minhas palavras que muitos deles entendem. Estou esperando até saber se ela pode procriar corretamente, algo que tenho que fazer como Alfa do Bando.

O que significa que eles podem ter uma chance com ela, se o ciclo de cio não corresponder às expectativas.

Meu lobo bufa de aborrecimento, discordando inteiramente da minha decisão. Não é sempre que estamos em desacordo, então isso me deixa decididamente desconfortável. Mas ignoro a irritação sob minha pele e me concentro no bando.

— Eu a quero — digo a eles com honestidade. — Meu clã também. Vamos reivindicá-la durante o estro. — Permito que eles ouçam minha confiança em que isso se concretize, porque acredito que ela deveria ser nossa. Eu só preciso daquela peça final de fertilidade para torná-la realidade.

O que me faz sentir como um idiota.

No entanto, dediquei minha vida à liderança.

Não posso virar as costas para isso.

— Se alguém quiser dar voz a um desafio, vou aceitá-lo — acrescento, ciente de como funciona a hierarquia de alcateia ao reivindicar uma Ômega. — Mas acredito que me provei digno esta manhã.

Olho incisivamente para Alfa Dirk antes de encontrar o olhar de todos aqueles que desafiaram meu clã hoje cedo. A maioria deles está totalmente curada. Sua genética de lobo permitiu que eles se regenerassem rapidamente. Mas alguns estão em pior forma do que outros, como Alfa Kin, que está decorado com uma infinidade de hematomas.

Dado que quebrei o pescoço dele há pouco mais de

doze horas, estou surpreso que ele esteja acordado. Ele vai levar umas doze horas ou mais para se curar completamente, e seus olhos me dizem que ele não está satisfeito com isso.

Mas ele mesmo procurou.

E não vou me desculpar.

No entanto, vou deixá-lo descansar.

Nem todos os Alfas governam apenas por força e domínio. Alguns preferem a compaixão, uma característica que meu pai me ensinou que vai longe em termos de liderança. No entanto, também há momentos em que a demonstração de poder é necessária para lembrar ao bando quem está no comando.

Que é algo que faço.

Cada Alfa desvia os olhos enquanto eu os encaro, me referindo a mim como seu líder.

Depois de vários minutos dessa demonstração de autoridade, assinto.

— Ótimo. Se isso mudar, vocês sabem como me encontrar. Até lá, tirem os próximos dias para descansar e se recuperar. Vou agendar o evento de boas-vindas para daqui três dias.

Vários metamorfos concordam com a cabeça, satisfeitos.

Fico para me misturar e responder à perguntas pelos próximos trinta minutos. Ninguém me desafia, mas eles têm muitas perguntas sobre Clove e Alfa Bryson.

Eles querem saber o que pretendo fazer.

— Neste momento, nada — digo a eles. — Mas a vingança será nossa.

E assim por diante.

Porque esta noite me mostrou que o bando está quase pronto e Clove pode ser a chave para finalizar nossa preparação.

Esses lobos precisam de um clã forte para lutar.

E não há nada mais forte do que um clã que finalmente encontrou sua Ômega. Ela completa nosso círculo, dando à alcateia um coração para proteger.

Clove pode ser esse coração.

Ela pode se tornar meu coração.

O tempo vai dizer.

Dou boa noite aos lobos depois de agradecê-los mais uma vez por terem comparecido, então volto para a toca e à fêmea esperando lá dentro.

Ela está dormindo, desmaiada entre Volt e Caius. Mas ambos estão acordados, com as expressões expectantes quando entro na sala.

Calmamente recapitulo a reunião para eles, dizendo-lhes como os lobos concordaram com uma festa de boas-vindas – algo que mencionei a eles hoje cedo quando percebi que Clove não estava mais no cio.

Eles também já estavam cientes de tudo que meu pai havia dito, tendo jurado me ajudar nesse desafio de descobrir a verdadeira identidade de Clove e decidir como proceder como clã.

Ainda é muita coincidência que ela tenha chegado aqui como resultado do Bando Nantahala. Alfa Bryson é um idiota conivente, que poderia muito bem ter armado tudo isso.

Mas uma coisa é clara para todos nós: Clove é inocente.

Ela não tem ideia de quem ela é ou como sua vida mudo tão repentinamente, mas ela a está abraçando através de sua loba.

Nossa querida lutadora.

Eu me inclino sobre Caius para afastar um pouco de cabelo da cabeça de Clove, então me inclino para beijar sua têmpora. Ela não se mexe, Volt e Caius claramente a esgotaram. No entanto, ela está limpa, sugerindo que eles lhe deram um banho como eu pedi. E suas bochechas têm um tom rosa saudável, confirmando que ela também foi adorada.

— Você a alimentou com outra coisa além de gozo? — pergunto em voz baixa, meus lábios se curvando com o pensamento dela agradando meu clã.

— Ela comeu um pouco de macarrão — Volt confirma. Ele está com o peito pressionado nas costas dela e seu ronronar é como um ronco suave que parece mantê-la dormindo. Ou talvez ele esteja muito contente para parar. Olhando para ela, posso entender o desejo, pois meu lobo também quer rugir novamente.

Caius começa a se mover em direção à borda e seu braço roça em meu peito, enquanto eu ainda estou inclinado sobre ele para tocar Clove. Ele está tentando abrir um lugar para eu me juntar a eles, mas balanço a cabeça e me endireito novamente.

— Mantenha-a aquecida. Tenho mais alguns itens para esclarecer no meu escritório. Vou para a cama depois. — Só queria contar a eles o que aconteceu.

E também dar uma olhada em Clove.

— Você vai ter que dormir ao pé da cama então — Caius diz, se aconchegando de volta para ela.

Eu sorrio.

— Vou dormir entre as pernas dela e usar sua coxa como travesseiro.

Volt se anima com essa ideia.

— Eu farei isso. Você dorme atrás dela.

— Não, já escolhi meu lugar — digo a ele. — Fique aí e continue ronronando. Eu me juntarei a vocês em breve.

É uma promessa que cumpro.

Depois de cerca de uma hora de trabalho, rastejo para a cama para dormir contra as pernas de Clove.

Exceto que não faço isso na minha forma humana. Me transformo em lobo e permito que meu pelo roce sua pele quente.

Ela não acorda.

E durmo melhor do que em anos.

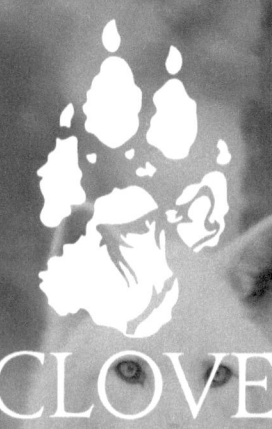

CLOVE

Encaro a mulher no espelho, sem reconhecê-la.

Os últimos dias foram uma experiência alucinante, e não apenas na cama, mas também fora dela. Caius e Volt cuidaram de todas as minhas necessidades – me alimentando, me dando banho, falando comigo sobre a vida e me dando prazer com suas bocas.

Eles não me forçaram a tomar seus nós novamente.

Apenas me permitiram explorar e me familiarizar com eles enquanto me ensinavam sobre sua alcateia e como eles prosperam nesta ilha.

Os Anciões não têm ideia do que estão realmente fazendo aqui ou quantos dos lobos nesta ilha não são realmente rejeitados regulamentados. Eles estão aqui treinando, prosperando e usando a terra como sua.

Estou chocada com a informação, mas ainda mais chocada que eles me contaram sem uma única hesitação. Como se já confiassem em mim, apesar de mal me conhecerem.

Talvez porque eles estiveram dentro de mim.

Ou porque nossos lobos parecem abrigar essa conexão milenar que ultrapassa o significado do tempo.

Independentemente do motivo, agradeço. Porque me sinto aceita aqui. Como se fosse onde eu sempre pertenci. Sou livre para me transformar à vontade, livre para vagar pela toca como se fosse minha, e posso usar qualquer recurso que desejar.

Ontem, Caius me mostrou o laptop e me deixou navegar na internet. Claro, olhando no espelho agora, percebo que ele tinha um motivo.

Porque ele me disse para comprar roupas.

Roupas que estou usando atualmente.

— Como você conseguiu que as entregassem tão depressa? — pergunto em voz alta enquanto ele termina de calçar minhas meias. Ele me mostrou a roupa com uma única exigência: que eu permita que ele me vista.

O que eu permiti.

Ele puxa a barra do jeans skinny perto dos meus tornozelos, garantindo que estejam confortáveis antes de calçar uma das minhas novas botas de cano alto. Elas não têm salto, tornando-as ideais para a vida metamorfo.

— Eu os peguei no continente mais cedo enquanto Volt estava lhe dando café da manhã. — Ele olha para o espelho, encontrando meu olhar com um ar conhecedor.

Minhas bochechas se esquentam com a lembrança do meu café da manhã – que foi o pau de Volt na minha garganta. Ele é mais grosso que Caius, tornando-o mais difícil de engolir. Mas ele me instruiu com paciência, assim como fez no outro dia com Caius.

Então ele retornou o favor três vezes antes de tomar banho e me dar comida de verdade.

Achei que Caius estava com Tieran, mas ele voltou sozinho com um monte de bolsas. *Porque ele foi para o continente*, penso, franzindo a testa enquanto me lembro do que ele acabou de dizer.

— Como você chegou ao continente?

As Ilhas Rejeitadas deveriam ser remotas sem acesso. Enquanto ele explicava que a vida aqui não era o que os Anciões pensavam, ele não mencionou nada sobre deixar a ilha.

— Temos várias lanchas e um iate — ele diz. — Além de uma residência na costa, onde mandei entregar suas roupas esta manhã. Leva só umas três horas para fazer uma viagem de ida e volta, algo que Tieran faz regularmente. Assim como eu.

Pisco para ele.

— Você vai ao continente regularmente?

— A trabalho — ele explica. — Temos que financiar tudo isso de alguma forma. E os Anciões apenas nos dão restos. É por isso que as docas parecem uma merda – mantemos a fachada para fazê-los pensar que é assim que estamos vivendo a vida aqui.

Olho ao redor do banheiro elegante e espio pela porta para o enorme quarto além. O colchão é adequado para cinco ou seis lobos grandes, a mobília ao redor é toda de madeira trabalhada, e a tecnologia deste lugar grita dinheiro.

— Eles não sabem que isso existe. — Não é uma pergunta, mas uma afirmação.

— Nem um pouco — ele diz. — Nem sabem sobre nossas frequentes viagens ao interior. — Ele termina com a bota e se levanta, passando os dedos pelo meu cabelo.

Começo a me virar, mas ele agarra meus quadris para me manter de frente para o espelho, então pega uma escova.

— Explicamos muitos dos trabalhos na ilha, que são todos papéis tradicionais de alcateia na maior parte. Mas há um outro nível no que fazemos. E é aí que entram os barcos. — Ele começa a passar a escova pelo meu cabelo, os fios castanhos em desacordo com o meu suéter creme.

— É por isso que você vai ao continente regularmente — eu me esquivo.

— Sim. O pai de Tieran, Alfa Umber, é dono de uma organização financeira global que administra propriedades para alguns dos humanos de elite do mundo. Mas ele faz mais do que isso. Muitos de nossos clientes são inocentes por fora, mas nefastos interiormente. E é aí que entra meu papel. E o de Volt também.

Pondero isso por um momento enquanto ele encontra meu olhar no espelho.

— O que você faz?

— Eu os chantageio — ele me diz, sem remorso. — Ou eu faço acordos que eles não podem recusar. É tudo uma questão de ler a sala e entender os motivos. Mas sempre fui habilidoso com dinheiro, algo que aprendi com meu pai, que por acaso é o diretor financeiro da Alfa Umber.

— E os Anciões não têm ideia?

— Ah, eles estão cientes da organização de Alfa Umber e dos papéis que o Bando Black Mountain desempenha nessa empresa. Mas eles não sabem do nosso envolvimento daqui.

— Porque eles assumem que vocês não podem sair da ilha — concluo.

— Sim, e Tieran foi encarregado de lidar com as partes mais desagradáveis do negócio, e esses itens são propositalmente mantidos em silêncio. — Ele afasta meu cabelo de sobre um ombro, me beijando no pescoço. — O pai dele quer que nosso clã suba a escada, o que provou ser um desafio desde que foi enviado para cá. Mas desenvolvemos um bom sistema nos últimos sete anos.

— Então vir aqui não fazia parte do plano.

Ele bufa, colocando a escova de volta no balcão.

— De jeito nenhum. No entanto, nosso bando tem tudo a ver com desafios e provar nosso valor. Então trabalhamos com o que temos, auxiliados minimamente pelo Alfa Umber, e crescemos a partir daí. Por exemplo, o lado da chantagem do negócio é novo. Assim como o papel de Volt na organização.

— Qual é o papel de Volt? — pergunto em voz alta quando ele finalmente me deixa olhá-lo de frente.

— Morte, doçura — Volt responde enquanto entra no quarto. Suas orelhas de lobo devem tê-lo deixado ouvir nossa conversa, já que ele ainda está a cerca de seis metros de distância, mas vindo em nossa direção em um par de jeans de cintura baixa e nada mais. — Eu mato por dinheiro.

Olho boquiaberta para ele.

— O quê?

Ele dá de ombros.

— Eu gosto de dor. É minha habilidade. — Seus olhos aquecem com as palavras, e eu engulo em seco. — Talvez você possa vir comigo na minha próxima missão.

— Não acho que seja uma boa ideia, V — Tieran diz, entrando no quarto em seguida.

Definitivamente audição de lobo, decido. Eu não pude ouvi-los se aproximando porque eles parecem não fazer nenhum som quando andam, os três predadores habilidosos que se movem em pés silenciosos.

— Por que não? - Volt pergunta, parando para olhar para o macho que se aproxima. Ele está vestido de forma semelhante de jeans, mas também usa um par de botas. — Pesquisei o senador ontem. Ele é um idiota que estupra mulheres. Eu até encontrei um vídeo dele pegando uma de suas estagiárias na semana passada. Não apenas ele será uma morte fácil, mas ele realmente merece.

— U-um vídeo? — repito, de alguma forma presa a isso mais do que o resto de suas declarações. *Eu mato por dinheiro* provavelmente deveria ter sido minha primeira preocupação, mas essa notícia não me choca tanto. Volt possui uma aura letal, que definitivamente grita intenção assassina.

— Sim, eu estava usando a câmera em seu computador para estudar o layout de seu escritório e, em vez disso, acabei assistindo sua bunda nua enquanto ele atacava uma estagiária chorando. — Ele estremece. — Na verdade, eu não precisava de detalhes extras para querer matá-lo, já que costumo não fazer perguntas, mas acho que vou gostar de fazê-lo sofrer.

— Daí a razão pela qual não acho que Clove deveria assistir — Tieran interrompe.

— Não sou tímido sobre quem eu sou, T — Volt diz a ele. — Ela precisa saber com quem está indo para a cama, então por que não mostrar a ela?

Tieran o observa por um longo tempo enquanto eu engulo, sem saber como me sentir.

Volt tem razão – quero saber mais sobre esses homens e seu clã. Minha loba já os aceita e os considera dela, mas seria bom entendê-los melhor.

— Você mata por diversão? — pergunto, interrompendo o silêncio acalorado.

— Sim — Volt diz, sem remorso. — Eu gosto disso.

— Mas você sempre tem uma razão para isso, como o senador que estupra mulheres? — pressiono.

— Gosto mais dessas mortes, mas nem sempre é o caso — ele responde. — Aceito trabalhos para satisfazer os impulsos letais do meu lobo e nunca faço perguntas. Mas quase sempre aprendo algo sobre a marca que garante sua morte, e é por isso que geralmente acabo gostando da matança. Se não, faço rápido.

Os três homens me observam, esperando para ver como vou reagir.

Não tenho certeza de como me sentir.

A morte faz parte da vida, e os mortais tendem a experimentá-la muito mais cedo do que a minha espécie. Metamorfos param de envelhecer por volta dos trinta anos, e muitas raças podem viver para sempre, a menos que sejam derrubadas pela prata.

Mas ele não está falando sobre matar metamorfos. Ele está falando sobre assassinar humanos.

Porque ele é pago para fazer isso.

Isso torna quem o contratou o verdadeiro culpado. Volt está apenas realizando a tarefa. Lobos derrubam presas todos os dias e, embora possamos ser parte humanos, somos mais animais do que qualquer outra coisa. Ele está usando suas habilidades para ganhar dinheiro para sustentar o bando e também matar quaisquer impulsos violentos que ele pareça possuir no processo.

Eu não posso culpá-lo por isso.

E...

— Imagino que é daí que vem parte da sua chantagem? — O pensamento me deixa com uma pergunta, que dirijo a Caius.

Ele sorri.

— Sim, entre muitas outras coisas. Normalmente, quando alguém lida com a morte, também está jogando com outros esquemas mais sombrios.

— Que você usa para extorquir dinheiro deles — traduzo.

— Não exatamente. Nós a usamos principalmente para manter nosso favor em outros negócios. — Caius deve ler a confusão em minhas feições porque continua falando. —

197

Digamos que há uma empresa que queremos comprar e está indo para o maior lance. Podemos nos encontrar como o maior lance, exceto que é a chantagem que infla o custo.

— Ou não pagamos nada — Volt completa. — E nos é dado como um presente pelo nosso silêncio.

— Isso também — Caius murmura.

— Por que você herda empresas? — pergunto. — O que vocês fazem com elas?

— Nós as redirecionamos para organizações legais pelas quais canalizamos dinheiro — Tieran explica. — E empregamos pessoas que precisam.

— Ou mantemos os funcionários que iam perder o emprego — Caius acrescenta. — É tudo um jogo de números, mas garantimos que aqueles que precisam de nossa ajuda a recebam, ao mesmo tempo em que financiamos nosso bando e mantemos todos confortáveis.

— Mas todos eles também têm empregos na ilha — Tieran observa. — E alguns deles nos ajudam a administrar algumas das pequenas corporações que adquirimos. Nada importante, apenas supervisão de negócios e gerenciamento geral.

— Isso é um acréscimo aos papéis sobre os quais conversamos? — pergunto a Caius.

Ele balança a cabeça.

— Não, esses papéis são administrados por lobos selecionados na ilha. Mas há mais pessoas que ajudam com assuntos externos. Por exemplo, o clã de Alfa Dirk lida com telecomunicações tanto com nossas empresas quanto na ilha.

— Também temos toda uma divisão de segurança que se reporta ao clã de Alfa Duncan aqui — Tieran acrescenta.

— O escritório de Duncan é perverso. — Volt sorri. —

É onde eu vou quando quero fazer reconhecimento, porque ele tem todos os brinquedos divertidos.

Tieran balança a cabeça, mas seus lábios estão curvados em diversão.

— Você vai conhecer todos eles esta tarde, Clove. Tenho certeza de que eles vão te contar tudo sobre o que fazem.

Volt acena.

— E então eu vou te mostrar o que eu faço. No final desta semana ou no início da próxima. A linha do tempo ainda está sendo avaliada.

— O fato de ela ir conosco ainda está em discussão — Tieran fala.

— Ela precisa ver quem somos, T.

— Sim, mas há opções mais seguras do que levá-la para a Virgínia para um assassinato — Tieran retorna.

Volt grunhe.

— A casa do senador tem três guardas. Ele é arrogante e idiota. É moleza. E vou ter tudo sob vigilância para que ela possa assistir do carro.

A mandíbula de Tieran pulsa.

— O que significa que ela poderia assistir com segurança daqui.

Ele suspira.

— Não é o mesmo e você sabe disso.

Tieran passa os dedos pelos cabelos loiros e espessos e suspira.

— Vou pensar sobre isso.

Volt não pressiona, apenas sorri e se concentra em mim novamente.

— Se ele disser não, eu vou te mostrar como eu brinco com facas de outra maneira.

Caius e Tieran olham para ele, dizendo *Não*, ao mesmo tempo.

Mas me vejo sorrindo em vez de estremecer. Minha loba confia naturalmente em Volt, e ele tem sido muito doce comigo desde que cheguei. Claro, ele pode ser um assassino com alguns tons psicóticos, mas não tenho certeza se me importo.

Na verdade, eu me encontro intrigada.

É por isso que digo:

— Estou ansiosa para aprender mais. — Porque estou mesmo. Quero entendê-los, conhecê-los. Mesmo que seja perigoso. Porque meu animal diz que embora possa ser mortal para os outros, ele não é para nós.

Ele não é para mim.

Algo que seus olhos parecem exibir agora enquanto suas íris escuras encontram as minhas com um sorriso.

— Acho que ela está pronta para conhecer o bando — ele diz com um sorriso nos lábios. — Ela vai matá-los.

— Não — Tieran responde, fazendo com que todos nós olhemos para ele. — Ela vai governá-los.

Ele pronuncia com confiança.

Algo que não percebi que precisava ouvir até que ele disse, porque ainda não estamos acasalados. Ele nem me tocou desde que me deu um nó durante o meu cio. Uma parte de mim começou a questionar seu interesse. No entanto, ele dormiu na cama todas as noites em forma de lobo, e seus gestos sugeriam o contrário.

Mas tudo isso é muito novo e estranho para mim.

Portanto, é fácil deixar uma ponta de dúvida se infiltrar.

Mas suas palavras agora ajudam a afastar isso.

Assim como o beijo que ele dá em minha boca.

— Todos eles sabem que pretendo reivindicar você — ele diz contra o meu ouvido. — Aproprie-se disso, Clove. Eles vão te amar.

Estremeço, me derretendo em sua força e agradecendo por sua confiança, roçando os lábios contra seu queixo.

— Temos que ir. — Ele se afasta, com o sorriso ainda em seus olhos cor de safira. — É hora de a alcateia cumprimentá-la e mostrar o que diferencia os Lobos Carnage dos lobos do seu passado.

CLOVE

O s Lobos Carnage não são nada como os animais selvagens descritos por Alfa Bryson.

Eles são intimidantes, sim.

Mas há uma inteligência neles que admiro. Eles também são educados e respeitosos. Até os Alfas me tratam com gentileza, olhando para mim com um interesse muito diferente dos lobos do Bando Nantahala.

Esses Alfas estão curiosos sobre mim, a pessoa. Não eu, a mulher. Bem, pode haver alguma intriga, mas vários comentaram sobre como estão ansiosos para eu acasalar com o clã de Tieran.

É formal, mas descontraído.

E me sinto segura com Caius e Volt ao meu lado com Tieran atrás de mim. Houve algumas vezes em que ele colocou a mão de forma possessiva em meu quadril ou beijou meu pescoço.

O que só faz minha loba se envaidecer.

Porque Tieran é claramente o Alfa do Bando nesta ilha. Seu domínio é um calor escaldante contra meus sentidos que me faz querer me ajoelhar a seus pés. Mas ele me mantém de pé com seus toques suaves e comentários sutis.

— Alfa Duncan é o mestre de segurança de quem eu falei — ele diz, com a boca contra meu ouvido. — Estes são seus companheiros de clã, Alfa Ebony e Alfa Pan.

Aceno para todos, um pouco surpresa ao encontrar uma fêmea Alfa entre todos esses machos Alfa. Não preciso que Tieran me diga que é raro uma mulher ser uma Loba Alfa Carnage.

Ainda é um conceito único para mim entender que Lobos Carnage tem vários Alfas, não apenas um único no comando.

Na Alcateia Nantahala, só chamávamos Bryson de Alfa. Havia outros lobos com tendências Alfa, mas eles nunca receberam a designação.

Enquanto aqui na Ilha Carnage, aproximadamente setenta por cento dos lobos são Alfas. O resto são todos Betas, e depois um punhado de lobos desonestos.

Os lobos desonestos não participam da cerimônia, algo que Tieran mencionou enquanto caminhávamos até a praia.

Enquanto ele os mantém na linha, eles são livres para vagar pela ilha à vontade, desde que não interfiram nos negócios da alcateia.

Esses bandidos são parte da razão pela qual os Anciões criaram as Ilhas Rejeitadas – os bandidos foram os que enlouqueceram ao serem rejeitados. E vários foram enviados aqui para a Ilha Carnage porque os Anciões achavam que esses Lobos estavam entre os poucos que poderiam mantê-los sob controle.

Vendo todos esses machos Alfa juntos, posso entender o porquê.

Eles são muito maiores que os Lobos Nantahala. Mesmo Bryson pareceria um pouco baixo em comparação ao clã de Alfa Duncan. Ebony tem mais de um metro e oitenta de altura, com longos cabelos escuros trançados nas costas. Seus músculos são magros, mas posso sentir o poder em seus olhos castanhos. Ela é educada, assim como as outras, sorrindo para mim em boas-vindas.

— Não deixe que toda a testosterona te domine — ela diz baixinho. — Eles vão diminuir o tom quando você estiver devidamente acasalada.

Eu tremo. *Devidamente acasalada.*

Eu quero isso. Quero que Tieran me reivindique. É uma necessidade instintiva impulsionada pela minha loba, cujo desejo de ser acasalada pelo Alfa mais forte é uma presença palpável em minha mente.

Mas posso senti-lo se segurando por enquanto.

Por causa do meu ciclo de calor insuficiente.

Ele precisa saber que posso acasalar adequadamente com ele.

E parte de mim não tem tanta certeza de que posso.

No entanto, afasto o pensamento por enquanto e continuo a turnê introdutória. Conheço vários Betas, todos não pertencentes a um clã. Tieran explica que Betas podem se juntar ao clã de um Alfa quando compatível. Não tenho certeza do que impulsiona essa conexão, mas suspeito que esteja relacionado a vínculos de energia.

Tieran, Caius e Volt exalam uma autoridade semelhante que parece esmagadoramente dominante quando juntos. É o que os torna o clã mais forte da ilha, os lobos que ninguém quer desafiar.

Embora alguns pareçam manter o olhar no de Tieran um pouco mais do que o apropriado.

Incluindo o clã que ele me apresenta em seguida.

— Este é o Alfa Dirk — Tieran fala com um tom que provoca um calafrio na minha espinha. — Alfa Dirk, apresente seu clã. — É uma ordem que desvia o olhar do Alfa dos meus seios e o leva até o macho atrás de mim.

Engulo quando eles se afastam, e a energia entre eles faz meus joelhos tremerem.

Caius pega minha mão, dando um aperto suave enquanto Volt limpa a garganta. Ele ainda está sem camisa ao meu lado, com as tatuagens brilhando à luz do sol como cicatrizes de batalha. Tracei algumas com a língua, apreciando os padrões únicos.

Perguntei a ele outro dia o que representam, e ele simplesmente respondeu:

— Significam que eu gosto de dor. Porque aparentemente, ele tem que usar uma tinta especial manchada de prata para fazê-las ficar. Caso contrário, seu lobo as cura. Há outro lobo na ilha que faz isso – um Beta chamado Christian que conheci pouco depois de chegar.

— Este é Alfa Kin — Alfa Dirk fala com a voz grave demonstrando uma pontada de irritação enquanto gesticula para o macho gigante ao seu lado. Ele é mais alto e mais forte que Tieran, mas sua aura não é tão dominante.

No entanto, Alfa Dirk exala poder. Não tão forte quanto o macho atrás de mim, mas o suficiente para certamente notá-lo. Ele cheira familiar, também. Como uma poça de lama que fica para trás depois de uma tempestade. Não consigo identificar direito.

Ou talvez essa fragrância esteja vindo do homem ao lado dele.

Mas definitivamente, inalei essa fragrância antes.

Só não consigo me lembrar quando.

E nenhum dos machos me é familiar, pelo menos não na aparência.

Alfa Dirk limpa a garganta, pousando o olhar em Tieran mais uma vez.

— Meu clã ainda não está completo.

Ah, então é por isso que Tieran o fez fazer as apresentações, percebo. Foi um jogo de poder para mostrar que o clã de Alfa Dirk é inferior, pois ele não encontrou todos os lobos compatíveis para seu círculo.

Caius me disse que três é o mínimo.

Portanto, dois lobos são um clã incompleto.

Caius aperta minha mão novamente enquanto Tieran beija meu pescoço, aquele toque de posse óbvia me aquecendo mais uma vez.

— O clã de Alfa Dirk supervisiona nossas telecomunicações — ele me lembra, repetindo o detalhe que Caius mencionou antes de chegarmos. — Eles são nossos especialistas técnicos em telefones, já que não há rede celular proeminente aqui.

— Sim, usamos tecnologia de satélite — Alfa Dirk acrescenta, e tom rude desaparece um pouco de sua voz quando ele fala sobre seu trabalho. — É como acessamos a internet também.

Tieran assente e toca meu ombro com o queixo.

— O trabalho deles é impressionante. Isso torna Alfa Dirk e Alfa Kin inestimáveis para nossos esforços aqui.

É um elogio.

Um que vejo se registrar nas feições de Alfa Dirk, o que faz seus olhos escuros se iluminarem.

— Obrigado. Nós temos orgulho do nosso trabalho.

Alfa Kin não parece tão impressionado com o elogio. Ele apenas acena e seu pescoço grosso incha com o movimento.

Aquele cheiro desliza ao meu redor novamente, me fazendo pensar por que o reconheço. Talvez eu os tenha cheirado quando cheguei? Ou eles estavam entre os lobos que atacaram no outro dia quando comecei a entrar no cio?

Vou ter que perguntar sobre isso mais tarde. Tieran não deu nenhuma indicação sobre quem eram aqueles lobos, e não era algo que eu pensei muito com eles ao meu redor.

Mas o jeito que Alfa Kin está me olhando me deixa um pouco preocupada.

Alfa Dirk também.

Minha loba não gosta deles. Ela está bufando de aborrecimento e me dizendo para me aconchegar mais em Tieran, para demonstrar sua reivindicação mútua.

Felizmente, não demoramos muito, a apresentação termina e vamos para outro clã. Este tem cinco Alfas, algo que Tieran diz ser raro, mas pode acontecer.

— O maior clã do Bando Black Mountain tem sete Alfas e uma Ômega — ele acrescenta.

Arregalo os olhos com esse conceito.

São muitos nós, quase digo.

Mas me abstenho e encontro o clã final de dois machos Alfa e uma fêmea Beta. A dinâmica deles me lembra um pouco o que vi com Alfa Ebony. Havia outra fêmea Beta também, mas ela parecia estar com um Alfa solitário – um que Tieran não forçou a apresentar seu clã "incompleto".

Estamos terminando quando um barco chega às docas da praia. Estremeço, preocupada que a madeira velha enferrujada não funcione corretamente, mas um dos machos grandes sai do barco com facilidade. Ele olha para Volt e balança suas sobrancelhas ruivas.

— O jantar está aqui.

Volt sorri.

— Excelente.

Franzo a testa, me perguntando se eles pegaram um lote fresco de peixe.

Então, a compreensão surge em mim quando o aroma saboroso de queijo gorduroso atinge meus sentidos. Quase gemo. A comida é uma das minhas favoritas – algo que eu disse a Volt na outra noite quando ele perguntou se eu tinha alguma preferência para o jantar.

Olho para ele e o encontro sorrindo triunfante.

— Ela aprova — ele diz para Caius.

— Eu sabia. Por isso não aceitei a aposta — Caius responde.

— Que aposta? — pergunto, franzindo a testa novamente.

— Os termos não foram discutidos — Caius responde.

— Desta vez — Volt murmura.

Isso só me faz franzir a testa ainda mais.

— *Desta vez*, significando que houve outra aposta?

— Eles estão sempre fazendo apostas — Tieran explica. — Caius geralmente ganha, o que faz Volt tentar muito mais.

— Eu ganhei a última — Volt aponta.

— Verdade — Caius admite. — Vou ganhar a próxima dúzia ou mais.

Volt bufa, mas não discorda.

— Meu prêmio da última vez valeu um milhão de perdas. — Ele olha para mim e pisca. — Pronta para comer, doçura?

Eu realmente quero perguntar o que ele ganhou, mas estou quase com medo de descobrir. Então apenas aceno, enquanto o cheiro sedutor de pizza chama meu nome.

O barco parece estar cheio de caixas, todas protegidas por bolsas térmicas.

Gemidos de aprovação ecoam no ar, os lobos todos apaziguados por este desenvolvimento.

É um pouco cedo para o jantar, mas o sol já está começando a se pôr, já que é inverno aqui e estamos muito mais ao norte do que a região do Bando Nantahala.

Tieran me puxa para um cobertor um pouco abaixo

da praia, algo que não percebi que estava arrumado até minha bunda encostar no tecido. Vários outros metamorfos também têm cobertores, alguns escolhendo se sentar mais perto da água do que outros.

Está frio, mas a maioria dos machos está sem camisa. O calor da transformação os mantém aquecidos, apesar das temperaturas invernais. Tieran, Volt e Caius estão todos de jeans, mas adicionaram botas para o evento desta tarde.

Então me sinto um pouco vestida demais com meu suéter, jeans e botas.

No entanto, sentindo os olhos de Alfa Dirk em mim novamente, estou feliz por ter um escudo de tecido.

Estar nua geralmente não me incomoda. Cresci ao redor da nudez. Mas algo sobre seu clã me enerva.

Esse cheiro está irritando meus sentidos novamente.

Tieran se junta a mim no cobertor, se sentando atrás de mim e me segurando com as pernas, momentaneamente me distraindo do outro Alfa.

Estremeço. O calor de seu toque chama meu animal para a superfície e faz com que seu pelo roce sob minha pele.

Ele envolve os braços em mim e guia minhas costas para seu peito, acariciando minha orelha com os lábios.

— O que há de errado? — ele pergunta em um sussurro que tenho certeza de que ninguém mais pode ouvir, pois é extremamente baixo.

— Um cheiro familiar — respondo, virando para que nossos lábios fiquem próximos um do outro. — Estou querendo saber se é do outro dia... — Paro, e compreensão floresce em seus olhos azuis.

— Os Alfas que atacaram a toca — ele diz.

Eu concordo.

— Ou talvez antes disso? — Uma vaga lembrança de

reconhecer um cheiro antes me vem à mente, mas não consigo localizá-la. Os eventos daquele dia são confusos e nublados pelo que aconteceu.

— Vários dos Alfas daquele dia estão aqui — Tieran admite. — Mas eles foram pegos na rotina, algo que as Ômegas inspiram em Alfas não acasalados. Todos nós temos um instinto de reivindicar e proteger. — Ele acaricia minha bochecha. — É por isso que estou lutando para manter minhas mãos longe de você.

Isso me faz sorrir.

— Eu não me importo.

— Que bom — ele sussurra, beliscando minha orelha enquanto me acomodo mais uma vez contra seu peito. — Porque vou te abraçar assim a noite toda para garantir que todos saibam que pretendemos reivindicá-la.

Presumindo que eu entre no cio de novo, penso, engolindo em seco.

É um pensamento constante na minha cabeça, que surge e flerta com a dúvida escondida no canto da minha mente.

Ignoro, me permitindo aproveitar o momento enquanto Tieran me abraça.

Caius e Volt se juntam a nós com duas caixas nas mãos.

A pizza tem meus sabores favoritos: calabresa e salsicha, provando que Volt mais do que me ouviu no outro dia. Ele pode matar para viver, mas há uma alma profunda e pensativa lá. Uma que vou gostar de explorar.

Quero saber o que o faz gostar da dor, por que ele possui uma vantagem letal.

Assim como quero saber mais sobre Caius e sua propensão à chantagem. O que o fez escolher essa profissão? Como ele é tão habilidoso em ler as pessoas? É uma característica natural ou aprendida?

Com Tieran, quero saber mais sobre suas visões de liderança, o que significa ser uma Ômega em seu clã e o que realmente aconteceu com a filha de Alfa Bryson. Não tive coragem para perguntar.

Talvez eu pergunte esta noite.

Mas não aqui.

Ele pega uma fatia e leva aos meus lábios, então dá sua própria mordida no mesmo pedaço. Nós compartilhamos nossa refeição assim, com ele me alimentando antes de si mesmo, seu ronronar um zumbido baixo contra minhas costas.

É tranquilo.

Os Lobos Carnage também estão relaxados, se entregando à pizza na praia enquanto a lua se ergue no céu. Vários acabam se afastando logo depois, brincando nas ondas e correndo pela água gelada.

O barco também desaparece, indo para alguma alcova secreta na ilha onde eles mantêm o cais adequado – algo que Caius me conta enquanto descansamos na areia.

Esta vida é muito diferente da que deixei para trás.

Definitivamente, não é a que sempre considerei possível.

Mais como um sonho do que uma realidade.

Um sonho do qual espero nunca acordar.

Mas temo que um pesadelo espreite no meu futuro.

Um envolvendo minha herança Lobo Nantahala.

Um pesadelo para considerar mais tarde, digo a mim mesma, bêbada da vida. *Apenas aproveite o sonho. Viva o momento. E respire.*

VOLT

—Quero que Alfa Dirk e Alfa Kin sejam monitorados — Tieran fala baixinho do pé da cama.

Isso se tornou nossa rotina noturna - Caius e eu esgotamos nossa lobinha, então Tieran se junta a nós para uma conversa depois que ela adormece.

Eu sei o que ele está fazendo.

Ele está evitando Clove porque não confia em si mesmo para não reivindicá-la.

Seu lobo está pressionando-o com força, algo que ficou absolutamente evidente durante a festa de boas-vindas desta noite. Ele não conseguia manter as mãos longe de Clove. Seus instintos possessivos ganharam vida de todas as formas concebíveis.

Foi divertido observar.

Caius exalou uma necessidade semelhante de reivindicação, impulsionada pelo fato de que ele ainda não deu um nó nela. Embora ele não esteja se segurando por medo de reivindicá-la - nós dois sabemos esperar pela bênção de Tieran. Não, Caius está apenas prolongando sua gratificação, como sempre. Ele está esperando até que não possa negar a si mesmo. Então Clove fará o passeio de sua vida.

E eu pretendo assistir.

Talvez até participe.

Ajude a levar Caius ao limite e o faça desistir de seu controle firme.

Humm, isso vai ser divertido.

— Não gosto do jeito que eles olharam para Clove esta noite — Tieran continua, falando sobre Alfa Dirk e Alfa Kin. — Ela também reconheceu seus cheiros, provavelmente do ataque no outro dia, o que a perturbou. Eu não os quero perto dela.

Caius assente ao lado de Clove. Ele está descansando nu na frente dela enquanto eu estou pressionado contra suas costas. Esta parece ser a maneira como dormimos agora, o que não me importo nem um pouco.

— Eu cuido disso — Caius responde. — Alfa Duncan tem alguns brinquedos com os quais posso brincar. Mas vou mantê-lo ao mínimo e no nível da superfície.

Tieran assente.

— Não quero invadir a privacidade deles. Só quero ficar de olho quando a Clove estiver por perto.

Eu bufo porque eles vão alegar que até isso é uma invasão de sua privacidade. Mas concordo plenamente com seu desejo de mantê-los na linha. Eles desrespeitaram Tieran muitas vezes, e Clove é a gota d'água.

— Se eles não podem agir de forma apropriada, eles perdem seu direito à privacidade. — Essa é a minha postura, de qualquer forma. Eu não dou a mínima para a importância autodeterminada deles. Eles insultaram Tieran com seu constante desrespeito. — Eles invadiram nosso covil com a intenção de levar nossa Ômega. Isso, por si só, é uma ofensa que deveria tê-los exilados da ilha.

— Eles estavam perdidos no cio — Tieran responde.

Eu grunho.

— Assim como muitos outros, mas foram eles que invadiram primeiro. E o Dirk é forte o suficiente para ser um clã secundário para liderança. Ele deve ser capaz de lutar contra o cio, assim como nós fizemos. — O fato de ele não poder diz muito sobre suas intenções. — Ele aproveitou a oportunidade como uma forma de superar você. Sua privacidade é a menor das minhas preocupações.

— Ele está certo — Caius concorda. — Eles perderam seu direito à privacidade quando nos desafiaram por Clove. Ela ainda não foi reivindicada. Mesmo que não pretendamos mantê-la, ainda é nosso dever protegê-la como o clã líder.

Pressiono meu nariz na parte de trás de sua cabeça, amando o jeito que seu cabelo macio faz cócegas em meus lábios.

— Nós vamos te manter, doçura — murmuro.

Tieran não diz nada por um longo momento. Então, finalmente, ele admite:

— Mantenha o monitoramento leve. Se eles reclamarem, eu cuido disso.

— Eles nem vão saber que estou lá — Caius promete.

— Eu sei. — Tieran passa os dedos pelo cabelo loiro, então solta um suspiro e encontra meu olhar. — E em um tópico semelhante de vigilância, concordo em levá-la conosco em sua próxima missão.

Meus lábios se curvam em um sorriso.

— Eu sabia que você acabaria por ver o meu lado das coisas.

— Mas ela vai ficar comigo em um lugar seguro a mais de um quilômetro de distância, e nós vamos te observar pelas câmeras — ele continua, ignorando meu comentário. — Isso nos dá a oportunidade de mostrar a ela um pouco mais sobre nossas vidas, mantendo-a segura também.

— Por que não posso fazer isso aqui sem você? — Caius pergunta, arqueando uma sobrancelha.

— Claro que você pode — Tieran responde, suspirando. — Mas meu lobo está se sentindo...

— Carente? — ofereço. — Possessivo? *Com fome?*

Tieran semicerra os olhos para mim.

— Todas as opções. — A confissão o deixa em um estrondo, seu ronronar momentaneamente assumindo antes que ele possa limpar a garganta.

Caius sorri.

— Você deveria mordê-la logo, T. — É uma provocação, uma que eu aprovo.

— Sim, T. Morda-a logo.

Ele olha para nós.

— Sim, vão se foder vocês dois.

— Se é isso que é preciso — ofereço, dando de ombros.

Ele resmunga em resposta.

Eu sei o que o está segurando – sua necessidade de estender a linhagem Alfa.

Se ela não puder entrar em um cio adequado, então não poderá procriar.

O que significa que ele tem duas opções: reivindicá-la e transar com outra Ômega para ter um herdeiro, ou procurar outra Ômega elegível.

O problema é que seu lobo quer Clove. Posso sentir o cheiro. Meu lobo a quer também. Assim como o de Caius. O que a torna nossa.

E isso apresenta um enigma.

Um que Tieran parece empenhado em se apoiar. No entanto, é comigo que ele está preocupado. Um fato que me irrita pra cacete. Ele provavelmente também está preocupado com o que isso fará com Clove se ele tiver que transar com outra Ômega para criar um herdeiro.

Sua loba pode nem permitir.

Sua loba irá desprezá-lo por isso.

Nosso clã vai sofrer.

E tudo pode acabar em morte.

Ou essa foi a minha experiência, de qualquer maneira. Meu pai pegou um Ômega para criar um herdeiro, mas acasalou com uma Beta. Então ele esperava que ela – a Beta – me criasse como se fosse seu.

A querida mamãe não aprovou.

Ela me usou como saco de pancadas.

Ela me detestava.

O sentimento era mútuo.

Sonhei em matá-la muitas vezes. Mas meu pai fez as honras por mim.

E minha verdadeira mãe, a Ômega, estava acasalada e feliz com um clã de outro bando – o Bando Black Mountain.

E foi assim que acabei na porta de Alfa Umber. A Ômega dele não era minha mãe, mas ela morava na alcateia dele. Ele me acolheu e me criou com Tieran, e eu mantive um relacionamento muito distante com a mulher que me deu à luz.

Uma história fodida de injustiça, que está manchando meu círculo de clã agora.

— Eu vou ficar bem, T — digo a ele, encarando seu olhar. É uma pequena mudança no assunto da conversa, mas é algo que ele entende imediatamente. — A Clove não é a vadia que me criou. Ela é forte. E ela é nossa.

Ele engole em seco, seu olhar indo para a Ômega adormecida na cama. Ela não se mexeu nem uma vez durante nossa conversa, provavelmente porque Caius e eu mantivemos um fluxo constante de ronronar para ela. O meu vacilou um pouco nos últimos minutos, mas o dele não.

É o suficiente para mantê-la confortável.

Para garantir que ela saiba que está protegida.

Em uma toca que facilita o sono.

A única coisa que falta é um ninho – algo que ela não começou a criar apesar dos amplos lençóis e roupas espalhadas pelo quarto. Nós até trouxemos para ela os lençóis em que sua loba dormia no quarto de Tieran. Nada.

Passo os dedos por seu cabelo e beijo a parte de trás de sua cabeça novamente.

— Talvez você devesse tentar falar com ela sobre isso — sugiro baixinho, meu ronronar começando de novo. — Conte a ela a sua preocupação e veja como ela reage.

— Nenhuma Ômega vai ficar bem com o Alfa dela pegando outra mulher — Tieran responde, e posso ouvir uma pontada de dor em sua voz. — E eu não gostaria de machucá-la dessa maneira. Uma vez que eu a fizer nossa, ela será para nós.

O que traz o verdadeiro problema em questão.

— Seu lobo não vai te deixar tomar outra Ômega.

— Não, ele não vai — ele admite. — Então preciso ter certeza de que ela é a pessoa certa.

— Ela é — Caius diz com certeza na voz. — Ela só precisa de um pouco mais de tempo para abraçar sua loba Ômega.

Tieran a estuda em silêncio mais uma vez. Então ele se levanta e tira as calças.

— Nós deveríamos dormir. Farei os preparativos para ela se juntar a nós no continente no final desta semana. Até lá, continuem ajudando-a a aceitar sua loba.

Meus lábios se curvam.

— Uma tarefa muito difícil.

— Difícil pra cacete — Caius ecoa.

— Você não tem ideia — Tieran murmura, se transformando no próximo segundo para se enrolar contra suas pernas.

— Tente fazer ela te chupar — digo a ele, ciente de que ele não pode responder agora que está em forma de lobo. — Ajuda a tirar o estresse.

Ele resmunga.

Caius sorri.

— É incrível pra cacete. Ela é natural nisso.

— Porque ela é nossa — digo.

— Sim — Caius concorda, se acomodando no travesseiro e encarando a fêmea entre nós. — Boa noite linda.

— Boa noite — eu digo, sorrindo, já que as palavras eram para Clove e não para mim. Mas somos um clã por uma razão. Temos nossos interesses compartilhados e, embora possamos não estar fisicamente um com o outro, ainda estamos intimamente conectados.

E em breve, estaremos mentalmente ligados também.

Através do vínculo com a nossa Ômega.

Nossa Clove.

Tieran pode ter reservas sobre ela, mas eu não tenho. Ela é o nosso futuro. E farei tudo o que puder para provar isso.

CLOVE

Minha loba está agitada. Posso senti-la se mexendo sob minha pele, esfregando seu pelo contra meus nervos e exigindo uma saída.

Eu simplesmente não consigo descobrir se a saída que ela deseja é uma transformação ou um bom nó. Talvez as duas coisas.

Sonhei com Caius, Volt e Tieran todas as noites desde que entrei no cio. Cada sonho é progressivamente mais sexy, me deixando louca de desejo.

Uma necessidade que Caius e Volt atenderam em várias manhãs esta semana.

Apenas sem seus nós.

O que parece tornar meus sonhos muito mais sensuais.

Eu os quero dentro de mim, e não só em minha boca.

Minha loba sussurra em concordância antes de irritar minha pele mais uma vez.

— Você está precisando se transformar — Volt fala enquanto entra no quarto com uma toalha enrolada em seus quadris. Acabamos de brincar no chuveiro.

Sem o nó, penso irritada.

Nenhum deles me comeu de forma adequada desde o meu estro, e isso foi há vários dias. Não, espere, há uma semana.

Meu senso de tempo aqui está meio perdido.

Faz algum tempo. É isso que importa. E eu quero mais do que apenas uma língua entre minhas pernas.

O que me faz parecer uma mimada com tesão.

Então mantenho minha boca fechada e apenas aceno para Volt, concordando com ele.

— Posso senti-la pressionando a minha pele.

— Eu posso sentir essa necessidade no ar — ele fala e me pergunto se ele quer dizer minha excitação ou o desejo da minha loba de ser liberada.

Talvez as duas coisas.

Volt adora jogo de palavras, algo que estou gostando muito nele.

— Que tal irmos correr lá fora? — ele sugere. — Será uma boa maneira de queimar um pouco de energia antes de partirmos.

Certo. Hoje é o dia em que vamos nos aventurar fora da ilha, lembro a mim mesma. Volt me disse outra manhã que Tieran concordou em me deixar ir com eles, algo que me surpreendeu. Eu estava nervosa e animada com isso, um sentimento conjunto que não mudou.

— Venha, vou lhe mostrar como andar pelo corredor — ele diz, liderando o caminho com a toalha ainda enrolada na cintura. Eu também tenho uma que mantenho, andando descalça atrás dele.

— Hum, e se eu não puder? — pergunto, expressando uma preocupação que tive desde que voltei à forma humana. — Ou e se ela não me deixar me transformar de volta novamente?

— Então eu vou rosnar — ele responde, adicionando um leve estrondo às suas palavras. — Tieran não é o único que pode domar seu animal, doçura.

Engulo, porque sim, isso soou como uma ameaça e uma promessa embrulhada em um lindo arco do tamanho de Volt.

Transformando-o em um presente que quero desembrulhar.

Com os dentes.

Só para ver se ele cumpre o voto com essas palavras.

Sim, com certeza perdi a cabeça com essa necessidade de nó, decido, tentando acompanhá-lo. Mas não é minha culpa. É deles. Foram eles que me apresentaram ao prazer de seus nós.

Minhas coxas se apertam com a memória disso.

A maneira como eles me dominaram.

A sensação de plenitude.

A espiral da sensação delirante.

— Você quer se transformar ou transar? — Volt pergunta, me tirando dos meus pensamentos enquanto ele me agarra e me empurra contra a parede. Eu o segui sem pensar pelo corredor. Estamos do lado de fora agora no túnel da natureza que nos leva a partir desta caverna subterrânea.

Pisco para ele, notando a palma de sua mão ao redor do meu pescoço. Sua mão oposta tem um aperto mortal no meu quadril enquanto ele desliza sua coxa entre as minhas pernas.

— As duas coisas — digo a ele.

— Não te lambi o suficiente no chuveiro?

Minha barriga se contrai com um lembrete dos dois orgasmos que ele me presenteou na última hora.

— Gostei disso.

Ele sorri.

— Eu sei que você gostou. Mas você está dizendo que quer mais?

Eu aceno, engolindo em seco.

— Sim.

— Que tal um acordo? — ele sugere, baixando a voz enquanto alinha seu corpo ao meu. Sua coxa grossa e musculosa pressiona meu núcleo, provocando um gemido baixo. Porque já estou molhada para ele. Estou *sempre* molhada perto desses machos. É algo que não sei controlar e uma consequência da minha genética Ômega. Bem, segundo Caius, é um benefício, não uma consequência. Mas isso me deixa desconfortável, especialmente quando eles rosnam.

Como Volt está fazendo agora.

É um som faminto vindo de seu lobo, ao qual meu animal responde com um gemido de necessidade.

Ele roça os lábios contra os meus, com uma promessa naquele toque que me faz derreter. Mas ele se afasta para encontrar meu olhar.

— Vá correr comigo em forma de lobo por trinta minutos, depois se transforme de volta, e vou fazer você gozar até a hora de sair.

Estremeço e encaro seu olhar cor de obsidiana brilhando com uma intenção sombria.

— E se eu não puder me transformar de volta? — murmuro.

— Então eu vou domar sua loba com meu rosnado — ele diz. — E depois, vou te mostrar porque Caius e Tieran não querem que eu brinque com facas perto de você.

Meu estômago se aperta com os tons perigosos dessa declaração.

É uma parte dele que eu não deveria querer conhecer.

No entanto, minha loba está ansiosoa para aceitar a oferta. Ela quer ceder às inclinações mais sombrias de nosso companheiro, levá-lo ao limite e exigir que ele nos leve ao êxtase com seu nó.

Várias vezes.

Com dentes, garras e mordidas selvagens.

— Certo — sussurro, gostando deste desafio.

Ele pressiona os lábios nos meus novamente, selando nosso acordo com um beijo repleto de uma necessidade perigosa. Eu gemo, procurando sua língua, mas ele me libera no momento seguinte e leva minha toalha consigo.

— Se transforme — ele exige.

Não é um comando rosnado, o que significa que meu animal está esperando que eu a traga para fora em vez de ser forçada a sair por sua autoridade Alfa.

Engulo em seco e me concentro na minha loba, convidando-a para brincar.

Ela responde quase que imediatamente, me levando ao chão com um suspiro agudo, a dor da transformação roubando o ar dos meus pulmões.

Mas não é tão ruim quanto quando Canton dirigiu minha transformação.

Esta sou eu no comando, deixando meu animal livre, escolhendo abraçar minha loba ao invés de ser coagida a aceitá-la.

Os pelos aparecem ao longo dos meus braços e pernas, meus ossos se transformando com a magia da minha alma. Suspiro, deixando-a assumir o controle e, no que parecem segundos, sou uma loba. Sacudo meu pelo, me sentindo milagrosamente no comando.

Meus instintos animalescos ainda estão lá, sua atração na minha psique é forte e exigente, mas sou uma unidade com meu animal.

Estou *livre*.

Volt sorri para mim, com o olhar cheio de aprovação.

— Muito bem, doçura. — Ele joga sua toalha no chão ao lado da minha, me dando uma visão desimpedida de sua excitação. Está pulsando com necessidade. Seu nó é como um farol que desejo acariciar com a língua.

Mas mantenho o desejo sob controle, não querendo me entregar a isso enquanto estou em forma de lobo.

Ele parece quase desapontado, como se esperasse que eu tentasse, mas a expressão desaparece no segundo seguinte, quando ele começa a mudar para sua forma de lobo enorme.

Estou enfeitiçada por sua presença. O Alfa nele supera minha loba Ômega em pelo menos quarenta e cinco quilos.

Ele é *enorme*.

E é magnífico.

Seu pelo é todo branco e a íris de ébano, com orelhas empinadas e um focinho que poderia facilmente derrubar presas duas vezes seu tamanho.

Ele mordisca meu nariz em um gesto brincalhão. Então ele desce o túnel, seu latido agudo uma ordem a ser seguida.

Minha loba sai atrás dele, exultante pela perseguição e desejando mostrar sua velocidade.

Estou surpresa com o quanto me sinto ágil. Minha primeira transformação foi desajeitada e atrapalhada. Mas me sinto poderosa agora. Segura.

Eu o sigo sem tropeçar, evitando as armadilhas que espreitam aqueles que não pertencem ao lugar. Ele aponta para elas com o nariz, me avisando antes de pular em uma nova direção para evitar outra.

Caius explicou que elas estão aqui para proteger o

covil, garantindo que apenas o clã saiba como descer ao coração da caverna.

É sua casa mais querida nesta ilha, mas também está abastecida com itens e camas suficientes para abrigar o bando inteiro em caso de emergência.

É único, bonito e bastante divertido.

Corro no rastro de Volt, seguindo seu rabo como uma vara em movimento.

Minha loba está ofegante de excitação, com seu espírito ao lado do meu enquanto corremos juntas como uma.

O ar externo é um frio bem-vindo quando nos libertamos da caverna. Então Volt sobe a colina em uma corrida que me deixa louca para acompanhar. Não há armadilhas aqui, apenas terra sólida e um terreno coberto de neve fresca.

Rolo nela, animada com a textura frígida, então o sigo com uma corrida feliz, abrindo minhas mandíbulas.

É disso que se trata ser um metamorfo: a liberdade e a excitação da natureza. Abraçar nossas almas lupinas e florescer.

Meu coração está acelerado, meu espírito se sentindo cheio de energia vivaz e vida.

Quero correr para sempre.

Volt deve suspeitar disso porque me leva em uma volta completa pela ilha, passando por outros metamorfos e me mostrando suas casas. A maioria vive em casas de madeira semelhantes à que eu fiquei nas duas primeiras noites. Outros cavaram cavernas, criando suas próprias tocas.

Ele me mostra as docas reais e as lanchas paradas na enseada escondida – na verdade está apenas disfarçada por folhas e um riacho sinuoso que segue para o interior. Mal é grande o suficiente para o iate, que suspeito que eles construíram com um tamanho específico em mente para poder empurrá-lo neste fluxo.

Depois de explorar as docas, ele me leva para outra área da ilha onde há mais alguns prédios. Um deles é uma biblioteca. Outro é uma espécie 'de cibercafé. E o terceiro parece ser um pequeno café. Nada disso eu esperava encontrar ilha, mas estão escondidos por pinheiros exuberantes, tornando-os invisíveis fora da ilha.

Então imagino que os Anciões não sabem que isso existe.

Assim como a abundância de energia, que vem do meio da ilha – outra coisa que Volt me mostra – e outros recursos avançados.

É uma volta relâmpago que me deixa sem fôlego.

Um uivo ecoa no ar, fazendo Volt parar por um momento. Ele uiva de volta, então me leva para as docas em vez de para a nossa toca.

Não entendo até encontrar Caius e Tieran esperando por nós com sacolas e uma cesta com cheiro de comida fresca.

Ah.

Corremos o dia todo.

Passou tão rápido que nem percebi o sol começando a se pôr no céu.

Volt se transforma de volta para sua forma humana, com a expressão cheia de malícia enquanto olha para Tieran.

— A loba da Clove precisava de uma corrida.

— Estou vendo — Tieran responde. Seus olhos azuis encontram os meus com um sorriso caloroso antes de se concentrar mais uma vez em Volt. — Mas devemos ir. Eu não gosto de navegar à noite.

Meu coração acelera um pouco. Passamos o dia todo

correndo, o que significa que Volt não pode cumprir sua parte do acordo.

Estou levemente decepcionada.

Mas também exultante.

Estou em conflito sobre como me sinto.

Os olhos escuros de Volt encontram os meus enquanto ele passa os dedos pelo cabelo escuro, fazendo seus braços tatuados ficarem sedutores.

— Vamos brincar no iate — ele me diz. — Assumindo que você possa se transformar de volta.

Ah, minha loba aprova este desafio. Assim como eu.

Ele cruza os braços, me dando toda a sua atenção.

Caius e Tieran também me encaram atentamente.

Engulo em seco, me sentindo de repente nervosa. *Eles acham que eu vou falhar?* Não sinto o cheiro de preocupação neles, apenas seus aromas habituais de hortelã-pimenta, pinho e cinzas acobreadas.

Uma mistura deliciosa que me faz suspirar.

Quero rolar em seus aromas e me banhar em sua essência Alfa.

— Se transforme, Clove — Volt fala em um tom atrevido, com os olhos brilhando com uma promessa maliciosa.

Respiro fundo, intimidada pelo processo de transformação, porque nas últimas vezes que tentei, minha loba se recusou a me deixar voltar.

No entanto, desta vez ela me incentiva.

Não, ela faz mais do que isso. Ela me *guia*, me ajudando a retornar à minha forma humana. Não dói. É... parece natural. E completamente diferente de antes, quando me senti bloqueada sob o poder de outro ser.

Porque Tieran só encorajou minha transformação no outro dia. Ele não manteve seu domínio. Ele literalmente me libertou.

Do jeito que um Alfa deveria fazer.

Do jeito que um companheiro deveria fazer.

Ele não me dominou. Ele me deixou ser a metamorfo que eu deveria ser.

Meus olhos se enchem de lágrimas enquanto completo minha transformação e fico de pé por conta própria. *Eu consegui. Me transformei.*

Mas os machos ao meu redor parecem expectantes, não orgulhosos. Eles ainda estão me observando com aquela sutil sugestão de intriga.

Quando nada acontece, Tieran apenas balança a cabeça e diz:

— Muito bem, Clove.

De alguma forma, isso parece fraco em comparação com o triunfo vibrando em minha alma. Até Volt parece menos do que impressionado quando diz:

— Isso foi perfeito, doçura.

— Uma bela exibição — Caius ecoa.

Suas palavras são o que quero ouvir.

Mas algo está faltando.

Alegria, penso. *Alegria e... e...* não consigo identificar.

Tudo o que sinto é uma pontada de decepção, mas não tenho certeza se vem deles ou de mim.

Até eu perceber a origem. A última vez que me transformei, entrei no cio.

Eles estavam esperando que isso acontecesse agora? Esperando que eu caísse em um estro completo? Para me tornar verdadeiramente elegível como sua companheira?

Eu os ouvi conversando na outra noite, suas palavras me perseguindo em meus sonhos. Tieran precisa de um herdeiro. O que significa que precisa de uma Ômega que possa procriar.

É por isso que ele ainda não me reivindicou. Provavelmente também é por isso que ele não me toca.

Não sou digna o suficiente em meu estado atual, algo que me deixa amarga e irritada.

Quero ser boa o suficiente para eles. Quero que esses machos me reivindiquem, me deem um nó, me façam deles.

Porque minha loba já decidiu que eles pertencem a ela.

Mas e se eu nunca entrar em um ciclo de calor adequado? Eles vão me rejeitar? Encontrar uma nova Ômega para seu clã?

Só de pensar nisso quase me destrói.

Já fui rejeitada uma vez.

Não tenho certeza se vou sobreviver a uma segunda vez, não quando meu espírito me diz que esses machos devem ser meus.

— Clove? — Tieran me chama, com uma carranca vincando sua testa. — Você está bem?

Se estou bem? Eu quase rio. Mas, em vez disso, me ouço dizendo:

— Estou.— É uma mentira que tem um gosto ruim na minha língua. — Gostei do passeio — acrescento, tentando me concentrar nos aspectos positivos.

Viva o momento, digo a mim mesma. *Não insista em coisas que você não pode controlar.*

A última é uma frase que minha mãe costumava dizer. Ela sempre me disse para me entregar à parte agradável da vida, porque talvez eu nunca saiba quando precisarei dessas memórias para ajudar a superar uma experiência potencialmente negativa.

Olhando para trás, não posso deixar de me perguntar se ela estava me preparando para a vida como companheira de Canton. Ela me ensinou a escolher minhas batalhas, a manter meus momentos felizes e a saber quando lutar.

Parece que ela sabia muito mais sobre o meu futuro do que jamais deixou transparecer.

O que faz sentido, dada a minha herança Lobo Carnage.

— Humm — Tieran sussurra, com uma sugestão de algo em seu tom.

Ele olha para Volt, que responde com uma sobrancelha arqueada. Algo se passa entre eles que termina em um aceno de cabeça de Tieran.

— Vamos nos mexer — ele diz. — Clove, se despeça de Caius. — Ele não olha para mim enquanto diz isso, se virando para o cais com várias bolsas nas mãos.

Caius assobia baixo, olhando para Volt.

— Bem, esta será uma viagem divertida.

— Com certeza — Volt responde, pegando a cesta e a bolsa dele. — Ajude-a a embarcar, sim? Preciso dar uma palavra com o capitão.

Franzo a testa atrás dele, confusa com a rejeição repentina.

— Tieran não é fã de mentiras — Caius me diz em tom casual. — Nenhum de nós é.

Eu pisco.

— O quê?

— Minha sugestão é dizer a verdade — ele continua como se eu não tivesse falado nada. — Isso vai diminuir a punição. — Ele envolve a palma da mão em volta do meu pescoço e me puxa para si, cobrindo meus lábios com os seus antes que eu possa falar. — Tente ser uma boa garota, Clove. Eles não vão ser muito duros com você. Volt pode até garantir que você goste.

Estou muito confusa. Eles estão bravos porque menti? Sobre o quê? Estar bem? Eles preferem que eu reclame de algo que eles já sabem?

Eu me transformei.

E não entrei no cio.

Fim da história.

O que mais posso dizer? O que posso mudar? Absolutamente nada. Então estou bem. Estou aqui. estou segura. Estou viva. E eles estão me recebendo no bando como se eu fosse um deles.

Quando claramente não sou.

Eu sou uma mestiça.

Mas não vou me deter nisso, certo?

Certo.

Ou eles acham que menti sobre outra coisa?

— Caius — começo, esperando que ele me dê mais informações.

Mas ele apenas me beija e começa a me levar para o cais. Quando chegamos à rampa de embarque, estou ofegante.

— Humm, sim, sua umidade vai ajudar — ele sussurra. — Apenas se ajoelhe e receba. E seja honesta. — Ele morde meu lábio inferior com a palavra e começa a me guiar pelo corredor até o convés principal do iate.

Onde ele me empurra contra uma parede, cortando minha visão do navio de luxo.

Sua língua rouba minha resposta novamente. Sua boca habilidosa me beijando profundamente até que eu esteja ofegante.

— Vou sentir sua falta, linda — ele fala baixinho. — Mas estou falando sério, Clove. Seja uma boa menina. Ajoelhe-se e implore. Você vai ficar bem. — Ele pisca e escapa pela rampa enquanto eu fico olhando boquiaberta atrás dele.

— Não é legal mentir, C — Volt grita atrás dele.

— Mas essa é a moral da punição, não é? — ele responde. — Tente não fazê-la sangrar.

— Sem promessas — Volt responde enquanto ele sobe a rampa.

Ele colocou um par de jeans.

Eu não tenho nada. Só a minha pele.

E de repente me sinto muito nua.

— Siga-me, Clove — ele exige, liderando o caminho enquanto os motores começam a roncar ao nosso redor. — O capitão gostaria de uma palavra.

TIERAN

Algo está incomodando Clove. Começou logo após sua transformação, ou talvez tenha se aprofundado por sua transformação, e a levou a me dizer que estava bem quando claramente não era o caso.

Não aprecio mentiras.

Aprecio verdades.

Os detalhes não são necessários. Não vou forçá-la a falar comigo. Mas preciso que ela me diga quando algo está errado, mesmo que ela não explique.

A honestidade é imperativa em um clã.

Como Alfas, vamos empurrar seus limites e alcançar limites que ela pode não se sentir à vontade para explorar, e se ela não expressar suas preocupações, podemos não saber que fomos longe até que seja tarde demais.

E isso é inaceitável.

A ofensa desta noite é leve, e sua punição não será dura. No entanto, pretendo usar sua mentirinha como um momento de ensino.

Porque não podemos permitir mentiras maiores no futuro.

Vocês estão bem para comandar o iate por conta

própria? — pergunto a Beta Lock e Alfa Mackin. Eles são dois dos lobos que normalmente levamos conosco quando navegamos para o continente.

Beta Lock é um velejador experiente com formação em engenharia náutica, e Alfa Mackin é um executor em treinamento. Ele é um lobo solitário sem clã porque prefere a solidão. Provavelmente é por isso que não nos atacou durante o cio de Clove na semana passada.

— Sim — Beta Lock responde, assumindo o controle da direção.

Costumo usar o tempo no mar para relaxar e fazer uma pausa no trabalho, o que significa que geralmente sou capitão do iate por diversão. Mas esta noite, tenho uma Ômega que requer minha orientação.

Então aceno em agradecimento e saio da ponte para ir para a cabine abaixo.

Há cinco quartos construídos para acomodar até dez passageiros. Não é um iate grande, mas tem tamanho suficiente para ajudar a transportar vários lobos ao mesmo tempo.

Não é o que usaríamos para evacuar uma ilha – temos lanchas para esse propósito.

O iate é mais para conforto e estilo.

Isso também aumenta nossa grandeza geral, o que é importante para nossa imagem pública – algo que nossos clientes apreciam. Afinal, sou o herdeiro da empresa global de meu pai.

E os humanos adoram perseguir os ricos e famosos.

No entanto, meu status atual com os Anciões me força a manter um perfil baixo. Por isso, usamos artifícios – como o iate – para manter uma presença sem sermos vistos.

Volt e Clove estão esperando por mim na cabine maior,

que é a que normalmente durmo quando fazemos uma viagem noturna.

— Trouxe a carga para o quarto, assim como você pediu, capitão — Volt anuncia, me fazendo revirar os olhos.

Sim, sou tecnicamente o capitão do iate, mas não uso o título. É pomposo e ridículo, algo que Volt sabe. Daí a razão pela qual ele adora usá-lo.

— Posso pelo menos vestir uma camisa? — Clove pergunta, encarando minhas botas, jeans e suéter azul marinho antes de olhar de forma incisiva para as calças de Volt.

Eu a considero por um momento antes de olhar para Volt.

— Mentirosos merecem roupas, V?

— Não, T. Não acho que mereçam — ele fala, sorrindo enquanto observa seus mamilos endurecidos.

Ela cora, a cor indo até os seios. Mas não é uma onda de constrangimento. É fundamentada em uma ferocidade ardente que deixa meu lobo de pé e prestando atenção.

— Não menti. Estou bem e estava falando sério — ela retruca.

— Você não parece bem — aponto, irritado por sua mentira contínua. — Algo está te incomodando. Posso sentir o cheiro, Clove. Sua angústia perturba meu lobo. E mentir sobre isso me irrita.

— Talvez eu esteja angustiada porque estou presa em um iate com dois Alfas furiosos que aparentemente querem me punir por dizer que estou bem — ela retruca.

— Estou falando sobre sua angústia depois que você se transformou, não a energia furiosa saindo de você agora — esclareço enquanto fecho a porta e a tranco. — Estou falando sobre você mentir para mim quando perguntei se você estava bem. E agora vou falar sobre o porquê isso é um problema e o que vamos fazer...

— Não foi uma mentira — ela interrompe, falando com os dentes cerrados. — Eu estou bem. Só tive alguns pensamentos indesejados. Mas eles não importam. Estou segura. Estou protegida. Estou bem.

Semicerro o olhar.

— E eu quero roupas — ela acrescenta. — Não fiz nada errado. Eu até ganhei o desafio do Volt. Mas agora não estou com vontade de receber minha recompensa, porque vocês dois estão sendo alfas babacas.

Eu arqueio uma sobrancelha para Volt.

— Recompensa?

— Eu disse que daria prazer a ela até que fosse hora de ir, mas só se ela se transformasse sem minha ajuda e corresse comigo.

— E então corremos o dia todo — ela murmura.

— Porque você precisava correr, querida.

— Sim — ela concorda. — Já que claramente não vou conseguir a outra coisa que preciso.

Franzo a testa, olhando para Volt e depois para ela.

— Que outra coisa? — pergunto.

Ela bufa e começa a puxar o cobertor da cama.

— Já que não posso ter roupas, eu vou...

Clove grita quando Volt a levanta e a joga no centro da cama. Ele está sobre ela no próximo segundo, capturando suas mãos sobre a cabeça e prendendo-a no colchão com as coxas.

— Que outra coisa? — repito.

Mas ela fecha a boca de forma determinada, cerrando os dentes com tanta força que eu posso ouvir.

— Entendo — murmuro. — Bem, enquanto você está em silêncio, vou explicar porque mentir não é aceitável em nosso clã. Você é uma Ômega. Isso a torna inerentemente mais fraca do que nós.

Suas bochechas escurecem com fúria e seus olhos castanhos brilham com a necessidade de repreender minha declaração.

— É um fato, Clove. Somos maiores e mais fortes. E enquanto você pode abrigar alguns traços de alfa, eles não são da variedade física.

— Ela foi muito rápida hoje — Volt oferece, fazendo com que um pouco da ira escape de sua expressão. — Definitivamente ágil e veloz.

— Traços fantásticos — admito —, mas não diminuem a realidade de que ela é uma Ômega. — Vou até a cama para olhar para ela, mas ela está muito ocupada evitando meu olhar e mordendo a língua para olhar para mim. — Você pode se mover, Clove? Você pode empurrar Volt para longe?

Ele se mexe em resposta às minhas palavras, desafiando-a a tentar.

Ela não consegue.

— Você não pode, não é? Porque somos muito mais fortes do que você fisicamente. — Aumento o tom de dominação, fazendo-a estremecer. — Você é indefesa para nós. Se quisermos foder com você, nós o faremos. Se quisermos te matar, podemos. E se quisermos machucá-la, não há nada que você possa fazer para nos impedir. — Agarro seu queixo e forço seu olhar para encontrar o meu. — Exceto por uma coisa.

Ela engole em seco e seus olhos se enchem de lágrimas furiosas. Ela odeia ser colocada nessa posição. Mas esse é o ponto. É isso o que eu preciso que ela entenda.

— Você tem o poder aqui, Clove — digo a ela. — Você pode ser fisicamente mais fraca, mas somos escravos de seus desejos. Um único comando irá liberá-la. A *verdade*.

Isso é tudo que você precisa, e Volt fará exatamente o que você disser para ele fazer.

Volt pode ser um pouco desequilibrado e ansiar por violência, mas ele está tão apaixonado por Clove que tudo o que ele precisa é ouvir as palavras e fará o que ela pedir.

— É por isso que suas palavras são importantes. — Aperto mais seu queixo, exigindo que ela me ouça. — Sua verdade é vital para o sucesso de nosso clã. Você não precisa nos dizer exatamente o que está sentindo, mas admitir que não está bem é imperativo para a forma como funcionamos como uma unidade. Caso contrário, corremos o risco de cruzar uma fronteira que pode causar danos irreparáveis.

Volt junta as mãos dela, puxando uma lâmina com outra para colocá-la contra sua garganta.

— A confiança é crucial, querida. Sem isso, você pode morrer.

Uma abordagem muito mais grosseira, particularmente perigosa, considerando que o iate está ganhando velocidade.

Mas escolho confiar na mão firme de Volt.

E o brilho assustado em seu olhar me diz que o ponto está finalmente sendo registrado.

— Diga a ele para guardar a faca, Clove. — Não expresso isso como uma ordem, mas ofereço como uma sugestão enquanto solto seu queixo.

Ela lentamente olha para Volt, movendo a garganta sob a ponta de metal.

Ele olha para ela, esperando.

— Pedi roupas e você me negou — ela diz. — No entanto, você está me dizendo que minhas palavras importam. Bem, suas ações também.

— Ações — repito. — Como permitir que você percorra nosso covil como uma loba desconhecida.

Alimentar você sem pedir nada em troca. Te dar um lugar seguro para descansar. Garantir que nenhum dos outros Alfas a atacasse quando você entrasse no cio. Você quer dizer ações como essas?

Ela não responde.

— Palavras verdadeiras, Clove — pressiono. — Pedidos que realmente significam algo. Isso é o que importa. E nós dois sabemos que seu pedido de roupas não foi porque você realmente as desejava.

— Então eu deveria confiar em você para conhecer meus desejos — ela fala com amargura. — Para saber se eu realmente quero dizer alguma coisa ou não.

— Esse é o coração do nosso clã — reitero. — É ser aberto e honesto um com o outro para que possamos confiar em nossos instintos. Nós poderíamos te machucar muito facilmente, Clove. É isso que queremos evitar. E para fazer isso, precisamos que você seja honesta conosco.

— Dizer que você está bem quando claramente não está não é aceitável — Volt acrescenta com um tom tão sombrio que faz os olhos de Clove se arregalarem um pouco.

Eu concordo.

— Você acabou de se transformar pela primeira vez por conta própria e estava angustiada. Nos dizer que estava bem foi uma mentira descarada.

— Pense nas consequências disso — Volt diz a ela. — Acabamos de ver você se transformar, o que foi sexy pra cacete e muito excitante. E se eu te comer depois disso? Você disse que estava bem. Mas talvez você estivesse realmente ferida. Eu poderia ter tornado isso muito pior.

— Só que você não me comeu desde que eu estive no cio, então esse cenário é um ponto discutível, porque nenhum de vocês quer me dar um nó novamente — ela resmunga. — Pelo menos, não até que eu entre em um estro adequado.

O silêncio cai logo após esse pronunciamento, seguido pelos olhos de Clove se arregalando com o que ela acabou de dizer.

— Então essa é a outra coisa que você precisa — Volt reflete depois de um instante, olhando para mim antes de focar na lâmina em sua garganta. — É por isso que você está assim? Porque você está desejando nossos nós?

Posso ver a negação se formando em seus lábios.

Volt também vê.

Então ele pressiona a lâmina com um pouco mais de força contra a garganta dela.

— Pense no que estamos tentando lhe dizer antes de responder, doçura. — Ele não vai cortá-la, apenas reforçar sua posição.

Não é meu método favorito.

Mas somos um clã.

Um time.

E, portanto, vou deixá-lo desempenhar seu papel enquanto eu me envolvo no meu.

Com cuidado, me junto a eles na cama, me deitando ao lado de Clove e traçando sua mandíbula com a ponta do meu dedo.

— Você está chateada comigo, pequena? — Dou a ela uma pergunta mais fácil de responder enquanto gentilmente atraio seu olhar para o meu.

Volt afrouxa um pouco a faca, se certificando de que o movimento do queixo não cause um ferimento superficial.

— Sim — ela sussurra. — Eu não gosto nada disso.

— De qual parte?

— Ser pressionada com uma faca na garganta. Ser castigada como se eu fosse uma criança — ela diz, engolindo em seco. — Eu disse que estava bem porque estou bem. Estou... estou desapontada por não ser a Ômega que você precisa. Mas estou saudável e segura, o que me deixa bem.

Eu franzo a testa.

— Saudável e segura, sim. Mas as emoções importam, Clove. Se algo está te incomodando, não há problema em admitir que você não está bem.

— Até que ponto? — ela pergunta. — Para que vou reclamar de algo que nenhum de nós pode mudar? Parece perda de tempo.

— Não é perda de tempo de forma alguma. É importante saber como você está se sentindo para não piorarmos nada. — Passo a palma da mão em sua bochecha, segurando-a. — Você está chateada por não termos dado um nó em você, e agora você está presa embaixo do Volt com a faca em sua garganta. Acho que todos podemos concordar que isso torna as coisas muito pior.

— Depende se ela gosta de brincar com facas — Volt comenta.

Eu o ignoro, mantendo meu foco em Clove.

— Eu só posso imaginar por que você foi ensinada a suprimir suas emoções, mas não é assim que os Lobos Carnage funcionam. Nós somos metamorfos. Somos apaixonados. Discutimos nossas emoções livremente. E o mais importante, confiamos uns nos outros para nos ajudar a nos curar.

O que é exatamente o que vou fazer por ela agora.

Se ela permitir.

— Quero dar um nó em você, Clove — digo a ela. — Puta merda, é tudo em que consigo pensar. Eu me abstive por causa do meu lobo. Ele é... — Eu paro, procurando o termo certo. — Ele é voraz. Não tenho certeza do que ele vai fazer quando eu estiver dentro de você novamente.

— E eu me abstive porque estou gostando da sua boca. — Volt levanta a lâmina para traçar seu lábio inferior. — Também tenho dado tempo para você entender nossas preferências e aprender seus limites, algo que não posso fazer quando você mente.

Ele remove a faca, colocando-a de volta na bainha embutida em seu jeans antes de soltar as mãos dela. Volt rola para o lado, prendendo-a entre nós e me permitindo assumir a liderança.

Passo os dedos pelo seu rosto até sua garganta, traçando a linha rosa deixada pela adaga. Ele não machucou a pele, apenas marcou o suficiente para deixar uma reivindicação sutil para trás.

— Não há problema em ficar angustiada — digo a ela baixinho. — Acho que estamos todos um pouco no limite. Mas é como nos reunimos que importa.

— Eu só não quero ficar pensando sobre isso — ela sussurra. — Quero aproveitar o momento pelo máximo de tempo que durar.

Curvo os lábios, não gostando do jeito que ela diz as palavras.

— Isso não é temporário, Clove.

— Será, se eu não puder te dar um herdeiro — ela responde, me fazendo estremecer.

Isso não é algo que admiti diretamente para ela, o que significa que ela ouviu um de nós discutindo.

Talvez ela não tenha um sono tão profundo quanto pensávamos.

— Viu? — Ela me dá um sorriso triste. — Isso estraga o momento, que é exatamente o que eu queria evitar.

Toda a minha frustração com sua pequena mentira desaparece diante da verdade. Ela escondeu sua angústia de nós porque não queria manchar a experiência. É uma noção honrosa, mas ainda falha.

Porque isso é algo que todos nós precisamos discutir, não esconder.

— É verdade que eu preciso de um herdeiro — digo, limpando a garganta. — E é algo que devemos discutir mais.

O olhar de Volt encontra o meu, com aprovação irradiando em suas profundezas.

— Vamos discutir isso enquanto comemos — ele sugere. — Caius embalou uma refeição para nós nas cestas, já que Clove e eu passamos o dia todo sem comida.

Seu estômago ronca em resposta, fazendo meus lábios se contorcerem.

— Uma boa ideia — respondo, estendendo a mão para colocar uma mecha de seu cabelo atrás da orelha.

Há um lampejo de decepção à espreita em suas feições, confirmando que ela ainda está azeda comigo.

Mas vou melhorar as coisas.

Depois de comermos.

CLOVE

V olt me deu uma camisa.

Depois ele agarrou meu cabelo e inclinou minha cabeça para trás para examinar meu pescoço, com o olhar atento enquanto se inclinava para beijar a marca que havia deixado na minha garganta.

Minha pele ainda formiga com a memória do prazer afugentando a dor.

Uma parte lógica de mim está ciente de que eu deveria estar chateada com ele por puxar uma faca para mim, mas minha loba está muito intrigada para permitir que essa parte lógica ganhe apoio.

Nem uma vez me senti ameaçada embaixo dele. A tensão em seu corpo me disse que ele estava muito no controle.

E a dureza pressionada contra o meu núcleo me disse que ele também estava muito excitado com a posição.

Toda a exibição de poder de alguma forma me manteve firme. Isso me fez sentir segura, apesar da lâmina letal contra minha pele.

Ele não usou prata em mim, apenas aço.

Talvez eu tivesse sentido mais medo se fosse prata.

Independentemente disso, estou fascinada pela forma como meu corpo respondeu ao dele. Não havia medo, apenas um leve interesse.

E muita raiva pela punição que me deram por "mentir".

No entanto, eu entendo a razão por trás da reação deles: eles valorizam a honestidade. E dizer que eu estava bem se qualificou como mentira, porque emocionalmente, não estou bem. Estou com medo de não entrar no cio do jeito que eles precisam.

Eles me apresentaram a um mundo que eu nem sabia que existia.

Seria muito azar que minha herança Nantahala me impedisse de realmente abraçar esta nova existência.

Volt leva o garfo aos meus lábios, me dizendo para abrir a boca.

Eu obedeço, permitindo que ele me alimente.

Não tenho certeza se ele está se desculpando pela faca ou demonstrando os benefícios de curar a dor com prazer. Provavelmente o último.

Há um calor em seu olhar que está lá desde que me transformei de volta para a forma humana. Isso se intensificou quando ele colocou a arma na minha garganta. E está fervendo agora, como se mal pudesse esperar pelo que planejou para a sobremesa.

Tieran está pensativo e quieto ao lado dele, com o foco em nossa refeição. Ele não falou muito desde que concordou com Volt que deveríamos comer.

Estamos sentados na cama, mas há apenas dois pratos.

Tieran não está comendo.

Nem Volt, já que ele está muito ocupado me alimentando. Embora ele se esgueire em algumas garfadas aqui e ali.

Esses machos me confundem. Eles estavam com raiva,

fazendo o possível para me punir por ser desonesta. Mas no momento em que expliquei meu ponto de vista, Tieran suavizou com a compreensão.

Parece que todos temos muito a aprender uns com os outros.

O que não é surpreendente, considerando o pouco tempo que passamos juntos. No entanto, minha loba parece conhecê-los há anos.

Tieran acaricia meu tornozelo com gentileza, chamando minha atenção para si enquanto Volt leva outro pedaço de fruta à minha boca. O prato inteiro está cheio de uvas, frutas e queijo. Há um pouco de algum tipo de molho de frutos do mar ao lado que Volt usa para decorar biscoitos antes de levá-los aos meus lábios.

É delicioso.

Mas meu estômago revira com os efeitos residuais do toque de Volt, a forma como seu corpo me prendeu na cama enquanto Tieran movia meu queixo.

A raiva zumbe em minhas veias, encorajada pela necessidade.

É uma combinação inebriante de sensações que me deixa um pouco sem fôlego quando Volt me dá um pedaço de queijo.

Eles me mostraram um lado dominante esta noite que me deixou desejando mais.

Eu quero sua marca de punição.

Quero brincar com a faca de Volt.

Isso me faz questionar minha sanidade. Esses são os tipos de coisas que eu deveria lutar contra, não aceitar. Mas conhecer o raciocínio deles, de alguma forma, diminui minha capacidade de sentir fúria.

Porque no fundo, sei que eles nunca vão me machucar.

Eles serão duros quando precisarem, mas nunca a ponto de causar danos verdadeiros. Apenas uma dor provocadora que eles rapidamente acalmam com o toque.

Engulo novamente, aceitando o que quer que Volt coloque na minha boca.

Eu confio nele.

Essa é a principal lição que aprendi hoje: não o temo de forma alguma.

E quero que eles confiem em mim, o que significa ser aberta e discutir meus sentimentos. Não tenho certeza se posso fazer isso sempre. Mas por eles, vou tentar.

— Você precisa de um herdeiro — incito, olhando para Tieran. — E se eu não puder entrar em um cio Ômega adequado, não vou poder proporcionar isso a você.

Aí está. Falei. A verdadeira questão ameaçando meu futuro – o potencial para que eu não possa ter seu futuro filho.

Ele engole e assente.

— Sim. — Ele pega um biscoito, cobre com mais daquela pasta de frutos do mar, e leva para minha boca antes que Volt possa me alimentar com outra fruta.

Volt não parece se importar. Ele apenas coloca o morango em sua própria boca e mastiga, e as veias ao longo de seu pescoço musculoso flexionam com ele. Ele tem algumas tatuagens decorando sua garganta, e o padrão desce até seu peito. No entanto, seu torso está quase nu abaixo de seus peitorais, deixando a pele ao longo de seu abdômen intocada. Fico imaginando se ele pretende preencher esse espaço com mais desenhos algum dia.

— Alfas só pode procriar com uma Ômega enquanto ela está no cio. É por isso que os Alfas caem no cio - eles sentem um desejo intenso de espalhar sua semente e saciar a luxúria da Ômega. Apenas os mais fortes de nossa espécie podem lutar contra o impulso — Tieran explica, repetindo um pouco do que já aprendi com Caius. — No entanto — ele continua —, essa atração se dissipa quando uma Ômega é acasalada. É uma mudança sutil no perfume que nos permite ignorar o desejo. A menos que os Alfas façam parte do clã dela, nesse caso, eles são escravos do cio.

— Então não podemos acasalar de forma adequada se eu não conseguir ter um estro completo — digo, reiterando o que já sei.

— Não — ele responde, me surpreendendo. — Meu lobo é atraído pela sua. Se eu te morder, estaremos acasalados. Nós podemos nunca ser capazes de procriar.

— O que é um problema, porque Tieran é o futuro Alfa do Bando e ele precisa que sua linhagem continue — Volt diz, colocando outro pedaço de queijo na minha língua. — Mas é um ponto discutível porque você vai entrar no cio novamente.

Ele fala com uma confiança que não sinto.

E o brilho no olhar de Tieran me diz que ele também não sente essa confiança.

Mastigo e termino de engolir antes de dizer:

— O que acontece se acasalarmos e não pudermos procriar?

— Eu abdico ou procuro outra Ômega para a tarefa — ele diz com a voz rouca enquanto olha para Volt. — E o último não vai acontecer.

Volt semicerra o olhar de volta para ele, os dois envolvidos em algum tipo de discussão secreta entre seus olhos.

Eu limpo a garganta.

— A razão para isso não acontecer é porque você se preocupa em como afetará o clã? — Eu me esquivo, querendo que eles me deixem entrar em seu desacordo silencioso.

— Isso vai destruir nosso clã — ele diz, fazendo Volt grunhir.

— Você não é o meu pai, T.

— E é exatamente por isso que não vou pegar outra Ômega quando nosso clã já tem uma — Tieran retruca.

Eu franzo o cenho.

— Se isso é sobre mim, então você tem que saber que eu ficaria bem se você cumprisse seu dever em outro lugar. Quero dizer, a maioria dos homens Nantahala tem um harém. Meu próprio pai, bem, não meu pai verdadeiro... — Eu paro e balanço a cabeça. — Meu ponto é que é um conceito ao qual não me oponho totalmente.

Os dois machos olham boquiabertos para mim.

— Você ficaria bem em nos compartilhar com outra mulher? — Tieran pergunta.

— Eu aceitaria que é uma parte necessária de sua natureza — respondo, mesmo quando minha loba rosna em oposição na minha cabeça. Ela não entende as necessidades masculinas do jeito que eu entendo. Cresci perto de homens que precisavam de um harém para satisfazer sua luxúria animal. — Eu disse isso ao Caius outro dia também.

— Que você aceitaria que transássemos com outras Ômegas quando você é nossa fêmea? — Tieran pressiona, tensionando a mandíbula com as palavras. Parte de sua raiva de antes está começando a retornar, tanto para sua expressão quanto para seu tom.

Eu limpo a garganta.

— É bastante comum no Bando Nantahala. Os impulsos masculinos são mais fortes. Eles exigem mais... *satisfação*. — Sai um pouco menos confiante do que antes porque os dois machos estão olhando para mim com as expressões sugerindo que eles querem me punir novamente.

O que, é claro, deixa minha loba dando reviravoltas de excitação dentro de mim.

— Quantos orgasmos eu dei a você hoje? — Volt exige, sua mudança de assunto me fazendo piscar.

— Uh... — Não sou capaz de responder, pois seu olhar feroz rouba o ar dos meus pulmões.

— Dois — ele diz. — E ontem, eu te dei três enquanto Caius te deu dois. Então, cinco no total. E no dia anterior foram seis entre nós dois. — Ele coloca os pratos na mesa de cabeceira enquanto fala, então me encara com um olhar. — O quanto você está insatisfeita agora, Clove? Quantos orgasmos eu poderia te dar antes que você finalmente se sentisse saciada?

Estou totalmente perplexa com essa mudança abrupta de assunto. Eu não entendo isso. E não sei como responder a ele.

O que o faz rosnar.

Só que não é um grunhido de raiva. É um tipo diferente de vibração, uma que sinto me acariciar bem entre as pernas.

— Me mostre a sua boceta — ele exige.

Olho boquiaberta para ele.

— O quê?

— Você o ouviu — Tieran diz, e seu tom é tão letal quanto o de Volt. — Abra suas pernas para que possamos te ver.

Volt rosna novamente, fazendo meu estômago se contorcer com uma intensidade que sinto até os dedos dos pés.

— Agora, Clove.

Esses machos vão me matar.

— Eu não entendo o que está acontecendo.

— Estou prestes a fazer uma merda de ponto — Volt diz, envolvendo a palma da mão em meu pé. Estou com as pernas esticadas e cruzadas nos tornozelos. Mas no momento seguinte, estou sendo aberta por Volt, que puxa um tornozelo em direção a si e Tieran agarrando o outro.

Eu grito, sentindo o ar frio como uma carícia indesejada contra minhas coxas escorregadias.

Mas estou muito fascinada por essa mudança de comportamento e conversa para fazer uma reclamação.

Especialmente com a maneira faminta como Volt observa meu centro pulsante. Ele rosna novamente, provocando um gemido dentro de mim enquanto meus músculos internos se contraem.

Ele está me deixando muito molhada.

Muito *quente*.

Excitada demais.

— Volt — sussurro enquanto ele libera outra vibração, fazendo as sensações borbulharem dentro de mim e provocando uma nova camada de umidade entre minhas coxas. Não entendo o que ele está fazendo ou como, mas de repente preciso que ele me coma. Que me preencha. Que me dê o nó.

— Dois orgasmos hoje e veja como ela está molhada — Volt diz em tom casual para Tieran. — Não sei você, mas isso é tudo que preciso na vida.

— Estou bastante satisfeito com isso — Tieran responde em um tom um pouco menos coloquial e mais gutural. — Você disse que foram seis orgasmos no outro dia e cinco ontem, certo?

Volt solta outro rosnado que me faz gemer.

— Sim.

— E ela ainda está tão carente, humm? — Tieran comenta. — Me parece que ela precisa de três de nós para satisfazer suas necessidades. Como poderíamos entreter outra?

— Por que iríamos querer? — Volt pergunta.

— Verdade, por quê? — Tieran concorda, se curvando para beijar minha panturrilha enquanto ele estica minha perna, me expondo ainda mais a eles. — Lobos de verdade sabem como satisfazer adequadamente a si mesmos e sua fêmea, Clove. Lobos de verdade não aceitam a porra de um harém quando têm uma companheira. Lobos de verdade são fiéis. É por isso que não posso simplesmente tomar outra Ômega. Porque eu sou a porra de um lobo. — Ele diz tudo isso enquanto começa a rondar minha perna e sua declaração final é um sussurro contra a parte interna da minha coxa.

Eu tremo, finalmente entendendo a mudança de assunto.

Caius me disse que perdoaria meu insulto sobre a necessidade de um harém.

Parece que ele realmente não estava brincando.

Porque Tieran e Volt parecem estar muito ofendidos com a insinuação de que eles vão precisar de mais do que eu em sua cama.

Exceto que não foi assim que cresci. Esse conceito de companheiros sendo fiéis não é algo que entendo. Caramba, até mesmo Canton disse que considerou me adicionar ao seu harém, e isso foi depois de me rejeitar como sua companheira.

O comentário não me incomodou.

Porque esse é o jeito do Bando Nantahala, e o mesmo se aplica aos Lobos Santeetlah.

Mas não para os Lobos Carnage, algo que Tieran, Volt e Caius deixaram muito claro.

— Quando eu fizer essa boceta minha, é a única que vou desejar — Tieran diz, seus olhos azuis encontrando os meus enquanto sua língua traça a umidade entre minhas pernas.

Eu gemo, sentindo a sensação acender um fogo em meu estômago.

Só que não é suficiente.

Os rosnados de Volt deixaram minha loba em um frenesi.

— Preciso de mais — sussurro, implorando a eles. — Por favor, eu... eu preciso de *mais*.

— Humm, essa verdade tem um gosto tão doce, pequena — Tieran murmura antes de fechar a boca em volta do meu clitóris.

Eu me curvo para fora da cama, apenas para ser empurrada de volta pela palma da mão de Volt. Suas íris escuras ultrapassam minha visão enquanto ele se inclina sobre mim, me prendendo com facilidade na cama.

— Nos diga exatamente o que você quer, e nós lhe daremos.

— Sim, pequena — Tieran afirma com a respiração quente contra minha pele sensível. — Seja honesta e nós a recompensaremos.

Um tremor faz cócegas na minha espinha, me fazendo me contorcer sob eles.

Mas estou presa.

Tieran segura minhas pernas e Volt, o meu torso.

Os dois estão olhando para mim com intenção íntima em seus olhares.

Tudo o que tenho a fazer é dizer o que quero.

Então eu falo.

— Quero que vocês me deem um nó. — As palavras escapam sem medo e minha loba rosna em aprovação. — Preciso que vocês me deem um nó.

TIERAN

Encontro o olhar de Volt.

Só há uma maneira de isso dar certo, e o aceno sutil que ele me dá diz que ele entende.

Não confio em meu lobo para não reclamá-la, o que significa que não posso dar um nó completo nela. Mas Volt pode. Se ele a morder, o vínculo não se encaixará. Ele precisa da minha bênção como líder do clã.

E por mais que eu queira reivindicar Clove, não posso.

Ainda não.

Mal começamos a discutir esta situação, e sua vontade de me compartilhar diz que não estamos prontos. Porque ela ainda não entende o que significa ser nossa Ômega. Minha raiva não é dirigida a ela. É para sua alcateia e o Alfa idiota que cria as fêmeas Nantahala para aceitar tais práticas desrespeitosas.

Um harém é bom.

Mas não quando se tem uma companheira.

Uma companheira deve ser estimada e adorada, não degradada a uma vida de servidão constante. Pegar outras mulheres na presença dela é muito errado. Forçar as mulheres a simplesmente aceitar é ainda pior.

Conheço as tendências de Alfa Bryson há anos.

Desde que ele tentou me dar sua filha de presente. Não como uma companheira, mas como uma boneca para sexo.

Porque ele sabe como os Lobos Carnage operam.

O que torna a existência de Clove ainda mais suspeita. Sua mãe era mestiça, algo que ele provavelmente sabia.

Mas Clove claramente não.

Agora sei como ela cheira quando mente. Tudo o que ela nos disse até sua pequena declaração hoje foi verdade.

Incluindo as palavras que ela acabou de dizer sobre a necessidade de nossos nós.

Circulo seu clitóris com a língua, elogiando-a por nos dar a verdade, então lambo mais para baixo para absorver sua umidade.

Ômega com certeza, penso, ronronando em aprovação.

Apenas Ômegas podem produzir essa umidade, e o cheiro é divino. Não tenho dúvidas de que está deixando Alfa Mackin louco agora. Mas ele não se atreverá a descer aqui. Ele também tem um deck cheio de ar fresco do mar para respirar.

Beta Lock não será um problema. Ainda que eles reajam à necessidade de uma Ômega, eles não possuem o mesmo desejo de tomar e reivindicar.

Volt tira a calça jeans e os sapatos, então se ajoelha na cama para levantar a camisa de Clove. Ela está ofegante, pronta para mais, mas vamos aproveitar nosso tempo, saboreá-la e fazer valer cada minuto.

Ela precisa entender a importância que terá para nós.

Não desejaremos mais ninguém.

— Ômegas são incrivelmente sexuais — digo contra sua carne úmida. — Será um trabalho de tempo integral garantirmos que suas necessidades sejam sempre atendidas, Clove. Estaremos exaustos demais para tomar mais alguém.

— Nem vamos querer — Volt acrescenta enquanto revela seus seios. — Você é tudo o que queremos para o resto de nossas vidas. — Ele se inclina para tomar o mamilo duro em sua boca, fazendo-a gritar de prazer.

Pelo menos até que ele o morda, o que provoca um silvo baixo de sua boca.

— Nunca mais nos insulte com a menção de ficar com outras mulheres, Clove — digo, observando como a língua de Volt suaviza o hematoma em seu peito. Ele não rompeu a pele, mas certamente deixou uma marca. — Não queremos um harém. E eu não vou tomar outra Ômega. Só você.

Mordisco sua pequena protuberância, observando como a paixão se mistura com a dor em suas feições. É uma visão linda vê-la se desfazer, fazendo-a perceber o que significa nos ter em sua vida.

— Você é nossa — sussurro.

— E nós somos seus — Volt completa em um rosnado baixo.

Ela se contorce em resposta, o que soa como um chamado de acasalamento de um Alfa para sua companheira escolhida. A reação dela mais cedo me disse que Caius ainda não explicou isso para ela. Apenas o ronronar e outras partes de nossas vidas.

Depois desta noite, ela entenderá que um Alfa pode deixar sua Ômega de joelhos com um estrondo sutil.

Assim como pode acalmá-la com um ronronar.

Ou fazê-la gritar com seu nó.

As Ômegas enlouquecem os Alfas, mas sabemos como retribuir o favor na mesma moeda.

Traço sua entrada com a língua, acariciando-a e

amando a forma como seus músculos se apertam ao meu redor.

— Ela está muito pronta para um nó — digo, gemendo em aprovação.— A questão é...

Aperto suas coxas, abrindo-as ainda mais, em seguida, passo a língua mais para baixo, em seu traseiro.

— Humm, a questão é: ela pode nos levar ao mesmo tempo? — Uso o dedo para demonstrar, deslizando um em seu traseiro antes de retornar minha boca para sua boceta.

Ela está muito molhada.

Lindamente excitada.

E tão *perfeita*.

Porque ela geme quando eu penetro seu bumbum. A pequena fêmea ansiosa para nos aceitar de qualquer maneira que puder.

Essa é a Ômega nela, o ser levado a pegar o que seus Alfas querem lhe dar e nos implorar para dominá-la de todas as maneiras concebíveis.

Porque é isso que a faz se sentir segura.

Isso é o que prova a uma Ômega que seus Alfas a protegerão.

Ela pode não perceber o impulso animalesco por trás dessa necessidade, mas Volt e eu sim. Nascemos para cuidar de uma Ômega assim, cuidar de cada desejo dela e protegê-la do mundo.

Faremos exatamente isso.

E nós a vingaremos também.

Se Alfa Bryson está de alguma forma por trás de sua existência e aparição na Ilha Carnage, ele vai se arrepender do dia em que jogou essa carta.

Porque vou destruí-lo pelo que ele fez comigo e com Clove.

Adiciono um segundo dedo em seu traseiro, com um movimento um pouco mais firme do que o pretendido enquanto a raiva toma conta de mim, mas tudo que Clove faz é gemer.

Sua mão está presa no cabelo grosso de Volt, segurando-o contra seu peito e implorando para ele mordê-la novamente. Ele obedece, pegando a pontinha rosada entre os dentes e mordendo até ela gritar.

Ela passa as unhas pelas costas dele em resposta, tirando um estrondo de aprovação do peito dele.

Ele gosta de causar dor quase tanto quanto gosta de recebê-la.

Uso sua distração para adicionar um terceiro dedo. Ela se contrai ao meu redor, gemendo em resposta à sensação de plenitude em seu traseiro.

Não há dúvida sobre o que estou fazendo: estou preparando-a e ela parece estar totalmente de acordo com o que isso significa.

Recompenso sua ânsia de me agradar chupando seu clitóris. Sua bunda aperta em torno dos meus dedos, a umidade saindo dela em flagrante necessidade. Ela está encharcando a cama. Sua genética Ômega está preparando-a para tomar nossos paus.

Nós somos grandes.

Ela é pequena.

Mas ela já provou ser mais do que capaz de nos acomodar entre as pernas.

É com o traseiro dela que estou preocupado, e é por isso que começo a flexionar os dedos, penetrando-os nela e garantindo que não a rasgarei.

Arrepios se espalham por sua pele e seu corpo vibra com intensidade enquanto pequenos gemidos deixam sua garganta.

Volt termina de tirar sua blusa, então a beija para engolir aqueles sons com a língua enquanto apalpa seu seio.

Ela aperta em torno de mim novamente e sua pequena protuberância pulsa contra minha língua. Ela está perto de gozar. Eu considero deixar isso acontecer, mas quero estar dentro dela, sentir esse clímax ao redor do meu pau enquanto estou transando com ela.

Isso me fará querer dar mais prazer a ela, mantê-la gozando o tempo todo que a levarmos.

Volt e eu nunca compartilhamos uma mulher antes.

Isso vai ser violento, explosivo e completamente selvagem.

Preciso que ela goste disso, para que ela caia em uma onda de êxtase sem fim enquanto a tomamos.

Então eu não a deixo gozar.

Em vez disso, mordisco seu clitóris e sorrio quando ela grita.

É uma provocação. Ela quer minha mordida. E meu lobo quase me faz rasgar a pele.

Mas estou no controle o suficiente para dizer a ele para se afastar enquanto me afasto de Clove e tiro as calças e sapatos.

Volt está acalmando sua dor com a boca, beijando-a e massageando seus seios de uma maneira quase gentil. Pelo menos para ele.

Mas seu pau está chorando ao som de sua agonia.

O sádico nele gosta disso e aposto que ele quer que eu faça isso de novo.

Eu não faço. Porque não é o que Clove quer.

E quero provar a ela que a honestidade é a chave entre nós, que faremos o que ela desejar sempre que ela pedir. Pressiono minha mão em seu doce calor, saturando minha mão com sua umidade e em seguida, acaricio meu pai.

Siiim, penso, me entregando à sensação celestial contra a minha pele. É incrível e me faz querer penetrar nela.

Mas esse não é o plano.

— De costas, V — exijo com a voz rouca. — Clove, eu quero que você monte nele e o coloque na sua boceta doce. Então monte-o um pouco para mim.

— Normalmente, eu lutaria com outro Alfa me comandando — Volt diz com a boca contra a de Clove enquanto ele agarra seus quadris. — Mas neste caso — ele rola de costas, levando-a consigo —, eu vou atender com muito prazer. Agora segure meu pau e me coloque dentro de você, doçura.

Ela pressiona a mão no peito dele para se sentar, e suas pernas automaticamente montam nele. Em seguida, ela alcança entre eles, envolvendo os dedos em seu nó na base de seu pau e lhe dá um aperto provocante.

Volt rosna em resposta, fazendo-a estremecer de forma tão violenta que ela quase cai contra ele.

Eu rio.

— Você tem muito a aprender, pequena — sussurro, me ajoelhando na cama atrás dela e me curvando para beijar seu ombro. — Alfas têm rosnados de acasalamento. É uma das razões pelas quais sei que nunca desejaremos outra. Você sempre responderá ao nosso chamado. Assim como você está fazendo agora.

— Ela está encharcada ao redor do meu pau — Volt fala com contentamento claro em sua voz. — Seu corpo está mais do que pronto.

— Sim — concordo. — Leve-o para dentro de você, pequena. Sem provocações desta vez ou ele vai rosnar de novo.

Ela estremece visivelmente. Sua hesitação sugere que ela está debatendo se quer testar minha declaração. O rosnado de um Alfa é um afrodisíaco para os sentidos de uma Ômega, tornando-o algo que ela anseia quase tanto quanto nosso ronronar.

Mas nunca tanto quanto nossos nós.

O que ela parece perceber porque ela o agarra novamente, desta vez inclinando-o para cima e lentamente deslizando para baixo.

Volt é paciente e não a pressiona, ciente de que, embora seu corpo possa ser construído para nós, ainda somos grandes. Ele pode gostar de dor, mas está claro que decidiu que ela suportou o suficiente por uma noite.

Ou talvez ele reconheça que estou prestes a elevar o limite da nossa transa, aquele que a fará gritar em uma condição brilhante de êxtase agonizante.

Porque não vou pegar leve com ela.

Meu lobo ficou em cima de mim durante toda a semana.

Preciso tomá-la, e vai ser uma intensa batalha de vontades entre mim e minha besta.

Ele pode ganhar.

Algo que deveria me preocupar muito mais do que agora.

Porque vê-la com Volt faz coisas comigo.

Me deixa selvagem. Imprevisível. Um pouco desequilibrado.

Ela começa a se mover, flexionando os quadris enquanto dita uma velocidade lenta que lhe permite sentir cada centímetro grosso de seu pênis. Ele apalpa os seios dela em resposta, apertando e acariciando as curvas sedutoras.

É uma exibição erótica de paixão, que faz meu pau pulsar em resposta.

Não posso dar um nó em seu traseiro. Esse é o ponto.

Mas posso ordenhar meu nó em seu ânus.

Que é exatamente o que vou fazer enquanto Volt a mantém em estado de êxtase.

Permito-lhes mais alguns minutos desse ritmo doce, enquanto movo a mão ao longo do meu pau em um

261

movimento semelhante enquanto permaneço ajoelhado atrás dela.

Uma vez que ela parece estar perdida para a felicidade da plenitude, apoio as mãos em suas omoplatas e a guio para baixo para Volt distrair sua boca.

Suas mãos deixam os seios, e uma envolve a nuca enquanto seu braço oposto envolve as costas. Ele está garantindo que ela não possa escapar ou se mover de uma maneira que possa causar mais danos do que benefícios.

Porque isso vai doer.

Mas uma vez dentro, vou fazê-la ver as estrelas da melhor maneira.

Eu me inclino sobre ela para beijar seu ombro novamente, enquanto meus dedos pegam mais de sua umidade para espalhar em seu ânus. Então me cubro em sua excitação, garantindo que haja lubrificação suficiente para o que estou prestes a fazer.

O braço de Volt flexiona sob meu torso enquanto me endireito atrás dela novamente. Em seguida eu a alcanço para deslizar minha mão entre eles, e meu polegar encontrando seu clitóris.

Ela praticamente choraminga em resposta, movendo os quadris para tomar Volt ao máximo.

Ele empurra para cima ao mesmo tempo, distraindo-a com seu tamanho enquanto eu me alinho em sua entrada traseira.

Quando ela se afasta dele, me sente atrás de si, penetrando-a, e paralisa.

Toco seu clitóris mais uma vez, fazendo-a estremecer novamente, desta vez para trás antes de empurrar para frente.

Um gemido profundo ecoa de sua garganta, mas Volt está muito ocupado beijando-a para permitir que o som escape completamente.

Seu braço aperta ao redor dela, tentando mantê-la no lugar enquanto continuo empurrando para frente.

Ela tenta se contorcer, se afastar da minha entrada, mas isso só a faz levar Volt mais fundo, provocando um ruído gutural dela.

Me concentro em seu prazer, tentando evocar o máximo que posso com o polegar enquanto permito que ela se acostume com a minha entrada.

Estou apenas a um quarto do caminho, mas a parte difícil é sempre a penetração inicial. O resto é só ela aceitar meu tamanho e aprender a aproveitar a sensação de estar preenchida.

O barco balança ao nosso redor, me dizendo que estamos perto da costa.

Mas não me importo.

Vamos terminar isso no iate e depois fazer de novo em casa.

A porra da noite toda, se eu puder.

Clove geme um pouco e flexiona seus quadris novamente enquanto penetro mais fundo.

— Você está indo muito bem — eu a elogio, colocando a palma da mão em suas costas para me equilibrar. — Bem demais.

Ela choraminga em resposta, então eu ronrono um pouco para ela, querendo que ela saiba o quanto estou orgulhoso por ela ter dois de seus Alfas em seu corpinho apertado.

— Você é natural, doçura — Volt diz contra sua boca. — E, puta merda, isso é incrível. Eu nunca compartilhei uma mulher assim.

— Nenhum de nós o fez — ecoo, entrando um pouco mais. — Só com você, Clove. Sempre só com você.

É uma promessa que eu não deveria fazer.

Mas é uma promessa que sinto até minha alma.

Ela é minha, penso, e meu lobo resmunga em concordância.

Acaricio sua protuberância inchada e me inclino com gentileza em suas costas, enquanto beijo seu ombro. É instintivo. É onde quero mordê-la. Como eu quero reivindicá-la. E não posso lutar contra o impulso de me pressionar contra ela.

O braço de Volt desliza entre nós, a palma da mão vai para o quadril dela enquanto eu passo a minha mão ao redor do pescoço. Ele libera sua nuca, me dando acesso total. Mordisco e beijo meu caminho até sua orelha.

— Vou te penetrar por completo, Clove. Então vamos te comer até que você não consiga mais andar.

Ela geme em resposta com a boca ainda ocupada pelos lábios de Volt.

Acaricio seu pulso, beijando a pele macia, e faço exatamente o que eu disse que ia fazer.

Ela grita. A intensidade de ter nós dois dentro dela causa choque em seu corpo delicado. Não paro de massageá-la de forma sensual, persuadindo-a de volta a esse estado quase orgástico enquanto Volt e eu começamos a nos mover.

Não de forma dura.

Ainda não.

Apenas o suficiente para mostrar a ela o que podemos fazer, para prepará-la para a insanidade que estamos prestes a desencadear sobre ela.

Ela geme novamente, o som é adoravelmente sedutor.

Ela sabe que pode nos levar. Ela quer. Ela só tem que aceitar.

— Você está apertando meu pau com tanta força, doçura — Volt diz, gemendo. — Você está com tanta fome do meu nó.

— Você está apertando meu pau ainda mais — digo a

ela, com os lábios contra sua orelha mais uma vez. — Sua bunda apertada está me implorando para liberar meu poder, para mostrar a você o que posso fazer.

— Só dizer as palavras, Clove — Volt murmura. — Diga-nos para deixar ir, e nós lhe daremos o que você precisa.

Ela se contorce entre nós, nossa Ômega lasciva cedendo à sensualidade do momento, aprendendo a aceitar nós dois dentro de si.

Dou a ela esse momento, permitindo que ela se ajuste ao nosso ataque, esperando que ela nos diga para seguir em frente.

— Você vai se sentir tão bem quando gozar — sussurro. — Vai nos fazer querer dar um nó em você por horas.

— Dias — Volt corrige, estocando nela. — Semanas.

Gemo em concordância, mordiscando seu pulso latejante.

Ela está desmoronando.

Suas paredes mentais estão desmoronando.

Seu corpo está se tornando nosso.

O animal dentro dela está assumindo o controle, prosperando neste momento de posse.

— Diga-nos para te comer, Clove — digo contra seu ouvido. — Implore e faremos o que você quiser.

Ela começa a tremer entre nós. Seu clímax aparecendo com os movimentos sutis de nossos quadris e meu polegar contra seu ponto doce.

— Mais — ela sussurra.

— Seja específica, pequena. — Quero ouvi-la dizer. Quero ouvi-la liberar seus desejos em um grito exigente, para forçar nossos lobos a dançar com a dela. — Diga-nos para te comer.

— Implore por nossos nós — Volt fala, se arqueando

para ela em um impulso que extrai um suspiro de sua linda garganta. — Dê-nos suas verdades, doçura. Ordene e nós iremos obedecer.

Mordisco seu pescoço, não forte o suficiente para sangrar, apenas o suficiente para acalmá-la antes que ela entre em erupção. Porque posso sentir seu pulso entre as pernas, a indicação de que ela está prestes a explodir.

— Diga-nos agora, Clove, ou vamos parar. — Demonstro pressionando seu clitóris ao invés de acariciá-la.

— *Me coma* — ela grita. — *Por favor, me coma.*

Volt rosna em aprovação, e eu sorrio contra seu pescoço.

— Você é perfeita, baby — sussurro. — Perfeita demais.

Estoco nela, provocando um grito que vai direto para minhas bolas.

Volt faz o mesmo. Nós dois estocamos nela com uma força que quebraria uma humana. Mas Clove nos toma. Puta merda, ela faz mais do que isso. Ela nos abraça. Seus quadris se movem de forma tão feroz quanto os nossos e seu clitóris carente pulsa contra meu polegar enquanto eu a levo ao clímax.

Só que ela não perde a cabeça para a felicidade sensual. Ela exige mais com a boca e com sua forma flexível.

Ela é uma pequena fera sexual, gemendo, resistindo e nos montando mais do que nós montamos nela.

É um espetáculo para ser visto, um que deixa minha virilha tensionada com a necessidade de me esvaziar dentro dela. De afundar meus dentes em sua carne e morder. De dar o nó até o fim e torná-la nossa.

Mal consigo segurar a luxúria que cativa minha mente,

aquela sugestão sutil de dever à espreita em meus pensamentos e me manter são.

Isso dói pra cacete.

Quero berrar, grunhir, rosnar para o destino.

Em vez disso, estoco no traseiro dela. Eu a deixo sentir minha necessidade reprimida, devasto-a até o fim e a reivindico da única maneira que posso.

Volt xinga. Seu próprio clímax o pega pelas bolas e o força a se libertar dentro dela.

Sinto o nó dele entrar nela, ouço o efeito que tem em Clove enquanto ela grita de prazer arrebatador. Ela está tremendo enquanto o seu corpo pega o prazer dele e o torna seu.

Isso me leva ao limite, me forçando a me juntar a eles quando gozo. Mal agarro a base a tempo, segurando meu nó firme, não querendo destrui-la completamente.

Porque se eu der o nó em seu traseiro, vai doer.

Ela vai sangrar.

E esse não é o tipo de sangue que quero tirar.

Em vez disso, eu me acaricio. Sua presença é o suficiente para me permitir descarregar totalmente nela de uma forma impossível para qualquer outra pessoa.

Apenas uma Ômega pode extrair esse tipo de prazer de um Alfa.

É um puta êxtase.

Mas também dói.

Porque meu nó quer estar dentro dela, experimentar seu doce calor até o fim.

Se eu estivesse na boceta, eu permitiria. Eu a possuiria.

É por isso que a peguei por trás. Eu sabia que seria o suficiente para me manter focado, para me fazer aproveitar meu controle, mesmo que por um fio, para não machucá-la de verdade.

O que me permite evitar mordê-la também.

Volt está totalmente perdido para ela, sua boca devastando a dela enquanto continua a gozar dentro dela. Ela está alheia, perdida para a carnalidade do momento.

Mantenho o controle aqui, guardando os dois enquanto eles se perdem nas sensações.

Ela está cheia de nosso esperma.

Cheia de nossa reivindicação.

Marcada por nossas intenções.

Possuída de dentro para fora.

É a gloriosa perfeição.

Beijo seu pescoço, sussurrando em seu ouvido sobre o quanto estou orgulhoso dela por nos levar. Como ela está maravilhosa revestida de nossa excitação. Como eu quero viver dentro dela. E prometo tomá-la muitas vezes mais.

Ela estremece em resposta e seu corpo se contrai em torno de nós de uma maneira que diz que ela aprova.

Sorrio e lambo seu pescoço.

— Você foi feita para nós, Clove — digo a ela baixinho. — E nós fomos feitos para você.

Eu a sinto relaxar entre nós, com o corpo bem saciado.

Ela vai dormir agora.

Isso é bom.

Vou deixá-la descansar.

Quando ela acordar, vamos transar com ela novamente.

Provar que ela é tudo que precisamos.

Mostrar o que significa ser um Lobo Carnage.

E demonstrar como pretendemos cuidar dela – nossa Ômega.

Nossa doce, pequena e linda Clove.

VOLT

— V ocê parece satisfeita com o nó, doçura — murmuro enquanto levanto Clove para fora da banheira enorme no banheiro privativo do quarto de Tieran. Caius e eu temos comodidades semelhantes em nossos quartos nesta propriedade à beira-mar, mas Tieran levou a mim e Clove para seus aposentos na chegada.

Onde imediatamente transamos com Clove na cama.

Ela dormiu.

Nós a comemos de novo.

E então eu a carreguei para o banho.

Ela cochilou um pouco em meus braços com a cabeça pressionada contra meu peito, se deleitando com meu ronronar.

Lavei seu cabelo enquanto Tieran se inclinava para cuidar de sua metade inferior. Ela está dolorida lá, pois se encolheu algumas vezes enquanto resmungava algo sobre a obsessão doentia de sua loba por nós.

Seu protesto fez meus lábios se contorcerem. Então ronronei mais alto para ela, e ela imediatamente se acalmou de novo.

Ela se aconchega no meu pescoço, bocejando quando

Tieran a observa enrolando uma toalha em volta do corpo dela. Clove ainda está em meus braços, aconchegada em meu peito, e agora está envolta em algodão desajeitadamente colocado.

Não podia ser um momento mais perfeito.

Bem, isso não é verdade.

Tieran poderia tê-la reclamado.

E Caius poderia estar aqui também.

Então é um momento quase perfeito.

Observo suas feições sonolentas, sorrindo enquanto ela boceja mais uma vez.

— Sim, bem satisfeita com o nó — repito.

Eu a carrego para a cama, sem me importar com o fato de ainda estar molhada, e me sento com ela em meus braços. Tieran segue com um pente, entregando-o para que eu penteie seu cabelo.

— Vou preparar um lanche e verificar nossos arranjos matinais.

Quase indico que já passa das três da manhã, o que torna mais como um café da manhã, mas deixo passar com um aceno de cabeça. Clove precisa de algum sustento depois de tudo que acabamos de fazer com ela, e eu também estou com fome.

Tieran não se preocupa com calças, apenas sai do quarto de toalha. Têm alguns funcionários humanos que residem na propriedade para manter tudo em ordem, mas a essa hora, devem estar dormindo.

Além disso, estão acostumados a nudez no que diz respeito a nós.

Eles não sabem sobre nossa verdadeira herança. Acham que somos excêntricos e aceitam. Nós os pagamos bem e os mantemos felizes. Isso é tudo que eles realmente se importam.

Penteio o cabelo de Clove enquanto ela se aconchega

em mim. Meu ronronar a mantém saciada de uma maneira totalmente diferente do meu nó.

Ela é tão preciosa e pequena, tão perfeita e nossa. Quero segurá-la assim pelo resto de nossa longa existência.

Beijo o topo de sua cabeça.

— Você foi bem esta noite — digo a ela. — Muito, muito bem.

Seus cílios tremulam quando ela me olha.

— Obrigada — ela sussurra.

Eu franzo a testa.

— Pelo elogio? — Porque eu deveria ser o único a expressar minha gratidão a ela, e não o contrário.

Ela balança a cabeça.

— Por me dar o nó.

Eu arregalo os olhos.

— Você está me agradecendo por transar com você?

Quase rio, mas ela balança a cabeça de forma serena, curvando os lábios.

— Sim.

— Ah, doçura, não — digo, puxando-a para montar meus quadris. — Você é quem merece elogios e gratidão, não eu. É um prazer absoluto dar um nó em você. Sempre. Na verdade, vou fazer isso de novo agora, se você quiser. — Eu a puxo para frente. Sua toalha escorrega e permite que meu pau pressione contra seu calor.

Mas ela estremece e ouço um pequeno gemido vindo dela.

Porque ela está dolorida.

Então eu a beijo gentilmente, dizendo a ela com a língua o quanto sou grato por ela, o quanto a adoro, como pretendo adorá-la pelo resto de nossas vidas. Em seguida, a guio até a cama e continuo a demonstração de como prometo sempre cuidar dela.

Mas quando começo a deixar uma trilha de beijos para baixo, ela recua novamente.

— Muito dolorida para a minha língua?

— Sim — ela admite em voz baixa.

Volto para sua boca, dizendo a ela com a língua como estou orgulhoso dela por falar a verdade.

— Jamais quero pressioná-la ao ponto de verdadeiro desconforto — digo a ela. — Isso não significa que não vou testar seus limites, mas nunca vou te machucar, Clove. Não de verdade.

Talvez só a faça sangrar um pouco com minha faca.

Ou mordê-la até ela gritar.

Mas nada que possa causar danos reais.

Ela suspira debaixo de mim, completamente relaxada novamente, confiando em mim para mantê-la segura. Meu peito se aquece com seu olhar e meu lobo se sente extremamente apaziguado por sua fé em nós. Ela não apenas expressou a verdade, mas também aceitou minha verdade na mesma moeda.

É por isso que sinto a necessidade de compartilhar outra verdade com ela.

Para ajudá-la a entender melhor nossa situação.

— Não é você que está contendo o Tieran — falo baixinho. — Sou eu.

Ela fica um pouco tensa e seus cílios grossos e quase pretos se abrem para revelar suas lindas íris marrons.

— O quê?

— É o meu passado — explico, rolando lentamente para fora dela para descansar ao lado dela. Ela gira comigo e seu longo cabelo flui sobre o travesseiro debaixo de sua cabeça enquanto ela se acomoda em uma posição semelhante, de frente para mim.

Coloco o braço embaixo da minha cabeça e apoio a mão oposta em seu quadril, precisando tocá-la.

— O que tem o seu passado? — ela pergunta, totalmente alerta agora.

— Meu pai acasalou com uma Beta. — Naturalmente, passo a mão por suas curvas, traçando seu lado antes de retornar ao quadril. Quero acariciá-la para ter certeza de que ela entenda que será sempre minha, apesar de nossa situação atual.

Ela imita minha posição colocando o próprio braço embaixo da cabeça, depois apoia a palma da mão no meu peito. Ronrono em resposta, extasiado com seu toque, então me inclino para beijá-la. Nada muito sensual, apenas um beijo de carinho que traz um sorriso aos seus olhos.

— Você é tão linda, Clove.

Suas bochechas ficam com um lindo tom de rosa. Mas ela não me agradece o elogio desta vez, algo que me agrada muito.

Então continuo falando.

— Alfas e Betas não podem procriar, mas ele entrou no acasalamento sabendo disso. Ele também não se juntou a um clã. Ele simplesmente a escolheu sem se importar com as consequências. — Dou de ombros. — Eles eram jovens. Tinham mais ou menos dezoito anos. Só quando chegou a minha idade atual percebeu que precisava de um herdeiro. — Bem, *precisava* pode ser uma palavra forte. Mais como *queria*, mas não esclareço isso em voz alta, pois realmente não importa.

— Quantos anos você tem? — Clove pergunta.

— Vinte e nove — digo. — Tieran e Caius têm trinta.

— E você veio para a Ilha Carnage há sete anos, certo?

Assinto, confirmando a história que Caius contou a ela.

— Estávamos todos com vinte e dois anos na época. Sou apenas alguns meses mais novo que Tieran e Caius. Eles fazem aniversários no verão, enquanto eu faço no outono. Mas isso não é importante.

Exceto que ela me pergunta as datas de nossos aniversários.

Então eu digo antes de perguntar o dela.

— Fiz vinte anos em setembro — ela admite antes de declarar o dia.

— Você se sente intimidada por sermos mais velhos? — pergunto, em tom provocador.

Ela bufa.

— As fêmeas geralmente são acasaladas mais jovens do que os machos do Bando Nantahala. Tive uma amiga que se acasalou com um macho com o dobro da idade dela no ano passado. Claro, ele não parecia ter mais de trinta anos, já que paramos de envelhecer.

— Os Lobos Carnage não têm uma idade de acasalamento designada. Formamos nossos clãs primeiro, depois procuramos nossas Ômegas. Alguns clãs não encontram uma por décadas, porque são muito raras — explico. — Temos a sorte de ter encontrado você quando o fizemos. O que me traz de volta à questão da reivindicação.

O sorriso em seus olhos escurece com isso.

— Então seu pai percebeu que queria um herdeiro... — Ela para, me levando a continuar.

— E ele encontrou uma Ômega disposta a lhe dar um. — Digo disposta com um toque sardônico porque não tenho certeza se ela estava tão disposta. Acho que ele a encontrou no momento certo durante um cio e não a reivindicou, mas levou o filho dela – *eu*.

É por isso que ela sempre relutou para me abraçar. Nós nunca experimentamos essa conexão mãe-filho da maneira que uma Ômega deveria ter com uma criança.

Eu limpo a garganta.

— Ele a pegou durante o estro. A engravidou sem reivindicá-la. E quando cheguei, ele me levou para casa para conhecer sua Beta e exigiu que ela me criasse como se fosse dela.

Ou é assim que a história seguiu, pelo que me contaram.

— As coisas não aconteceram de acordo com o planejado — continuo. — Minha mãe, o termo que uso porque a chamava assim quando criança, me odiava. Toda vez que ela olhava para mim, ela se lembrava do que não podia dar ao meu pai. E eu me tornei sua saída para esse ódio.

Pego a mão de Clove para traçar uma cicatriz ao longo do meu peito, a feia linha branca escondida pela tatuagem azul.

— As tatuagens ajudam a esconder algumas de suas obras, mas a textura ainda está aí. — Eu me aproximo um pouco e guio sua mão até meu ombro. — Se você continuar descendo, sentirá as cicatrizes do cinto de prata que ela usou em mim. São leves, já que ela não era forte o suficiente para causar muitos danos, mas certamente foi o suficiente. E ela me banhou em água com infusão de prata para me impedir de me curar.

As feições de Clove estão pálidas e seus olhos arregalados de horror.

— E seu pai permitiu isso?

— Ele disse que eu tinha o espírito de um Alfa e poderia sofrer o castigo por precisar existir. — As palavras soam indiferentes aos meus ouvidos.

É um passado que não considero há anos, mas convivo todos os dias.

— Isso é horrível — ela murmura.

Dou de ombros. Porque, o que posso dizer sobre isso? Sei que é. Mas isso não a torna menos verdadeira.

— Ele a matou quando eu tinha sete anos, logo depois que meu lobo começou a amadurecer. Os Lobos Carnage

275

não conhecem sua verdadeira designação – Alfa, Beta ou Ômega – até que seu animal interior comece a crescer, o que é inspirado em nossa primeira transformação. Uma vez que meu status Alfa foi confirmado, ele decidiu que seu trabalho neste mundo estava feito.

Na verdade, foi o resultado da insanidade. Ele não tinha um clã para apoiá-lo ou uma Ômega para tocar seu coração. Ele enlouqueceu com o poder mal direcionado, incapaz de se focar de forma adequada, e perdeu a porra da cabeça.

Explico um pouco disso para Clove, usando o experimento para explicar por que os clãs Alfa e Ômegas são tão vitais para a estrutura da alcateia.

— É tudo uma questão de equilíbrio — concluo. — Um equilíbrio que meu pai não conseguiu alcançar. Então ele matou sua companheira e depois a si mesmo, deixando-me sem casa. E foi assim que acabei com o Bando Black Mountain. Porque minha mãe Ômega fazia parte de um clã Alfa lá.

Conto a ela sobre Alfa Umber e como ele me acolheu, me criou ao lado de Tieran como se fôssemos irmãos. E dou a ela algumas dicas sobre o relacionamento difícil entre mim e minha mãe biológica, Gemma.

Como Clove é nova nas relações entre Lobos Carnage, também explico um pouco sobre o vínculo entre Ômegas e seus filhos.

Então explico como isso não existe entre mim e Gemma.

Seus olhos brilham com lágrimas, sua tristeza pela minha situação alcançando minhas entranhas.

Não estou acostumado a ter ninguém se importando comigo além de Tieran e Caius.

É bom ter o calor de Clove.

Mesmo que seja em circunstâncias decepcionantes.

Mas talvez isso a ajude a entender meu desejo de dor – isso me lembra que estou vivo. Me lembra por que existimos. Me lembra de aproveitar cada segundo como se fosse o último.

Coisas que digo a ela agora.

Liberando todos os meus pensamentos sobre ela e não escondendo nada antes de terminar:

— Então Tieran e Caius cresceram testemunhando minha dor e raiva. Eles já eram melhores amigos quando cheguei, mas me acolheram e nós três crescemos juntos. Não surpreendeu ninguém quando nosso clã se formou. Embora, Alfa Umber não seja muito satisfeito por eu fazer parte disso.

Seus lábios se curvam.

— Ele não é?

— Não. Porque ele sabe que estou destruído. Provavelmente, de forma irrevogável. Mas o lobo de Tieran pega o que quer, e nossas feras combinam bem.

— Eu não acho que você esteja destruído — ela sussurra, me fazendo sorrir um pouco.

— Estou, mas abraço isso ao invés de me esquivar — digo, puxando seu toque de volta ao meu peito e pressionando a mão na sua para segurá-la contra meu coração. — Mas Tieran não quer arriscar piorar. É isso que estou tentando explicar: minha história é o motivo pelo qual ele ainda não te reivindicou. Ele não quer finalizar nosso clã e depois precisar procriar com outra só para cumprir suas obrigações de alcateia.

Somos todos escravos de nossas feras interiores.

Portanto, embora seu lobo não permita que ele tome outra Ômega agora, isso não significa que o animal não mudará de ideia no futuro.

Assim como o meu pai.

E embora Tieran possa controlar seu lobo melhor do

que a maioria, existem certos desejos na vida que não podemos negar. Não importa o quanto tentemos.

— Tieran teme que sua necessidade inevitável de procriar me destrua e, assim, nos destrua. — Sei que isso não vai acontecer. Eu disse a ele que vou ficar bem. Mas é responsabilidade do líder do clã fazer o que é melhor para seu círculo. E Tieran sempre colocará nossas necessidades acima das dele.

É por isso que ele está preso nesse enigma.

— Ele tem o dever com o bando de criar um herdeiro — digo. — Mas ele tem o dever com seu clã de nos manter sãos também. Ele está tentando descobrir como fazer as duas coisas.

— E eu ser incapaz de entrar em um verdadeiro cio é o cerne de tudo — ela murmura.

— Ainda não sabemos disso — eu a lembro. — Você acabou de encontrar sua loba pela primeira vez. Pode levar anos para você cair em um estro adequado, ou pode ser uma questão de dias. Tudo o que sei com certeza é que você é nossa.

Eu a beijo novamente, permitindo que ela sinta a promessa dos meus lábios.

Mas posso sentir um pouco de sua hesitação, a preocupação de que ela não será suficiente.

— Eu nunca machucaria uma criança — ela diz contra minha boca em um tom inflexível.

Franzo o cenho quando me afasto para olhar para baixo em seu olhar ardente.

— Claro que não. Ômegas são naturais com crianças. Não importa quem é a mãe. Uma Ômega é instintivamente propensa a cuidar dos jovens. É outra característica que as torna tão únicas e queridas entre nossa espécie.

Ela semicerra os olhos para mim.

— Então como o Tieran poderia pensar que eu ameaçaria a sanidade de nosso clã prejudicando o filho de outra Ômega. Ainda seria seu filho. Eu nunca faria isso.

Ah, eu penso.

— Você não entendeu o que eu quis dizer. Ele está preocupado sobre como *eu* vou reagir a ele tomando outra Ômega quando ele tiver uma companheira. Ele está preocupado que isso possa me provocar. Sem mencionar o que isso fará com você. Ômegas são possessivas com seus Alfas. Você pode não sentir isso ainda, mas sentirá quando a reivindicarmos.

— Não sou possessiva o suficiente para machucar uma criança inocente — ela repete.

— Não, você nunca faria isso — concordo, suavizando a voz e acrescentando um pequeno ronronar. — Como eu disse, Ômegas amam crianças. Até Gemma é carinhosa comigo, apesar de nosso vínculo frágil e do que quer que meu pai tenha feito com ela durante seu cio. Ela ainda é suave, nunca cruel. Ela só é distante.

— Eu não seria distante. Não se for filho do Tieran. — Ela parece inflexível, quase irritada com o conceito de desrespeitar um inocente. — Os machos Nantahala tomam haréns, Volt. — Ela pressiona o dedo em meus lábios, silenciando minha repreensão a isso. — Eu entendo que não é assim que as coisas funcionam entre sua espécie – nossa espécie – mas não fui criada com Lobos Carnage. Fui criado para aceitar as vontades dos homens.

Ranjo os dentes, não gostando do jeito que isso soa.

— Pode não ser certo — ela continua. — E eu posso odiar. Não, eu odeio. O simples pensamento de compartilhar qualquer um de vocês faz minha loba querer cometer assassinato. Mas, nas circunstâncias certas, acho que poderia aceitar. É isso que eu estou dizendo.

— Você não vai precisar — prometo a ela. — E não

acho que Tieran jamais permitirá que você aceite isso também.

— Pelo que vocês dois disseram, ele não tem escolha — ela aponta.

— Ah, mas ele tem — digo. — Ele poderia abdicar. — É um cenário em potencial que nenhum de nós discutiu, mas é um que sei que Tieran está pensando. — Ele não precisa ser o Alfa do Bando Black Mountain.

É para isso que ele foi preparado, para o que todos nós temos nos esforçado.

Mas ele poderia escolher seu clã sobre o dever.

Pode não ser a melhor escolha. Pode até não ser uma boa escolha. Mas ainda é uma opção.

— Eu nunca vou deixá-lo fazer isso — Clove afirma, me fazendo sorrir.

— É por isso que você é nossa companheira — digo a ela. — É apenas uma questão de tempo, Clove. Você vai... — Eu paro quando meu lobo interior se anima, ficando em alerta.

Olho para a porta, encontrando-a vazia. Mas uma cheiro de hortelã toca meu nariz.

Hortelã-pimenta fresca.

— Caius está aqui. — O que não pode ser bom. Se ele está aqui, então algo aconteceu. Cheiro o ar, notando o influxo de novos aromas – aromas que não são típicos nesta propriedade. — E ele não está sozinho.

Me levanto da cama, procurando meu jeans.

— Precisamos descer — digo a Clove. — Agora mesmo.

CAIUS

— **T**emos um problema — digo quando entro na cozinha. Não há necessidade de saudação. Tieran teria sentido o meu cheiro chegando, assim como segui meu nariz até ele aqui.

Ele está de toalha e seu cabelo úmido sugere que ele tomou banho recentemente. Como ele costuma ficar acordado até tarde, isso não me surpreende. Mas os três pratos de comida diante do Alfa sugerem que ele não é o único que ainda está acordado.

É uma coisa boa.

Porque tenho muito a dizer.

Tieran pega um copo de água e me encara, e seu olhar observa os quatro lobos nas minhas costas antes de arquear uma sobrancelha para mim. Ele não pede explicação com aquele olhar. Exige.

Porque eu claramente quebrei o protocolo, algo que nós dois sabemos que eu nunca faria sem justificativa.

— Alfa Kin está trabalhando com os Lobos Nantahala — digo, indo direto ao ponto.

Alfa Pan rosna nas minhas costas, ainda furioso com o que ouvimos.

— Ele está aproveitando seu papel de comunicação na ilha.

Assinto, puxando o laptop da bolsa para colocá-lo no balcão.

— Depois de me despedir de vocês, fiz algumas rondas, checando todos, e deixei o clã de Alfa Dirk por último. Mas eles não estavam em sua toca habitual. Então verifiquei a vigilância da ilha e não consegui localizá-los. No entanto, notei uma pequena ondulação estranha no quadro. O que me levou ao Alfa Pan.

Ligo a tela para abrir uma das câmeras.

— E descobrimos que as câmeras estavam em loop — Alfa Pan diz.

— Não há nós nisso. Alfa Pan fez todo o trabalho — eu o corrijo, então mostro a Tieran o loop em questão. — Ele foi capaz de anular a falha, que foi o que nos levou a encontrar isso.

A imagem muda para retratar Alfa Kin em um telefone via satélite.

— Esse não é um dos nossos — Tieran fala imediatamente.

— Não, não é — Alfa Pan concorda. — Mas conseguimos invadir a frequência para ouvir.

— Dei permissão a ele — acrescento, encontrando o olhar de Tieran. Ele me encarregou de ficar de olho no clã de Alfa Dirk, mas me disse para não comprometer sua privacidade.

É uma ordem que eu claramente desconsiderei quando pedi ao Alfa Pan para hackear a frequência do telefone via satélite.

Mas o comportamento suspeito de Alfa Kin me alertou.

Juntamente com o estranho loop nas câmeras, era óbvio que ele queria esconder algo. Então, como Alfa atuando na ilha, tomei a decisão executiva de monitorá-lo totalmente.

Eu limpo a garganta.

— Normalmente, eu teria ligado para perguntar primeiro, mas como Alfa Kin é responsável pelas telecomunicações na ilha...

— Você não queria arriscar que ele ouvisse — Tieran termina para mim. — Uma decisão sábia, com a qual não estou desapontado.

Assinto.

— Ótimo.

— Sempre vou confiar no seu julgamento, C — ele acrescenta, com a voz firme. — Sabe disso.

Ele tem razão. Eu sei. Mas parecia importante explicar minha decisão, pois ia diretamente contra a vontade dele. Ele valoriza a privacidade de seu bando, preferindo manter a liderança de uma maneira mais compassiva do que cruel. É o que faz dele um bom Alfa do Bando.

— O que eu perdi? — Volt pergunta, entrando na sala usando apenas a calça jeans com Clove ao seu lado.

Seu doce aroma me atinge, me cativando momentaneamente e me atraindo para ela por instinto. Ela está tão linda com suas bochechas rosadas e lábios carnudos, com o cabelo úmido de um banho recente.

— Oi, linda — digo, rondando em direção a ela e envolvendo-a em meus braços enquanto Tieran resume o que eu disse até agora sobre Alfa Kin.

Alfa Pan acrescenta alguns comentários enquanto assume meu laptop. Eu não o detenho, preferindo abraçar Clove a puxar a transcrição. Ela se acomoda ao meu lado enquanto eu ronrono um pouco, garantindo que ela permaneça calma para o que está prestes a ouvir.

A voz de Alfa Kin começa a soar, seus tons baixos

levemente marcados pela estática. Mas suas palavras são claras.

— Sim, amanhã — ele está dizendo. — Richmond, Virgínia. — Ele dá o nome do senador, depois o endereço. — Peguei de seus arquivos. Ele definitivamente estará lá, já que acabou de sair com Tieran e Aspen.

Clove franze a testa ao ouvi-lo usar seu primeiro nome – algo que descobri recentemente sobre ela. *Aspen Clove Donough.*

No entanto, a voz que se segue a faz paralisar.

— Ótimo. Enviaremos uma equipe para desmantelar o clã e prosseguiremos conforme o esperado. Lamento que ela tenha causado tantos problemas. Eu não achava que ela seria capaz de se transformar.

— Você subestimou o rosnado de Tieran — Alfa Kin responde.

— Vou resolver — Alfa Bryson responde. — Eu deveria ter matado a cadela no momento em que percebi que ela não seria de uso adequado para o Bando Santeetlah. Mas achei que poderia usá-la para causar um pouco de caos.

— Algo que teria funcionado se Tieran não a quisesse para si — Alfa Kin diz de forma categórica. — Ou se você tivesse me dado um aviso para intervir. Ela poderia ter sido trazida de volta para nossa toca e devidamente silenciada.

— Eu não me reporto a você — Alfa Bryson o lembra com severidade. — Se você acha que é assim que isso vai acontecer, vamos ter um problema.

— Apenas conserte isso. Ela é uma distração que vai nos atrapalhar — ele retruca, fazendo Tieran arquear uma sobrancelha.

— Eu disse que ia resolver — Alfa Bryson resmunga. — Vou cuidar do Volt também. Considere isso um presente.

— Faça isso e vou perdoar essa besteira — Alfa Kin responde em um tom frio como gelo. — Ferre mais a situação você é um homem morto.

Alfa Bryson bufa.

— Não me ameace. A única razão pela qual você foi promovido para esta posição é por causa de sua...

A ligação fica muda depois disso, fazendo a mandíbula de Tieran vibrar.

— Alfa Kin desligou na cara dele — Alfa Pan explica.

— Algum palpite sobre o que seria o resto da frase? — Tieran pergunta.

— Eu tenho várias — Volt fala.

— Suposições *úteis* — Tieran esclarece.

— Ele poderia estar querendo dizer líder do clã — ofereço. — Ou talvez um membro da família, como seu pai.

— Alfa Nick. — Tieran coça a leve camada de pelos ao longo de sua mandíbula enquanto semicerra os olhos. — Vou passar para meu pai, ver o que ele acha. Até lá, claramente temos um problema, assim como você disse.

— Temos — eu concordo.

— Ou uma oportunidade — Volt diz. — Ele está prestes a enviar sua equipe de executores atrás de nós. Se ele for esperto, isso incluirá sete, oito, talvez nove lobos? Então, quantos ele deixará para trás para se proteger?

Tieran o observa por um momento.

— A última vez que verifiquei, ele só tinha oito executores qualificados. A maioria de seus lobos são muito fracos.

— Provavelmente porque eles não sabem como acasalar corretamente — Alfa Pan acrescenta, me fazendo bufar.

Ele não está errado.

— Ele usa três para sua guarda pessoal — Clove diz

em voz baixa. — E uma equipe de doze para os terrenos do bando.

— Aqueles doze são lobos de nível inferior que impõem limites às mulheres, se certificando de que nenhuma delas fuja — Tieran a informa com voz suave enquanto fala com Clove. — Sua unidade executora é quem ele leva para as cerimônias.

Ela franze a testa.

— Eu... eu só participei de uma, e fiquei de joelhos a maior parte do tempo.

Cerro os dentes com o pensamento de ela ser degradada dessa forma diante da alcateia. Conhecendo Bryson, ela provavelmente estava nua também.

— Esse filho da puta precisa morrer.

— Não me diga — Volt responde. — É nisso que quero chegar. Nós devemos atacá-lo quando ele achar que está nos atacando.

Tieran balança a cabeça.

— Ele vai chamar os executores de volta no momento em que perceber que não estamos lá.

— Eles não vão voltar a tempo de nos parar — Volt aponta. — Richmond fica a pelo menos três horas de carro do território de Nantahala, e isso se você estiver quebrando todas as leis de velocidade em um dos meus brinquedos.

— Você poderia enviar um chamariz — Alfa Pan sugere em tom contemplativo. — Poderia me enviar. — Ele e Volt trocam um olhar, os dois se avaliando.

Eles são de tamanho e estatura semelhantes. Alfa Pan tem o cabelo da mesma cor.

— Vou usar uma de suas camisas de manga comprida — ele acrescenta, notando as tatuagens de Volt. — Estamos no inverno. Ninguém vai estranhar.

— Eu poderia ir com ele — Alfa Lance fala da porta. Ele é loiro como Tieran, e é provavelmente por isso que ele se ofereceu. Porém um pouco mais baixo e muito menos intimidante em status. — Me dê algumas de suas roupas para mascarar meu cheiro. Eles vão pensar que eu sou você.

— E a Clove? — Tieran pergunta, olhando para ela. — Imagino que seja a quem ele quis se referir como "Aspen".

— Aspen Clover Donough — murmuro com o braço ainda em volta da cintura dela. — Um belo nome para uma linda loba.

— Eu prefiro Clove — ela admite.

— Eu sei — sussurro, beijando-a na têmpora.

— Qual era o plano original? — Alfa Lance pergunta. — Você irá se juntar a Volt na tarefa ou assistir de perto?

— Assistir de perto — Tieran confirma. — O que Bryson esperaria. Ela é uma nova Ômega. Ele saberá que pretendemos mantê-la por perto.

— Então me dê algumas de suas roupas também, ou um pedaço do ninho, e eu posso atrair os Lobos Nantahala para mim pelo cheiro. Isso também nos ajudará a dividir a equipe deles — Alfa Lance diz.

A menção do ninho me faz franzir a testa, porque Clove ainda não fez um novo ninho. Nem mesmo com nossas roupas.

É algo que tem me incomodado a semana toda.

Ela deveria estar fazendo ninho.

Sua loba nos escolheu.

Então por que ela não está construindo um covil adequado?

Porque ela não se sente totalmente em paz conosco? Ela não nos aceitou completamente? Ou é porque não a reivindicamos?

Algo a deixou inquieta.

É algo que espero resolver depois de lidarmos com essa confusão.

— Isso também nos dará uma causa provável para retaliar — Tieran acrescenta aos pontos de Alfa Lance. — Vamos capturar o ataque às câmeras de vigilância, usá-lo como prova de que ele tentou acabar com meu clã e devolver o favor na mesma moeda.

— Ao matar o Alfa do Bando Nantahala — Volt traduz, sorrindo. — Eu gosto disso.

— É uma retaliação justa — concordo. — Ele está tentando eliminar a futura hierarquia do Bando Black Mountain pela segunda vez em uma década. Nós o puniremos de acordo, então enviamos todas as evidências aos Anciões para respaldar nossa decisão. Eles não serão capazes de nos responsabilizar.

— E eles terão que nos liberar da Ilha Carnage — Volt acrescenta.

— É um final de jogo brilhante — digo. — Supondo que você esteja pronto para assumir o manto.

Tieran olha de Volt para mim e depois para Clove.

— É o meu desafio final — ele diz, ainda olhando para ela. — Se fizermos isso direito, estaremos aptos a liderar.

— Nós vamos fazer isso direito. — A confiança de Volt ecoa na expressão de Alfa Pan. Alfa Lance parece um pouco mais reservado, mas o brilho de excitação espreita em seus olhos castanhos.

Observo os outros dois Alfas que trouxe comigo aqui – Alfa Ebony e Alfa Edwin. Os dois estão sorrindo.

O que me faz sorrir.

— Está na hora — digo.

— Está na hora — Volt ecoa.

Então nós dois olhamos para Clove, esperando por sua opinião. Mas ela está olhando para nós com uma expressão estranha. Não confusão, necessariamente. Apenas... incerteza.

— Vocês vão matar Alfa Bryson — ela diz.

— Vamos — Tieran confirma, dando um passo em direção a ela e segurando sua bochecha. — Isso te incomoda?

Prendo a respiração, curioso para saber o que ela vai dizer.

Ela cresceu com Alfa Bryson como líder. Muitas vezes, as alcateias consideram seus Alfas como figuras paternas. Não seria surpreendente se ela nutrisse um respeito inato pelo homem, mesmo que ele seja um idiota colossal.

Volt também parece expectante, todos os sinais de excitação fugindo de sua expressão.

A resposta dela importa.

Assim como o conforto dela.

Se ela não estiver...

— O Alfa Bryson permitiu que o Bando Santeetlah estuprasse e matasse a minha mãe na minha frente. Então ele me entregou aos Anciãos, disse a eles que matei minha mãe e que eu era uma selvagem, o tempo todo sabendo a verdade – que não matei minha mãe e Canton era a razão pela qual eu não conseguia me transformar. — Ela parece furiosa, e com razão. Só de ouvi-la repetir tudo isso faz meu sangue ferver.

Também faz com que Volt semicerre o olhar.

Mas Tieran ainda está focado nela sem demonstrar reação, ainda com a mão contra sua bochecha e seu olhar estudando o dela.

— Estou incomodada com o fato de você querer matar Alfa Bryson? — ela pergunta, repetindo a pergunta que Tieran acabou de fazer. — De jeito nenhum. Mas não entendo o que você quer dizer com "segunda vez". Quando foi a primeira?

Ah, ela quer saber sobre o noivado. Eu nunca contei a ela toda a história. Porque a história não é a minha. Cabe a Tieran reescrever a história em sua mente, para distinguir a verdade das mentiras.

— O que Bryson disse ao seu bando sobre meu suposto noivado com sua filha? — Tieran pergunta baixinho. — Ele disse que eu a rejeitei, matando-a?

— Ele nos disse que você a rejeitou, então você a matou.

Ele concorda.

— Sim, essa é a história que ele contou para os Anciões também. — Ele solta sua bochecha, colocando a mão em seu quadril enquanto continua a encarar seu olhar.

— Qual é a verdade? — ela pergunta. Em sua voz, há a pontada de algo que não compreendo muito bem. Uma cadência de conhecimento. Um toque de confiança.

E isso resulta em um sorriso de Volt e Tieran.

Depois de um instante, começo a entender sua lição sobre a mentira.

Eles disseram a ela por que a verdade é importante para um clã, e ela está usando isso agora para provocar Tieran a contar sua história.

Não que ele precise de persuasão.

Ele diria a ela de qualquer maneira.

Mas o jogo de palavras é definitivamente uma lufada de ar fresco bem-vinda na sala. Significa que ela está começando a entender nossa dinâmica. E eu amo isso.

— Alfa Bryson me ofereceu sua filha como prostituta, não como companheira — ele diz, indo direto ao coração da história. — Ele sabe que os Lobos Alfas Carnage precisam de Ômegas para seus clãs. Mas ele tentou me seduzir para fazer um acordo entre nossos bandos, oferecendo sua filha como escrava.

— Membro do harém — eu o corrijo com um sorriso.

— Para ele, é a mesma coisa — Tieran responde. — Eu recusei, e ele colocou a culpou em sua filha. Ele disse que ela não servia para nada e a matou em um acesso de raiva. O que não o pinta exatamente na melhor imagem, então ele disse aos Anciões que eu a rejeitei e a matei. E ele convenceu vários de seus lobos a apoiar a história.

— Meu pai estava lá?

Tieran assente.

— Sim. Seu Beta estava presente. Gafton, certo? Ele forneceu um testemunho completo aos Anciãos. E é tudo mentira.

— O que você tem provas — Volt acrescenta, fazendo as sobrancelhas de Clove baterem na linha do cabelo.

— Você tem provas de que ele mentiu? — Sua voz combina com sua expressão chocada.

Tieran assente.

— Tenho.

— Por que você não as usou?

— Porque ainda não está na hora — ele responde, fazendo-a franzir a testa. — A Ilha Carnage era o local perfeito para eu me tornar meu próprio lobo. Aproveitei a oportunidade como meu primeiro desafio.

— Eu não entendo — ela fala. — Você aceitou a sentença... porque queria ser enviado para a Ilha Carnage?

Ele a considera por um momento, com a expressão pensativa. Ainda há muito que Clove precisa aprender sobre nossa espécie. É uma coisa boa que temos uma eternidade para ensiná-la.

— É comum que Lobos Carnage destinados a ser Alfas do Bando se aventurem na natureza para se encontrar, para provar que são dignos através de uma série de desafios — Tieran explica. — Aceitar meu destino dos Anciões foi o primeiro desafio em minha jornada. Matar

Bryson me permitirá fechar esse capítulo da minha vida, dando tempo para finalmente retornar ao Bando Black Mountain.

— Ah. — Ela engole em seco. — Então todo mundo vai, ah, embora com você?

— Nem todos — ele responde. — Há lobos que precisam ser mantidos na Ilha Carnage. E vamos garantir que eles sobrevivam e prosperem. Será uma base secundária para nossa espécie, um abrigo de proteção.

— Entendo. — Ela parece sem fôlego. — E-e eu?

Ele a encara.

— O que você acha?

— Eu... — Ela limpa a garganta, um pouco dessa confiança parecendo voltar para sua estatura, a loba dentro dela lembrando-a de dizer a verdade.

Boa menina, penso, orgulhoso.

— Os Anciões acham que matei minha mãe, que sou uma selvagem — ela diz.

Tieran abaixa o queixo.

— Sim. As duas coisas não são verdadeiras.

— Mas meu companheiro me rejeitou.

— Não o seu verdadeiro companheiro — ele a corrige. — Apenas algum idiota pomposo do Bando Santeetlah que achou que era seu noivo. Mas acho que todos sabemos que isso não é verdade. Certo?— Ele olha para Volt e depois para mim.

— Certo — nós ecoamos.

— Um Lobo Santeetlah não pode ser um verdadeiro companheiro para uma Loba Carnage, pequena — Tieran murmura. — Assim que explicarmos isso aos Anciões, você estará livre. Assim como eu, porque não rejeitei ou matei a filha de Bryson. E eu posso provar isso. — Ele dá de ombros. — Vou enviar-lhes uma longa carta quando terminar de matá-lo. Tenho certeza de que eles ficarão fascinados com os detalhes e tão presos à burocracia que não conseguirão enxergar direito por meses.

— Que pena — falo.

Volt sorri.

— Ainda acho que devo bombardear o quartel-general deles.

Tieran balança a cabeça.

— Você pode se concentrar na cabeça de Bryson por enquanto. — Ele olha para Alfa Pan e Alfa Lance. — Vocês dois irão para Richmond e vão fingir ser nós. Vou pegar suas roupas.— Seu foco vai para Alfa Ebony. — Preciso que você leve a Clove de volta para a ilha e a mantenha segura. E...

— O quê? — Clove intervém. — Não. Eu vou com você.

Volt e eu trocamos um olhar.

— Não vai, não — Tieran responde com muita autoridade em seu tom. — Não poderemos focar com você lá. Você precisa estar em algum lugar seguro, e agora, esse lugar é com Alfa Ebony e Alfa Duncan.

— Ele é meu antigo Alfa — ela diz endireitando as costas enquanto encara Tieran. — Vou junto.

— Não, Clove. Meu lobo vai ficar completamente louco se você estiver perto do perigo. Não consigo me concentrar em você e na minha tarefa ao mesmo tempo. Preciso que volte para a ilha. Isso é o que você pode fazer pela minha sanidade e foco. Nem mesmo só pelo meu. Por Volt e Caius também.

Eu concordo.

— Ele está certo, linda. Não serei capaz de me concentrar se você estiver lá. Estarei muito ocupado querendo proteger você, não a mim mesmo.

Volt parece um pouco mais conflitante, mas acaba concordando com uma sutil inclinação de cabeça.

— Isso não é tem relação com suas habilidades ou sua força. Não é um insulto, doçura. Trata-se de manter nossas cabeças. Você ainda não foi reivindicada. Isso mexe com nossos lobos.

— Então me rei... — ela começa a responder, mas para quando percebe o que estava prestes a exigir. Ela fecha a boca, mas seus olhos brilham como fogo. Ela está chateada.

Porque no fundo, sabe que estamos certos.

E ela não pode exigir nossa reivindicação. Ainda não. Não assim.

— Vou trazer a cabeça dele de volta para você — Volt oferece. — As bolas dele também, se você quiser.

Ela faz uma careta.

— Vou adicionar seu pai à pilha — Volt continua. — Dê-me nomes. Vou encontrá-los e matá-los. Todos eles. Apenas me diga quem. — Suas promessas sinceras parecem descongelá-la um pouco.

— Não se trata de sexismo ou dizer que você não pode se defender — Alfa Ebony fala. — Eles estão certos. Posso sentir como seus lobos estão agitados mesmo aqui. Eles não podem lutar nesta condição. Vai matá-los.

Clove suspira. Ela sabe que está derrotada, mas claramente não gosta disso. E eu odeio isso também. Se ela fosse nossa companheira, poderíamos levá-la conosco. Seríamos mais fortes como um clã completo. Nossa colmeia mental estaria no lugar. Nossa imunidade compartilhada. Tudo.

Mas neste estado atual, ela tem que voltar para a ilha.

— Tudo bem — ela fala. Seu tom indicando que não está feliz com isso, mas não vai lutar contra. — Eu vou voltar para a Ilha Carnage com Alfa Ebony.

Tieran engole em seco com uma expressão estranhamente suave para ele.

— Sinto muito, Clove. Mas prometo que vamos compensar isso para você.

— Trazendo de volta o corpo de Bryson para você queimar — Volt oferece em tom esperançoso.

Tieran o ignora.

Mas Clove sorri. Ela sabe que Volt está tentando.

— Parece que vamos fazer um churrasco, V — digo a ele.

Ele sorri.

— É?

Tieran não responde, mantendo sua concentração ainda em Clove. É como se ele quisesse dizer algo, mas não soubesse como. O que é novamente atípico dele.

— Eu gostaria de vê-lo queimar — Clove diz com o olhar em Tieran, não em Volt.

O que significa que ela percebeu a falta do sorriso ridículo dele. Provavelmente uma coisa boa porque ele parece um pouco psicótico. Até Alfa Lance dá um passo para longe dele.

— Vamos compensar você — Tieran repete e coloca a mão de volta em sua bochecha. — Eu prometo, Clove.

— Eu acredito em você — ela sussurra de volta para ele.

Ele pressiona a testa na dela, e um momento de intensa emoção parece passar dele para ela. É o suficiente para tirar aquele olhar do rosto de Volt e deixar sua expressão sóbria. Ele dá um passo à frente, assumindo o lado oposto dela enquanto eu permaneço do outro.

Então nós três a abraçamos, nosso clã abraçando nossa Ômega.

É um momento carregado sem palavras.

Apenas uma passagem de conhecimento.

Um voto do futuro.

Um destino gravado em todos os nossos corações.

Nossa, penso, beijando sua têmpora. Tieran toma sua boca, sua própria declaração passando para ela com a língua. E Volt mordisca seu pescoço.

Quando isso estiver terminado, nós a levaremos de volta ao Bando Black Mountain como nossa Ômega.

Posso sentir isso em minha alma.

Ela é quem vai nos conduzir através deste desafio final.

A razão pela qual Tieran finalmente ascenderá.

Estamos indo para casa, penso. *Finalmente vamos para casa.*

TIERAN

—C love está segura com Alfa Duncan em sua toca — digo, lendo a mensagem de Alfa Ebony.

Veio acompanhado por uma foto de Clove sentada em um sofá, olhando para as telas de segurança. Alfa Edwin está ao lado dela, apontando para um dos monitores, provavelmente explicando o jargão técnico.

Ele é um dos outros lobos solitários da ilha, semelhante a Alfa Mackin. Eles são irmãos, na verdade. Então deve ser uma característica da família.

Passo a mão sobre o meu rosto. Meu lobo não está satisfeito. Ele não queria deixar Clove ir embora. Puta merda, eu não queria deixá-la ir. Mas esta é a maneira certa de agir.

Mas odeio essa situação.

Então parece errado.

Porque não estamos conectados. Se eu a mordesse e completasse o vínculo, poderia falar com ela agora. Descobrir o que Alfa Edwin está realmente dizendo. Me certificando de que ela está bem. Feliz. Saudável. Segura.

Em vez disso, tenho que confiar na minha alcateia para

protegê-la. Algo que eu normalmente não questionaria, mas Alfa Kin provou que nem todos podem ser confiáveis.

Estamos passando por vigilância e detalhes nas últimas horas, Caius trouxe os detalhes em seu laptop. Não encontramos nenhuma indicação de que Alfa Dirk esteja envolvido, o que significa que pode ser outra pessoa na ilha.

Ou o pai de Alfa Kin, Alfa Nick.

Passei essa informação para meu pai, e ele está cuidando do interrogatório para mim, já que temos outras tarefas em nossa agenda hoje.

— Você acha que a Clove reconheceu o cheiro de Alfa Kin porque ele esteve no Bando Nantahala? — Caius pergunta depois de ver a foto dela no meu celular. — Pensamos que havia sido apenas no dia do cio inicial, mas talvez ele tenha visitado Bryson antes.

— É possível — digo, compartilhando a foto com Volt. Ele sorri em resposta, então volta a afiar suas facas.

É por isso que ter um jato é útil. Não só podemos trabalhar enquanto viajamos, mas também podemos carregar armas conosco.

Vamos deixar Alfa Pan, Alfa Lance e Alfa Mackin em Richmond primeiro. Em seguida, iremos para a Carolina do Norte fazer uma visitinha ao Bando Nantahala.

Beta Lock estará conosco, assim como alguns Lobos Carnage que Alfa Duncan enviou para nós depois que Caius o colocou a par de tudo através de uma linha segura.

Demorou um pouco, com o clã de Alfa Dirk supervisionando as telecomunicações na ilha.

Mas Alfa Duncan é o principal especialista em segurança por um motivo.

Entre Caius e Alfa Pan, eles encontraram um jeito de se comunicar.

E mais seis lobos de confiança puderam se juntar a nós antes que o jato decolasse.

Eles estão ansiosos por sangue.

Nós os informamos sobre Alfa Kin e nosso plano para derrubar Bryson. Seus sorrisos selvagens me disseram que eles estão prontos.

Todos eles estão ajudando Volt a preparar as armas. A fome de sangue é como um beijo letal no ar.

Meu telefone vibra quando Alfa Ebony me envia outra mensagem pela linha segura que estabelecemos.

D está trabalhando na instalação de câmeras de vigilância na casa do senador.

Sua Ômega ainda está bem.

A segunda mensagem chega enquanto estou lendo a primeira, fazendo meus lábios se contorcerem.

Ela me manda outra foto de Clove bocejando com um prato de comida no colo.

— Deixe-me ver — Caius pede, notando o sorriso no meu rosto.

Mostro a ele, que sorri também.

Volt apenas sorri em resposta.

Mais atualizações e fotos continuam chegando enquanto fazemos a viagem para Richmond. Cada uma me ajuda a relaxar um pouco mais, especialmente as últimas de Clove dormindo no canto do sofá. Ela está coberta com meus lençóis, não da sala, mas da cama em que transamos ontem à noite.

Não é um ninho. Não exatamente. Mas está perto.

Volt e Caius estudam a foto um pouco mais do que as outras, e seus olhos se suavizam.

— Você precisa reivindicá-la — Volt argumenta com a

voz rouca. — Ela é nossa, T. Vamos descobrir o que fazer com o herdeiro mais tarde.

— Mencionei Clove para o meu pai mais cedo quando liguei para ele sobre Alfa Nick — admito. — Ele me lembrou que não há cronograma envolvido em relação ao meu herdeiro. E que os Alfas da Alcateia fazem as regras mais do que as tradições.

Não era necessariamente sua maneira de abençoar a união, apenas ele sendo sábio. Um bom pai. Um Alfa ainda melhor.

Olho para a foto novamente, e a sensação de algo estar errado me atinge mais uma vez.

— Ela deveria estar aqui — admito. — E ela estaria se nós a tivéssemos mordido. — Encontro os olhos escuros de Volt. — É minha responsabilidade tomar a melhor decisão para o nosso clã. Mas estou fazendo um grande esforço.

— Então, deixe-nos ajudá-lo — ele diz. — É por isso que estamos aqui.

— Ele tem razão. — As íris cinzentas de Caius são destacadas por uma borda de prata reluzente. — Entendemos seu fardo e a necessidade de um herdeiro. Mas Clove não é uma Loba Carnage Ômega normal. Ela foi criada para processar tudo de forma diferente.

— Só porque ela pode ser capaz de viver com isso não significa que seja certo produzir um herdeiro com outra Ômega — afirmo de forma categórica, irritado com a lembrança do que ela insinuou na noite passada.

Caius bufa.

— Não foi isso que eu quis dizer, T. Estou dizendo que o processo de cio dela é único. Ela acabou de conhecer sua loba. Faz sentido que haja um atraso. No entanto, em relação ao que você acabou de dizer, seu lobo está lhe dando alguma razão para duvidar da capacidade dela de lhe dar um herdeiro? Ele está hesitando?

— Não. Ele está seguindo seus instintos e não considerando possíveis repercussões para o futuro — respondo.

Caius me encara.

— Talvez porque ele não perceba possíveis repercussões.

— O meu certamente não percebe — Volt fala, roubando meu telefone para digitar algo para Alfa Ebony. Eu nem tento recuperá-lo. Não com aquela lâmina perversa ao lado dele.

— O meu também não — Caius afirma. — E embora eu possa não precisar de um herdeiro, certamente quero um. Especialmente se for com a Clove.

— Uma Clove grávida. — A voz de Volt soa como se estivesse sonhando acordado. — Sim. Sim, eu gosto dessa imagem.

Eu também, penso.

— Você precisa considerar isso, T. — A voz de Caius soa com uma pontada de aço em seu tom, algo que não é tão habitual para ele, a menos que ele realmente queira fazer um ponto. O que ele claramente faz agora. — Considere que seu lobo não está hesitando porque sabe que não há nada com que se preocupar

Meu animal ronrona em aprovação, fazendo meu peito doer com a necessidade de liberar o som. Mas engulo em vez disso, para sua irritação.

— Oi, doçura — Volt murmura com meu telefone no ouvido. — Eu só queria dizer que sinto sua falta.

Caius e eu trocamos um olhar, surpresos com a suavidade no tom de Volt. Ele geralmente está empolgado e pronto para matar, mas parece estar completamente relaxado.

— Também sinto — Clove diz. Meus sentidos

metamorfos me permitem ouvi-la alto e claro. — Você está em segurança?

— Sempre, doçura. — Volt a coloca no bate-papo por vídeo para que ele possa mostrar o avião e levá-la em um tour.

— Nunca o vi tão apaixonado — Caius me diz. — Ele geralmente só quer transar com as mulheres e deixá-las.

— Ele puxou uma faca para ela ontem à noite — admito. — Mas ela nem se mexeu.

Caius sorri.

— Não, eu duvido que ela faria. Ela sabe que ele nunca vai machucá-la, mesmo em seu estado mais louco.

— A loba dela confia em nós. — Isso ficou evidente desde o início.

— E você continua dizendo a ela o quanto é importante ouvir sua loba, certo? — Caius me dá outro olhar conhecedor. — Talvez você devesse seguir esse conselho, T.

— Estou ouvindo. Só estou me certificando de que ele está certo.

— Exceto que o acasalamento é para ser animalesco. O impulso para reivindicar é estimulado por nossas necessidades carnais, não mentais. — Ele inclina a cabeça. — Você não pode ser estratégico em tudo, T. Em algum momento, tem que deixar o lobo sair.

— Pare de tentar me psicanalisar, C. — É uma declaração meia-boca. Ele é bom em ler as pessoas, especialmente a mim.

— Só estou tentando ajudá-lo a encontrar o caminho para sair do buraco — ele responde em tom casual. — Você enfiou a cabeça tão longe que estou surpreso que você possa ver agora.

Eu bufo.

— Vá se foder.

Ele sorri.

— Só se a Clove estiver entre nós.

Considero isso por um momento, e meus lábios se curvam por vontade própria.

— V e eu tentamos isso ontem à noite. Três vezes. Definitivamente recomendo.

O olhar de Caius brilha.

— Vou dar um nó nela primeiro durante a próxima bateria. — É uma declaração ousada, que posso contrariar como líder Alfa.

Mas concordo.

Ele tem negado a si mesmo aquela boceta a semana toda, tomando sua boca.

Sei que é parte de suas fantasias, seu jogo de gratificação atrasada. No entanto, parece justo concordar, já que ele não teve a oportunidade durante seu curto período de estro.

— Ah, parece que estamos perdendo uma conversa divertida, doçura — Volt diz, voltando para nós. — Caius quer dar um nó em você. Acho que ele está com ciúmes da noite passada.

Suas bochechas estão rosadas na tela do telefone quando Volt a vira para nós. Alfa Ebony está bem ao lado dela, cuidadosamente nos ignorando. Mas vejo a tensão em sua mandíbula que diz que ela quer sorrir.

— Oi, pequena — digo para Clove. — Estamos pensando em você.

— Estamos mesmo — Caius concorda. — Espero que você esteja sendo boa, linda.

— Eu estava dormindo — ela diz com os lençóis ainda enrolados em volta dela de uma maneira parecida com um ninho. — Então não posso garantir que estava sendo boa na minha cabeça.

Caius sorri.

— Oh? Um sonho impertinente, então? Conte mais.

— Conto quando vocês voltarem — ela responde, nos provocando.

— Humm, não — digo a ela. — Não quero ouvir sobre isso. Quero que você demonstre o sonho impertinente.

— Sim — Caius murmura. — Sim, eu gosto mais desse plano.

Seu rosto está vermelho brilhante agora.

E os lábios de Ebony não estão mais planos, mas inclinados.

— Nos vemos em breve, pequena — digo para Clove, adorando aquele olhar em seu rosto.

Caius pega o telefone em vez de desligar, perguntando se Clove pode dar o telefone para Duncan por um minuto. Ela o faz, e os dois começam a falar sobre a atualização da vigilância em Richmond.

Ouço de longe enquanto Volt se instala na minha frente.

— Ela é nossa, T — ele diz novamente. — Seu lobo sabe disso. Ouça-o.

Não respondo.

Porque não preciso.

Nós dois sabemos que ele está certo.

Reivindicá-la é um risco.

Mas é um risco que preciso aceitar.

Caius encerra sua conversa quando o avião começa a descer.

O show está prestes a começar.

CLOVE

Alfa Ebony coloca um prato na minha frente. Seus olhos castanhos parecem sorrir.

— Coma.

Meu estômago se revira, a noção de comida me deixa enjoada. Mas sei que ela tem razão. Não comi o dia todo. Estou nervosa e minha cabeça está totalmente focada em Tieran, Volt e Caius.

Eles entraram em contato novamente há mais ou menos uma hora, antes de desligar suas comunicações.

Estamos esperando que a armadilha aconteça.

Alfa Pan e Alfa Lance estão em posição.

Alfa Duncan os colocou nas câmeras de segurança.

E Alfa Ebony está ocupada tentando se distrair me alimentando.

Posso sentir sua preocupação, o cheiro sutil, mas lá. Então tento acalmá-la pegando o sanduiche e dando uma mordida. Ela também tem seu próprio prato, no qual se concentra quando me vê comendo.

Alfa Duncan se aproxima para dar um beijo em sua cabeça, e aproxima os lábios de sua orelha.

— Ele vai ficar bem — ele diz. As palavras foram

faladas baixas, mas facilmente ouvidas através dos meus sentidos aprimorados.

Mas finjo que não ouvi, não querendo me intrometer no momento deles.

O clã deles é diferente do de Tieran. Principalmente porque os Alfas são claramente íntimos um do outro. Eu vi Alfa Ebony dar um beijo de despedida em Alfa Pan, e foi muito mais do que apenas um beijo nos lábios. Foi faminto, me lembrando do jeito que Volt gosta de me beijar.

Gosto da dinâmica deles.

Mas também gosto que o clã de Tieran seja mais fraterno do que romântico. Eles não parecem tímidos em me compartilhar, mas também não parecem estar sexualmente interessados um no outro.

Isso apenas demonstra que nem todos os clãs são iguais. E eu gosto disso sobre os Lobos Carnage. Na verdade, gosto de muitas coisas sobre os Lobos Carnage.

Incluindo Alfa Ebony.

Ela é pé no chão e diz as coisas como são. O que ela faz agora enquanto diz:

— Eu sei que o Pan vai ficar bem. Mas não gosto de deixá-lo fazer isso sozinho. — As palavras são para mim, já que Alfa Duncan já se afastou.

— Sei o que você quer dizer — digo a ela. — Entendo porque não pude ir com Tieran, Caius e Volt, mas também não gosto disso. — No momento em que eles explicaram que era sobre seus lobos não serem capazes de lidar com minha proximidade durante uma briga, eu parei todos os meus argumentos em contrário.

Porque eles tinham razão.

Mas isso não significa que eu goste do resultado.

Eles pareciam estar tentando me manter o mais envolvida possível hoje com suas ligações frequentes, me dizendo onde estão, me mostrando o jato, me permitindo assistir enquanto preparavam suas armas.

Bem, principalmente Volt.

Mas Caius e Tieran também falaram comigo.

E isso ajudou a me acalmar um pouco.

No entanto, eles estão começando a agir agora, pois o monitor mostra Alfa Pan escalando a cerca da propriedade.

Ele faz isso com uma facilidade que me impressiona e faz Alfa Ebony sorrir.

— Ele tem uma bunda muito boa — ela diz, suspirando.

Alfa Duncan resmunga.

— Sem distrações, Ebs.

— Eu? — Ela pisca os longos cílios pretos para ele. — Nunca.

Ele lhe dá um olhar indulgente e seus olhos castanhos brilham com um calor que torna sua forma intimidadora um pouco mais aceitável. Ele é tão forte quanto Volt, mas um pouco mais baixo. No entanto, ele mantém uma disposição muito mais séria, que parece suavizar um pouco para Alfa Ebony.

Um grunhido vem da tela, imediatamente capturando todo o nosso foco. Eu só comi alguns pedaços do meu sanduíche, mas eu o afasto para me concentrar.

Alfa Ebony fica tensa quando um borrão de movimento atravessa o campo do lado de fora da casa do senador.

— Estou contando seis — ela diz.

— Sete — Alfa Duncan corrige, apontando para outro borrão perto da cerca. — Este aqui está assistindo.

— E quanto ao Alfa Lance? — ela pergunta.

Alfa Duncan muda os monitores, os dois estudando a filmagem.

— Apenas dois até agora.

— Estou insultado — a voz de Tieran soa pelo microfone. Não percebi que ele estava ouvindo novamente. Se eles estão na tarefa, então devem estar nos arredores do território de Nantahala, esperando o sinal verde. Quero perguntar, mas meus olhos estão grudados na tela.

— Eu sei. Sete para me derrubar? — Volt grunhe. — Inacreditável.

— Ele só mandou dois atrás de mim — Tieran aponta.

— Ele está apostando no ataque de Volt enfraquecendo você emocionalmente. E ele só quer matar Clove, não você — Caius diz.

Tieran e Volt rosnam.

Mas um grito no monitor os silencia. O foco de todos vai para Alfa Pan enquanto os Lobos Nantahala atacam.

Soam disparos de armas de fogo. Os rosnados seguem. Mas Alfa Pan antecipou o ataque e está de colete. Ele se move com uma velocidade impressionante, abrindo fogo enquanto Alfa Mackin entra em ação. Os dois estão vestidos com as roupas de Volt para ajudar a disfarçar os aromas e mascarar a presença de Alfa Mackin.

Funciona.

Os Lobos Nantahala estão chocados – posso ver em seus rostos, graças à tecnologia de visão noturna nas câmeras de segurança.

Verifico as câmeras, procurando meu "pai".

Mas ele não está lá, algo que digo em voz alta para Alfa Ebony.

— Vamos encontrá-lo — Volt promete através do microfone, provavelmente me ouvido através do que Alfa Ebony está usando. — Se ele não está ali, está com Bryson. Que seria a minha preferência.

— A minha também — Caius concorda.

— Eu não gostaria de ser Beta Gafton nessa situação

— Alfa Edwin fala de sua posição perto da porta. Ele é outro tipo de guerreiro intimidador, mas com um lado pensativo sobre o qual aprendi um pouco hoje. Ele gosta de explicar as coisas, como as ferramentas de vigilância que Alfa Duncan usa. Ele também me contou sobre a linha segura que eles criaram para se desviarem do radar de Alfa Kin. Gostei de seus maneirismos de ensino. Algo nisso me fez sentir mais segura.

Ele está completamente relaxado agora, mas seus olhos percorrem as telas de forma astuta.

Alfa Duncan e Alfa Ebony também estão de olho neles. Eles parecem estar prendendo a respiração, seu foco apenas em Alfa Pan.

Só quando ele derruba o último lobo com a ajuda de Alfa Mackin eu os ouço finalmente inalar.

Alfa Lance também fez sua parte e sua voz soa entediada quando ele diz:

— Eles atiraram o pacote de cobertores através do vidro. Os idiotas nem notaram a falta da cabeça, ansiosos demais para causar danos e fugir.

— E você os perseguiu, certo? — O tom de Tieran tem uma intensidade que deixa meus braços arrepiados.

Qualquer coisa que não seja uma resposta positiva não será aceitável para ele.

— Enrolei suas roupas em duas caixas e as deixei no banco do motorista como isca antes mesmo de chegarem. Me esgueirei atrás deles e atirei nas cabeças enquanto eles se viravam para correr — Alfa Lance responde. — Não foi necessário perseguir.

— Bom homem — Volt fala.

— Tive um bom professor — Lance diz.

— Teve, sim. — O tom de Volt é repleto de orgulho. — O melhor.

— Existem imagens suficientes para usarmos como

prova de intenção? — Tieran pergunta, claramente terminado com essa parte da conversa. Ou talvez ele esteja apenas ansioso para saber se pode caçar Bryson agora – uma noção que me deixa nervosa novamente.

Essa foi a parte fácil.

O ataque ao território Nantahala será muito mais intenso.

— Sim, Pan está gravando todos os lobos agora — Alfa Duncan diz, assistindo a uma quarta tela que parece estar ligada a qualquer equipamento de vídeo que Alfa Pan esteja usando. Acho que é uma câmera presa pelo colete dele. — Estou passando os vídeos em um banco de dados para identificá-los. Vou tê-los a qualquer minuto agora.

— Ótimo. Me avise quando estiverem devidamente identificados. — Tieran está no modo Alfa completo agora, seu tom mais forte do que eu já ouvi.

Minha loba está satisfeita. Ela gosta da demonstração de poder.

Mas meu estômago ainda está contorcendo com desconforto.

— Quatro identificações positivas e contando — Alfa Duncan diz, curvando os lábios. — Todos Lobos Nantahala, Alfa T.

Tento olhar para a tela para ver quem são, mas as imagens estão se movendo muito rápido. Ele já está examinando o próximo lobo morto, a quem reconheço brevemente como um macho não muito mais velho que eu. *Não, isso não pode estar certo. Ele não era um executor.*

A imagem desaparece antes que eu possa realmente vê-la.

— Chegamos a cinco — Alfa Duncan acrescenta.

— Tudo que eu precisava era de um — Tieran fala. — Nós vamos entrar.

— Mandem ver, senhores — Alfa Ebony diz, com a voz excitada.

— Vou trazer lembranças — Volt promete.

— Maravilha — ela responde. — Do tipo sangrento.

— Que outros tipos existem? — ele pergunta, parecendo genuinamente curioso.

Tieran limpa a garganta.

— Ficando em silêncio no rádio em três, dois... — Ele não pronuncia a palavra um, seus comunicadores já desligados.

Meu coração acelera.

E se algo acontecer com eles?

Eu nem cheguei a dizer adeus.

Isso foi intencional? Uma maneira de mantê-los focados na tarefa em mãos? Porque eles não precisam se despedir, pois estarão de volta em breve?

Minha cabeça gira e minha pele fica fria.

Está acontecendo. Está realmente acontecendo.

E não posso ouvi-los.

Não posso vê-los.

Não posso senti-los.

Alfa Ebony coloca a mão no meu joelho.

— Ei. Eles precisam de sua fé, não de sua preocupação.

Não me incomodo em apontar a preocupação que vi no rosto dela durante a parte da missão de Alfa Pan. Ela sabe. Ela está apenas tentando oferecer apoio.

Mas não está ajudando.

Minha loba está frenética, andando dentro de mim, furiosa por ela não estar lá. Parece errado.

Algo está errado?

Não, isso está errado.

Eu pisco, tentando controlar meu pânico.

Mas não consigo respirar.

Alfa Duncan se agacha na minha frente, mas mantém as mãos para si mesmo. Uma coisa boa, porque estou pronta para morder os dedos de Alfa Ebony. Sua mão parece errada contra meu jeans. Quero que essa mão pertença a Volt ou Tieran ou Caius. Ninguém mais.

Eles são meus.

Eu deveria estar lá.

Deveria estar *ajudando*.

Se acalme, digo a mim mesma. *Isso não está ajudando em nada. Só está piorando!*

Mas não consigo respirar direito. Minha loba está frenética. Ela não gosta de ser separada deles. Ela odeia não saber se eles estão bem.

Está faltando uma conexão, um elo mental que deveria estar aqui e não está.

— Clove. — O tom de Alfa Duncan é severo, me forçando a olhar para ele. Sua energia Alfa se derrama sobre mim, exigindo foco.

Desvio o olhar, mas minha loba o está ouvindo, desejando aquele ar dominante. Não é o macho certo ou o lobo certo, mas ela ouve a autoridade em seu tom. Ela sabe que ele é seguro. Ela confia nele.

Ela também confia em Alfa Ebony.

É uma sensação interessante, ter fé em lobos que acabei de conhecer. Mas estou fazendo o que Tieran me disse para fazer: estou ouvindo minha loba.

— O Alfa Tieran é nosso Alfa do Bando por um motivo — Alfa Duncan fala. Sua voz suaviza um pouco, mas ainda mantém aquela ponta dominante. — Ele é o melhor no que faz e tem uma equipe com ele que vem treinando para essa oportunidade há sete anos. Estou mais preocupado com a quantidade de sangue que eles vão derramar do que...

O chão vibra abaixo de nós enquanto uma explosão soa à distância.

Alfa Ebony fica de pé em um segundo com Alfa Duncan bem ao lado dela.

— Que merda foi essa? — ela questiona.

Alfa Duncan começa a pegar imagens da ilha, procurando a causa.

Mas as telas ficam pretas.

Não.

Não só as telas.

A sala inteira.

Minha loba reage, me jogando no chão quando outro *Boom!* balança a fundação.

Alfa Ebony rosna, fazendo minha loba gemer dentro de mim.

Corro um canto, guiada pelos instintos da minha loba e não pelos meus.

A porta se abre no próximo segundo e uma bala zune pelo ar e vai direto para a cabeça de Alfa Duncan.

Estou paralisada.

Chocada.

Não entendo como posso ver, até perceber que minha loba está olhando através dos meus olhos.

Eu não me transformei, mas ela assumiu inteiramente a minha forma humana, protegendo a nós duas enquanto minha mente acompanha o que está acontecendo.

Tento encontrá-la no meio do caminho, para compartilhar o controle quando o inferno começa na sala.

Os atacantes têm prata.

Alfa Duncan está morto.

Alfa Ebony é baleada e seu grito provoca uma onda de choque na minha espinha.

Corra. Corra. Corra.

Minha loba já está se movendo, usando nossa velocidade e tamanho pequeno para escapar da sala enquanto Alfa Edwin ataca o intruso na parede do corredor. A arma sai voando.

Mas não paro.

Estou correndo.

Sei o caminho para a toca.

É seguro lá.

Mais seguro do que aqui.

Chego ao final do corredor e viro à esquerda, batendo direto em um peito duro.

O cheiro familiar de casa me atinge bem no estômago. Olho para cima e encontro um par de olhos castanhos escuros familiares.

Agora sei por que não consegui encontrar meu "pai" naquelas fitas de vigilância.

Porque ele está aqui.

Na Ilha Carnage.

E ele tem uma faca de prata pressionada contra minha garganta.

VOLT

Tieran gesticula para que eu lidere, ciente de que este é o meu tipo de playground.

Eu tomo o ponto, usando o nariz para liderar o caminho. Já encharcamos nosso cheiro na lama, usando folhas em decomposição e outros itens amadeirados para nos fazer cheirar mais como a floresta ao nosso redor e menos como Lobos Carnage.

Mas um metamorfo forte será capaz de sentir o cheiro de nossa chegada.

É por isso que mantemos uma boa distância entre nós, comigo liderando cerca de vinte e cinco metros à frente.

Inicialmente, vai fazer parecer que estou sozinho, encorajando potencialmente qualquer tipo de executor na área a atacar.

Tenho duas armas carregadas com balas de prata e mais de uma dúzia de facas enfiadas em vários lugares do meu jeans.

Um metamorfo corajoso não será um problema.

Puta merda, eu provavelmente poderia facilmente derrubar uma dúzia de tipos de executores no meu humor atual.

Me movo em silencio, mal tocando o chão com as botas enquanto corro por entre as árvores. Elas são tão familiares para mim quanto a ilha.

Porque a tecnologia de drones é incrível.

Na verdade, nunca estive aqui, mas estou seguindo pela terra como se fosse o dono.

Todos esses anos de estudo estão finalmente valendo a pena.

Seguro uma lâmina, ciente de que estou prestes a entrar em território monitorado.

Um farfalhar à minha esquerda é tudo que preciso. Eu jogo a faca, alojando-a na garganta de um lobo negro. Seu rosnado se transforma em um gemido ofegante que chama os demônios dentro de mim.

Morte, penso, inalando. *Doce. Linda. Morte.*

Essa prata o impedirá de se curar.

Ele estará acabado em cinco minutos, no máximo.

Pena que não posso ficar para assistir.

Derrubo mais dois lobos em uma sequência semelhante, então corro para a primeira cabana de segurança. O Bando Nantahala tem só uns doze lobos em serviço rotativo por turno – outro fato divertido descoberto pelos drones.

Dois lobos estão esperando por mim lá.

Bem, não esperando.

Eles estão rindo de alguma coisa na televisão, alheios à energia letal por trás deles.

— Sério — digo. — Matar vocês é quase um favor para a espécie.

Uso a arma desta vez, matando-os antes mesmo de virarem.

— Idiotas — murmuro, nada impressionado.

Até perceber que há quatro Lobos Nantahala tentando se esgueirar atrás de mim.

Não. Cinco.

Sorrio, me virando para enfrentá-los.

Mas Caius e Tieran já os estão derrubando com uma rodada de balas bem colocadas.

Eu suspiro.

Caius sorri.

— Não posso deixar você ter toda a diversão, V.

— Que diversão estou tendo? — pergunto, irritado.

Então uma sirene começa a tocar, anunciando nosso ataque, e meus lábios se curvam novamente.

— Muito divertido — digo, respondendo a mim mesmo. — Excelente.

Parto na direção oposta da sirene, ciente da tática de segurança que o Bando Nantahala usa quando está sob ataque.

Podemos ter deixado alguns drones explodirem por diversão no passado.

Só para ver como eles reagiam.

A tecnologia estava tão bem disfarçada e emitindo uma frequência tão baixa que eles nunca as notaram no céu. E os que explodiram ficaram muito destruídos para que eles sequer começassem a juntar as peças em algo significativo.

Eles sabiam de onde vieram as explosões – Lobos Carnage.

Mas não sabiam o que significavam.

Ficaram em alerta total por meses após o primeiro ataque.

Todos nos divertimos muito.

Salto por cima de um tronco em direção ao bunker que a alcateia Nantahala prefere. Três metamorfos estão esperando por mim. Eles são bem mais altos que os outros. Também têm armas. E não tentam se transformar imediatamente.

Verdadeiros executores.

Interessante.

Achei que todos haviam sido enviados para me matar.

Na verdade, estou muito ofendido por saber que não é o caso.

Eles sacam suas armas, mirando, mas uso uma árvore como escudo, agacho e atiro em um par de joelhos. O dono cai com um uivo.

Música para meus ouvidos.

Dois de nossos executores se juntam a mim, usando as árvores a seu favor e vindo atrás dos Lobos Nantahala.

Mas os executores os ouvem, giram e atiram.

Caius derruba um com uma bala na cabeça.

Assim como Tieran derruba o outro com uma faca na garganta.

— Ele não enviou todos os executores — Tieran fala, analisando a cena como eu. — Isso não é um bom sinal.

— Não, não é. — É um sinal de que deveríamos ter revisto as identidades um pouco mais de perto para descobrir quantos executores ficaram para trás.

Mas temos uma equipe de nove homens, dez se eu incluir o Beta Lock. No entanto, nós o deixamos encarregado de guardar o jato a uns bons dezesseis quilômetros de distância.

Usamos alguns quatro por quatro para percorrer a maior parte da distância.

Corremos o resto.

E agora estamos a oitocentos metros do coração do território dos Lobos Nantahala.

— Precisamos encontrar Bryson — Tieran fala, indo em direção ao bunker.

É para onde a alcateia vai para se reagrupar e se esconder. O que o torna um lugar muito provável para localizar Bryson, pois ele estará na linha de frente protegendo aqueles que estão dentro.

Encontramos mais dois executores ao longo do caminho, os quais ganham balas rápidas na cabeça.

Mas quando chegamos ao bunker, percebemos rapidamente que Bryson não está aqui.

Apenas mulheres e crianças, com alguns homens mais fracos espalhados entre eles.

Eles estão tremendo, mas assumindo posturas defensivas, o que seria impressionante se não fosse tão triste.

Tieran franze a testa.

— Onde está o seu Alfa? — Seu tom demonstra domínio para demonstrar quem ele é: um verdadeiro Alfa.

Algumas das fêmeas imediatamente ficam de joelhos. Outras apenas evitam seu olhar.

E as crianças se agarram aos adultos, deixando sua confusão pungente no ar.

Troco um olhar com Caius. O resto do nosso bando assumiu um crescente protetor ao nosso redor, garantindo que seu clã principal esteja protegido de quaisquer ataques inesperados.

Mas nenhum vem.

Porque Bryson não está nem perto daqui.

— Que tipo de covarde deixa seu bando assim? — questiono. — Onde está sua honra?

— Ele também pegou a linha defensiva deles — Caius acrescenta. — Porque não acredito que tenhamos acabado com ela.

Tieran dá um passo à frente, mantendo um ar de domínio em sua postura que ele torna menos ameaçadora ao guardar suas armas.

Ainda mantenho a minha a mão ao lado do corpo. Não confio em Bryson para não usar isso como uma oportunidade perfeita para nos emboscar.

Caius deve sentir o mesmo porque ele mantém sua arma para fora também.

Uma das fêmeas grita, chamando minha atenção e aponto a arma para ela, mas percebo que ela está gritando sobre seu filho que acabou de escapar de seu alcance. Ele tem talvez sete anos e está correndo em direção a Tieran a toda velocidade.

Dou um passo à frente, pronto para bloquear o pequeno tirano.

Mas Tieran me segura com a mão, então se agacha para encontrar a mão do pequeno inseto.

Ele bate direto no ombro de Tieran.

A mãe parece abalada e se encosta em uma parede com a mão na boca.

No entanto, tudo o que Tieran faz é sorrir.

— Boa batida, garoto — ele diz, segurando sua mão enquanto ele tenta socá-lo novamente. — Você tem espírito de luta. Admiro isso — ele diz ao menino e um pequeno ronronar emana de seu peito em aprovação.

— Por favor — a mãe sussurra com lágrimas escorrendo pelo rosto. — Por favor, não. Eu... eu farei o que você quiser. Só, por favor, não o machuque.

— Você vai me dizer onde seu Alfa foi? — Tieran pergunta enquanto segura a outra mão do garoto.

Ele está certo – o garoto tem espírito de luta.

Com certeza do calibre Alfa. Ele está rosnando e tentando enfrentar Tieran mesmo sem mãos. É meio fofo.

E triste pra cacete.

— Seu Alfa deixou uma criança para trás para lutar por todos vocês — digo, balançando a cabeça. — Que covarde.

— E-ele pegou os jipes e desceu as trilhas de v-volta — a mãe gagueja, com as mãos no peito enquanto tenta dar um passo à frente. Mas uma mulher com longos cabelos negros a segura. O medo verdadeiro é nítido em suas feições.

Porque eles acham que somos bestas selvagens.

O que eles não percebem é que vivem sob o domínio de um monstro real há décadas.

Ele os alimenta com mentiras sobre nossa espécie para mantê-los assustados. Porque se eles soubessem a verdade, correriam em nossa direção, não de nós.

Tieran gira o garoto enquanto ele tenta chutá-lo.

— Pare — o Alfa diz com severidade, intensificando o ronronar. — Não vou machucar você ou sua mãe. — Ele envolve os braços ao redor do garoto, puxando-o para seu peito em um abraço. — Pode relaxar, pequeno Alfa. Você foi bem tentando protegê-los.

As palavras soam no ouvido do menino. A voz de Tieran ainda é severa, mas tem o toque carinhoso de um Alfa da alcateia.

Tieran ronrona um pouco mais, um estrondo distintamente diferente do que ele usa com Clove. Este é um ronronar destinado a acalmar um membro do bando, que parece estar fazendo maravilhas no garoto porque ele está cedendo agora.

No momento seguinte, a criança está chorando. Mas não são lágrimas de tristeza. São lágrimas de fúria.

— E-ele nos deixou. Papai nos deixou.

Meus lábios se curvam.

— Bryson? — Ele criou outro herdeiro debaixo de nossos narizes?

O pai dele é um executor — um dos outros machos explica. É um rapaz de cabelo desgrenhado que não pode ter mais de quinze anos. — Todos eles nos deixaram.

— Há quanto tempo? — pergunto.

— Quando as sirenes começaram a tocar — ele responde.

Tieran olha para o macho.

— Você pode me mostrar em que direção eles foram?

O adolescente assente.

— Sim. E posso dar as chaves dos carros também.

— Jaxon — uma das fêmeas sibila.

— O quê? — o adolescentes rebateu. A raiva coloriu suas feições de vermelho. — O Alfa Bryson nos deixou para enfrentar isso — ele aponta para nós — sozinhos. E até agora, tudo o que eles fizeram foi deixar Jimmy acertar seu Alfa.

— Isso não significa que eles não vão fazer pior. Eles são Lobos Carnage — a fêmea retruca.

— Sim, feras malvadas e selvagens que roubam — respondo. — Estamos fazendo exatamente isso agora, não é?

— Seu Alfa mentiu para vocês — Tieran fala, adotando uma abordagem diferente enquanto se levanta de sua posição agachada com o menino ainda de pé diante dele. — Tenho provas dessas mentiras.

Alguns deles trocam olhares.

Alguns não parecem estar tão surpresos.

Outros estão mais incrédulos.

A doutrinação desta alcateia é intensa.

— Mas primeiro, preciso encontrá-lo — Tieran continua. — Ele vai pagar pelo que fez ao Bando Black Mountain. Depois disso, todos vocês serão questionados. Aqueles considerados inocentes de seus crimes terão refúgio seguro em nosso território. Porque quando eu terminar com seu Alfa e sua linha de executores, não restará muito deste bando.

Ele olha para a criança novamente, virando-o para encará-lo.

— Quero que você volte para sua mãe e não saia do lado dela. Ela vai precisar de sua força, pequena Alfa —

ele diz, roçando os nós dos dedos contra a bochecha do menino em um gesto de favor de um Alfa para um membro da alcateia. — Você foi bem, Jimmy. Agora vá proteger sua mãe, sim?

O garotinho olha para ele maravilhado, então assente para a tarefa que recebeu e corre de volta para sua mãe. Ela olha boquiaberta para Tieran como se ele tivesse três cabeças.

Esses lobos idiotas, penso, já saturado com essa cena.

— Mostre-nos para onde eles foram — digo ao adolescente. *Jaxon*, penso, repetindo seu nome.

Não que eu precise.

Mas ele imediatamente responde ao meu comando, o que lhe vale alguns pontos comigo.

Alguns dos lobos se eriçam, fazendo com que Tieran diga a dois de nossos lobos para ficarem para trás.

— Mantenha-os na linha — ele ordena.

Os dois assentem em silêncio, usando a tática de intimidação dos Lobos Carnage para fazer exatamente o que Tieran disse.

Imagino que essa seja uma maneira de usar nossa reputação a nosso favor.

Somos mortais? Com certeza, sim.

Selvagens? Talvez alguns de nós.

Mas não somos cruéis. A menos que a outra parte mereça. O que Bryson com certeza merece.

Jaxon nos leva aos jipes, nos dizendo onde encontrar as chaves dos dois que sobraram. Lanço um chaveiro para Caius, depois pego o outro para mim.

— Eles foram por ali — Jaxon diz, apontando na direção de uma trilha de terra. — Termina em uma cabine usada para treinamento.

— Então ele foi procurar mais armas — concluo.

Jaxon assente.

Olho para Caius, o maior especialista neste terreno.

— Verdade?

— Verdade — ele diz. — Eu sei o caminho.

— Então você começa a liderar — digo a ele.

Ele sorri.

— Excelente.

— Quantos executores ele levou? — Tieran pergunta, com a mão na porta do passageiro do meu Jeep.

— Oito — Jaxon diz a ele.

Tieran e eu trocamos um olhar.

— Ele não enviou executores para Richmond — digo. — Não os principais.

— Não — ele responde e a preocupação aparece em seu rosto.

Merda.

— Ele sabia que estávamos vindo.

— Parece que sim — ele responde, sua mandíbula apertada.

Estou prestes a me sentar no banco do motorista, mas faço uma pausa, sentindo um aperto no peito.

— Temos outro traidor. — Nós já sabíamos disso porque Alfa Kin nos disse. Mas quem?

Tieran se afasta do jipe, colocando o dedo perto da orelha enquanto começa a reativar as comunicações.

Todos os pelos dos meus braços se arrepiam enquanto espero que ele faça essa conexão. É por isso que noto o recuo de Jaxon. Seus olhos começam a se arregalar, e me movo antes mesmo de ouvir o estalo da bala.

Pulo na frente de Tieran, levando o tiro no ombro e rosnando na direção da arma.

Não veio de Jaxon.

Veio da floresta.

O filho da puta nos levou para uma armadilha.

Tiros irrompem ao nosso redor e uma das balas o acerta em cheio na cabeça, matando-o instantaneamente.

Bem, pode não ter sido uma armadilha intencional.

— Parece que eles encontraram as armas! — Caius grita enquanto se esconde atrás do quatro por quatro.

Tieran está ao meu lado no instante seguinte, com a faca cravada em meu braço para pegar a bala.

— Não perca seu tempo comigo — digo.

— Preciso da sua mira — ele contra-ataca, me cortando mais fundo para arrancar o metal.

Dói pra cacete, me fazendo rosnar em resposta.

Ele rosna de volta, e vejo seu animal em seus olhos.

— Os comunicadores estão desligados — ele me diz enquanto termina rapidamente de tirar a bala.

Nossos lobos estão nos cercando, trocando tiros com os idiotas na floresta.

Pelos rosnados, parece que estamos ganhando. Não é surpresa. Nós treinamos em condições muito piores.

— Algo está errado — Tieran fala.

Uma explosão vem da linha das árvores, chamando minha atenção para Alfa Ion. Ele está sorrindo como um maluco, tendo acabado de soltar um punhado de granadas. Normalmente, eu estaria sorrindo junto com ele.

Mas meu coração está martelando em meu peito. Clove.

Posso ouvi-la gritando.

Não sei como. Nem por quê. Mas ela está ao meu redor e sua dor ecoando entre as árvores. É como se eu estivesse ficando louco.

Mas Tieran está rosnando de fúria, procurando a fonte.

E Caius está uivando.

Leva um instante para eu entender a fonte: a porcaria de um sistema de alto-falantes.

— Sorria para a câmera, Aspen — uma voz diz.

— Sim, diga, "me liberte" — um segundo fala em tom arrastado, fazendo meu queixo estalar em fúria. Alfa Kin.

Em vez disso, ela grita. Um som diferente de tudo que já ouvi dela, e meu sangue está pegando fogo como resultado.

— Faça uma escolha — diz outra voz, esta mais profunda. Bryson. — Suas vidas ou a dela.

— Cessar fogo! — Tieran grita com nossos homens.

Eles obedecem imediatamente.

E Bryson ri, o som vitorioso.

Clove grita novamente. O som é de um grito agonizante que vai direto ao meu coração.

Três coisas me ocorrem ao mesmo tempo.

Nunca deveríamos tê-la deixado sozinha.

Se estivéssemos acasalados, poderíamos falar com ela.

E... *vou matar Bryson.*

CLOVE

Vários minutos antes

A prata queima em meu pescoço, mas não paro de olhar para o homem que uma vez chamei de pai. Há algo diferente nele, um sentimento de indiferença que parece errado.

Ele me olha como se nem me reconhecesse.

Como se não tivesse passado duas décadas me criando como sua filha.

A maioria dos machos deixa a criação dos filhos para as fêmeas, mas muitas vezes ele ajudou no meu treinamento quando criança, garantindo que eu fosse a fêmea mais rápida da minha idade. Ele me estimulou, talvez não com gentileza, mas sou quem sou hoje por causa de sua influência.

No entanto, sua expressão não demonstra absolutamente nada enquanto ele segura a faca na minha garganta. É como se ele estivesse congelado lá, exigindo que eu ficasse sem nem mesmo pedir.

— Bom trabalho, Gafton — uma nova voz fala, a fonte dela fazendo meu estômago se revirar.

Alfa Kin.

Ele aparece e seu tamanho intimidador imediatamente me faz querer me encolher em um canto. É também o seu olhar que me faz quase encolher. Suas íris estão brilhando com fragmentos de cores que o fazem parecer meio louco. Como se seu lobo estivesse tentando se transformar e ele não estivesse permitindo.

Castanho.

Verde.

Castanho.

Vermelho.

Engulo em seco quando a variedade de cores muda, dando um novo significado aos olhos cor de avelã.

Estou supondo que marrom é o tom usual, já que seu cabelo também é castanho escuro. Mas ele parece um pouco desequilibrado, como se estivesse à beira de se tornar selvagem.

— Bem, parece que Bryson fodeu com tudo — o Alfa fala arrastado, encostado na parede enquanto me olha. — E tudo começou com você. — Ele balança a cabeça e suspira. — Por que nosso pai escolheu sua mãe, eu nunca saberei.

Engulo em seco contra a faca em minha garganta. Meu suposto pai não está me tocando, apenas paralisado diante de mim com aquele olhar inexpressivo no rosto. Ele mal está piscando.

O que é que está acontecendo?

E o que Kin acabou de dizer sobre minha mãe?

Nosso pai?

— Foi o início da aliança deles que se mostrou frutífera por um tempo. Mas Bryson perdeu o jeito. — Alfa Kin parece enojado e sua expressão fica sombria. — No entanto, meu pai valoriza o relacionamento. Então aqui estamos nós.

Ele gesticula para o corredor, na direção de meu suposto pai, que segura a faca na minha garganta, e para si mesmo.

— Acho que é uma reunião de família muito estranha. — Ele dá de ombros. — Bem, Gafton não faz parte disso. Ele nem percebeu que sua companheira era parte Lobo Carnage até recentemente.

Meu suposto pai nem pisca com isso, apenas continua a me encarar com a lâmina.

É como se ele estivesse sob algum tipo de transe.

Alfa Bryson está fazendo isso com você?, pergunto a mim mesma. Como Alfa do Bando, ele é capaz de controlar qualquer um sob seu domínio, até mesmo seu Beta.

— Mas Bryson sabia — Alfa Kin continua. — É por isso que ele a trouxe para o bando – sua herança mista o intrigou. E ele usou isso a seu favor, forçando-a a brincar com nosso pai. Ela deveria ser uma vadia glorificada – uma Ômega capaz de receber o nó, mas com um útero que rejeita o esperma. — Ele me dá um sorriso cruel. — O que imagino que você se tornaria para Tieran e seu clã eventualmente.

Estou ouvindo-o, mas não reagindo. Porque sei que sou mais do que uma vadia para o meu clã.

E estou muito perturbada pelo fato de meu suposto pai ainda não ter se movido. Ele está apenas... parado lá... sem piscar, me segurando na ponta de uma faca.

Posso pular para trás?, me pergunto.

— Infelizmente — Alfa Kin continua, prolongando a palavra e mantendo a cabeça inclinada para o lado. — Sua mãe não se tornou a vadia ideal porque ela tinha você. Assim, a brincadeira durou apenas uma noite, o que quase arruinou a aliança entre ele e nosso pai. Mas Bryson negociou para te manter enquanto oferecia algumas outras vantagens para satisfazer as inclinações mais sombrias de meu pai.

Seu tom me permite adivinhar quais são essas vantagens, e o brilho em seu olhar confirma que são grosseiras.

— Destruir Lobas Nantahala, forçando-as a receber um nó é muito divertido — ele diz, porque parece que eu precisava desse detalhe em minha mente.

Vou vomitar.

No entanto, meu suposto pai ainda não se move.

Sério, por que você não está se movendo? penso, travando os olhos com meu pai enquanto Alfa Kin continua falando.

— Não sei por que Bryson quis manter você. Talvez ele tenha achado que você seria Alfa, alguém que ele poderia transformar em arma. Ou talvez planejasse transar com você quando atingisse a maioridade — ele diz. — Independentemente disso, ele encontrou um uso para você com aquele idiota do Bando Santeetlah. Pelo menos, até você ficar branca. — Ele dá um passo à frente. — Então você acabou aqui, e agora fechamos o círculo.

Engulo em seco novamente, observando a expressão enlouquecida de Alfa Kin.

Ele está perto demais.

E parece chateado.

— Você estragou tudo. Eu tentei lidar com isso, mas Tieran foi muito rápido. E Dirk provou ser um idiota incompetente. — Alfa Kin estremece visivelmente, fechando os olhos por um momento. Suas íris estão totalmente castanhas novamente quando ele os abre mais uma vez. — Eu disse a Bryson para resolver. Ele falhou. E agora tenho que decidir o que fazer com você.

A insanidade em sua expressão desaparece atrás de uma máscara de indiferença semelhante à que meu suposto pai está usando.

Isso provoca um calafrio em minha coluna.

— Mas temos um jogo para jogar primeiro. Preciso que você grite. — Ele me alcança com a velocidade da luz, me jogando contra a parede e tirando a lâmina das mãos do meu pai. A ponta afiada encontra meu ombro, passando por baixo do tecido do suéter para tocar a pele. — É uma pena que você seja minha meia-irmã. Caso contrário, poderíamos nos divertir um pouco primeiro.

Ele empurra a ponta no meu ombro, provocando uma dor ardente pelo meu corpo até os dedos dos pés.

— Você não pode morrer ainda, Aspen. Você é minha passagem para esta porra de ilha — ele diz. — E tenho mais um acordo com Bryson para fazer: a sua vida pela minha.

Não entendo.

Nada disso faz sentido.

Alfa Bryson sabia que minha mãe era Lobo Carnage. No entanto, ainda tentou me acasalar com um Lobo Santeetlah "usando minha sexualidade".

Quando isso falhou, meu suposto pai deserdou a mim e minha mãe – uma fêmea temporariamente negociada com um Lobo Carnage como uma prostituta por seu próprio Alfa – o que levou ao meu exílio e sua morte.

E agora meu *meio-irmão* quer me usar como um peão?

Ele puxa a faca, passando-a em minha bochecha, tirando um silvo de dor de mim que termina em um gemido.

Um gemido que desprezo.

E meu suposto pai ainda não se mexe.

Isso me faz querer machucá-lo. Matá-lo. Liberar toda a raiva no homem em quem eu confiava para me proteger nesta vida.

Não escolhi ser o resultado de um estupro.

Nem minha mãe escolheu ser usada por seu próprio Alfa como a porcaria de peão sexual.

O que mais ele fez com ela?, me pergunto, me lembrando de todas as vezes que Bryson visitou nossa casa.

Como você pôde deixar isso acontecer com ela?, quero questionar o macho paralisado ali, me observando suportar a insanidade de Alfa Kin.

A faca toca meu pescoço novamente enquanto ele me gira em seus braços, pressionando minhas costas em seu peito.

— Sorria para a câmera, Aspen — meu pai diz sem rodeios, segurando um telefone.

— Sim, diga, "me liberte" — Alfa Kin murmura em meu ouvido enquanto ele pressiona a prata na minha pele.

Não corta desta vez. Apenas queima, me fazendo gritar de agonia e fúria.

Agonia porque a porra da prata dói.

E fúria porque não consigo acreditar que meu pai está ali parado, segurando um telefone e gravando meu tormento.

Quem é você mesmo?, quase grito. Em vez disso, grito quando Alfa Kin lambe minha garganta.

Tudo sobre isso é tão errado! Alfas são feitos para proteger. Companheiros são feitos para valorizar.

E isso... isso é o oposto. É cruel. É distorcido. É...

— Faça uma escolha — uma nova voz fala, chamando minha atenção para o telefone. Alfa Bryson, reconheço, sentindo meu sangue gelar. — Suas vidas ou a dela.

Não.

Não, não, não.

— Cessar fogo! — Tieran grita, provocando um calafrio na minha espinha.

Alfa Kin ri nas minhas costas. Ele move a lâmina de volta em meu ombro, cavando novamente para reabrir a ferida que provocou. Não é profunda, mas dói, arrancando um grito dos meus lábios que o faz rir ainda mais atrás de mim.

Sádico maldito!

A prata deixa minha pele, retornando ao meu pescoço enquanto ele envolve a palma da mão na minha cintura para me manter na posição vertical. Ele acha que estou perdendo forças com isso. Talvez eu esteja.

Ou talvez eu possa usar isso a meu favor.

Ele me vê como uma Ômega. Uma fraca.

Mas ele não tem ideia de quem realmente sou, quem eu treinei toda a minha vida para ser.

Finjo um estremecimento que me rende outra lambida no pescoço. Luto contra a vontade de vomitar e sinto meu estômago revirar de desgosto.

— Muito bem, Bryson — ele diz quando o homem em questão aparece no telefone que meu pai está segurando com os olhos vazios.

Ele com certeza está sob o controle de Bryson, concluo.

Não que isso faça diferença entre nós. Ele entregou minha mãe para os Lobos Santeetlah de forma voluntária. E me repudiou na frente do bando. Essa decisão foi dele.

Não do Alfa me encarando na tela.

Bryson não diz nada por um longo momento, apenas me avaliando. Sinto frio sob seu olhar. *Morte.*

— Que decepção você provou ser, Aspen. — Essas são as palavras que ele finalmente escolhe expressar.

E algo em sua declaração me deixa ainda mais irritada.

Ele está me chamando de decepção? Depois de tudo que ele fez com minha mãe? Depois de tudo que fez comigo?

— Solte-a. — Ouço Tieran exigir.

Alfa Kin bufa atrás de mim.

— Não é assim que as coisas vão acontecer — Bryson

333

diz em tom casual, com a imagem do telefone inclinada para o chão. — Eu dou as ordens aqui.

Eu tensiono a mandíbula. *Sim. Você sempre dá as ordens, não é? Com a minha vida. Com a vida da minha mãe. Você é um desgraçado.*

Minhas veias parecem estar cheias de lavas e sinto minha loba andando com raiva dentro de mim, morrendo por uma chance de matar.

Alfas protegem.

Companheiras devem ser valorizadas.

Alfas protegem.

Companheiras devem ser valorizadas.

Ela parece estar repetindo essas palavras sem parar em minha mente enquanto balança a cauda em fúria e o *Alfa* nas minhas costas continua me segurando com uma faca.

O *Alfa* que supostamente é meu *meio-irmão*.

Talvez seja por isso que seu cheiro me é familiar.

Ou talvez eu esteja sentindo o cheiro do meu pai nele.

Não importa .

Não vou ser um peão, decido. *Cansei de ser um peão.*

Minha loba ruge em concordância e o rosnado deixa meus lábios enquanto eu lhe dou controle total.

Alfa Kin não está esperando por isso.

Seu braço estava solto ao meu redor, e a faca na minha garganta pressionando, mas não cortando. Então, quando giro para fora de seu domínio, é em uma manobra rápida que ele não está pronto para contra-atacar.

A prata corta minha pele.

Mas ao invés de gritar, abraço a queimadura e a deixo alimentar minha raiva.

Um rugido me escapa e minha loba fica absolutamente selvagem.

Eu permito.

Dou tudo a ela.

Eu a deixo *liderar*.

Meu pai – *Beta Gafton*, me corrijo com firmeza – avança, finalmente se movendo. Mas estou pronta para ele. Minha loba rasga minhas roupas enquanto me mexo.

Nós colidimos e eu o derrubo com minhas patas. A transformação é muito mais fácil. Eu nem senti meus ossos se desintegrarem. Estou muito ocupada indo para sua garganta.

Mordo quando sinto um pedaço de prata no meu flanco. Afasto a mandíbula do pescoço de Beta Gafton, que está sangrando.

Alfa Kin rosna atrás de mim, e o barulho irritante tenta me forçar de volta à minha forma humana.

Minha loba rosna enquanto eu me viro para encará-lo. Ele não é um dos *meus* Alfas. Ele não vai me controlar. Em vez disso, ele vai morrer.

Mas a lâmina prata em minhas costas está dificultando minha concentração.

Na verdade, está me deixando um pouco tonta.

Eu tropeço.

Ele sorri.

Então seus olhos selvagens vão para a fera que rosna em minhas costas.

Todo o pelo ao longo da minha espinha fica em pé quando a faca é arrancada das minhas costas e Alfa Dirk se lança para a frente para empurrar a lâmina no ombro de Alfa Kin.

Eu pisco, atordoada.

E minha perna é agarrada e torcida embaixo de mim por Beta Gafton.

Ele está raivoso.

Feroz.

Com olhos selvagens que não reconheço e uma expressão de pura fúria animalesca.

— A culpa é sua — ele ruge, pulando para mim.

Minha loba salta para fora do caminho, mas o corredor não é tão largo. Eu imediatamente bato em uma parede, o que provoca um estremecimento em minha metade inferior.

Estou me curando agora que a prata está fora de mim, mas ainda me sinto estranha.

Exceto que estou de quatro.

E Beta Gafton está de pé.

Também tenho uma loba irada em pleno controle e comandando o show, enquanto ele claramente está louco. Provavelmente um efeito colateral de Bryson controlá-lo, que é a única explicação para seu vazio.

Como ele chegou aqui?, me pergunto enquanto ele tenta me atacar novamente.

Minha loba reage, indo direto para sua garganta com a intenção de terminar o trabalho desta vez.

Ele estica os braços ao meu redor e apertam com tanta força que os ossos começam a rachar, mas minhas mandíbulas estão travadas em torno de sua jugular.

Ele não esperava que eu pulasse.

E ele acha que sua força é suficiente para me intimidar.

Mas minha loba trabalha com a dor, travando os dentes e arrancando a porra da garganta dele. Um gorgolejo áspero segue e seus olhos enlouquecidos piscam de surpresa enquanto o sangue jorra da ferida.

Ele está sufocado.

Minha loba está lambendo os lábios, apaziguada.

Ele dobra os joelhos e segura a garganta.

Quando uma bala atravessa sua cabeça.

Uma bala de prata – algo que reconheço porque sinto a chama no ar.

Me viro em direção ao atirador e encontro Alfa Dirk

abaixando o cano ao seu lado, com o corpo coberto de sangue.

E Alfa Kin morto a seus pés.

Eu recuo, batendo as costas na parede enquanto me preparo para qualquer luta que esteja prestes a ocorrer. Porque raiva pura e não adulterada flui de Alfa Dirk.

Ele é maior que Alfa Kin.

Mais forte.

Mais feroz.

Minha loba rosna, desafiando-o, porque ela não sabe mais o que fazer.

Alfa Dirk semicerra os olhos.

Então um uivo ecoa no ar, a fonte dele vindo do telefone no chão entre nós.

Minhas pernas se dobram debaixo de mim e meu animal imediatamente se submete à raiva que vem daquele som.

Tieran...

TIERAN

Vários minutos antes

S*uas vidas ou a dela*, Bryson disse.

Escolho nem uma, nem outra, penso enquanto ele entra na clareira com o telefone ao seu lado.

É um erro. Ele ainda está conectado aos alto-falantes, permitindo que eu ouça a resposta de Clove.

Ela está com dor e está furiosa.

Mas ele parece não perceber isso porque está sorrindo de forma triunfante.

Os três executores atrás dele não parecem tão confiantes, porque são os únicos que permanecem na equipe de Bryson.

Enquanto isso, todos os meus lobos ainda estão vivos.

Porque tenho algo que ele não tem: coração.

Ele usa a manipulação da mente de colmeia e mulheres escravizadas para domar seus lobos. Isso só permite certa lealdade em um bando. E aqueles lobos atrás dele não parecem muito interessados em morrer por seu líder insano agora.

Porque eles sabem que é isso que está prestes a acontecer.

Um rugido soa através do telefone. Clove é a fonte de tudo e um estrondo alto segue. *Beta Gafton largou o telefone*, concluo.

Volt está se movendo antes que eu possa levantar a arma.

Ele enfia duas lâminas no peito de Bryson no próximo segundo, assim como Caius envia uma bala para o executor mais próximo do Alfa. Derrubo os próximos dois com minha arma, atirando sem pensar e dando aos dois uma morte rápida.

Vou até onde Bryson está, ofegante no chão.

— Escolho a sua morte — digo a ele, apontando para sua cabeça.

E puxo o gatilho.

Há uma coisa que aprendi em meu treinamento: nunca prolongue uma morte só para se vangloriar. Nunca se sabe quando a parte oposta ganhará vantagem.

Assim como fizemos agora, quando Bryson fez uma pausa para desfrutar de sua vitória.

— Lobo arrogante do cacete — murmuro, atirando nele novamente.

— Bem, isso foi anticlímax — Volt diz enquanto recupera suas facas.

— Ele precisava morrer — digo de forma categórica.

Eu me curvo para pegar o telefone, esperando ver a fonte de todos os rosnados vindo do alto-falante.

Mas a tela está preta. Tento desbloqueá-la, mas percebo que já está ligada.

O que significa que a câmera está desligada ou o telefone está virado para o chão...

Levanto a cabeça quando sinto um cheiro fresco.

— Lobos Santeetlah — sussurro.

Esta luta não é deles.

Eles precisam aprender a recuar.

E estou prestes a mostrar a eles o porquê.

Porque estou *farto* desta guerra. Bryson provocou isso. Eu vou terminar.

Nem espero. Eu *uivo*.

Toda a minha energia furiosa e raiva reprimida vão para o som que ecoa. É um aviso, um que espero que esses idiotas prestem atenção. Porque vou destruir cada um deles.

Não sei se Clove está viva ou morta. E estou chateado por não tê-la reivindicado. Se eu o tivesse, seria capaz de senti-la agora.

Em vez disso, estou olhando para uma tela preta com o Alfa de um Bando morto aos meus pés.

Sou a fúria em pessoa.

Um lobo lamentando a perda de sua companheira em potencial.

Um Alfa devastado por tudo o que aconteceu com sua alcateia.

Alfa Crane responde com um uivo, tentando acalmar seus prováveis lobos assustados.

Então abro a boca mais uma vez, liberando outra onda de poder. Mas esta é amplificada pelos uivos de Caius e Volt. Nós três uivamos juntos, capturando a noite com nossa canção sombria e mortal.

O silêncio nos cumprimenta quando terminamos.

Eu espero.

Alfa Crane aparece vários minutos depois com apenas dois lobos ao seu lado.

Volt está com sua arma em punho. Caius também.

Mas eu apenas seguro o telefone, esperando que uma imagem apareça.

— Os Anciões vão saber disso, Tieran — Alfa Crane

diz. Seu desgosto palpável quando ele vê o cadáver de Alfa Bryson. — Usando armas em vez de dentes. É desprezível.

— Eu concordo — digo a ele com honestidade. — Mas Bryson é conhecido por suas táticas de prata. Eu apenas o venci em seu próprio jogo.

Um verdadeiro lobo luta com garras e dentes.

Mas Bryson provou há muito tempo que não era um lobo de verdade.

— Diga isso aos Anciões — acrescento. — Estou ansioso para finalmente apresentar meu caso.

Alfa Crane franze o cenho.

— Que caso?

Eu não o agracio com uma resposta. Ele não recebe uma. Mas ofereço-lhe um comentário final.

— Quando eu subir, vou convocar uma reunião. Sugiro que você participe. Temos algumas questões a discutir.

Uma delas sendo a mãe de Clove.

Continuo verificando o telefone.

Não há sons vindo dele agora.

Vamos, Clove, penso. *Diga-me que você está bem.*

É quase uma punição apropriada eu não saber.

— Você pode ir — Caius diz para Alfa Crane. — Manteremos contato.

O Alfa Santeetlah se irrita ao ser dispensado, então três dos meus lobos avançam sem armas. Eles simplesmente rosnam.

E Alfa Crane endurece.

Ele tem uma alcateia de lobos fracos, semelhantes a que acabamos de destruir.

E veio sem armas.

Falei sério sobre as armas. Mas isso não significa que ele confia em mim para honrá-lo com uma luta justa.

Ele acredita em todos os rumores e isso está me ajudando nessa situação.

Porque ele aceita nossa dispensa com um grunhido baixo, dando a entender seu descontentamento com o insulto, e sai com o rabo enfiado entre as pernas.

— *Aquele* é o herdeiro de Alfa Crane? — Volt pergunta, soando totalmente impressionado. — O filho dele, certo?

— É, o trêmulo era o filho dele — Caius confirma.

Volt bufa.

— Ele parecia pronto para mijar nas calças.

— Este telefone parece não estar funcionando — digo a Caius, entregando-o a ele.

Ele mexe na tela preta, franzindo a testa.

Tento meus comunicadores novamente e os encontro ainda mudos.

— Alguém mais capaz de se conectar via comunicação?

Todos os meus homens balançam a cabeça.

Odeio essa sensação de não saber o que está acontecendo. Clove ficou quieta por muito tempo. O último som que ouvi foi o rugido dela antes de Beta Gafton largar o telefone. Ou imagino que era ele quem a segurava, já que foi sua voz que lhe disse para sorrir.

Caius joga o telefone no chão.

— Está quebrado.

— Precisamos ir — digo, sentindo meu coração na garganta. Odeio isso. Odeio não poder senti-la. Odeio não poder ouvi-la. Odeio não ter ideia do que está acontecendo com ela agora.

— Vou entrar em contato com Alfa Pan assim que chegarmos ao jato. — Caius parece tão preocupado quanto eu.

Rapidamente coloco três dos meus homens encarregados de limpar tudo e digo a eles para irem para o território do Bando Black Mountain quando terminarem. Vou ligar para meu pai no caminho para informá-lo sobre o plano.

— Se alguém tentar ferir um Lobo Carnage enquanto eu estiver fora, haverá um inferno a pagar quando eu voltar — digo para aos que estão no bunker ao sair.

A maioria deles está olhando para mim com reverência.

Alguns possuem uma pontada de desconforto e desconfiança.

E apenas alguns me encaram. Esses são prontamente levados por Alfa Ion. Ele começará questionando-os primeiro.

Começo a seguir em direção ao caminho que viemos, quando o pequeno Alfa me chama. Eu me viro para Jimmy para vê-lo andando atrás de nós.

Meu coração está dividido entre abraçá-lo e correr em direção a minha companheira destinada. Mas o lobo em mim me faz agachar ao seu nível quando ele me alcança.

— Você matou o papai — ele me diz, piscando de forma inocente.

Engulo em seco, mas assinto. Não vou mentir para esse ser minúsculo.

— Sim, foi preciso. — Todos os executores aqui estão mortos. Então, a menos que seu pai tenha fugido, o que é duvidoso, ele não está mais conosco.

Ele curva os lábios e assente.

— Eu cuido da mamãe. — Ele parece quase aliviado com isso, me fazendo pensar como seu pai costumava tratar sua mãe. Porque ele não está nem um pouco chateado. Apenas aceitando, quase ao ponto de agradecer.

— Sim, Jimmy. Vá cuidar da sua mãe.

Ele sorri.

— Obrigado, Alfa.

343

Meu coração se aquece com a resignação clara em seu tom. Sua mãe está esperando por ele logo atrás das árvores, com os olhos arregalados.

— Ele é um bom garoto — digo a ela. — Se você buscar refúgio no Bando Black Mountain, nós o transformaremos em um Alfa que pode liderar. — Porque ele tem a genética. Posso sentir.

Ela parece prestes a chorar. Não necessariamente de tristeza, mas talvez com um pouco de choque.

Limpo a garganta e me levanto, em seguida bagunço o cabelo do garoto.

— Seja um bom pequeno Alfa e cuide de sua alcateia. Eu voltarei.

Eu me afasto, mas ouço a mãe dele dizer:

— Espero que a Clove esteja bem.

Todos os pelos ao longo dos meus braços se arrepiam quando eu a encaro novamente. O bando inteiro provavelmente ouviu aquela exibição de Bryson. Não estamos nem perto de suas cabanas, então, se os alto-falantes estão distantes, provavelmente abrangem o território. Além disso, tudo aconteceu perto do bunker.

Então, sim.

Eles ouviram tudo.

— Ela é uma boa loba — a fêmea acrescenta.

— É, sim — digo a ela, com um quase sorriso. — E ela está bem. — Digo com uma confiança que não sinto.

Mas estou determinado a acreditar.

— Ele nos disse que ela estava morta — a mulher acrescenta. — Bryson. Ele disse que ela ficou selvagem e matou sua mãe. — Ela engole em seco. — Clove nunca mataria Serena.

— Mais uma de suas mentiras — Volt diz enquanto se aproxima do meu lado. — E nós realmente precisamos ir — ele fala baixo, mas com um toque de urgência.

Ela acena.

— Sim. G-Gafton não é um lobo mau. Ele está... ele está apenas sob o controle de Bryson. Mas Kin... — Ela estremece, curvando os ombros enquanto Volt e eu trocamos um olhar. — Você não é como ele.

— Você conheceu Alfa Kin? — Caius pergunta, avançando em direção à fêmea.

Seu filho está enrolado nas pernas dela novamente, com o rosto enterrado em sua coxa enquanto tenta ronronar para ela da mesma forma que fiz para ele.

Sai mais como um resmungo do que um ronronar.

Porque ele não é um Lobo Carnage.

— Alfa Bryson... ele... ele deixa Kin... — Seu tremor violento nos diz tudo o que precisamos saber.

Jimmy se agarra a ela com mais força, e ela limpa a garganta.

— Existem dois Lobos Carnage que ele apresentou a certos membros do nosso bando. Sempre em segredo. Ele não sabia que eu... — Ela para, limpando a garganta novamente. — Ele nunca soube que vi isso acontecer. Eu tinha apenas seis anos na primeira vez. Mas vi o que aquele Alfa fez com Serena. Seu cheiro me assombrou por anos. Foi como eu soube quando ele voltou. E então, um dia, ele trouxe Kin.

— Você sabe o nome do outro homem? O que você pode sentir o cheiro? — pergunto, suavizando minha voz.

Ela balança a cabeça.

— Eu só conhecia Kin porque ele fez Evelyn gritar seu nome enquanto... enquanto ele... ele a *matava*.

Entendo o que ela está dizendo. Ele forçou seu nó nela.

— Como ele cheirava? — Caius coloca um pouco do seu ronronar em suas palavras.

— Como lama azeda — ela sussurra.

Franzo o cenho. Não tenho certeza se nenhum de nossos lobos tem esse cheiro.

— Obrigado. Vamos encontrá-lo e fazê-lo pagar pelo que fez. É um voto que pretendo manter.

Ela assente mais uma vez. Suas bochechas ficam rosadas enquanto ela luta contra mais lágrimas.

— Sinto muito. Sei que você precisa ir atrás da Clove.

— Precisamos — Caius confirma. — Mas nós voltaremos.

— E vamos trazê-la conosco — Volt promete.

Minha garganta se contrai.

É uma promessa que espero poder cumprir.

CLOVE

E les estão aqui.
    É uma reação intrínseca, que faz com que os pelos da minha nuca se arrepiem.

Alfa Dirk deve sentir também, porque ele se endireita na cadeira.

— Eles vão querer te matar — Alfa Ebony diz a ele em tom casual.

— Eu sei — ele responde com um suspiro. — Eu provavelmente mereço.

— Não merece, não — ela responde.

E eu concordo com ela.

Depois que o uivo de Tieran soou pelo telefone, Alfa Dirk caiu de joelhos e inclinou a cabeça.

Não para Tieran.

Mas para *mim*.

Ele permaneceu assim enquanto ouvíamos as consequências daquele uivo, ouvimos a conversa de Tieran com Alfa Crane e sua inevitável frustração pelo telefone não funcionar.

Nem uma vez Alfa Dirk se mexeu.

Quando o telefone ficou quieto, minha loba começou a se mover, farejando o macho alfa com interesse.

Ele não se moveu, permitindo que ela o rodeasse enquanto farejava o ar em busca de qualquer sinal de maldade.

Não encontrou nenhum.

Eu finalmente me afastei dele com um grunhido.

Só então ele começou a se sentar, seus olhos verdes escuros e intensos.

— Não vou te machucar, Clove. Mas eu aceitarei qualquer punição que você queira me dar. É minha responsabilidade gerenciar aqueles no meu clã, e eu falhei.

Suas palavras ainda ecoam em minha cabeça, junto com a decepção aguda em seu tom e a tristeza de seu fracasso.

Ele se culpa pelos crimes de Alfa Kin.

Quase me transformei de volta para dizer a ele que não era culpa sua, mas a lógica me manteve em forma de loba.

A culpa é parcialmente dele. Ele deveria ter suspeitado da intenção nefasta de Alfa Kin. Não consigo imaginar Volt ou Caius sendo capazes de fazer algo tão horrível debaixo do nariz de Tieran.

Então, nesse sentido, eu o culpo.

Mas não vou deixá-lo suportar o castigo do pecado de outra pessoa.

Me sento perto da porta, esperando que meus companheiros me encontrem. Eu os sinto rondando, caçando. A energia Alfa deles é como um afrodisíaco chamando minha alma.

Eles estão vindo, meu animal está dizendo, e sua excitação é palpável. *Eles estão vindo. Eles estão vindo.*

Estamos sentados no escuro há horas. Sem telefone.

Não há como nos comunicar. Estamos usando nossa visão noturna aprimorada para ver.

Alfa Duncan está morto. E Alfa Ebony está se curando, graças ao fato de Alfa Dirk ter removido as balas de sua pele.

Ele fez o mesmo com Alfa Edwin, mas ele ainda está inconsciente no sofá.

— Kin derrubou a torre de telecomunicações — Alfa Dirk explicou anteriormente. — E cortou a energia da ilha.

Foi o que alertou Alfa Dirk de que havia um problema – ele podia sentir o cheiro da essência de Alfa Kin em toda a sabotagem. Então foi procurá-lo.

E o encontrou comigo.

— Eu não pensei, só reagi — ele disse a Alfa Ebony logo depois que ela acordou. — Rasguei a garganta dele.

— Bom — ela respondeu. — Ele mereceu.

Eles discutiram um pouco sobre o que achavam que havia acontecido, comparando o que sabiam entre a observação de eventos de Alfa Dirk e o conhecimento pré-estabelecido de Alfa Ebony sobre a traição de Alfa Kin.

— Ele deve ter encontrado a linha segura que Alfa Caius e Alfa Pan estabeleceram — Alfa Dirk disse em um ponto. — Ou talvez ele tenha sua própria vigilância configurada para detectar interferência. Independentemente disso, está claro que ele avisou ao Bryson, já que estavam trabalhando juntos.

Ele pronunciou essa última parte entre os dentes. Sua fúria com a situação era uma presença palpável no ar. Ele claramente não sabia sobre esse elo até que Alfa Ebony contou.

E agora que ele sabe disso, ainda está com raiva.

Mas ele está calmo, sentado na mesa, aguardando seu destino.

Os restos mortais de Alfa Kin e Beta Gafton estão no corredor como um par de presentes – algo que Alfa Ebony sugeriu que eles fizessem.

— Isso lhes dará uma pausa suficiente para talvez considerar conversar antes de acabar com você — ela disse depois de expressar a recomendação.

Alfa Dirk não necessariamente concordou, mas acatou a sugestão depois que resmunguei em concordância.

Eles caíram em uma breve conversa sobre meu pai, imaginando como ele conseguiu chegar aqui. Então Alfa Dirk confirmou algo que eu já sabia.

— A mente dele não estava sã — ele disse. — Ele estava sob o controle de seu Alfa. Pude ver em seus olhos enlouquecidos quando ele atacou a Clove.

O que explica por que ele ficou imóvel como uma estátua depois de colocar uma faca na minha garganta.

Mas não nos diz exatamente como ele chegou à ilha.

— Alguém deve tê-lo ajudado — Alfa Ebony disse, expressando minha preocupação em voz alta.

A questão é, *quem*?

O pai de Alfa Kin?

Me recuso a chamar o macho de *nosso* pai porque não o conheço, nem quero conhecê-lo.

Só o pensamento me faz estremecer.

— Ele poderia ter pegado uma lancha do continente — Alfa Dirk diz a Alfa Ebony.

— Talvez — ela responde, não parecendo tão convencida.

Também não estou.

É uma peça do quebra-cabeça que está girando em minha cabeça repetidamente por horas. *Há mais alguém envolvido*, continuo pensando, mesmo agora. *Mas quem?*

Pelo que Alfa Ebony disse, o pai de Alfa Kin foi levado sob custódia por Alfa Umber. Então não pode ser ele.

Um rugido profundo vem do corredor, fazendo a minha loba virar a cabeça na direção da fúria de Volt.

Eles estão aqui. Eles estão aqui. Eles estão aqui.

Minha loba quer saltar para o corredor para cumprimentá-los, mas fico sentada.

Porque estou protegendo Alfa Dirk.

Alfa Ebony tem razão. Eles estão furiosos e vão tentar matá-lo porque meu sangue está no corredor, assim como o dele, da luta.

Tieran é o primeiro a passar pela porta. Seu olhar está selvagem enquanto ele observa a cena com um rosnado.

Até que ele me vê sentada lá, esperando.

Ele está em forma de lobo e seu animal supera o meu.

Sua reação é imediata: seu lobo salta para frente para cheirar meu pescoço e acariciar minha garganta.

Volt é o próximo. Depois Caius. Os três estão em suas formas animais, se esfregando contra mim com ronronar, rosnados e cheirando cada centímetro de mim para verificar se há algum ferimento.

Eu os deixo, evitando o instinto de fazer o mesmo.

Porque preciso manter meu foco.

Volt é o primeiro a reagir à presença de Alfa Dirk, com um rosnado baixo e ameaçador. Tieran faz o mesmo. Os dois machos retumbam em desaprovação e fúria.

Quando Volt começa a avançar, eu o mordisco no flanco.

Ele se vira para mim, rosnando com a mordida inesperada. Então suaviza quando percebe que sou eu.

Eu me levanto e me sento entre ele e Alfa Dirk.

Meus três machos me observam com interesse. Sua confusão é palpável.

— Ela está dizendo que está encarregada de sua punição — Alfa Ebony traduz para mim, com admiração em seu tom. — É por *isso* que está sentada perto da porta.

Eu grunho em confirmação.

E agora que meus machos estão aqui, posso me transformar.

Porque me sinto segura novamente.

E é o que faço, o que acaba sendo um erro, porque Volt imediatamente me joga no chão, cobrindo meu corpo com o seu peludo.

— Ooh. — O som me escapa em uma lufada de ar, me deixando um pouco tonta.

— Pegue uma camisa para ela — Tieran exige, aparentemente de volta à forma humana. — Que merda aconteceu aqui embaixo?

— Alfa Kin derrubou a torre de comunicações e a energia. Apenas seu telefone via satélite parece funcionar — Alfa Ebony diz. — Mas não conseguimos descobrir a senha para fazer chamadas. E sem acesso à eletricidade, o que precisamos para ligar os computadores, não poderíamos usar nada para hackear.

Uma camisa aparece na minha visão periférica enquanto Caius se ajoelha ao nosso lado.

— Aqui está, linda — ele diz. Seus olhos estão mais prateados do que cinza quando ele examina meu rosto.

Volt resmunga um pouco, se movendo apenas o suficiente para dar espaço para Caius puxar a camisa pela minha cabeça.

— Ninguém pode ver você nua, exceto nós — Caius explica, puxando o tecido para baixo.

— Sou uma metamorfo — murmuro para ele. — Tenho que estar nua para me transformar.

Ele semicerra os olhos.

— *Ninguém* — ele repete.

A voz da minha mãe surge na minha cabeça me dizendo para escolher minhas batalhas. Esta é uma que eu posso lutar mais tarde, mas por enquanto, eu o deixo puxar a camisa para baixo enquanto Alfa Ebony continua a relatar o que aconteceu aqui.

— Alfa Kin matou Alfa Duncan — ela diz, sem demonstrar a emoção que sei que ela está sentindo. — Ele tentou me matar e a Alfa Edwin, e teria conseguido se Alfa Dirk não tivesse removido a prata.

— E você não tinha ideia de que ele estava trabalhando com o Bryson? — Tieran questiona Alfa Dirk.

— Não, mas eu deveria saber — ele admite. — Falhei como líder do clã. Falhei como um Lobo Carnage. E falhei como um de seus Alfas. Aceitarei qualquer destino que você atribuir a mim.

— Ele me salvou de Alfa Kin — eu o interrompo, ainda parcialmente presa sob a forma volumosa de Volt. Aparentemente, a camisa não é suficiente para ele. Ou talvez ele só goste de se deitar em cima de mim. — Isso... isso foi depois que Alfa Kin me disse que é meu meio-irmão. Seu pai... seu pai estuprou minha mãe.

Dói falar isso em voz alta. Mas Tieran precisa entender que a lealdade de Alfa Kin nunca foi para Alfa Dirk.

E embora Alfa Dirk devesse suspeitar da falta de fidelidade, às vezes o sangue pode ser um poderoso motivador na manipulação.

— Mas Alfa Dirk matou Alfa Kin, e Beta Gafton — eu digo. — Ele agiu em honra ao bando. Em minha honra. — É algo que entendo instintivamente, a maneira como ele se curvou para mim por quase trinta minutos após o uivo de Tieran.

Ele estava se submetendo à minha loba.

— Alfa Kin lhe contou isso sobre o pai dele? — Tieran pergunta, contornando a cabeça de lobo de Volt para encontrar meu olhar.

Eu concordo.

— Bryson o deixou fazer isso porque sabia que minha

mãe era mestiça. Ele achou que ela seria uma boa... prostituta... para seu pai. — Eu me encolho com o termo, mas é o que ele usou. — Só que ela acabou grávida.

Tieran me considera por um longo momento.

— Vou pedir ao meu pai que confirme seu cheiro com uma das testemunhas dos Lobos Nantahala.

Franzo a testa, sem entender o que ele quer dizer, mas Volt me distrai, se transformando de volta para sua forma humana. Suas pernas fortes prendem as minhas enquanto ele se move para se deitar com mais firmeza em cima de mim, com os cotovelos aos lados da minha cabeça. Ele não fala. Apenas me beija. Intensamente.

Caius limpa a garganta.

Volt grunhe em resposta, então enterra o nariz em meu cabelo, inalando profundamente.

— Conte-me tudo — Tieran exige. — Do começo ao fim.

Alfa Ebony obedece, reiterando todos os fatos do que aconteceu até o ataque. Então Alfa Dirk assume para preencher as peças que faltam, sobre como ele foi à torre de telecomunicações para investigar a queda de energia e percebeu que Alfa Kin sabotou tudo, e que ele o seguiu até aqui.

Onde o encontrou me atacando.

Escuto, parcialmente entorpecida com tudo isso, e suspiro quando Volt começa a ronronar.

— Podíamos ouvi-lo pelo telefone — Alfa Dirk conclui. — Escolhemos esperar aqui pelo seu retorno. É no subsolo, e poucos lobos sabem como violar a segurança de Alfa Duncan.

— Mas você conseguiu — Tieran aponta.

— Sim. Sei como quebrar a segurança na ilha, mas isso não significa que eu use esse conhecimento.

— Não, você acabou por compartilhar com Alfa Kin — Tieran acusa.

— Ele era meu companheiro de clã. — Alfa Dirk não expressa isso como uma desculpa, apenas um fato. — Eu... eu confiei nele.

A sala fica em silêncio.

O conceito de julgamento é pesado no ar enquanto Tieran avalia tudo o que sabe.

— Alguém ajudou Beta Gafton a chegar à ilha — o Alfa diz. — Quero saber quem foi. Descubra para mim e considerarei diminuir sua sentença.

Alfa Dirk assente, aceitando a tarefa.

Tieran fica quieto por mais um momento.

Então ele inclina a cabeça para trás em um uivo que provoca arrepios pelos meus braços e pernas. Volt e Caius imediatamente se juntam, respondendo ao seu chamado e fortalecendo-o com sua energia e força.

Minha loba ronrona em resposta ao seu canto conjunto.

Nossos, ela está dizendo. *Esses machos são nossos.*

Volt acaricia meu pescoço quando o uivo termina, e lambe meu pulso. Mas vira a cabeça no segundo seguinte com um rosnado.

Eu estremeço.

Caius e Tieran estão lá em um instante, os dois enterrando as cabeças em meu pescoço para cheirar o que inspirou a reação de Volt.

Os dois homens rosnam.

— Alfa Kin te lambeu? — As palavras são de Tieran, e a raiva as faz sair em um estrondo baixo de fúria.

Engulo em seco e assinto.

Os três rosnam. Volt pula e me levanta em seus braços como se eu não pesasse nada.

— Traga os corpos com você — Tieran grunhe para Alfa Dirk. — Você tem noventa minutos.

Não faço ideia do que ele quer dizer.

Aquele uivo deve ter sido um sinal para alguma coisa.

— Não se atreva a ajudá-lo — Tieran acrescenta, olhando para Alfa Ebony.

— Ele não vai tocar no Duncan — ela responde com um olhar intenso enquanto desafia seu superior. — Ele é meu.

Tieran a considera por um momento, então cede com um aceno de cabeça.

— Apenas Alfa Duncan.

Ela imediatamente relaxa, afastando seu olhar do dele.

— Obrigada, Alfa.

Ele dá um passo em direção a ela e envolve a palma da mão na parte de trás de seu pescoço.

Ela fica tensa.

E ele a puxa para um abraço.

— Obrigado. — Eu o ouço sussurrar em seu ouvido. — Obrigado por cuidar da nossa Clove.

Ela estremece e seus ombros perdem a rigidez.

— Alfa Duncan era um bom homem — Tieran continua. — Ele será honrado.

Ela coloca os braços ao redor dele, retribuindo o abraço enquanto outro tremor a percorre.

Ele a abraça, emprestando-lhe sua força por um longo momento. Então beija o topo de sua cabeça.

— Alfa Pan estará aqui dentro de uma hora. Ele ainda não sabe.

— Vou dizer a ele — ela responde.

Tieran assente mais uma vez, liberando-a lentamente.

— Coloque Alfa Duncan perto da água. Eu cuido do resto.

Ela engole em seco visivelmente e abaixa o queixo em reconhecimento.

É o primeiro verdadeiro sinal de dor que vejo nela desde que acordou. Ela está se segurando o tempo todo, mantendo seu foco na proteção.

Alfa Dirk tem feito o mesmo, mantendo a expressão estoica enquanto esperava Tieran, Volt e Caius retornarem.

Volt me carrega para o corredor, deixando Tieran dizer algumas palavras finais para Alfa Ebony e Alfa Dirk. Não sei o que ele fala, porque Volt e Caius começam a ronronar tão alto que seus estrondos são tudo que posso ouvir.

Não parece intencional, eles apenas querem oferecer conforto enquanto nos movemos pela cena de carnificina ao nosso redor.

— Eu posso andar — digo a Volt quando ele chega a outro corredor.

Ele resmunga em resposta.

— Eu nunca vou te deixar de novo, Clove. É melhor se acostumar a ser carregada para todos os lugares.

— Sim — Caius ecoa.

Outra batalha que eu realmente não quero lutar.

Embora eu possa apontar que os dois estão andando por esses corredores nus quando me disseram que não posso ficar sem roupas na frente de outras pessoas.

Mas eu realmente não quero discutir sobre isso também.

Só quero me deleitar com a presença deles.

Eles estão bem.

Estão aqui.

Vivos.

Acaricio o peito de Volt, inalando seu cheiro acobreado e suspirando com a sugestão de cinzas em seu rastro.

Ele cheira a morte.

Uma morte que eu não me importaria de experimentar.

A essência de menta de Caius faz cócegas no meu nariz.

Seguido pela forte fragrância de pinho.

Tieran aparece de repente, me tirando do aperto de Volt e me abraça com uma ferocidade que torna difícil respirar.

— *Nossa* — ele rosna, saindo em uma corrida que me faz envolver meus braços em volta de seu pescoço para me segurar.

Quase repito minha habilidade de andar, mas o ar da meia-noite toca meu pescoço, fazendo com que eu me enrole ainda mais no calor de Tieran.

Sinto seu cheiro, saboreando sua existência.

Ele me leva para a toca, correndo pela caverna com propósito e não parando até chegar ao quarto principal.

Caius já está lá, aquecendo o chuveiro. Aparentemente, os geradores subterrâneos não foram afetados pela falta de energia na ilha.

É algo que quase pergunto, mas estou distraída com o ataque de testosterona e cheiros masculinos fortes.

Minha camisa é jogada no chão, e os olhos azuis intensos de Tieran encontram os meus.

— Vamos dar banho em você. Te vestir. Então reivindicá-la antes do bando. — Sua mão cobre minha bochecha. — Você é nossa, Clove. Nunca mais ficaremos sem você. Nunca mais você estará sozinha. A cerimônia está marcada. Vamos te morder às três horas, embaixo da lua.

TIERAN

O choque no olhar de Clove me diz o quanto estraguei tudo.

Ela está surpresa porque vamos reivindicá-la.

Ela não deveria estar.

Deveria estar *ansiosa*.

Em vez disso, está olhando boquiaberta para mim.

Eu a coloco de pé. Caius está logo atrás dela, segurando seus quadris para equilibrá-la. Não que ela precise. Ela está totalmente curada, só tem um pouco de sangue seco em seu corpo.

E a saliva de Alfa Kïn.

Meu lobo rosna por dentro com isso.

Ele não tinha o direito de tocá-la, muito menos lambê-la. Se ele já não estivesse morto, eu o mataria novamente.

Seguro o rosto de Clove entre minhas mãos quando Volt entra no chuveiro por último. Eu a levo de costas para Caius, prendendo-a entre nós.

— Eu deveria ter mordido você no momento em que te dei um nó — digo a ela. — Você tem sido nossa desde o momento em que Volt te puxou para fora da água.

— Mas... mas não sabemos se... — Ela para, engolindo

em seco. Então franze a testa enquanto desvia o olhar para o lado. — Bem, minha mãe conseguiu. Então talvez... — Ela pisca de volta para mim. — É nisso que você está baseando sua afirmação? Que o pai de Alfa Kin foi capaz de engravidar minha mãe?

Eu arregalo os olhos.

— O quê? Não. — Só a noção disso me enfurece. Ela acha que só queremos reivindicá-la agora que sabemos como ela foi concebida?

Isso é... isso é tão errado que faz meu lobo rosnar de fúria.

Não para ela.

Mas para *mim*.

Ele está chateado que deixei isso ir tão longe, que ela pense que a única razão pela qual eu realmente a reivindicaria é procriar.

— Preciso de um herdeiro? — pergunto de forma retórica. — Sim. Mas você sabe o que quero mais, Clove? — Passo a mão da sua bochecha para a parte de trás de seu pescoço. — Você. — Me pressiono totalmente contra ela, nos alinhando dos joelhos até os ombros. Ela está oficialmente presa entre mim e Caius sem nenhuma escapatória. Porque Volt está bloqueando a única saída.

Não que ela pareça tão interessada em correr.

— Eu... tudo bem. Mas não podemos acasalar a menos que...

Cubro sua boca com a minha, silenciando essa afirmação. Porque estou muito cansado de ouvir isso. Estou muito cansado de pensar nisso também. Puta merda, estou exausto dessa luta.

— Você é nossa — digo contra seus lábios. — O resto vai se resolver.

Ela apoia a palma da mão no meu peito, me empurrando para trás.

— Mas talvez eu nunca possa te dar um herdeiro, Tieran. Então você terá que tomar...

— Então vou ter que reescrever as regras como Alfa do Bando ou abdicar — digo, me recusando a deixá-la terminar essa declaração.

Porque eu não vou tomar outra Ômega.

Apenas ela.

Só Clove.

— Estou ouvindo meu lobo — continuo. — Estou seguindo meu próprio conselho... e deixando que ele lidere.

— Já estava na hora — Volt fala, pegando o chuveirinho e apontando-o para o pescoço de Clove. Ele faz isso de uma forma que não respinga no rosto dela, apenas lava a presença do outro macho.

Mas seu olhar está preso no meu e sua expressão não revela nada.

— Sinto muito por ter demorado tanto para perceber o que mais importa. Não é meu herdeiro ou meu dever para com o bando. É *você*, Clove. *Você* define nosso clã. Você é o coração que não percebemos que precisávamos. — Permito que ela veja meu lobo em meus olhos, que sinta seu desejo em meu toque.

Seu olhar procura o meu e seus lábios se entreabrem com tudo o que vê dentro de mim.

— Sinto em minha alma que você está destinada a ser minha, Clove. — Seguro-a com mais firmeza. — Você está destinada a ser nossa.

Ela estremece e vejo suas pupilas dilatadas.

— Quero ser sua — ela admite em um sussurro. — Minha loba diz que você já é dela.

Eu sorrio.

— E o que eu disse sobre ouvir seu animal?

— Para abraçá-la e deixá-la prosperar — ela responde.

Eu concordo.

— E eu não tenho feito isso com o meu. Tenho dito a ele para ouvir a razão, mas nossos lobos não se importam com regras ou discurso político. Eles impulsionam nossa paixão. A nossa necessidade. Eles nos dizem como viver. — Acabo novamente com a distância entre nós. — E ele está me dizendo para morder você, Clove.

— Então me morda — ela pede.

Volt paralisa ao nosso lado, com a barra de sabonete na mão.

Não é o que planejei, nem o que anunciamos com nossos uivos.

Mas devo este momento a nossa companheira destinada, não ao nosso bando.

Se ela quer ser reivindicada aqui, neste chuveiro, e não na praia diante dos lobos, então vou obedecê-la.

E vamos apresentá-la como nossa aos lobos.

No meu íntimo, sei que eles vão aceitá-la porque já aceitam. Ela é nossa Ômega. O coração do nosso clã. Nosso futuro.

— Lave o pescoço dela — digo a Volt, precisando de sua pele totalmente limpa.

Seus olhos brilham enquanto ela segura meu olhar.

Caius cantarola em aprovação atrás dela, passando os braços entre nós enquanto envolve a cintura dela.

— Nossa — ele sussurra em seu ouvido.

— Nossa — Volt ecoa enquanto usa o sabonete contra o pescoço dela.

— Nossa — concordo, liberando sua nuca para pegar o chuveirinho da mão de Volt.

Seus mamilos são como pequenos pontos duros, seus lábios estão entreabertos e a respiração ofegante que posso sentir enquanto lavo a espuma de seu pescoço e desço por seus seios.

Há um pouco de sangue seco em seu ombro que limpo antes de focar em sua bochecha.

— Ele te cortou em outro lugar? — pergunto, ciente de que havia feridas que faziam com que o sangue seco existisse. Porque é o sangue dela, não dele.

Ela balança a cabeça.

— Ele te lambeu em qualquer outro lugar? — Volt questiona.

Ela balança a cabeça novamente.

— Ele te tocou em qualquer outro lugar? — Caius pergunta.

Desta vez ela assente, então gesticula para os lugares em que ele a tocou. O que inclui as costas – presumivelmente por segurá-la – e vários lugares em seu torso. — Os dois colocaram facas aqui — ela aponta para sua garganta.

Procedemos à limpeza de todos os espaços com água e sabonete.

Então Caius assume lavando o cabelo dela enquanto Volt se concentra em suas coxas e no doce espaço entre suas pernas. Ninguém a tocou lá, mas ele está sendo minucioso.

Durante todo o tempo eu assisto, esperando que ela esteja pronta para nós.

É um jogo prolongado de gratificação atrasada.

Quero mordê-la.

E agora estou tentando decidir onde ela vai levar minha marca.

Precisa ser em algum lugar que todos possam ver. Quero que não haja dúvida sobre a quem ela pertence.

Caius e Volt se revezam, beijando-a enquanto a adoram com as mãos, seus corpos preparados para reivindicá-la de mais de uma maneira.

Também estou duro.

Dolorosamente.

Mas meu lobo está mais ansioso para morder.

Observo sua forma flexível, aquela barriga lisa, seios empinados, bunda curvilínea. Puta merda, ela é perfeita.

— Nós nunca deveríamos ter esperado — digo, me repetindo. — Deveríamos ter reivindicado você desde o primeiro dia.

O que teria sido impossível na forma de loba.

No entanto, é o ponto que mais importa.

— Desculpe por ter demorado tanto para entender — digo, entrando em seu espaço enquanto Caius termina de lavar seu cabelo. Eu a seguro pela nuca novamente e coloco a mão em seu quadril. — Vou levar o tempo que for preciso para ganhar o seu perdão.

— Não estou chateada — ela sussurra.

— Então vou esperar o tempo que for preciso para ganhar o perdão do meu lobo — esclareço. — Porque ele está furioso comigo.

Ela sorri.

— Você o ignorou. Eles não gostam disso.

— Não, eles não gostam — concordo, roçando meus lábios contra os dela. — Eles não gostam *mesmo*.

Eu a beijo do jeito que ele me diz, com os dentes, língua e dominância. Ela praticamente vibra contra mim, com o corpo pronto. Rosno, o som baixo e destinado a uma companheira. Ela estremece em resposta e o cheiro sedutor da sua umidade alcança meus sentidos.

Volt rosna em aprovação.

Caius também.

Nós três estamos chamando por ela, exigindo que ela se prepare para nossa necessidade.

Estou ciente de que estamos em uma linha do tempo.

Mas meu lobo não se importa.

E eu falei sério sobre permitir que ele liderasse.

Libero seu pescoço para segurar seus quadris, levantando-a e prendendo-a na parede do box. Não espero. Nem faço preliminares. Apenas penetro o seu calor úmido e a tomo ao máximo.

Ela grita de surpresa mais do que de dor, seu corpo já se adaptando ao meu.

Porque ela foi feita para nós.

Assim como fomos feitos para ela.

— Se vou te reivindicar aqui, vou fazer isso corretamente — digo a ela. — Fazendo você gozar enquanto te mordo.

Ela segura meus ombros, cravando as unhas em minha pele.

— Então é melhor você me coma mais força — ela murmura. — Ou eu vou acabar mordendo você primeiro.

Volt ri.

— Faça isso, doçura. Ele merece por nos fazer esperar tanto tempo.

Eu rosno, estocando nela novamente e tirando um grito de sua garganta.

— Forte o suficiente?

— Não. — Ela se arqueia em mim com um pequeno gemido carente, arrastando as garras pelos meus braços. Ela não se transformou, não realmente. Mas suas unhas são afiadas e potentes.

E estão me excitando pra caramba.

Assim como a sua boca.

Envolvo a mão em seu pescoço enquanto a outra permanece em seu quadril e conduzo o ritmo entre as metades inferiores de nossos corpos.

Mas eu a deixo ditar o movimento entre nossas bocas.

O que acaba por ser o lado selvagem.

Sua loba assumiu inteiramente, conduzindo nossa selvageria e encorajando minha fera a sair para brincar.

Então eu o deixo, cedendo à necessidade animalesca de *transar. Pegar. Reivindicar.*

Ela está gritando.

Eu estou rosnando.

E juntos criamos uma bela canção carnal.

A energia quente que sai de Volt e Caius só aumenta nosso abraço. Posso sentir seus olhos em mim, esperando por aquele momento.

É intenso.

Certo.

Absolutamente perfeito.

Sua boceta aperta meu pau, exigindo meu nó. Não me detenho. Não demoro. Eu apenas cedo a ela com um rosnado, sem me preocupar em conter minha intenção selvagem.

Clove se despedaça, seu corpo tem espasmos enquanto ela aceita tudo de mim dentro de si.

Explodo em um rugido, meu nó saindo do eixo para reivindicar o que é meu.

E eu afundo os dentes em seu pescoço.

Exatamente onde aquele cretino lambeu minha fêmea.

Caius e Volt rosnam em aprovação. O triunfo coletivo me leva ao clímax mais intenso da minha vida.

É como se eu tivesse começado a gozar novamente.

Clove me segue direto para o ápice, com o coração batendo forte contra meu peito enquanto luta contra meu aperto em sua garganta.

Eu finalmente a liberto da minha boca e da minha mão.

Ela se inclina para frente, afundando os caninos em meu ombro, sua loba precisando me reivindicar de volta tão ferozmente quanto fiz com ela.

Eu a puxo para mim, abraçando o vínculo que se estabelece.

Mas não está totalmente completo.

Ela precisa de Caius e Volt também.

Não posso me mover sem machucá-la, pois meu nó está muito profundo para desatar. Ela ainda está pulsando ao meu redor, perdida em uma onda de felicidade orgástica criada por minha reivindicação interna.

Volt e Caius não são dissuadidos, seus lobos os levam a se juntar a nós em ambos os lados.

A boca de Caius vai para o seio dela.

E Volt fica de joelhos.

Clove dá um solavanco quando Caius crava os dentes em seu seio, bem acima de seu coração. Então ela geme quando Volt move sua perna para longe do meu quadril. Mudo meu aperto para sua bunda, segurando-a enquanto ele assume o controle de seu joelho, abrindo-a para alcançar a parte interna da coxa.

Ela geme quando ele encontra o lugar que quer, perfurando sua pele em um estrondo de aprovação que vai direto para minha virilha.

Somos um clã.

Estamos nos unindo como um.

E Clove é o centro de tudo.

Caius toma sua boca, com seu sangue ainda nos lábios. Então ele a guia para sua garganta, onde ela não hesita em afundar os dentes.

É uma visão erótica, nossa lobinha mostrando sua força e desejo nos reivindicando com a mesma ferocidade que a reivindicamos.

Volt é o último. Seu olhar está aquecido enquanto ele a encara.

Ela não vai para o pescoço dele.

Vai para seu peito, mordendo-o em um lugar semelhante ao que Caius a mordeu.

Volt ronrona em aprovação – todos *nós* o fazemos.

E então ela geme enquanto sua boceta pulsa ao meu redor com necessidade.

Porque aparentemente meu nó não é suficiente.

Estou prestes a sorrir e dizer algo nesse sentido quando vejo seus olhos, e tudo se aquieta.

Suas pupilas estão tão dilatadas que não consigo ver suas íris.

Ela se aperta ao meu redor novamente e seu corpo treme com uma intensidade que reconheço instantaneamente.

Ela está entrando no cio novamente.

Agora mesmo.

Bem aqui.

Com meu nó dentro dela.

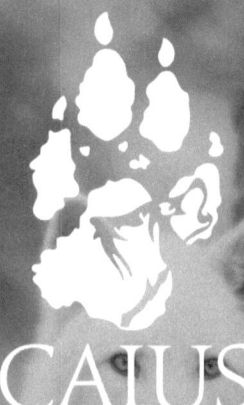

CAIUS

O doce aroma de Clove me deixa tão duro que quase gozo só com o cheiro.

Tieran geme, apoiando a cabeça em seu ombro.

— *Puta merda.*

Sim. Sim, é exatamente isso. Também quero gozar dentro de Clove.

Mas Tieran já está dentro dela, reivindicando o doce paraíso entre suas coxas com seu nó.

Volt rosna, assim como eu. Não de raiva, mas de fome. Nossa companheira está entrando no cio.

Seus olhos estão pretos, com as pupilas tão dilatadas que mal consigo ver a parte branca. Isso não aconteceu da última vez.

O que me diz que dessa vez é real.

Ela está prestes a se perder no estro por dias, talvez até uma semana ou mais.

E eu mal posso esperar.

— Tenho que falar com o bando — Tieran diz, parecendo agoniado pela mera noção de ter que deixá-la nesse estado.

Mas acabamos de sofrer uma grande perda com a morte de Alfa Duncan.

E tivemos uma grande vitória ao derrotar Alpha Bryson.

Tieran não tem escolha. É aqui que seu dever como Alfa do Bando terá que vir primeiro.

— Você pode fazer um discurso rápido — digo a ele. — Eles vão entender.

— Alpha Duncan merece mais — ele sussurra. A dor em sua voz é impulsionada por Clove passando os lábios pelo seu pescoço.

Ela nem está ouvindo, apenas provando.

Porque sua loba a está conduzindo agora.

Nossa diabinha mal-humorada, penso, animado para estar com ela.

— É a vez de Caius — Volt diz. — Ele vai cuidar dela enquanto você e eu cuidamos do bando.

— Sim, vou cuidar da nossa Clove — murmuro, me inclinando para beijar seu pescoço. — Tenho mais do que o suficiente de tensão acumulada para mantê-la ocupada. — Mesmo que ela me faça gozar com seu cheiro agora, ainda estarei duro novamente em segundos.

Estamos envolvidos em preliminares sensuais pelo que parece uma eternidade.

Estou muito pronto para buscar nossa gratificação, algo que digo a ela com um beijo. Ela envolve a palma da mão em meu pescoço, me segurando contra si enquanto devora minha língua.

Tieran xinga enquanto ela se arqueia para ele.

— Não está ajudando, C — ele grita.

Respondo, colocando a mão no peito de Clove enquanto traço a marca da minha reivindicação com o polegar. Ela geme em resposta. Sua loba precisa de seus companheiros.

Agora.

Tieran ainda está com a cabeça contra seu ombro e com o corpo tenso enquanto luta pelo controle de seu próprio pênis. Os nós não obedecem à razão. Obedecem à paixão.

E a nossa gatinha sexual tem tudo a ver com paixão no momento.

Mas ele é o líder do clã por um motivo.

Não apenas isso, ele é o Alfa do Bando.

Algo que ele prova dominando o próprio corpo e saindo de sua boceta escorregadia. Umidade e sêmen jorram dela, atraindo o foco para sua boceta.

Ele se ajoelha, lambendo-a. Seu lobo exigindo o que lhe é devido. Apoio a testa na dela, observando-o devorá-la.

Ele está lutando, e é uma luta que não invejo enquanto o homem nele tenta dominar sua fera interior selvagem.

Volt mal está se segurando ao nosso lado, com a palma da mão ao redor do pau enquanto ele se acaricia debaixo da água.

— Precisamos ir agora ou não vamos — ele diz com os dentes cerrados.

Tieran grunhiu.

Então ele se força a ficar de pé e toma a boca de Clove em um beijo promissor.

— Fique bem. — Ele morde o lábio inferior dela. — Nós voltaremos.

Ela rosna quando eles saem do chuveiro, sua loba desaprovando.

Mas no momento em que tomo sua boca novamente, ela suspira, envolvendo os braços em meu pescoço enquanto tenta me escalar como uma árvore. Seguro seus quadris, prendendo-a na parede e assumindo o comando.

Ela resmunga em protesto.

Mas geme no momento seguinte quando a cabeça do meu pau encontra seu clitóris.

— Sim, vamos fazer isso do meu jeito, linda — murmuro, levantando-a. Ela envolve as pernas em mim e sua metade inferior se move para me levar para dentro de seu calor escorregadio.

Mas eu aperto sua bunda e a esfrego contra o meu pau.

Então saio do chuveiro.

Ela murmura uma reclamação incoerente.

Eu a ignoro, desligando a água enquanto me movo para pegar uma toalha.

Ela é tão pequena e leve, que eu a seguro com facilidade.

Claro, ajuda que ela esteja enrolada em meu pescoço e ofegando de forma apaixonada em meu ouvido. Ela começa a se esfregar contra a minha dureza, tentando me atrair para dentro de si.

Mas minha mão em sua bunda a mantém firme, impedindo-a de deslizar na direção que precisa para atingir seu verdadeiro objetivo.

Eu a levo para a cama, jogando o algodão macio sobre os lençóis antes de abaixá-la para o centro. Ela nem percebe, muito perdida com a sensação da minha pele na sua para se importar enquanto me ajoelho sobre ela.

Com certeza no cio, penso, amando o jeito que ela está louca de luxúria.

Provavelmente foi causado por nossa reivindicação. Sua loba só precisava daquele empurrãozinho final para abraçar suas tendências Ômega.

Ela envolve as pernas em meus quadris novamente, agarra meus ombros e me puxa para morder meu pescoço. Com força. Bem acima da marca dela.

Eu estremeço.

— *Clove.*

Ela não quer fazer isso do meu jeito, a bela fêmea tentando dominar.

Eu meio que tenho a intenção de deixá-la porque, puta merda, seu cheiro é bom. Ela está muito gostosa. É literalmente a perfeição na cama.

E sua boceta contra meu pau está me matando.

Seguro sua garganta, puxando-a para longe do meu pescoço e a empurro de volta para o colchão. Então me curvo para tomar seu mamilo em minha boca.

Ela aperta as coxas ao redor de meus quadris, sua umidade se derramando sobre meu pau em uma recepção encantadora.

Ah, puta merda, penso, estocando dentro dela.

Não aguento mais.

Não posso ficar esperando.

Preciso disso. Preciso dela.

Afundo os dentes em seu peito, arrancando um grito que rapidamente se derrete em um gemido enquanto eu lambo a ferida.

Ela coloca as unhas no meu ombro, arranhando perigosamente minhas costas. Sua loba pune o meu pela mordida intensa.

Ou talvez me provocando a fazê-lo novamente.

Não importa, estou muito perdido em sua paixão para me concentrar. Tomo sua boca, acariciando-a com a língua enquanto estoco em seu calor apertado como se minha vida dependesse disso.

Ela se move comigo. Seu corpo é puro sexo.

Me deito de costas, levando-a comigo, então me agarro ao seu corpo enquanto ela se senta e me leva ainda mais fundo. Seus seios balançam enquanto Clove se move com as palmas das mãos no meu abdômen e as unhas cravadas na minha pele para criar pequenos sulcos.

Eu adoro isso.

Eu a amo pra cacete.

— Você é tão linda — digo, penetrando-a. Ela quase cai para frente com o poder dos meus quadris, mas seu torso flexiona, mantendo-a firme. — Tão bom, linda. Você é gostosa demais.

Ela geme e a frustração fica evidente em seus movimentos quando não dou o nó de imediato.

Me sento e puxo suas pernas em volta de mim, garantindo um ajuste confortável e apertado. Então eu a envolvo em meus braços, pressionando meu peito contra o seu.

Seus tornozelos cruzam nas minhas costas e seus quadris se movem com um frenesi impulsionado por sua necessidade de acasalar.

— Você quer meu nó, linda? — pergunto contra sua boca enquanto envolvo a palma da mão ao redor de sua nuca e meu braço forma uma faixa ao redor da parte inferior das suas costas. — Você vai ter que trabalhar mais duro para isso.

Ela rosna, afundando os dentes em meu lábio inferior.

— Me aperte — digo, estocando dentro dela. — Me aperte com essa sua boceta doce, Clove. Exija meu nó.

Suas coxas me apertam, indicando que ela me ouve através de sua névoa de luxúria.

Ela está lá, semiconsciente do que estou fazendo com ela. Mas está neste feliz estado de sensação que supera todo o resto.

Eu a invejo.

É semelhante ao cio, a necessidade que sinto de comê-la até gozar várias vezes, só que mantenho meus sentidos.

Porque é meu trabalho cuidar dela.

Ter certeza de que ela não vai se machucar.

Garantir que ela sinta prazer durante esse momento de necessidade, não dor.

Mantê-la alimentada, aquecida, limpa.

É uma dinâmica que desejei por toda a minha vida.

E eu finalmente tenho.

Com Clove.

— Você é tudo que sempre desejei — digo, beijando-a enquanto forço seus movimentos a desacelerar. — Tudo o que eu sempre quis.

Seus quadris se movem contra os meus e sua necessidade é uma presença palpável que puxa minha virilha.

E então ela começa a apertar, assim como eu disse. Suas paredes internas escorregadias apertam em torno do meu pau e me deixando selvagem.

— Sim, linda — sussurro. — Bem desse jeito. — É lento. É intenso. É exatamente o que nós dois precisamos.

Me movo contra ela, mais devagar agora, reivindicando-a completamente enquanto ela me acaricia com seus músculos sensuais.

— Você é tão perfeita — digo a ela com um gemido. — Não pare, linda. Não pare.

Na verdade, ela me aperta mais.

— *Puta merda*, Clove — murmuro com os lábios contra os dela. — Você está me matando, amor. E eu adoro isso.

Ela enfia os dedos pelo meu cabelo e um pouco do marrom de sua íris aparece de volta.

Eu sorrio.

— Eu sabia que você estava aí. — Só tive que fazer um pouco de amor para atraí-la.

— *Me dê o nó* — ela exige.

— Humm, eu pretendo fazer isso — afirmo, usando a palma contra sua bunda para ajudar a guiar o movimento e afundo ainda mais nela.

Ela aperta ao meu redor com bastante força.

— Sim, Clove — murmuro, me esfregando contra ela

e garantindo que cada parte dela sinta o movimento, incluindo seu clitóris. — Puta merda, você é incrível. Me faça dar o nó em você. Me domine com sua boceta.

Seu corpo inteiro estremece enquanto ela grita de frustração.

Então ela gruda no meu nó e me aperta com tanta força que explodo dentro dela.

É tão intenso que dói pra cacete.

Nunca experimentei nada parecido, meu nó nunca saiu da base antes.

Ela grita em resposta. Seu orgasmo é uma onda cataclísmica de energia que nos envolve e nos envia em espiral em um mar de êxtase sombrio.

Não consigo ver.

E nem me importo.

Não com as sensações explodindo em mim.

É um novo significado de céu.

É arrebatamento.

É impecável.

Eu a beijo, agradecendo com a boca enquanto nos guio de volta para a cama, ofegante quando a puxo para baixo.

Então começo a me mover novamente, com meu nó ainda dentro dela.

Porque eu preciso gozar de novo.

E de novo.

E de novo.

Ela não me impede. Ela me implora para fazê-lo.

E eu faço.

Levando-a ao clímax arrebatador repetidamente enquanto meu nó continua a pulsar profundamente em sua boceta.

É incrível. É uma mudança de vida. É minha nova existência favorita.

Atrasar nossa gratificação valeu a pena.

Mas duvido que consiga fazer isso de novo.

Negá-la é uma impossibilidade. E negar-nos nunca vai parecer certo.

Minha doce Ômega acabou de redefinir meu propósito na vida. Ela me deu um coração. E soprou uma sensação renovada em minha alma.

— Eu te amo — sussurro, ciente de que ela está tão perdida em seu calor que não vai se lembrar de mim dizendo as palavras. No entanto, vou repeti-las quantas vezes ela precisar.

Pela eternidade.

VOLT

Tieran é um lobo melhor que eu.

De alguma forma, ele está se segurando para este discurso e abraçando a alcateia como se tivesse todo o tempo do mundo.

Enquanto tudo que quero fazer é voltar para a toca e transar com nossa companheira até gozar.

No entanto, é a vez de Caius. Só estou chateado por não poder estar lá para vê-lo finalmente se permitir transar com ela.

— É uma nova era para o Bando Black Mountain — Tieran fala. — Porque finalmente estamos prontos para ir para casa.

Uivos ecoam pela noite. Os lobos estão animados por termos lidado com a Bando Nantahala de uma vez por todas. O Bando Santeetlah é tudo o que resta. Mas vamos aguardar para depois que Tieran ascender.

Alfa Bryson se tornou nosso principal desafio há sete anos.

E agora ele está morto.

Um pouco anticlímax para o meu gosto, mas esse é o jeito de Tieran. Ele não é do tipo que prolonga a tortura ou faz alguém sofrer. Quando ele tem a vantagem, ele a usa sem remorso.

Só estou triste por não ter tido a chance de arrancar a cabeça do cretino.

Teria dado um belo troféu.

Mas não quero tanto voltar lá para pegá-lo. Não quando Clove está em nossa cama agora, provavelmente gemendo e se contorcendo de prazer.

Puta merda. Estou duro demais.

Sei que Tieran também está.

No entanto, ele ainda está falando, agora expressando uma homenagem às vidas perdidas.

Nossa perda principal foi Alfa Duncan, mas ele menciona os executores equivocados do Bando Nantahala também, dizendo que eles não tinham a mente sã com Alfa Bryson sendo seu líder.

Ele menciona Alfa Kin também.

O que é recebido com rosnados, porque ele já contou ao bando sobre sua traição.

— Ele ainda era um Lobo Carnage — Tieran lembra a todos. — Mas suas ações contra este bando o impedirão de ser devidamente enterrado. — Ele olha para Alfa Dirk e acena com a cabeça.

Alfa Dirk nem hesita. Ele pega o corpo de Alfa Kin e o joga na fogueira, atraindo mais uivos da multidão.

Mas Alfa Duncan é tratado de forma muito diferente.

Seu corpo está embrulhado para ser levado de volta ao território do Bando Black Mountain para ser enterrado entre os guerreiros de nossa espécie.

Todos ficam em silêncio para a cerimônia, liderada por Alfa Ebony e Alfa Pan. Eles não escondem suas emoções: sua dor é uma presença palpável que a alcateia abraça na mesma moeda.

Alfa Duncan era um bom lobo.

Um homem forte.

Um excelente líder de clã.

Ele fará falta para todos nós.

Não faço essas declarações em voz alta, mas penso enquanto os preparativos finais são feitos para o transporte de seu corpo de volta à sede da alcateia.

Tieran ajuda Alfa Pan e Alfa Ebony a levá-lo para o iate. Beta Lock e Alfa Mackin estão esperando para ajudar a guiar o transporte.

Alfa Pan e Alfa Ebony irão com Alfa Duncan.

Tieran abraça todos eles, dizendo algumas palavras para cada um.

Palavras que percebo que posso *ouvir*.

Não com meus ouvidos, mas em minha mente.

Porque posso ouvir os pensamentos de Tieran.

Franzo o cenho. *Bem, isso é novo.*

Ele olha para mim, então volta o foco para os outros.

Clãs totalmente acasalados normalmente desenvolvem um vínculo telepático que permite que os companheiros conversem entre si, mas eu não sabia que o nosso aconteceria tão rapidamente.

Na verdade, eu não tinha certeza se o nosso aconteceria, com Clove sendo mestiça e tudo mais.

No entanto, posso *senti-la* em minha alma. Ouvi-la em minha mente.

E ir até ela é um *grande* erro. Sua necessidade atinge meu estômago, fazendo meus joelhos se dobrarem e me derrubando na areia com um gemido que não consigo segurar.

— Certo — Tieran fala, limpando a garganta. — Volt e eu somos necessários na toca. Nossa Ômega acabou de entrar no cio.

Não vejo as reações deles, pois minha mente está totalmente focada na necessidade de Clove.

— Sim, estamos acasalados — eu o ouço explicar.

O que nos rende uma rodada de uivos que só me fazem querer rosnar.

Minha, meu lobo está dizendo. *Minha. Minha. Minha.*

Nossa, Tieran responde de forma categórica, diretamente em minha mente.

É alto e severo o suficiente para atravessar minha névoa bêbada e assumir o controle do meu foco. Volto o olhar para o dele.

Ele sorri. Eu rosno.

Vou correr com você, ele diz, partindo em direção às árvores. O primeiro a chegar dá um nó nela por trás.

Vá se foder, eu o xingo, correndo atras dele. *Você já deu um nó nela no chuveiro. É a minha vez.*

Só se você ganhar, ele provoca, cerca de dez metros à minha frente.

Meu lobo rosna para ele.

E o filho da puta ri.

Então começo a pensar em todas as maneiras de matá-lo com uma lâmina.

Isso não o desencoraja. Ele está correndo a toda velocidade, conduzido por seu lobo.

Por mais que eu odeie admitir, ele é mais rápido.

O que significa que ele me leva até a toca. Mas, em vez de cumprir sua parte do acordo, ele para na porta para ver Caius e Clove juntos.

Eles são como uma onda sensual na cama, transando com abandono e totalmente perdidos na felicidade do momento. Só essa visão vale a pena esperar alguns minutos.

Então me afasto em silêncio para trabalhar na coleta de itens que Clove vai precisar, como comida e água.

Tieran me acompanha, me ajudando a carregar tudo

para dentro do quarto para nos sentar ao lado de seu ninho.

Caius está ofegante dela, os dois perdidos em um clímax que parece ser interminável, até que finalmente ele sai de cima dela com um suspiro de alívio.

— Sua vez — ele diz, se preparando para o show.

Tieran sorri, então olha para mim antes de acenar para a cama.

— Tome-a.

Ele ganhou a corrida.

Mas está me dando o prêmio.

Mais uma razão pela qual ele é um lobo melhor que eu.

Tiro as botas e jeans e rastejo sobre Clove, que está contorcida. Ela é um pequeno monstro sexual, rosnando de necessidade. No minuto em que me vê, ela morde meu peitoral.

Gemo, amando que ela esteja me reivindicando de novo como se fosse a primeira vez.

Quando termina, retribuo o favor deixando uma trilha de beijos por seu corpo para morder sua coxa novamente. Ela grita em confusão, querendo meu nó, não meus dentes. Mas Tieran a acalma, capturando sua boca em um beijo contundente. Eu diria a ele para silenciá-la deslizando o pau em sua garganta, mas ele vai precisar dar um nó em seguida.

O turbilhão do sexo está apenas começando.

E Clove está com *fome* de sêmen.

Lambo sua ferida enquanto ela fecha, então acaricio seu sexo úmido. Ela tem um cheiro divino.

— Tão doce — gemo, lambendo-a profundamente. Então roço seu clitóris com a língua no caminho de volta.

Tieran a libera para mim, me deixando assumir enquanto a penetro.

Ela imediatamente se curva para mim, exigindo mais com um gemido adorável que pego com a língua.

Seus músculos internos se apertam ao meu redor, me fazendo gemer.

— Ensinei um novo truque a ela — Caius diz, sorrindo para qualquer expressão que ele vê no meu rosto. — Disponha.

Quase digo algo sarcástico, mas Clove me aperta de novo e estou totalmente perdido para a mulher embaixo de mim.

Sim, esse é um talento que não vou culpá-lo por ensiná-la.

Porque, puta merda.

Estoco nela com força, fazendo-a gritar.

Então eu a pego com uma força brutal suavizada por beijos ternos.

Suas unhas arranham minha pele, suas coxas me abraçam enquanto eu levo nós dois para outro estado de existência – para um lugar de onde nunca mais quero sair.

Meu nó a reclama.

Minha língua a acalma.

E minha alma se casa com ela.

Ela me beija como se eu fosse sua tábua de salvação. Seu corpo abraça o meu com tanto calor e luxúria que sinto meu coração explodir no peito.

Clove e este clã são tudo para mim.

Minha família.

Meu *lar*.

Esse é o presente que ela me deu mais do que qualquer outra coisa – a sensação de plenitude.

Nosso clã está finalmente completo.

E juntos, vamos conquistar a própria vida.

Rolo de costas, levando Clove comigo e a aconchego

contra meu peito enquanto meu nó continua pulsando dentro dela.

— Você é oficialmente nossa agora, doçura — digo a ela baixinho. — Nossa para transar. Nossa para estimar. Nossa para proteger. — Coloco uma mecha de cabelo atrás de sua orelha. — Se alguém olhar para você de forma errada, vou acabar com a pessoa sem questionar. Porque é quem sou aqui. Eu sou o guardião. Sou seu guardião.

— Todos nós somos — Tieran murmura, passando os dedos pelo cabelo dela enquanto ele descansa ao meu lado. — Somos as feras selvagens que provarão que todos os rumores são verdadeiros se alguém a tocar novamente.

— Os tiranos cruéis e perversos que saqueiam através do bando — Caius acrescenta do meu lado, com humor evidente em seu tom enquanto ele acaricia as costas dela. — Vamos pintar o mundo com sangue para você, Clove.

— Mataremos qualquer um que você desejar — ofereço, falando sério.

— Perdoaremos qualquer um que você nos diga para perdoar — Tieran diz, com os dedos parando em sua nuca.

— Seremos quem você precisar que sejamos — Caius finaliza.

Eu só quero vocês, eu a ouço sussurrar em nossas mentes. *Eu só quero vocês.*

Tieran ri, inclinando-se para beijar sua têmpora.

— Você nos tem, Clove.

— Para sempre — digo.

— Eternamente — Caius acrescenta.

Ela murmura algo ininteligível, quase dormindo.

Em seguida, seu corpo sofre espasmos novamente, apertando em torno do meu pau enquanto meu nó começa a diminuir.

— Parece que você acabou — Tieran fala enquanto me guio para fora de seu paraíso escorregadio.

Enquanto eu poderia facilmente levá-la novamente.

E de novo.

É a vez dele.

E não me importo de compartilhar.

Não com Caius e Tieran.

Além disso, vou gostar de assistir.

Talvez ensinemos algo a ela juntos.

Ou talvez eu a faça me chupar enquanto ele a come.

Hum, não. Ainda não.

Temos alguns dias para experimentar. Por enquanto, vamos adorá-la. Amanhã, começaremos a testar seus limites.

Talvez eu possa até brincar com minhas facas...

CLOVE

S angue.
　　　Suor.
Sexo.

Estou nadando em um mar de hortelã-pimenta, cinzas, cobre e pinho.

Não quero vir à tona.

Nadar. Afogar. Nadar novamente.

Mas há algo que não está certo. A cama está muito irregular. Está... imperfeita.

E eu realmente não gosto dessa sensação.

Saio da minha nuvem de desejo e bato no caroço na cama. É macio, mole e está no lugar errado.

Rosnando, eu a movo para o canto. Mas então encontro outro aglomerado disforme e tenho que movê-lo também.

O que desenterra um terceiro.

E depois um quarto.

No décimo, estou uma bagunça, rosnando, rasgando a cama e tudo sobre ela.

Claramente, eu preciso arrumar a cama de novo.

Quando estou satisfeita com o colchão e a falta de aglomerados, começo de novo. Com cuidado.

Eu pego lençóis, camisas, jeans, toalhas e tudo que posso encontrar, criando a cama perfeita para descansar.

Meus machos estão aqui.

Eu os sinto me observando.

Um deles até me entrega itens, tentando ajudar. Ronrono quando gosto da oferta e rosno quando não gosto.

Ele é um bom macho.

Ele não me força a pegar nada que eu não queira, em vez disso, me dá os itens corretos na maioria das vezes.

Vou convidá-lo para nosso novo porto seguro primeiro.

É um pouco estranho na aparência, não necessariamente plano, mas todas as bordas são perfeitas.

Ando ao redor, orgulhosa de minha criação.

Meus machos parecem gostar também. Eles estão ronronando. Humm, eu amo esse som. Quero rolar sobre eles enquanto eles ronronam.

— É um ninho maravilhoso, linda — o prestativo diz.

Eu me arrumo com prazer e o alcanço, querendo mostrar a ele como entrar corretamente em nossa nova casa.

Ele não me apressa. Me deixa liderar. E eu aprecio muito isso.

Então ele faz exatamente o que eu mostro a ele, tomando cuidado para não desalojar nenhum dos meus itens perfeitamente colocados.

— Estou me lembrando de quando sua loba fez um tour pela casa — o mais ríspido diz. Meu gigante assustador. Ele gosta de facas. Mas só me sangra por prazer. Então eu gosto dele. — Exceto que ela está em forma humana desta vez.

Saio do meu porto seguro, indo para ele, e o pego pela mão.

Ele não é tão cuidadoso quanto o outro. Sua forma volumosa quase derruba um dos meus cobertores. Mas ele me ouve quando eu rosno, esperando que eu tire do caminho para que ele possa terminar de subir em nossa nova cama.

Aponto para o lugar que eu o quero.

Ele vai para de boa vontade, se deitando nu de costas.

O outro ainda está sentado, me fazendo considerar onde eu o quero.

Humm, murmuro, deixando-o lá por um momento enquanto vou encontrar o líder.

Ele está esperando com paciência por mim do lado de fora, nu, assim como meus outros dois machos.

Estou satisfeita.

Gosto deles nus.

Envolvo a mão ao redor dele, puxando-o para frente. Então ele rasteja para dentro com facilidade, sem alterar meu design.

Meus lábios se curvam. *Muito bom*.

Ele se acomoda ao lado do prestativo.

Não tenho certeza se é onde eu os quero, mas decido tentar.

Indo para dentro, eu me acomodo ao lado do assustador, então balanço a cabeça. Não posso tocar os três aqui, e *preciso* sentir a todos.

Começo a embaralhá-los, fazendo algumas combinações até finalmente encontrar a posição ideal.

O assustador nas minhas costas.

O prestativo na minha frente.

O líder entre minhas pernas.

Sim, penso. *Perfeito*.

E volto a dormir.

TIERAN

Clove é muito peculiar com relação ao seu ninho.

Isso começou por volta do segundo dia de seu cio.

Estamos no nono, e estamos exaustos.

— Eu não vou transar com você até que coma esse sanduíche — Volt diz de forma severa, fazendo meus lábios se curvarem. — Agora, Clove.

Ela rosna para ele.

Ele rosna de volta.

Não estamos no ninho agora, mas no chão ao lado dele.

Porque aprendemos no terceiro dia que comer no ninho deixa a pequena Ômega furiosa.

E não cometemos esse erro desde então.

Mas ela ainda não é fã de comer. Ela só quer nosso sêmen.

No entanto, descobrimos que reter o sexo acaba por fazê-la cooperar. O que Volt está fazendo agora enquanto dou uma olhada nas operações da ilha.

As funções de energia e telefone foram finalmente restauradas há três dias.

Alfa Lance, Alfa Edwin e Alfa Ion trabalharam em equipe para ajudar a organizar a confusão que Alfa Kin havia feito. Alfa Ebony e Alfa Pan também retornaram após o enterro para ajudar.

E Alfa Dirk supervisionou a restauração das telecomunicações por conta própria.

Revisei tudo da toca, dando assistência no que posso sem sair do lado de Clove.

Ela está mostrando sinais de que seu estro está chegando ao fim. Tem sido sutil, mas houve alguns momentos de clareza em que a ouvi se perguntar mentalmente o que está fazendo.

Claro, ela ficou de quatro novamente no minuto seguinte, implorando para ser comida.

É um ciclo adorável, que espero repetir no futuro.

Mas vai levar pelo menos um ano até que isso aconteça.

Porque nossa pequena Clove está grávida.

Um fato que faz meu coração disparar.

Ainda não sabemos quem é o pai, já que aconteceu na primeira noite. Foi isso o que a levou a entrar em um ataque de criação de ninho.

Nós três ficamos maravilhados, observando o trabalho da Ômega, sabendo o que significava. O cheiro dela confirmou também.

Estamos emocionados.

E também no modo hiper protetor.

Já comecei a fazer arranjos para nossa futura toca no Bando Black Mountain. É uma propriedade que meu pai garantiu para nosso clã há vários anos.

Mas preciso que esteja devidamente preparada para nossa Ômega e futuro filho.

Então tenho enviado mensagens nos últimos dias, listando os requisitos.

Provavelmente é por isso que meu telefone está tocando agora com o nome do meu pai na tela.

Ou talvez seja apenas porque ele quer uma atualização sobre nossa situação.

Peço licença da disputa de rosnados acontecendo entre Clove e Volt e atendo à chamada no corredor.

— Ei — digo com a voz baixa. — Sei que enviei muitos pedidos. Sinto muito.

— Pedidos? — meu pai repete.

— Sim, para a casa.

— Ah, certo. Bem, isso é esperado com o seu retorno ao bando. Na verdade, é por isso que estou ligando. Os Anciões estenderam a mão. Você foi inocentado de todas as acusações.

— Mesmo? — finjo surpresa. — Isso é chocante.

Ele bufa uma risada.

— Acho que eles ficaram muito chocados. Foi inteligente da parte de Alfa Duncan exportar as câmeras de vigilância para um servidor externo.

— Sim, eu concordo.

Nem pensei que as filmagens seriam prejudicadas pelas palhaçadas de Alfa Kin. Mas Alfa Pan, sim. Enquanto estava a caminho do território do Bando Black Mountain na semana passada, ele verificou os arquivos e descobriu onde Alfa Duncan havia armazenado todas as imagens.

Então ele entregou os arquivos de vídeo ao meu pai para entregar aos Anciões.

Eu mesmo poderia ter enviado para eles, mas meu pai é o atual Alfa da Matilha, o que dá a ele muito mais autoridade do que um lobo da Ilha Rejeitada – também conhecido como eu.

Meu pai também incluiu uma carta que praticamente dizia, *eu apreciaria se você liberasse meu herdeiro de sua custódia, seus velhos idiotas.*

Mas com palavras mais educadas.

— Ele era um bom homem — acrescento, me referindo ao Alfa Duncan.

— Sim, ele era. E um lobo ainda melhor.

Nós dois ficamos em silêncio por um momento, respeitando a memória do metamorfo.

Então Clove começa a gemer no outro quarto, fazendo minha virilha tensionar. Não estou usando roupas porque ela não para de rasgá-las. Então, estou praticamente saudando o corredor agora.

Felizmente, esta não é uma videochamada.

Porque isso seria inapropriado.

— Quando você volta para casa? — meu pai pergunta.

Eu limpo a garganta.

— Em breve. Talvez na próxima semana. Clove ainda...

Seu gemido se transforma em um grito. O som é alto o suficiente para ele ouvir.

Então não me incomodo em terminar minha declaração.

Ele ri.

— Entendo. Que tal daqui duas semanas?

— Duas semanas pode ser mais seguro — digo.

— Ótimo. Farei os preparativos necessários para sua chegada.

— Obrigado, pai. O bando está ansioso para voltar para casa.

— Sei que está. Mas quem você está deixando para trás?

— Ninguém — digo a ele.

Ele fica em silêncio por um momento.

— Não podemos simplesmente abandonar a ilha.

— Não pretendo — respondo. — Mas não vou deixar ninguém para trás porque a Alfa Ebony e o Alfa Pan já se ofereceram para ficar. Eles gostam daqui, e muitos dos bandidos os respeitam. Alfa Dirk também se ofereceu, mas ainda não aceitei.

— Ele ainda está investigando quem ajudou Gafton a chegar à ilha?

— Sim. Mas ele me mandou uma mensagem mais cedo, dizendo que acha que encontrou algo. Ainda não tive oportunidade de responder. — Porque Clove me puxou para o ninho depois que ele mandou a mensagem e eu não priorizei responder.

— Não foi Alfa Nick — meu pai confirma. — Mas ele com certeza é o pai de Clove.

Fico em silêncio com esse pronunciamento. Não porque estou chocado. Estou apenas... com raiva. Eu realmente esperava que não tivesse sido um de nossos lobos que estuprou sua mãe. Mas depois de tudo com Alfa Kin, isso não me surpreende.

— Sinto muito, eu deveria ter suavizado a notícia.

— Não, tudo bem. Só estou decidindo o que fazer com a informação — admito, levando a mão a nuca.

— Tecnicamente é minha responsabilidade atribuir punição, já que aconteceu sob meu governo. No entanto, estou disposto a reter meu julgamento se você preferir lidar com isso — ele oferece. — São circunstâncias únicas.

— Eu preferiria lidar com isso. — Preciso que o clã decida como eles querem responder.

Eu voto na morte.

Volt votará pela estripação.

Caius vai votar pcla morte.

Mas o voto de Clove vai superar os nossos.

— Considere feito — meu pai responde.

— Obrigado.

Um curto silêncio cai entre nós, terminando com meu pai dizendo:

— Estou orgulhoso de você, filho. Sua mãe e eu estamos ansiosos para tê-lo em casa. Bem, todo o clã está. O bando também.

Eu sorrio.

— Estamos ansiosos por isso.

Ouço alguns murmúrios ao fundo, o que faz com que meu pai abafe um pouco o telefone. Ele ri e volta para a linha.

— Sua mãe quer saber se ela pode ajudar a decorar o quarto do bebê.

Solto um suspiro.

É claro que eles estavam de olho na requisição que fiz. Tudo o que pedi foram alguns itens menores para deixar Clove confortável durante o processo de gravidez.

Mas nada escapa à minha mãe.

— Vou ter que perguntar a Clove quando ela for mais capaz de frases coerentes — respondo.

O que faz os dois rirem.

— Pare de falar conosco e vá ver sua companheira — minha mãe me repreende, mas é de brincadeira.

— Falando em cuidar dos companheiros — meu pai diz em voz baixa. — E quanto a nós...

— Certo. Boa conversa. Vejo vocês em breve — interrompo, encerrando a ligação. Porque não tenho vontade de ouvir o resto dessa declaração do meu pai.

Seu clã é notoriamente afetuoso.

Muito para meu desgosto.

No entanto, eles mantiveram as gestações no mínimo.

É uma mágica que vou ter que perguntar, porque senão, Clove vai acabar grávida todo ano.

Uma ironia que não passou despercebida por mim, considerando o quanto estávamos preocupados com sua capacidade de entrar em um cio adequado.

Eu deveria ter seguido meu próprio conselho e ouvido meu lobo naquele primeiro nó.

Ah, bem.

Estamos onde precisamos estar agora.

Um clã completo.

Nos preparando para o futuro.

E ascendendo ao nosso lugar de direito na alcateia.

Estamos livres, digo a todos pelo vínculo mental. Os Anciões suspenderam minha sentença. Podemos finalmente ir para casa.

Estamos em casa, Volt responde com a voz baixa e contente.

Entro no quarto e o vejo com o nó dentro de Clove, que está cochilando.

Ele tem razão.

Clove é a nossa casa.

Nosso coração.

O centro do nosso clã.

Nosso amor.

———

SÓ MUITO MAIS TARDE EU finalmente respondo a Alfa Dirk.

Ele me envia uma série de fotos de vigilância da Ilha Wolfe com a data do ataque.

Todas mostram Gafton conversando com dois guardas, um dos quais é o idiota que tentou afogar Clove.

As fotos são claramente de uma câmera de vídeo, mas Alfa Dirk melhorou as imagens para torná-las mais claras.

Eu mostro a Volt e Caius, que bufam.

— Deixe isso comigo — Volt fala. — Vou ter uma boa conversa com Jack e te conto o que descobrir.

Está na ponta da língua negá-lo.

Mas ele perdeu a última missão de assassinato – algo que enfureceu nosso cliente. Felizmente, Caius sabia exatamente o que iria calá-lo - então Volt deve matar mais uma vez.

— Tudo bem — concordo. — Mas não traga as bolas dele de volta para Clove. Acho que ela não apreciaria o presente.

— Sem bolas — ela murmura, meio adormecida entre nós. — Ou cabeças.

Volt franze a testa.

— Que tipo de troféus devo trazer para casa, então?

— Seu nó — ela murmura, bocejando. — O único troféu que você precisa trazer, V.

Ele sorri.

— Esse é meu amorzinho falando ou meu monstro sexual?

— As duas — ela diz, tremulando os longos cílios para revelar seus lindos olhos castanhos. — Não quero bolas ou cabeças. Mas não me importaria de ir com você para essa conversa. Minha loba tem negócios inacabados com a garganta daquele guarda.

Volt geme.

— E agora estou duro.

Clove se contorce de volta em mim como se quisesse escapar das palavras de Volt.

— Eu acho que ela pode estar dolorida — digo baixinho.

— Muito — ela responde com um gemido. — Sinto como se tivesse tomado seus nós de todas as maneiras possíveis por um mês seguido.

Sua bunda aperta minha virilha, e eu pressiono os lábios em seu ouvido.

— Você tomou, mas só por nove dias. Gostaria de continuar por mais vinte ou até completar um mês?

Ela geme, mas não é um som de prazer e sim de exaustão misturada com dor.

Beijo seu pulso.

— Que tal um banho, pequena?

Isso a faz relaxar.

— Sim. Isso soa melhor do que nós.

Eu sorrio. Seu cio definitivamente terminou. Mas não significa que não podemos adorá-la um com nossas línguas durante o banho.

Caius sai primeiro do ninho, indo preparar o banho.

Volt sai em seguida, com cuidado.

Clove franze a testa atrás dele.

— Por que estamos em um forte de travesseiros?

— É o ninho que você construiu durante o estro — digo a ela.

Ela pisca. Então suas bochechas ficam lindamente vermelhas.

— Ah. Me lembro vagamente disso. Minha loba ficou muito exigente com a organização dos lençóis. — É uma afirmação que a faz franzir a testa quando seu olhar se fixa em algo no canto.

Ela rasteja até ele e afofa o tecido, depois o dobra de volta de uma maneira particular.

Depois de um momento, ela assente.

Então começa a ir em direção à saída, mas para de repente.

— Espere...

Sorrio, me divertindo com o olhar assustado em seu rosto.

— Não, eu fiz o ninho. Conseguimos. Minha loba e eu. — Ela abre os lábios ao me encarar de novo, apoiando a palma da mão em sua barriga lisa.

— Estou grávida.

— Está — respondo, confirmando sua declaração.

Ela arregala os olhos e, por um segundo, receio que esteja prestes a surtar.

Mas um sorriso gigante floresce no próximo instante, e ela me ataca no ninho.

— Estou grávida! — Ela está exultante e seus olhos brilham com um deleite que ecoa em sua mente.

Ela cresceu querendo ter filhos, talvez porque seu bando enraizou a necessidade em sua mente – um fato que eu a ouço ponderar por um breve segundo. Mas seu coração está tão quente e feliz que ela sabe que é isso que quer.

É o que *todos* nós queremos – algo que ela percebe enquanto toca em todas as nossas mentes.

— Estamos conectados — ela sussurra, paralisando em cima de mim.

Seguro seus quadris e a rolo de costas.

— Estamos — ecoo de volta para ela. — Somos um clã completo agora, Clove. E você é nosso coração.

Eu a beijo, deixando-a sentir todas as minhas emoções e gratidão por tê-la encontrado.

Ela retribui o favor na mesma moeda, me deixando experimentar sua alegria e admiração pela nossa união.

É um momento de ternura ainda mais especial pela vida florescendo dentro dela.

— Deixe-nos cuidar de você agora, Clove — sussurro. — Um banho. Alguns orgasmos. E talvez algumas frutas.

Ela sorri.

— Você está me mimando.

— Estamos te amando — eu a corrijo. — Porque você é nossa.

— Para sempre — Caius diz de fora do ninho.

— Eternamente — Volt termina.

CLOVE

E nergia vibra no ar, fazendo com que os pelos dos meus braços se arrepiem.

Mas é por um motivo totalmente diferente do que há dois meses.

Estou no mesmo campo.

No mesmo lugar em que uma vez me ajoelhei.

Só que agora estou de pé. Vestida. E olhando diretamente para o homem que uma vez me rejeitou.

Ao ver Canton, não consigo me lembrar por que o achei atraente. Ele não tem nada como meus três companheiros.

Ele é um idiota, Volt diz a todos nós. *Olhe para ele. Está pronto para se mijar como da última vez.*

Aquele idiota conseguiu segurar o lobo de Clove por quase uma semana, Tieran o lembra. *As aparências podem enganar.*

Ele tem razão.

Me lembro de sentir o poder de Canton.

Ele certamente não é fraco.

Ele se aproveitou de um metamorfo não treinado, Volt argumenta. *Isso dificilmente o torna forte.*

Também um ponto justo. Eu não sabia como controlar

meu animal interior, e ela estava chateada comigo por negá-la todos esses anos. Isso a tornava fácil de manipular.

Alfa Crane limpa a garganta.

— Bem. Estamos aqui — ele diz, apontando para seu bando. — O que você quer, Tieran?

— *Alfa* Tieran — Caius o corrige. Ele está parado à minha esquerda.

Volt assobia logo atrás de mim. Suas mãos estão em meus quadris desde que chegamos.

— Sim, esse não é um bom começo, *Alfa* Crane. Insultar seu superior? — Ele faz um barulho de estalo com a língua. — Não é recomendado.

Tieran não diz nada, mas sinto seu descontentamento com Alfa Crane pelo claro insulto ao seu título.

— Por favor, me desculpe — Alfa Crane diz, sem soar entediado. — O que você quer, Alfa Tieran?

Vários dos Lobos Carnage atrás de nós rosnam. Todos apareceram na forma de lobo ao invés da forma humana, algo que Tieran pediu ao nosso bando. Ele queria provar que não precisam de armas em uma luta. Seus dentes e garras dão conta do recado.

Claro, Volt, Caius e Tieran estão armados, para o caso de Alfa Crane decidir cometer suicídio hoje.

Também temos alguns convidados surpresa.

— Bem, tenho um problema — Tieran começa com o tom letalmente sério. — Você sabe, os Anciões estão sob o equívoco de que minha companheira é selvagem. Acham que ela matou a mãe. E não foi isso que aconteceu, não é?

Alfa Crane dá de ombros.

— Tenho várias testemunhas para quem você pode perguntar se quiser esclarecimentos sobre o que aconteceu naquele dia.

— Antes de chamar qualquer uma delas, eu só quero

avisá-lo que Alfa Tieran não reage bem a mentiras —
Caius diz em tom casual.

— Ele tem razão — Tieran confirma. — Sugiro que
você pergunte a Bryson sobre isso. Mas ele está um pouco
indisposto no momento.

Alfa Crane estuda Tieran por um longo momento.

— O que você realmente quer, Alfa Tieran? — Desta
vez ele fala com um sopro de respeito que me surpreende.

— Quero que os lobos que estupraram e mataram a
mãe da minha companheira deem um passo à frente para
que eu possa ver a justiça sendo feita — Tieran diz com
honestidade.

O silêncio cai quando Alfa Crane considera o pedido.

— O que eu ganho em troca? — ele pergunta.

— Sua vida — Tieran responde sem hesitação. — E
essa é a segunda vez que você me insulta. Não recomendo
que faça isso uma terceira vez.

Nossa alcateia rosna atrás de nós, concordando com
seu Alfa.

O olhar afiado de Alfa Crane vai para mim antes de
olhar para Canton.

— Foi você quem escolheu o castigo, filho. O que
gostaria de fazer? — A irritação em seu tom quase me faz
sorrir.

Mas a lembrança do que foi feito naquele dia me
impede.

Porque, embora seja verdade que Alfa Crane disse a
Canton que a punição era escolha dele, foi seu pai quem
comandou o show. Alfa Crane foi quem disse coisas
grosseiras sobre o Bando Black Mountain, dizendo que os
lobos não entendiam hierarquia e eram feras selvagens, me
usando como exemplo.

Canton realmente tentou defender minha mãe no

início, confirmando que os Lobos Carnage eram conhecidos por sua brutalidade.

Talvez não seja uma afirmação precisa, mas é o que o Bando Santeetlah e o Nantahala acreditam.

O que faz de Canton uma vítima quase tão grande quanto eu.

Porque ele sofreu uma lavagem cerebral completa por seu pai.

— Não me lembro de o Canton ter dado minha mãe para seus homens — digo. — Mas me lembro de você acenar com a cabeça em aprovação a dois de seus lobos para dar um passo à frente e tomá-la. — Minhas palavras são para Alfa Crane.

E, oh, ele está *chateado*.

Seus olhos estão semicerrados, sua mandíbula tensionada.

Mas eu não terminei.

— O crime de Canton foi me rejeitar por ser selvagem e não me permitir voltar à forma humana. — Minha declaração faz Canton franzir a testa.

— Não prendi você na forma de lobo — ele diz, fazendo com que seu pai rosne ao lado dele. — Mas sim, eu te chamei de selvagem. Porque você estava.

— Eu não estava — eu o corrijo. — Foi a primeira vez que me transformei e não consegui voltar a forma humana para falar. Então rosnei. — E sim, minha loba também queria rasgar sua garganta depois que ela percebeu que companheiro ruim ele seria. Mas isso não me qualifica como *selvagem*.

Alfa Crane parece prestes a explodir.

Mas Canton parece pensativo. Ele concorda.

— Ela está certa. O que aconteceu com a mãe dela não foi uma decisão minha. — Ele olha para o pai. — No entanto, já que você está afirmando que foi, vou corrigi-la.

— Ele olha para seus lobos. — David e Brown, deem um passo à frente.

Inteligente, Caius nos diz mentalmente. *Ele está ofuscando o pai para ganhar o favor do bando.*

Ao entregar dois dos lobos, Volt responde. *Não tenho certeza se essa é a maneira mais sábia de ganhar favores.*

É se o bando não gosta do comportamento deles, Caius aponta.

— Langston e Hicks — Canton acrescenta. — Vocês devem dar um passo à frente também, já que sei que vocês participaram da punição. — Ele se vira para apontar os quatro lobos que nomeou, caso eles decidam desobedecer.

— Eu deveria ter pensado melhor antes de lhe dar esta tarefa — seu pai diz, furioso. — Você está provando mais uma vez que não consegue ser um bom Alfa.

— Na verdade, acho que ele está fazendo um bom trabalho — Tieran o corta. — Ele está se responsabilizando por um erro que não foi dele e, por isso, posso deixá-lo viver quando isso terminar. — Ele trava olhares com Canton. — Você, afinal, insultou minha companheira chamando-a de selvagem.

— E a nocauteou — Volt acrescenta.

Eles me fizeram contar tudo sobre a cerimônia de algumas semanas atrás, querendo estar preparados para hoje.

Estou um pouco arrependida disso agora.

Mas ao mesmo tempo, não estou.

— Ele também tentou adicionar você a um harém, certo? — Caius me pergunta.

— Sim — eu confirmo.

Tieran assente.

— Bem. Dizer que estou insatisfeito com o tratamento inicial de Clove seria um eufemismo. — Ele inclina a cabeça. — Mas continue sendo honesto e talvez meu lobo não queira rasgar sua garganta. — Com essa ameaça persistente, ele pega seu telefone. — Só um momento. Como eu disse, quero garantir que a justiça seja feita. — Ele disca um número e espera. — Estamos prontos.

Ele desliga, mantendo o foco nos quatro lobos que Canton chamou.

Eles parecem aterrorizados.

E talvez um pouco furiosos.

Porque não há absolutamente nada que possa salvá-los agora.

O som de um carro se aproximando faz Alfa Crane se cercar de seus executores. Quando ele gesticula para que Canton se junte a ele, seu filho não o faz.

— Um Alfa deve ser capaz de se defender — ele diz ao pai. — É algo que estou percebendo que você falhou em me ensinar.

Alguns dos Lobos Santeetlah trocam olhares, me fazendo pensar se Caius está certo sobre Canton tentar ofuscar seu pai. Se for, está fazendo um bom trabalho.

Alfa Crane parece pronto para cometer assassinato.

Algo em que Volt está muito atento.

Seu humor morreu e agora ele está focado em toda e qualquer ameaça em potencial. É uma transição fascinante como ele passa de descontraído a assassino em um piscar de olhos. Seus pensamentos mudam de acordo, indo do sarcasmo sombrio para a intenção letal.

Minha loba gosta desse lado dele.

Assim como eu.

Caius está observando a multidão também, sua mente catalogando os movimentos de todos e lendo suas intenções a partir de suas expressões.

Ele é um especialista nisso.

Tieran está ouvindo tudo, registrando os detalhes e pensando em cenários potenciais em alta velocidade.

Não é à toa que esses três machos criaram seu próprio

clã. Eles se complementam em suas próprias maneiras únicas.

Eu sou o coração, como Tieran gosta de dizer.

Eu os faço sentir.

Algo que os três estão fazendo muito agora, pois podem ouvir algumas das minhas memórias deste campo em meus pensamentos.

E nenhuma delas são boas lembranças.

O veículo quatro por quatro para e Alfa Dirk sai do lado do motorista. Ele abre a porta de trás para permitir que dois rostos muito familiares apareçam.

Jack, também conhecido como sr. Focinho, da minha viagem inicial à ilha.

E seu amigo, Bischel.

Eles olham para mim e estremecem.

Ou talvez seja por causa do macho atrás de mim.

Talvez as duas coisas.

Recentemente, tivemos uma conversa com Jack e Bischel, onde Volt permitiu que minha loba brincasse um pouco. Expressamos nossa preocupação com o suborno que eles haviam recebido de Gafton, contamos o estrago que ele havia causado e perguntamos se eles queriam morrer ou nos compensar.

Eles escolheram o último.

E agora estão aqui como bons guardas.

Mas a mulher no banco do passageiro é uma participante inesperada.

Abro os lábios quando percebo que é minha ex-assistente social. *O que ela está fazendo aqui?* pergunto aos meus companheiros, atordoada.

Um amigo nosso chamado Reese vasculhou seu caso para nós, Caius diz casualmente. *Tieran e Volt fizeram uma visita a ela depois, e você não imagina! Ela se ofereceu para nos ajudar hoje. Uma pessoa tão bondosa, não é?*

Volt não responde, mantendo o foco ainda no Bando Santeetlah.

Mas os lábios de Tieran se curvam um pouco quando ele diz:

— Beverly, muito obrigada por se voluntariar para se juntar a nós hoje. — Ele fala com ela como se fosse uma velha amiga, mas o desconforto em seu olhar cor de avelã diz que ela discorda.

Ela se move para ficar ao lado de Jack e Bischel, os três com expressões semelhantes.

Eu me divertiria se não odiasse todos eles.

— Alfa Crane, Canton, quero que conheçam Beverly — Tieran continua. — Ela é a assistente social que Bryson subornou para agilizar o caso de Clove. Então acho que vocês poderiam dizer que somos velhos amigos, já que a avaliação dela foi o que levou Clove a ser enviada para a Ilha Carnage.

Fico absolutamente atordoada que eles não apenas a rastrearam, mas também a trouxeram aqui.

É claramente um presente.

Um que estou muito feliz em aceitar.

Porque significa que eles querem garantir que todos que me ofenderam sejam punidos. E isso só me faz derreter de novo por eles.

Shh, Volt diz, passando a mão do meu quadril até o estômago para me puxar contra ele. *Você não quer me provocar para que eu te coma neste campo, Clove. Porque eu vou. E vou fazer o seu antigo companheiro assistir também.*

— Beverly, Canton e Alfa Crane apresentaram os quatro homens que realmente mataram a mãe da minha companheira. — Tieran aponta para os machos em questão, fazendo com que todos se encolham.

O ruivo da esquerda está pensando em correr, Caius nos avisa.

Não tenho certeza de como ele pode ler isso na

expressão entediada do homem, mas Volt concorda com um grunhido através de nossa conexão mental.

Tieran continua falando como se Caius não tivesse dado o aviso.

— Eles estão aqui para testemunhar para que vocês possam relatar ao juiz sobre o caso de Clove para que ela não seja apenas absolvida, mas também liberada do programa de atribuição da Ilha Rejeitada. Porque, como eu te disse, ela nunca foi rejeitada. Como uma Loba Ômega Carnage, sua única combinação verdadeira pode ser com um clã Alfa. Mais especificamente, meu clã.

Beverly limpa a garganta.

— Sim claro. Entendo. Você gostaria que a inquisição fosse feita aqui ou na Ilha Wolfe?

— Aqui — Tieran diz sem hesitar. — Alfa Dirk irá gravar em vídeo para garantir que tudo seja transcrito corretamente.

O macho Alfa em questão já está montando o equipamento da câmera.

Três, dois...

O ruivo foge antes de Caius chegar a um, e Volt o derruba com um tiro rápido no joelho. Vários lobos rosnam, e dois dos Lobos Santeetlah sacam suas armas. O que faz com que Caius puxe a dele e mire enquanto Volt muda o foco para eles também.

Beverly está no chão.

Jack e Bischel estão tremendo.

E Alfa Crane está vibrando de raiva.

— Você não pode simplesmente atirar nos meus lobos!

— Posso, se eles correrem — Volt responde. — Você concordou com a justiça. Ele tentou fugir. Certamente você não quer esse tipo de covarde em seu bando, certo?

— Certo — Canton afirma. — Meu castigo, minha decisão, certo, pai?

Alfa Crane rosna.

Canton rosna de volta.

Tieran supera os dois com um uivo que me deixa com os joelhos fracos. Ele exala energia Alfa. Seu domínio é uma onda palpável no ar que coloca vários lobos ao chão sob a força de seu comando.

Quando Caius e Volt se juntam a ele, ainda mais lobos caem sob sua autoridade.

A única razão para que eu não faça o mesmo é Volt, que está me segurando junto a ele.

Ele não me deixa ajoelhar.

A menos que seja no quarto.

Quando Alfa Crane começa a tremer, meus companheiros param de uivar.

— O próximo lembrete não será verbal — Tieran diz a ele, seu tom afiado com superioridade e repleto de comando agudo. — Beverly, comece seu interrogatório. Agora.

Os quatro lobos em questão estão todos no chão com a ruiva a poucos metros deles, enrolados em posição fetal.

Não é o julgamento mais gentil, mas é melhor do que estar trancado em uma gaiola em forma de lobo.

Pelo menos, esses idiotas podem falar.

E o tempo todo eles pensam em mentir, Tieran rosna.

No final, eles dizem a verdade e admitem ter estuprado e assassinado minha mãe – sob a autoridade de Alfa Crane.

Essa última parte me surpreende, porque eu esperava que eles culpassem Canton.

Mas a ameaça persistente de Tieran parece forçá-los a serem totalmente honestos.

Vocês acham que Alfa Crane queria que a culpa recaísse em Canton?, pergunto ao meu clã. Talvez seja por isso que ele quis que o filho escolhesse o que fazer? Ser capaz de atribuir parte da culpa a ele?

Acho que Canton e Alfa Crane têm jogado um jogo perigoso de liderança nos últimos anos, Caius responde. *E o aluno acaba de se tornar o mestre.*

Sim, precisaremos observá-lo com cuidado. Mas ele tomou algumas decisões sábias hoje, Tieran aponta. Então ele limpa a garganta e agradece a Beverly por seu serviço. — Jack, Bischel, se vocês puderem escoltar esses quatro lobos até a Ilha Wolfe, seria muito apreciado — ele diz no final.

Jack e Bischel imediatamente avançam para fazer exatamente o que ele pediu, fazendo meus lábios tremerem um pouco.

Humm, eu disse que a Clove iria gostar de me ver trabalhar, Volt pensa para todos nós. *Ela é um bom braço direito também.*

Você não vai levá-la em tarefas, Tieran responde imediatamente. *Só aceitei esta porque não era perigoso.*

Volt bufa. *Ela não é uma donzela, T.*

Não, ela está grávida, Tieran o lembra de forma categórica. *Do seu filho.*

Ou esse é o palpite, de qualquer maneira.

Eles estão baseados em aromas, e o meu está um pouco mais acobreado ultimamente.

— Terminamos? — Alfa Crane exige, atraindo nosso foco de volta para ele.

— Você não vai com seus lobos? — Tieran pergunta. — Você não quer defendê-los ou as suas próprias ações?

Alfa Crane semicerra o olhar.

— Vou assistir ao julgamento assim que a data for marcada.

— Faça isso — Tieran diz, garantindo que ele ouça a ordem em seu tom. — Ah, e Beverly? — ele a chama quando ela está prestes a entrar no banco do passageiro mais uma vez. — Espero que você forneça atualizações diárias para Alfa Dirk na Ilha Carnage. Ele irá me avisar se não tiver notícias suas.

Alfa Dirk assente. Sua expressão estoica o torna muito mais intimidante.

Beverly engole em seco visivelmente. Não tenho certeza de que tipo de lobo metamorfo ela é, mas parece um ratinho assustado.

— Sim, Alfa Tieran — ela consegue dizer com a voz um pouco mais rouca do que antes.

— Isso é tudo — ele diz, dispensando-a antes de olhar para Alfa Crane mais uma vez. — Estamos tomando o território Nantahala. Se isso for um problema para você, fale agora. Caso contrário, tomarei seu silêncio como aceitação de nossas intenções.

Alfa Crane tensiona a mandíbula.

— Você não entrará em minhas terras.

— Não estou falando do território de Santeetlah. Estou falando do território Nantahala —Tieran responde. — Não preciso de sua alcateia ou de suas terras, e permanecerá assim até que você me dê motivos para pensar o contrário.

— O que vai acontecer com os Lobos Nantahala? — Alfa Crane pergunta com certa hesitação em seu tom.

— Isso não é da sua conta — Tieran responde de forma categórica. — No entanto, como sinal de boa fé, vou responder. A maioria das mulheres e crianças escolheu buscar abrigo com nosso bando. Vários dos homens também. Aqueles que compartilhavam as filosofias da alcateia de Bryson receberam trinta dias para se mudar. Qualquer um que optar por permanecer após esse prazo será tratado de acordo.

É um resumo severo, mas justo.

Quase noventa por cento dos sobreviventes buscaram refúgio com o Bando Black Mountain.

É um acordo que eu não esperava que Tieran fizesse com os Lobos Nantahala. Mas é um que respeito e aprecio, já que vários deles foram meus amigos em algum momento.

E aqueles que não eram, estão mortos ou fugiram.

Pela primeira vez, um vislumbre de respeito aparece na expressão de Alfa Crane.

Ele está percebendo que, se algum dia tomarmos sua terra, provavelmente ofereceremos refúgio a seus lobos, Caius diz. *Esse alívio demonstra que ele se importa com sua alcateia. Ele apenas faz isso de uma maneira inversa.*

É a única razão pela qual ele e seu filho terão permissão para viver mais um dia, Tieran responde.

— Terminamos aqui — ele diz em voz alta. — Na próxima vez que nos encontrarmos, espero que você traga todo o seu bando. Isso inclui as mulheres. Elas são lobas, não escravas.

Várias das Lobas Carnage uivam em aprovação às palavras de seu Alfa, e eu me junto a elas, satisfeita por ele ter escolhido adicionar aquela zombaria final.

Ele não espera que Alfa Crane responda. Se coloca na minha frente, dá as costas ao outro Alfa e me beija com uma ferocidade que literalmente me derruba.

Felizmente, Volt me pega. Mas então ele me gira e me beija com a mesma intensidade.

Me esqueço de como respirar no momento em que Caius toma minha boca.

Meu estômago se aperta com um desejo que permeia o ar.

Volt pressiona o nariz no meu pescoço, inalando profundamente enquanto rosna em aprovação.

— Por favor, me diga que eu posso comê-la neste campo.

— Isso exigiria tirar as roupas dela — Tieran responde com o nariz no meu cabelo.

— Não — Caius diz contra minha boca. — Vamos devorá-la na toca.

Meus lábios se curvam com a menção da nossa toca.

É nova, no território do Bando Black Mountain, cercada por pinheiros com um pequeno riacho que corre ao lado e muito terreno para explorar.

Meus companheiros me surpreenderam com a bela casa na semana passada. E é absolutamente perfeita.

Aparentemente, o pai de Tieran presenteou o clã há vários anos, com a intenção de ser um presente para sempre que eles voltassem. Tieran solicitou várias reformas, uma das quais nos impediu de voltar tão rápido quanto ele desejava.

Mas isso nos permitiu dizer adeus à Ilha Carnage adequadamente.

Sinto saudade. No entanto, também não sinto.

Minha casa é onde meus companheiros estão, algo que murmuro na mente deles.

Se Volt quiser me tomar neste campo agora, vou adorar cada minuto. Porque é ele. Porque Caius e Tieran também estão aqui.

Mas a energia possessiva deles me diz que isso não vai acontecer.

Porque Canton está nos observando.

E percebo que é por isso que eles decidiram me devorar.

Eu nem o olho. Ele não importa mais.

Só tenho olhos para três homens.

Tieran. Caius. E Volt.

Meus Lobos Carnage.

Meus Alfas.

Meus *companheiros*.

EPÍLOGO

TIERAN

Um ano depois

Estou embaixo de uma árvore, observando Clove enquanto ela gira pelo quintal com nossa filha nos braços. Tecnicamente, o bebê tem a genética de Volt, não a minha, mas nós três consideramos aquela garotinha nossa, assim como Clove.

Ela é tão linda quanto a mãe.

A ternura do momento me impede de interromper, pois não tenho uma boa notícia para dar. Não quero estragar a diversão delas.

Clove ri enquanto o bebê balbucia para ela.

Então Volt aparece para roubar o pacotinho de amor. Ele faz isso com um sorriso enorme que faz Clove rir ainda mais, mas seus olhos escuros encontram os meus e sei que ele fez isso por mim.

Ele pode sentir que preciso falar com ela.

Mantive o assunto longe da conexão mental, não

querendo arriscar que Clove ouvisse em meus pensamentos.

Mas ele me lê quase tão bem quanto Caius.

— Vou ver se consigo convencer nossa beldade a tirar uma soneca — Volt diz, um ronronar já soando em seu peito. — Então talvez a mamãe me recompense participando de algumas brincadeiras adultas depois.

Ele murmura as palavras, fazendo Clove corar e silenciá-lo ao mesmo tempo.

— *Shhh*. Você não pode dizer coisas assim na frente de Serena.

— Por que não? — ele pergunta em tom inocente. — Ela ainda não me entende.

Eu sorrio. Mesmo que pudesse, isso não o impediria.

Tenho uma nova apreciação pelos relacionamentos do meu pai agora e por que ele não se incomodou em esconder suas afeições.

É impossível.

Nunca vou tentar com Clove. Ela sempre saberá como me sinto. Caius e Volt são iguais.

Ela suspira quando Volt desaparece com nossa filha, então se aproxima de mim com um olhar conhecedor.

— Você quer falar sobre alguma coisa — ela diz.

Eu sorrio, mas não parece tão genuíno quanto deveria.

— O que me entregou? Eu ou Volt?

— Os dois — ela diz. — Mas principalmente você. Está em seus olhos.— Ela segura minha mandíbula e traça minha bochecha com o polegar. — O que está acontecendo?

Eu limpo a garganta.

— É sobre o seu pai — digo, não querendo fazer rodeios.

Ela franze o cenho.

— Alfa Nick?

Eu concordo.

— O que tem ele?

Não tenho certeza de como declarar isso de forma educada, então apenas falo.

— Ele está morto.

Ela arqueia as sobrancelhas.

— O quê? Como?

— Ele ingeriu nitrato de prata. — Limpo a garganta. — Ainda não tenho certeza de como isso aconteceu, se alguém deu a ele ou envenenou sua comida. Mas ele se foi.

Clove pisca para mim.

— Oh. — Ela franze a sobrancelha. — Eu... eu não tenho certeza de como me sinto sobre isso.

Sim, eu não tinha certeza de como ela se sentiria sobre isso também.

Por isso não queria dar a notícia. Ela pediu para que ele fosse preso enquanto debatia o que fazer. Então a vida meio que nos escapou com a gravidez dela, tomando conta do bando e tudo mais. O tempo funciona de maneira diferente para a nossa espécie, pois normalmente é mais na escala infinita.

Um ano não parece tanto tempo para esperar por uma decisão.

Mas, aparentemente, foi muito para Alfa Nick.

— Acho que estou aliviada — ela fala depois de um instante. — Ele não era um bom metamorfo.

— Não, não era mesmo. — Algo pelo qual meu pai ainda está se culpando, porque ele deveria ter notado os sinais, mas não notou.

É um descuido que levei em consideração com meu monitoramento da alcateia. Caius está me ajudando a encontrar maneiras de procurar melhor os sinais de tal atividade. Não é infalível, mas é um começo.

Clove pressiona o nariz no meu peito, e eu ronrono

para ela em resposta, envolvendo os braços nela em um abraço.

Ficamos assim por vários minutos, com seu corpo derretendo no meu.

Eu beijo o topo de sua cabeça, feliz por ficarmos assim.

Talvez seja um momento de silêncio para o pai que ela nunca conheceu.

Ou talvez seja um momento para a mãe que ela sente falta.

Independentemente do ponto, estou aqui para ela. Segurando-a. Dando a ela minha força, assim como um Alfa deveria fazer.

Ela suspira, movendo o nariz para acariciar meu pescoço.

— Eu te amo, Tieran — ela fala baixinho.

— Eu também te amo, Clove — respondo, sorrindo.

Não costumamos trocar as palavras.

Mas isso não os torna menos verdadeiros.

O amor do nosso clã se derrama em Clove todos os dias.

Porque ela é o nosso coração pulsante.

O centro de nossas vidas.

A essência da nossa existência.

A mãe do Tieran acabou de roubar a Serena de mim, Volt nos informa, fazendo Clove sorrir.

Minha mãe está obcecada com a recém-nascida. Então não estou realmente surpreso com a notícia.

Clove vira seu sorriso para mim, apoiando o queixo em meu peito.

— Bem, se ela está se oferecendo para ser babá... — Ela pisca. — Quer dar uma corrida?

Arqueio uma sobrancelha.

— Uma corrida ou uma perseguição?

Ela pisca seus longos cílios para mim.

Lexi C. Foss é uma escritora perdida no mundo do TI. Ela mora em Chapel Hill, na North Carolina, com o marido e seus filhos de pelos. Quando não está escrevendo, está ocupada riscando itens da sua lista de viagem. Muitos dos lugares que visitou podem ser vistos em seus textos, incluindo o mundo mítico de Hydria, que é baseado em Hydra nas ilhas gregas. Ela é peculiar, consome café demais e adora nadar.

MAIS LIVROS DE LEXI C. FOSS

Série Aliança de Sangue

Inocência Perdida

Liberdade Perdida

Resistência Perdida

Rebeldia Perdida

Realeza Perdida

Crueldade Perdida

Rainha dos Elementos

Livro Um

Livro Dois

Livro Três

Império Mershano

O Jogo do Príncipe: Livro 1

O Jogo do Playboy: Livro 2

A Redenção do Rebelde: Livro 3

Outros Livros

Ilha Carnage

Antologia: Entre Deuses